SPELLCAST - DEUTSCHE AUSGABE

DIE RAVEN CURSED-SERIE
BUCH SIEBEN

MCKENZIE HUNTER

Übersetzt von
ANNA DRAGO

McKenzie Hunter

Spellcast

McKenzieHunter@McKenzieHunter.com

Coverkunst: Orina Kafe

Übersetzung: Anna Drago

Lektorat (Deutsch): Katrin Dolle

ISBN: 978-1-946457-52-3

DANKSAGUNG

Zum Abschluss von Erins letztem Abenteuer möchte ich meinen Lesern und Leserinnen, die ihre Reise verfolgt haben, meinen Dank aussprechen. Ihre Rezensionen, Kommentare und Ihre Teilnahme an der Lesergruppe bedeuten mir sehr viel.

Ich bin meinem großartigen Team dankbar, das mit seinen Fähigkeiten und seiner Hingabe dazu beiträgt, diese Geschichte zum Leben zu erwecken. Ein besonderer Dank geht an meine Alpha- und Beta-Leser: Elizabeth Bracker, Sherrie Clark, Robyn Mather, Stacey Mann und Márcia Silva sowie an meinen Herausgeber und meinen Lektor.

Ein großes Dankeschön an meine Familie und Freunde für ihre unerschütterliche Unterstützung und dafür, dass sie nach mir sehen, wenn ich mich in meine Schreibhöhle zurückziehe. Eure Ermutigung bedeutet mir alles.

1

Ich hatte Vampirismus umgekehrt. Die Ernsthaftigkeit dieses Umstandes war mir noch nicht ganz bewusst, während ich Dr. Sumner beobachtete, als er die Hand auf seine Brust presste. Seiner ernsten Miene nach zu urteilen, erinnerte er sich daran, wie sein Herzschlag langsam schwächer geworden war, bis er schließlich ganz zum Stillstand kam und seine Verwandlung in einen Untoten eingeleitet hatte. Verwirrt starrte er mich mit glasigen Augen an. Aus dem Augenwinkel nahm ich Mephistos besorgten, vorsichtigen Blick wahr; sein Mund war vor Entsetzen verzerrt. Wir blieben regungslos stehen, während wir die Schwere dessen begriffen, was gerade geschehen war. Die Luft war erfüllt von Anspannung und Unsicherheit.

Dr. Sumner zuckte zusammen, als er sich aufsetzte, und flüsterte: „Ich bin kein Vampir." Seine Worte waren von geschockter Erleichterung geprägt. Er presste erneut die Hand auf seine Brust, um zu bestätigen, dass sein Herz schlug. Dann hielt er inne, atmete langsam und tief ein und aus und seufzte. Mit weit aufgerissenen Augen und leicht geöffnetem Mund sah er mich an, als wollte er, dass ich ihm bestätigte, dass sein Herz nicht plötzlich stehenbleiben oder seine Atmung aussetzen würde. Es war, als erwartete er jeden Moment die brutale Realität, doch ein Vampir zu sein – ein Schicksal, das er, wie er stets betont hatte, niemals gewollt hatte.

Aus Rache dafür, dass ich mich geweigert hatte, ihm eine Familie zu geben, hatte Landon versucht, mich zu zwingen, indem er Dr. Sumner in einen Vampir verwandelt hatte. Er wollte sicherstellen, dass ich den *Obscuro Mors* nicht gegen ihn einsetzen würde, um ihn und seine Blutlinie zu vernichten. Ich holte tief Luft und versuchte, die Wut zu unterdrücken, die meine Gefühle zu überwältigen drohte. Meine Fäuste waren so fest geballt, dass sich meine Nägel in die Handflächen bohrten.

„Nein. Sind Sie nicht.“

Mephisto presste angesichts meiner knappen Antwort die Lippen aufeinander. Sein Gesichtsausdruck forderte mich stumm auf, Dr. Sumner die ganze Wahrheit zu erzählen. Dass er mich forderte, war wohlwollend ausgedrückt – er *drängte* mich, es zu tun, sonst würde er es selbst übernehmen.

„Sie … also.“ Mein Mund fühlte sich trocken an wie eine Wüste, und es fiel mir schwer, ihm zu erklären, was vorgefallen war.

Das Erzählen erinnerte mich an meine schmerzhafte und beunruhigende Existenz und die Entscheidungen, die mir immer wieder abgenommen wurden. Ich kannte das Gefühl der Hilflosigkeit nur zu gut, das es in mir auslöste. Schuldgefühle machten sich in mir breit, als mir bewusst wurde, dass Dr. Sumners Sicherheit bereits zweimal als Waffe gegen mich eingesetzt und ihm die Autonomie genommen worden war – sowohl von Landon als auch von mir. Landon tat es aus Bosheit; ich aus Verzweiflung, um sein Leben zu retten.

Ich hatte einen ungetesteten Zauber bei ihm angewandt und war mir nicht sicher, ob ich ihm wirklich das Leben gerettet oder ihn nur in eine noch kompromittiertere Lage gebracht hatte.

Als ich seinen Blick festhielt, lernte ich seine ausdrucksstarken, himmelblauen Augen neu zu schätzen. Sie spiegelten einen wahren Sturm von Gefühlen wider: Verwirrung, Angst, Furcht und Verzweiflung. Wärme durchströmte mich – eine Erinnerung daran, dass er noch warmblütig war –, als er meine Hand ergriff und unsere Finger miteinander verschränkte. Seine Berührung schien Trost zu suchen und den Wunsch auszudrücken, seine Ängste zu lindern. Doch es lag auch eine gewisse Besitzgier darin, die Mephisto nicht entging. Seine zusammengekniffenen Augen blieben prüfend auf Dr. Sumners Hand gerichtet.

„Habe ich von Ihnen getrunken?" Es war eine rhetorische Frage, doch Dr. Sumners Lippen verzogen sich zu einer grimmigen Grimasse. Sein Griff um meine Hand wurde fester. Ich erinnerte mich lebhaft daran, wie ich verzweifelt den Zauber gesprochen hatte, um den Vorgang zu stoppen, und daran, wie er sich vor Schmerzen gekrümmt hatte.

Aus seinem Gesichtsausdruck schloss ich, dass auch ihm einige Details wieder einfielen. Er runzelte die Stirn, sein Lächeln verschwand, und er beugte sich zu mir vor. „Haben Sie mich gerettet?"

Ich nickte. „Ich bin auch der Grund, warum Sie überhaupt in Gefahr waren."

Er tat das Eingeständnis meiner Verantwortung mit einem Kopfschütteln ab. Er löste unsere Finger, zog meine Hand näher an sich heran und drückte sie an seine Brust. Seine Augen schlossen sich, und er seufzte tief – erleichtert über den Schlag seines Herzens, das Heben und Senken seiner Brust, aller Zeichen, dass er lebendig und ein Mensch war.

„Wenn Sie den Zauber nicht gesprochen hätten, wäre ich dann ein Vampir?" Er riss seine Augen weit auf. „Als ich von Ihnen getrunken habe, war ich ein Vampir. Zumindest für kurze Zeit, oder?"

Das war eine großartige Frage, auf die ich keine Antwort hatte.

„Genau genommen waren Sie in einem Übergangszustand", stellte Mephisto fest und konnte seinen Blick nicht von Dr. Sumners Griff um meine Hand lösen. „Ihr Herz hat ausgesetzt, und das Vampirgift, das Sie verwandelt hätte, wurde Erin durch den Biss injiziert, den Landon ihr zugefügt hat. Sobald Sie vom Trinken gesättigt gewesen wären, wären Sie in einen todesähnlichen Zustand gefallen und als echter Vampir aufgewacht. Erin hat diesen Prozess umgekehrt."

Dr. Sumner schien Mephistos Worte kaum zu bemerken, als wäre er sich seiner Anwesenheit gar nicht bewusst. Sein Blick ruhte auf mir, intensiv, abschätzend und doch sanft – mit einem Hauch von etwas Bedrohlichem, das ich zuvor noch nie gesehen hatte.

Als Mephisto seine Worte wiederholte, nahm Dr. Sumner seine Anwesenheit zur Kenntnis.

Er runzelte die Stirn. „Egal wie kurzfristig, ich habe von Ihnen getrunken, als wäre ich ein Vampir."

„Sie haben von Landon getrunken", erinnerte ich ihn.

Für einen kurzen Moment sah er nicht mehr mich an, sondern durch mich hindurch. Als sich sein Blick wieder auf mich konzentrierte, fühlte er sich fast wie eine Falle an. Ich riss meinen Blick von seinem los und starrte auf meine Hand, die er noch immer in seinen hielt. Doch diesmal war es kein Trost mehr – definitiv besitzergreifend.

„Lassen Sie ihre Hand los, Jacob", forderte Mephisto. Seine eisige Ausstrahlung und das bewusste Weglassen von Dr. Sumners Titel ließen keinen Raum für Fehlinterpretationen. Dr. Sumners Augen, von Trotz umschattet, wanderten von meinen zu Mephistos. Er ignorierte die Aufforderung. Ihre Blicke trafen sich, bevor Mephisto seinen Blick widerstrebend von Dr. Sumner auf die Tür richtete. Dr. Sumner verfolgte Mephistos Bewegung aufmerksam, als er zum Eingang ging, um die Jäger hereinzulassen, die nicht die Gelegenheit gehabt hätten, anzuklopfen.

Mephistos Aufmerksamkeit wanderte von Simeon, Kai und Clayton zurück zu Dr. Sumners Hand. Sein Kiefer war angespannt, und die intensive Wut, die von ihm ausging, schien den Raum zu ersticken. Ich zog meine Hand weg. Einen feindseligen Wortwechsel zwischen meinem Therapeuten und Mephisto zu entschärfen, war nichts, was ich brauchte oder wollte – und es würde nie auf die Liste der Dinge kommen, mit denen ich mich auseinandersetzen müsste.

„Wenn Landon Erfolg gehabt hätte, wäre ich seine Schöpfung gewesen – seine Familie. Sie haben es verhindert. Aber ich habe von Ihnen getrunken. Dann haben Sie Magie benutzt, um es rückgängig zu machen. Da war Schmerz. So viel Schmerz", sagte Dr. Sumner in einem Gedankenstrom, während er seinen Blick auf Mephisto gerichtet hielt. Der Ärger, der in seinen Augen lag, war seit Mephistos Aufforderung, meine Hand loszulassen, zu einem finsteren Lodern geworden.

Es wäre dabei geblieben, hätte ich ihn nicht unterbrochen. „Dr. Sumner, warum haben Sie Landon hereingelassen? Ich habe Ihnen gesagt, Sie sollen sich von ihm fernhalten."

Vampire brauchten keine Einladung, um ein Haus zu betreten. Doch von den wenigen gesellschaftlichen Anstandsregeln, an die sie sich hielten, war das Betreten eines Raumes ohne Erlaubnis eine der wichtigsten. Das brachte mich zu der Annahme, dass es irgendeine Art von Konsequenz geben musste, die sie vor uns geheim hielten.

„Habe ich nicht", sagte er. „Ich bin zur Tür gegangen und habe klargestellt, dass ich beim ersten Mal, als ich ihn angesprochen habe, einen Fehler gemacht habe und ich das nicht wiederholen werde."

Nachdem er durch Malifics Angriff fast tödlich verletzt

worden war, war Vampirblut das Einzige gewesen, was ihn retten konnte. Er hatte die übernatürlichen Fähigkeiten, die es ihm verlieh, schnell liebgewonnen. Als sie wieder verschwanden, war er zu Landon gegangen und hatte ihm seine Dienste im Austausch für diese Fähigkeiten angeboten.

„Das Nächste, woran ich mich erinnere, ist, dass er und seine Freunde in meinem Haus waren", fügte er hinzu.

Ein Vampir in Landons Alter und mit seinen Fähigkeiten hätte nur einen kurzen Moment Blickkontakt gebraucht, um ihn zu überzeugen. Wieder kämpfte ich gegen die überwältigende Wut, die ich weder unterdrücken noch verbergen konnte. Ich wollte, dass Mephisto seinen Schwur wahrmachte und Landon tötete. Noch viel mehr wollte ich es selbst tun.

„Ich brauche mehr Informationen darüber, was passiert ist", erklärte Clayton.

Da ich überzeugt war, dass Mephisto sie schon informiert hatte, fasste ich die Informationen noch einmal zusammen und beobachtete dabei Dr. Sumners Reaktion auf die erneute Nacherzählung.

„Die Verwandlung in einen Vampir war nicht vollständig", flüsterte Clayton.

„Sie war vollständig genug. Sie hat sie umgekehrt", bemerkte Kai.

Unter der Last ihrer kollektiven Aufmerksamkeit richtete ich mich auf. Ihr Interesse fühlte sich zudringlich an.

Sie zogen sich in eine Ecke zurück – ein offensichtlicher Versuch, diskret zu wirken, doch der scheiterte kläglich. Nichts an ihrer Anwesenheit konnte unbemerkt bleiben. Ihre bloße Existenz nahm mehr Raum ein, als ihre physischen Körper jemals könnten. Ungedämpfte Magie erfüllte den Raum – eine subtile Demonstration ihrer Macht.

Die vier Jäger hatten ähnliche Mienen: intensive, zusammengekniffene Augen, fest zusammengepresste Lippen und gerunzelte Stirnen. Es war klar, dass ihre lautlose Diskussion einen zentralen Punkt hatte: Dr. Sumner.

Ich bemerkte eine Veränderung in ihren Gesichtern – etwas Unverständliches. Doch ich wusste bereits, worüber sie sprachen. Mit Dr. Sumner stimmte etwas nicht.

Für sie war dies nicht nur ein Mephisto- und Erin-Problem. *Sie waren eine Einheit.* Mein Problem war jetzt auch ihres. Es sah aus, als diskutierten sie immer noch. Da ich es hasste, aus ihrer Unterhaltung ausgeschlossen zu sein, warf ich ihnen einen finsteren Blick zu.

Als die Jäger weiter demonstrativ meine Anwesenheit ignorierten, richtete ich meine Aufmerksamkeit wieder auf Dr. Sumner. „Wie fühlen Sie sich?"

Ich wusste, dass die Frage mir nicht die Antworten liefern würde, die ich brauchte. Eine aggressivere Variante wie *„Was zum Teufel stimmt nicht mit Ihnen?"* wäre unangebracht gewesen. Genauso wie die Feststellung: *„Warum wirken sie anders, falsch? Sie sehen aus wie immer, aber irgendwas stimmt nicht."*

„Hungrig", gab er zu.

Mein Hals schnürte sich zu. Ich rechnete damit, dass sein Blick auf meinen Hals gerichtet sein würde, doch er sah mich an, als wartete er darauf, dass ich ihm folgte.

Das würde schnell nervig werden. Hatte die Magie, die ich benutzt hatte, etwas erschaffen, das nicht ganz menschlich war? Er war definitiv kein Vampir. Die Immortalis, Kreaturen, die meine Mutter erschaffen hatte, waren nicht *anhänglich*, sondern einfach beängstigend loyal. War das seine Form der Loyalität?

Dr. Sumners Bewegungen waren fließender und anmutiger. Er sah sich in seinem Zuhause um, als würde er es zum ersten Mal oder mit neuen Augen sehen. Als er sich in Richtung Küche bewegte, schien er sich der zunehmenden Distanz zwischen uns unangenehm bewusst zu sein. Er hielt inne und wartete, bis ich aufgeschlossen hatte.

„Sie brauchen Sie nicht. Gehen Sie!", befahl Mephisto kalt,

was Dr. Sumner dazu brachte, weiterzugehen. Aus der Küche heraus warf er mir einen zunehmend beunruhigten Blick zu.

Bevor ich ihm in die Küche folgte, machte ich einen Umweg zu den Jägern, die in der Nähe standen.

„Hört auf", zischte ich und warf jedem von ihnen einen tadelnden Blick zu, während sie mich gleichzeitig fragend ansahen und so taten, als verstünden sie nicht, was ich ihnen vorwarf. „Egal, worüber ihr gerade sprecht – ich sollte an diesem Gespräch beteiligt sein."

Mephisto holte den *Obscuro Mors*, den er nicht gegen Landon hatte einsetzen können, und trat dicht neben mich.

„Erzähl mir von dem Zauber, den du gewirkt hast", flüsterte er. Ich beschrieb detailliert die Beschwörung, die Teil der Zauber war, die ich für meine Schöpfungen nutzte. Ich hatte sie mit einem Umkehrzauber und einem *adligatura*-Zauber kombiniert. Die Beschreibung des Prozesses erweckte den Eindruck, dass das Verweben der Zauber eine komplizierte und durchdachte Arbeit gewesen war, und nicht etwas, das von Verzweiflung und Trauer getrieben war. *Bravo, Erin.*

Trotz Dr. Sumners Anhänglichkeit, die an Besitzgier grenzte – ich blieb hoffnungsvoll, dass sie verschwinden oder behoben werden konnte – verspürte ich einen Moment ungetrübten Stolzes auf das, was ich geschafft hatte. Ich hatte verhindert, dass er ein Vampir wurde. Ich musste daran glauben, dass sich alle Nebenwirkungen des Zaubers korrigieren ließen. An diesem Glauben hielt ich fest, selbst als Dr. Sumner sich große Mühe gab, seinen Blick auf das Essen zu richten, das er zubereitete, anstatt auf mich.

Mephisto runzelte die Stirn, während er über meinen Einsatz von kreativen, umkehrenden und magiehemmenden Zaubern und dem *adligatura*-Zauber nachdachte, um den Vampirismus umzukehren. Er fragte sich wahrscheinlich, wie der *adligatura*-Zauber ohne die nötigen dazugehörigen

Runen wirksam sein konnte. Nach aller Zauberlogik hätte der von mir geschaffene Zauber ein Desaster sein müssen.

Mephisto führte mich weiter weg von Dr. Sumners Ohren, und die anderen folgten ihm.

„Wir haben versucht zu entscheiden, wie wir am besten mit dieser Situation umgehen", sagte er und warf einen Blick zu Dr. Sumner, der sich damit beschäftigte, einen Burger zuzubereiten, und zweifellos versuchte, unsere Unterhaltung zu belauschen.

Mephistos Augen folgten meinen und musterten Dr. Sumner. Seine Stimme wurde noch leiser. „Er kann uns hören."

Dr. Sumners geschmeidige Bewegungen erinnerten mich an die der Vampire. Sie waren nicht so schnell, besaßen jedoch eine Präzision, die man bei Menschen nur selten sah. Hatte er die Veränderungen auch gespürt? Hatten sich sein Gehör und seine Sehkraft auf das Niveau eines Vampirs geschärft? War er in einem Zustand zwischen Mensch und Vampir? Wäre das so schlimm? Ein Mensch mit all den Vorteilen eines Übernatürlichen und ohne die Nachteile. Hatte ich einen „Vampir-Light" erschaffen?

Es war offensichtlich, dass keiner von ihnen – besonders Mephisto – Dr. Sumners Zustand in seiner Gegenwart besprechen wollte. Ich stimmte ihnen zu. Warum sollte man ihm diese seltsame Situation noch schwerer machen? Ich wusste, dass unsere Gründe für die Verzögerung der Diskussion unterschiedlich waren. Selbst, wenn Dr. Sumner als „Vampir-Light" oder als ein anderes magisches Wesen betrachtet werden musste, wäre er für sie immer noch magisch minderwertig – eine Person mit begrenzten magischen Fähigkeiten oder eine der vielen abwertenden Bezeichnungen, mit denen sie Hexen-, Magier- und Feenmagie beschrieben hatten.

Dr. Sumner war mit dem Kochen fertig und hatte zwei Teller vorbereitet. Mit einem unfreundlichen Blick in Richtung der Männer stellte er die Teller nebeneinander auf den Tisch.

„Das ist für Sie", sagte er zu mir.

„Danke. Ich muss kurz mit Mephisto sprechen."

All die Magie, die ich genutzt hatte, hatte mich ausgelaugt, und ich war ausgehungert. Ich musste essen und konnte die Zeit nutzen, um mehr über Dr. Sumner herauszufinden.

„Ich werde schon irgendwie nach Hause kommen", sagte ich zu Mephisto. Die anderen machten deutlich, dass das nicht nur eine Diskussion zwischen uns beiden war. Sie verbargen weder ihre Sorge noch die Feindseligkeit, die sie um Mephistos willen empfanden.

„Nein." Mephistos Antwort war knapp und durch zusammengepresste Zähne hervorgebracht.

Ich näherte mich ihm, stellte mich auf Zehenspitzen und sagte: „Du siehst den Raben als eine Kreatur des Todes, während andere ihn für seine Fähigkeit bewundern, in einer Vielzahl von Lebensräumen zu überleben und zu gedeihen." Ich wiederholte genau die Worte, die er zu mir gesagt hatte, als er entschieden hatte, mich Rabe anstatt Halbgöttin zu nennen. Da Malific als eine Kreatur des Todes bekannt war, hatte ich nie mit diesem Namen in Verbindung gebracht werden wollen. Doch seine Sicht auf den Raben hatte mich den Namen neu schätzen lassen.

„Bitte gib mir eine Chance, das zu reparieren." Ich suchte in seinen Augen nach Verständnis, aber alles, was ich sah, waren Sorge und Frustration. Mephisto, mit seinem umfangreichen Wissen und seinen Fähigkeiten, stand vor einem Dilemma, das er nicht so leicht lösen konnte. Das Problem zeichnete sich schwer auf seinem Gesicht ab und verdunkelte seine Augen.

Es war mehr als eine Situation, die es zu lösen galt. Dr. Jacob Sumner war mein Therapeut, aber mehr noch, er war mein Freund. Mein Freund, der etwas durchmachte, das ich verursacht hatte, und ich musste tun, was ich konnte, um es wiedergutzumachen und sicherzustellen, dass er so unbeschadet wie möglich da hindurch kam.

„Ich werde das Haus verlassen, aber ich bin draußen, falls du mich brauchst", sagte Mephisto in einem Ton, der keinen Raum für Diskussionen ließ. Ich warf den anderen drei einen flehenden Blick zu, um ihnen zu signalisieren, dass sie ebenfalls gehen sollten, und flüsterte: „Geht", als sie den Wink nicht verstanden.

Sie blieben wie angewurzelt stehen, und ich wusste, dass sie auf die Gedanken oder Emotionen reagierten, die Mephisto im Griff hatten. Ob es aus Feindseligkeit oder Verzweiflung kam – irgendetwas, das er zum Ausdruck brachte, schürte ihre Anspannung und machte die Luft bedrückend.

Ich bestand erneut darauf und deutete energisch zur Tür. Nach ein paar Minuten des Nachdenkens oder Diskutierens, und nachdem Mephistos Griff um den *Obscuro Mors* so fest geworden war, dass ich dachte, er könnte in zwei Hälften zerbrechen, gingen sie zur Tür. Mephisto warf einen Blick in Dr. Sumners Richtung, beugte sich dann zu mir hinunter. Seine Finger legten sich um meinen Hinterkopf und zogen mich in einen leidenschaftlichen Kuss. Seine Zunge erkundete meinen Mund, glitt zärtlich über meine Lippen, bevor sie sich zurückzog und er seine Lippen sanft auf meine drückte.

„Machst du das, weil du kleinlich bist?", neckte ich ihn flüsternd.

„Nein, ich mache mir Sorgen." Er wich zurück, ein wildes Grinsen breitete sich auf seinem Gesicht aus, das eine animalische Zuversicht, einen Hauch von Gefahr und Belustigung zeigte. „Meine", hauchte er an mein Ohr, während er mir einen weiteren, sanften Kuss auf die Wange drückte.

Ich starrte ihn an und verzog das Gesicht. „Sei nicht so", schnaubte ich und hoffte, dass das die Sorge lindern würde, die seinen Blick jedes Mal schärfte, wenn er in Dr. Sumners Richtung sah. Er sah ihn als Bedrohung – etwas, das ich nie mit Dr. Sumner in Verbindung bringen würde. Und das gefiel mir nicht.

„Ich werde draußen sein. Und warten", sagte er, bevor er ging. Dr. Sumner behielt ihn genau im Auge, während er das Haus verließ.

Ich setzte mich neben Dr. Sumner, wo er mein Essen hingestellt hatte, und schob mir einen Bissen in den Mund – größer als beabsichtigt.

„Sie haben also Hunger", stellte er fest, mit einem breiten Lächeln und einer Wärme und Wertschätzung, die ich bei ihm noch nie erlebt hatte.

„Mir war nicht bewusst, dass ich so hungrig bin." Eine Untertreibung.

Während ich den Burger verschlang, warf ich verstohlene Blicke in seine Richtung, nur um festzustellen, dass er mich jedes Mal anstarrte. Nicht nur anstarrte – sein Blick bohrte sich so intensiv in mich, dass es unangenehm wurde. Fast unheimlich.

„Warum starren Sie mich so an?", platzte es aus mir heraus. *Vielleicht hatte Cory recht – mir fehlte es tatsächlich an Manieren.* Aber Feingefühl war zu diesem Zeitpunkt nicht nötig. Direktheit schon. Irgendwas stimmte nicht. Ich hatte ihn irgendwie falsch zurückgebracht. Ich war mit der unausweichlichen Wahrheit konfrontiert, dass man einen Menschen nicht aus den Klauen des Todes reißen kann und er unverändert bleiben würde.

„Tue ich das?"

„Ja. Geht's Ihnen gut?"

„Nein", gab er leise zu. „Ich fühle mich seltsam." Sein Gesicht verlieh seiner vagen Antwort und seinem Mangel an Erfahrung damit, sprachlos zu sein und seine Gefühle nicht ausdrücken zu können, einen Kontext.

Er aß nachdenklich mehrere Bissen von seinem Burger und schien nach Wegen zu suchen, sich auszudrücken.

„Ich habe mich leer gefühlt in der Küche, als Sie mit Mephisto gesprochen haben, und" – er schluckte – „und es ist verschwunden, als ich mich neben Sie gesetzt habe." Er runzelte die Stirn. „Es hat mir nicht gefallen, weit weg von dir zu sein."

Es war mir nicht entgangen, dass er seinen Stuhl näher an mich herangerückt hatte. Und jetzt duzte er mich? Es hätte ein ähnliches Gefühl gegeben, wenn Landon Dr. Sumner erfolgreich verwandelt hätte. Frisch verwandelte Vampire haben eine Bindung zu ihrem Schöpfer. Diese intensive Verbindung weckt in ihnen den unausweichlichen Wunsch, ihm zu gefallen und zu gehorchen. Diese Bindung löst sich nie, weshalb ein Vampir nie ganz eigenständig ist.

Ich war nie mit einem jungen Vampir oder einem ausgegangen, der in der Nähe seines Schöpfers lebte, also hatte ich nie miterlebt, welchen Einfluss ihr Schöpfer auf sie hatte. Doch ich hatte die Geschichten darüber gehört, dass diese Verbindung oft ausgenutzt und missbraucht wurde.

Dr. Sumner war kein neuer Vampir. Er war ein Mensch. Ein Mensch, den ich aus seiner Verwandlung in einen Vampir zurückgebracht hatte. Und mit jedem Moment wurde deutlicher, dass etwas nicht stimmte.

„Es wird vorübergehen", versicherte ich ihm mit der ganzen Zuversicht von jemandem, der den Zauber tausendmal gewirkt hatte. Die Wahrheit war jedoch: Ich hatte keine Ahnung, was passieren würde. „Spüren Sie außer der Nähe zu mir noch irgendwas anderes?" Ich wollte sicherheitshalber Abstand wahren, also blieb ich beim Siezen.

„Leere", gab er zu. „Mein Körper bewegt sich wie vorher, nur leichter. Ich kann alles hören. Der Wind weht nicht stark, aber ich kann ihn gegen das Fenster peitschen hören." Er schloss die Augen, öffnete sie wieder und musterte mein Gesicht. „Und die Welt ist bunter und intensiver. Es ist nicht dasselbe wie als Landon mich gerettet hat. Es ist –“ Er suchte nach Worten. „Anders“, gab er schließlich zu.

Ich vermutete, dass es die Kombination aus Vampirgift, Elfen- und Halbgottmagie und dem ungetesteten Zauber war, die durch seinen Körper tobte. Der Stolz, den ich zuvor empfunden hatte, schwand schnell. Ihn zurückzuholen, hatte vielleicht seinen Preis – möglicherweise einen Teil meiner eigenen Magie. Ich hatte nicht bedacht, dass genau das an mir, was Landon so sehr begehrte, den Zauber beeinflussen könnte.

„Ich muss meine Magie überprüfen“, sagte ich. Ich konnte Gegenstände bewegen, und nachdem ich aus seinem Haus gewyndet war, kehrte ich zu einem übermäßig besorgten Dr. Sumner zurück, der offenbar nicht damit gerechnet hatte, dass ich zurückkehren würde.

In seinem Haus gab es keine Pflanzen, die ich für meine Schöpfungszauber hätte verwenden können. Also musste ich etwas anderes benutzen. „Darf ich einen Blick in Ihren Kühlschrank werfen?“

Er nickte und zog dabei fragend die Stirn in Falten. Er folgte mir wie ein Schatten, als ich mich auf den Weg machte. Ich nahm Tomaten und Erdbeeren heraus, kehrte zum Tisch zurück und begann, sie nachzubilden. Dr. Sumner hatte den Rest seines Essens liegen gelassen, während ich mir mit dem Messer, das ich mir aus der Küche geliehen hatte, in den Finger stach. Gebannt beobachtete er, wie ich den Pflanzenzauber ausführte, die Früchte nachahmte und dabei etwas Ähnliches und doch Anderes erschuf. Die Blätter der Erdbeeren streckten sich, und plötzlich trug die Pflanze einen Pfirsich und eine Aprikose. Aus dem Nachtschattengewächs wuchs anstatt von Tomaten eine grüne Paprika.

„Darf ich?“, fragte Dr. Sumner und griff nach dem Pfirsich. *Schicksal, nein. Warum waren Menschen so darauf versessen, magisch erschaffene Nahrung zu essen?* Das war beunruhigend.

Ich zuckte mit den Schultern, und er wusch das Obst, bevor er anfing, es zu essen.

Zufrieden, dass meine Magie nicht beeinträchtigt war, wurde ich neugierig, ob er selbst welche besaß.

„Ich brauche Papier. Wo finde ich welches?", fragte ich.

Er zeigte mir eine Schublade in der Küche, aus der ich einen Notizblock und einen Stift holte. Ich schrieb eine Beschwörung für einen einfachen Zauber darauf, mit dem er Objekte bewegen konnte.

„Ich möchte, dass Sie das lesen. Beschwören Sie diesen Zauberspruch", wies ich ihn an, nachdem er den Pfirsich aufgegessen hatte. Ich begegnete dem Blick seiner weit aufgerissenen Augen mit einem halben Lächeln, bevor ich hinzufügte: „Um Ihr Leben zu retten, habe ich meine Magie mit Ihnen geteilt. Ich versuche herauszufinden, ob Sie etwas davon behalten haben." Die Immortalis, die Malific erschaffen hatte, besaßen eine beträchtliche Menge Magie. Wenn Dr. Sumner keine einfachen Zaubersprüche ausführen konnte, war ich sicher, dass er auch mit fortgeschrittenen keine Erfolge erzielen würde.

Er starrte auf den Zauberspruch, Unbehagen und Sorge spiegelten sich in seinem Gesicht wider. Es war ein einfacher Schwebezauber. Ich führte ihn zur Gabel auf dem Tisch.

„Sagen Sie den Zauberspruch, und konzentrieren Sie sich auf die Gabel", sagte ich. Nervös beobachtete ich ihn, während er den Zauberspruch las und durchging. Hatte ich den Vampirismus rückgängig gemacht, nur um etwas Menschen*ähnliches* zu erschaffen? Ich war anders als die Menschen und hatte keinen Platz unter den anderen magischen Wesen. Wenn er jetzt Magie hatte – was genau war er dann?

„Nur zu", ermutigte ich ihn.

Er nickte, sah noch einmal auf das Papier und lernte den Zauberspruch auswendig, bevor er ihn aufsagte und sich auf die Gabel konzentrierte. Sie wackelte auf dem Tisch, bewegte sich aber nicht von ihrer Stelle. Dr. Sumner lief rot im Gesicht an, während er es immer wieder versuchte. Als ich beruhigend meine Hand auf seine legte, hielt er inne.

„Versuchen wir's mit Abwehrmagie." Das war eine Stufe über einem Schwebezauber, erforderte jedoch andere Fähigkeiten. Ich gab ihm den passenden Zauber und drängte ihn, ihn gegen mich zu verwenden. Nachdem ich außergewöhnlich viel Zeit darauf verwendet hatte, ihn zu überreden, den Zauber zu sprechen – obwohl er mir möglicherweise schaden konnte –, gab er schließlich nach und tat es, wenn auch erfolglos.

„Versuchen Sie es nochmal", sagte ich.

„Nein, ich will dir nicht wehtun." Aufgrund der Wirkungslosigkeit des Schwebezaubers und seines ersten Versuchs war ich ziemlich sicher, dass der Zauber, selbst wenn er erfolgreich wäre, nicht stark genug sein würde, um mir ernsthaft zu schaden. Er versuchte es trotzdem. Beim dritten Versuch spürte ich einen Stoß in meiner Brust. Nicht stark genug, um als echte Abwehrmagie zu gelten, aber es war ein Schubs.

„Ich habe Magie", keuchte er und starrte auf seine Hand und die neue Distanz zwischen uns, die dadurch entstanden war, dass ich meinen Halt verloren hatte, als ich von dem magischen Schubs überrascht wurde.

Technisch gesehen hatte er recht. Ineffiziente Magie. „Ich denke, es ist eine Nachwirkung des Zaubers. Ich glaube, dass das in ein paar Tagen auch verschwinden wird."

„Wie kommst du zu dieser Überzeugung?", fragte er herausfordernd. Hoffnung schwang in seiner Stimme mit. Dr. Sumner wollte wieder normal sein. Mir war seine unerklärliche Hingezogenheit zu mir unbehaglich, und ich hatte nicht bedacht, wie schwierig das auch für ihn sein musste. Ich hatte ihn dem Tod entrissen, ihn mit dunkler und mächtiger Magie aus dem Vampirismus befreit und versuchte, ihn nun davon zu überzeugen, dass alles in Ordnung sei. Ich verdiente das Misstrauen, das in seinen Augen aufblitzte.

„Ich weiß es nicht genau“, gestand ich und senkte den Blick. „Ich habe impulsiv gehandelt, weil ich Sie retten wollte. Ich *hoffe*, dass alles gut wird. Aber wenn nicht … dann wissen Sie, dass ich alles tun werde, um es in Ordnung zu bringen.“

Er kam schnell näher, und als ich aufsah, war sein Blick tief und durchdringend auf mich gerichtet. „Okay“, sagte er und nahm meine Hand in seine. „Ich vertraue dir.“

Es dauerte mehrere Sekunden, bis er meine Hand losließ.

„Ich muss los, aber ich komme morgen vorbei, um nach Ihnen zu sehen, okay?“

Nach einigen Sekunden nickte er. „Morgen“, wiederholte er mit einem weiteren Nicken, als würde er es als Schwur akzeptieren.

Wenn ich mich nicht bei ihm meldete, war ich sicher, dass er sich bei mir melden würde.

2

Mephisto trommelte mit den Fingern auf das Lenkrad, während ich ihm berichtete, was ich über Dr. Sumner erfahren hatte. Er war angespannt und hyperfokussiert auf mich, seit ich Dr. Sumners Haus verlassen hatte.

„Das ist nicht gut, Erin", sagte er mit einem tiefen, genervten Seufzer.

„Wahrscheinlich habe ich recht, und diese Merkwürdigkeit ist nur das Ergebnis von Restmagie und wird sich von selbst lösen." Da ein Zugeständnis keine Option war, sprach ich meine Worte mit derselben unverdienten Zuversicht aus, die ich bereits bei Dr. Sumner gezeigt hatte.

„Ja, magische Anomalien haben eine lange Geschichte, in der sie sich einfach von selbst lösen'", erwiderte er trocken.

„Er ist keine magische Anomalie. Er hat keine Magie –"

„Er hat Magie. Sie ist nur nicht stark. Die Frage ist nicht, ob er sie nutzen kann. Die Frage ist vielmehr, warum er überhaupt Magie hat, Erin."

Er biss die Zähne zusammen, bevor er hörbar scharf Luft holte. Gedanken, die er nicht preisgeben wollte, ließen sein Gesicht finsterer werden.

„Die wahre Frage ist, ob die Magie, die er besitzt, seine

Lebensquelle ist und ausreicht, um für immer zu existieren, oder ob er weiter von dir zehren muss. Hast du den Vampirismus tatsächlich rückgängig gemacht, oder verzögert deine Magie nur das Unvermeidliche? Sein Verhalten dir gegenüber stinkt nach Vampirzeugung", knurrte er.

Während ich ihn musterte, unterdrückte ich ein Lächeln. „Eifersüchtig?", neckte ich ihn, denn seine Spekulationen brachten mich viel eher dazu, dem Thema ausweichen zu wollen, als mich damit auseinanderzusetzen.

Mephisto ignorierte meine Bemerkung und meine ständigen Hinweise darauf, dass er fuhr, und hielt seinen intensiven Blick fest auf mich gerichtet. „Eifersucht wurzelt oft in mangelndem Selbstvertrauen und Misstrauen. Ich habe nie unter diesem Mangel an Selbstvertrauen gelitten", sagte er mit einem selbstbewussten, herausfordernden Grinsen. „Ich vertraue dir und uns."

Trotz seiner hartnäckigen Einwände war der arrogante Gott nicht immun gegen banale Gefühle wie Eifersucht. Bei mehreren Gelegenheiten war seine Haltung gegenüber Asher von Spuren von Eifersucht geprägt gewesen.

Er schnaubte über meinen Gesichtsausdruck, der mit Sicherheit meine Gedanken verriet. „Asher hat mich nie eifersüchtig gemacht, er hat mich bestenfalls genervt."

„Wenn das die Geschichte ist, die du dir erzählst – nur zu", murmelte ich und richtete meine Aufmerksamkeit auf die vorbeiziehende Landschaft. „Wenn es meine Magie ist, die ihn am Leben hält und den Vampirismus verzögert, was passiert dann als Nächstes?" Ich würde Dr. Sumners Wünsche respektieren und nicht zulassen, dass er sich veränderte. Die Alternative zerriss mir das Herz. Ich hatte verhindert, dass er verwandelt wurde, aber wenn er starb, war mein Eingreifen nichts weiter als ein verzögertes Versagen.

„Wenn deine Magie ihn am Leben hält … Sie ist stark. Hoffentlich wird sie ausreichen, um ihm ein normales menschliches Leben zu ermöglichen."

„Und im schlimmsten Fall muss ich den Zauber wiederholen." Ich sprach den Teil aus, den er nur ungern laut aussprechen wollte.

Er nickte. „Es könnte nicht dieselbe Wirkung haben wie beim ersten Mal. Ist es nachhaltig, dich als seine Lebensquelle zu haben?"

Ich unterdrückte Tränen der Frustration. Was für ein Leben wäre das für ihn und mich, wenn das die Situation wäre? Unser Leben wäre nie normal, weil er für immer von mir abhängig wäre – nicht nur verbunden, sondern tatsächlich auf mich angewiesen für seine nackte Existenz.

Mephisto sah mich lange an, seufzte und ergriff meine Hand. Er führte sie an seine Lippen. Wärme kitzelte meine Haut, als er einen sanften Kuss auf meine Finger drückte.

„Ich hasse diesen Blick. Ich verstehe, warum du es getan hast. Wir müssen nur auf das vorbereitet sein, was vor uns liegt. Und dann ist da noch Landon. Er weiß nur, dass du Dr. Sumners Vampirismus umgekehrt hast. Ich glaube nicht, dass er sich dafür interessieren wird, Einzelheiten über Nebenwirkungen zu erfahren. Ich bin ziemlich sicher, dass deine Fähigkeiten schon mit anderen Vampiren diskutiert werden. Sie werden dich als Bedrohung ansehen."

Ich seufzte. „Wir werden uns mit den Konsequenzen befassen müssen."

Er grunzte. „Ich ziehe es vor, proaktiv zu sein, mich mit der Situation im Entstehen zu befassen und zu tun, was nötig ist, um zu verhindern, dass diese Informationen über die Vampirgemeinschaft hinaus verbreitet werden. Vielleicht ist es das Beste, jeden zum Schweigen zu bringen, der dieses Wissen hat."

Seine Worte trugen die Drohung einer brutalen Option in sich. Es kostete mich Mühe, Mitgefühl für Landon zu empfinden, aber ich konnte meine eigene Beteiligung nicht leugnen.

„Was er dir angetan hat, war grausam und unnötig."

Mephistos Augen wanderten zum Rückspiegel, durch den sein Blick auf den Pflock auf dem Rücksitz fiel.

„Aber ich habe auch meinen Teil dazu beigetragen", gab ich zu. „Ich habe den Deal gebrochen, den ich mit ihm geschlossen habe, und ihn gezwungen, das *Obscuro Mors* als meine Alternative zu akzeptieren, anstatt seine gewünschte Rückzahlung der Schulden zuzulassen."

„Und er hatte Unrecht, als er eine unbegrenzte Schuld verlangte, die von deiner Verzweiflung und deinem Schmerz profitierte. Ich verstehe das Bedürfnis, sich in eine Machtposition zu bringen, und mit dir Vampire zu zeugen, hätte das getan. Wenn du dir Sorgen darüber gemacht hast, welche Art von Vampir du erschaffen hättest, dann tue ich das auch. Bitte mich nicht, Verständnis für Landon aufzubringen, denn das werde ich nicht. Er hat dich zum Weinen gebracht und dich in eine Situation gezwungen, in der du die Wahl treffen musstest: deinen Freund töten oder ihn zu einem Vampir machen. Das kann ich nicht – nein, ich werde nicht darüber hinwegsehen oder ihm vergeben."

Die Endgültigkeit seiner Worte und die Dringlichkeit von Madisons Klingelton machten es unmöglich, das Thema weiterzuführen. Es war fast ein Uhr nachts, und sie rief mich an. Nichts an der Situation deutete darauf hin, dass das ein spontaner Anruf unter Schwestern war.

„Also, du machst jetzt Vampirismus rückgängig?", sagte Madison in einem unbeschwerten, trockenen Ton. Ihre Worte waren jedoch von Sorge durchzogen, was im Widerspruch zu der gespielten Lässigkeit stand, die sie an den Tag legte. Madison hatte noch nie ein erhöhtes Maß an Sorge über meine magischen Fähigkeiten gezeigt. Aber diesen Eindruck hatte ich jetzt nicht. Ich war eine verheerende Macht, und irgendwann würde das zu Spannungen in der magischen Gemeinschaft führen. Sie würde diejenige sein, die den Schaden am öffentlichen Image der Übernatürlichen begrenzen und die Ängste der anderen Übernatürlichen und Menschen lindern musste.

„Wie viel weißt du?", fragte ich sie, überzeugt, dass die Informationen, die sie hatte, von Claytons Perspektive beeinflusst waren. Madisons Beziehung mit Clayton hatte die Kommunikation zwischen Madison und mir durcheinandergebracht. Grenzen und Regeln mussten festgelegt werden. Ich musste die Erste sein, die ihr Dinge sagte.

Ich runzelte die Stirn, als sie das Geschehen in so alarmierenden Details zusammenfasste, als wäre sie dabei gewesen. Mephisto, der klare Schuldige an der Nacherzählung, wirkte vollkommen uneinsichtig, als wir vor seinem Haus aus dem Auto stiegen.

„Was soll ich tun?", fragte Madison.

„Nichts. Ich denke, es wird schon gutgehen."

„Das scheint höchst unwahrscheinlich", brummte sie.

Nach einem langen Moment des Schweigens flüsterte sie: „Mephisto darf Landon nicht töten."

Jetzt war ich die Schuldige an dem langen, bedeutungsschwangeren Schweigen. Der Tod des neuen Anführers der Vampire würde mit viel Spekulation und Geschwätz einhergehen. Die anderen Vampire würden Antworten und Vergeltung wollen, und da Elon und Dallas Mephistos Fähigkeiten und Reaktion miterlebt hatten, war er der wahrscheinliche Verdächtige.

„Hast du sie gehört?", fragte ich und folgte ihm ins Haus.

Er nickte. Es war eindeutig eine Reaktion auf ihre Worte und nicht seine Absicht, ihnen Folge zu leisten.

„Ich werde mit ihm reden. Nur damit das klar ist: Ich bin deiner Meinung. Wir müssen nur sichergehen, dass Landon sein Wissen über meine Fähigkeiten für sich behält."

„Ja", sagte Madison mit einem Seufzer. Sie hatte genauso viel Vertrauen in meine Fähigkeit, das zu bewirken, wie ich – nämlich keines. Als ich auflegte, befürchtete ich, dass unser Mangel an Vertrauen in die Situation dafür sorgen würde, dass Mephisto seine Meinung nicht änderte und schließlich entsprechend handelte.

„Sie hat recht", sagte ich.

Sein unverbindliches Grunzen sagte mir, dass es ihn nicht interessierte.

Ich blieb mitten im Flur stehen. Als er sich umdrehte, um mich anzusehen, sagte ich: „Ich bin genauso wütend auf Landon wie du."

Er kam näher an mich heran und ergriff meine Hand. „Das bezweifle ich. Du willst ihm gegenüber irgendeine Form von Verständnis und Höflichkeit zeigen. Ich habe nichts davon für ihn."

„Meinetwegen?"

„Ja. Habe ich einmal die Wurzel meiner Wut verborgen? Er hat dich gebrochen, und ich musste zusehen. Und ich konnte nichts dagegen tun, außer zuzusehen, wie du gehorchst. Dann musste ich zusehen, wie du einen gefährlichen Zauberspruch ausgesprochen hast, um sein Unrecht wiedergutzumachen. Und jetzt leben wir mit den Konsequenzen."

„Und wir wissen, dass du nicht in der Lage sein wirst zu tun, was nötig ist, um es wiedergutzumachen." Das war Claytons Baritonstimme vor uns. Seine Stimme war schon zu hören, bevor er aus dem Wohnzimmer kam. Mephisto schien von seinem plötzlichen Auftauchen nicht überrascht zu sein.

„Er hat jegliche Kommunikation abgebrochen. Wir haben uns Sorgen um ihn gemacht", sagte Clayton in gespielt besorgtem Ton in seiner tiefen, kratzigen Stimme, als Antwort auf meinen überraschten, fragenden Blick.

„Mach deine Darbietung wenigstens glaubhaft", blaffte Mephisto.

Claytons Verärgerung war spürbar. Sie waren es so gewohnt, jederzeit frei zu kommunizieren, dass der Verlust dieser Kommunikation sie auf einer Ebene störte, die sie nur ungern zugaben. Sie zeigten sich gereizt, wenn die Kommunikationsleitungen unterbrochen wurden, aber ich hörte immer das Aufflackern von Sorge in ihren Stimmen, wenn sie jemanden dafür tadelten, die Verbindungen gekappt zu haben. Mephisto war der häufigste Täter.

„Wir waren tatsächlich besorgt. Unser Rabe –" *Wann zum Teufel bin ich zu „unser Rabe" geworden?* In der Vergangenheit war ich Mephistos Rabe, der Rabe und verschiedene Kombinationen des Namens gewesen. Ich ging davon aus, dass meine Probleme nie ausschließlich meine waren. Kai und Simeon wurden durch Mephisto in meine Situationen hineingezogen, und Clayton war wegen seiner Allianz mit Mephisto und seiner Beziehung zu Madison involviert.

„Was ist nötig, um die Situation zu korrigieren?", konterte ich, mein Herz klopfte, weil ich die Antwort kannte.

Clay näherte sich in Sekundenschnelle, eine Erinnerung an seine beunruhigende Geschwindigkeit und seine unbestreitbare Präsenz. Er hatte ozeanische Kräfte, und trotz seines verführerischen Charismas, das er wie einen Schild schwang, war er auch alles-verzehrend und intensiv. Diese Dichotomie war das Störendste an ihm.

„Ich glaube oft, dass du dir nicht eingestehst, dass du Malifics Tochter bist und zu einzigartiger und problematischer Magie fähig bist. Wenn du dein Elfenblut dazurechnest, ist das ein Rezept für eine Katastrophe."

„Ich bin nur zu einem Viertel Elf", korrigierte ich.

„Ah, ja. Dieses Viertel erlaubt es dir, die Elfenmagie einzuschränken, lebende Dinge zu erschaffen und sogar unsere Magie einzuschränken."

„In einem Kreis, aus dem ihr alle leicht rauskommt. Das ist keine wirkliche Einschränkung, wenn ihr einfach über die Runen tretet und es keine Konsequenzen hat!"

Es ging nicht darum, wie leicht sie den Zauber kontern konnten, sondern nur darum, dass ich diese Fähigkeit besaß. Das war es, was sie störte, und meine Fähigkeit, Früchte,

Blumen und möglicherweise Kreaturen zu erschaffen, war wahrscheinlich das Beunruhigendste.

Ich trat näher und musterte seinen Gesichtsausdruck. „Was willst du damit sagen?", fragte ich.

Er sah zu Mephisto und dann wieder zu mir. „Du musst vielleicht deine eigene Schöpfung zerstören, wenn er zu einem Problem wird."

„Er ist keine Schöpfung oder irgendetwas, um das man sich kümmern muss", widersprach ich, obwohl ich nicht mehr so zuversichtlich war wie zuvor. Und diese Realität und Claytons Äußerung einer Sorge, die ich unterdrückt hatte, ließen mich zusammenzucken. „Clay, wir besprechen das morgen, okay?"

Claytons Lippen verzogen sich zu einer schmalen Linie, und er stimmte nur widerwillig zu. Er wollte gerade zur Tür hinaus, als ich ihm hinterherrief. Ich entzog mich Mephistos Griff und drehte mich um, um zu flüstern: „Ich muss mit ihm reden."

Mephistos Blick huschte zwischen uns beiden hin und her, und nach ein paar Augenblicken nachdenklichen Schweigens ging er nach oben.

Ich streckte meinen Finger in die Richtung, aus der er ursprünglich gekommen war, und folgte Clayton ins Wohnzimmer.

„Hast du Madison was davon gesagt?", fragte ich.

„Noch nicht."

Ich hatte keine Zweifel, dass er es ihr sagen würde, sobald die Nacht vorbei war oder vielleicht vorher.

Ich rieb mir die Hände über das Gesicht und verschmierte dabei zweifellos das Make-up, das die Nacht überstanden hatte, und fuhr mir dann nervös mit den Fingern durch mein zerzaustes Haar. Eine Erinnerung daran, wie meine Nacht begonnen hatte und nun endete.

„Wir müssen Grenzen und Regeln festlegen", sagte ich mit einem müden Seufzer.

„Grenzen und Regeln?“ Er runzelte die Stirn, während ein Schmunzeln an einem seiner Mundwinkel zupfte. „Ich bin fasziniert.“

„Wenn es um Madison und mich geht, muss es Regeln geben, was du ihr sagen kannst. Ich muss die Erste sein, die ihr alles erzählt, was mich angeht. Du hast dank Mephisto das Privileg, an viele Informationen zu kommen. Das darfst du nicht ausnutzen.“

Sein Schmunzeln verwandelte sich in ein Lächeln. Ein ungläubiges Lächeln, dann lautes Lachen.

„Tut mir leid, aber das ist eine Grenze, die ich setze“, beharrte ich. Ich wusste, dass ich es mit der Definition von Grenze etwas locker nahm.

„Ich lehne diese Regel ab und habe vor, diese Grenze bei jeder Gelegenheit, die sich mir bietet, zu überschreiten. Sind wir fertig?“, sagte er dreist, ohne auch nur einen Moment über die Bitte nachzudenken.

„Nein. Das ist ein Problem.“

„Für dich. Glaub mir, es macht mir keinen Spaß, Madison als Erster Informationen über dich zu geben. Aber viel zu oft hältst du ihr Informationen vor. Oder lässt zu, dass sie es auf andere Weise herausfindet, was ihr unnötige Sorgen und unnötigen Stress bereitet und sie dazu zwingt, in Eile einzugreifen, um PR-Katastrophen zu verhindern oder dich vor einer Gefängnisstrafe oder der Entdeckung deiner Fähigkeiten zu bewahren. Ich glaube nicht, dass du das tust, um grausam zu sein oder sie in irgendeiner Weise zu verletzen. Ganz im Gegenteil. Es geht nicht um Absicht, sondern um Wirkung. Du tust viele Dinge, die ihr Leben erheblich beeinflussen.“

Er fuhr sich mit den Fingern durch seine Locken und ergriff eine Handvoll davon. Sie fielen im Einklang mit seinem schweren Seufzen. „Ich kenne sie noch nicht so lang wie du, und mir ist jetzt schon klar, dass sie deinen Schutz nicht braucht. Sie scheint am besten zu funktionieren, wenn sie über alles informiert ist. Selbst wenn sie nichts tun kann, um zu helfen.“

„Ich hätte ihr von Landon und Dr. Sumner erzählt.“

„Das hättest du sicher. Es ist sehr bedauerlich, dass du zu sehr damit beschäftigt warst, dich um deinen ...“ Er runzelte die Stirn. Es war nicht mehr Dr. Sumner. Nicht der, den wir alle kannten. „Um den ehemaligen Dr. Sumner zu kümmern.“

„Nenn ihn nicht so!“

Er zuckte die Achseln. „Ich habe es ihr gesagt. Ich habe getan, was du nicht konntest. Und ich werde das in allen künftigen Situationen tun, wenn ich es für richtig halte, Erin. Das musst du begreifen.“

Er gab mir keine Chance zu antworten, schoss auf diese seltsame, unmerkliche Art, die ihnen zu eigen war, an mir vorbei und war aus dem Haus, bevor ich etwas erwidern konnte.

Ich musste an Claytons Abschiedsworte denken und seine Warnung, dass ich meine Schöpfung vielleicht zerstören müsste. Und an Mephistos Bemerkung, dass sich die seltsame magische Situation mit Dr. Sumner nicht von selbst lösen würde.

3

Bis ich das Schlafzimmer erreicht hatte, hatte sich meine Sorge in Wut und Frustration verwandelt, ein unangemessener Anteil davon richtete sich gegen Clayton und seine Abschiedsworte.

„Clays Charisma und Witz leisten ganze Arbeit zu verbergen, dass er manchmal ein Arschloch sein kann", beschwerte ich mich.

Mephisto hielt mitten im Ausziehen seines blutbefleckten Hemdes inne, seine Lippen verzogen sich zu etwas, das zwischen einem amüsierten Schmunzeln und einem Lächeln lag. „Das wusstest du nicht?"

„Ich war verwirrt von seinem Charme und seinem mühelosen Witz und Humor." Ich behielt Kommentare über sein ablenkendes gutes Aussehen für mich.

„Das warst nur du, die davon verwirrt war. Ich bin mir Claytons Art durchaus bewusst."

„Du hast Hunderte von Jahren mit ihm verbracht", erwiderte ich.

Mephisto kam näher an mich heran, scharfer Humor verdunkelte seine Augen, als er seine Arme um mich schlang.

„Stimmt. Aber er hat es nicht verschleiert. Vielleicht war es etwas, wovon du den Blick abgewandt hast."

An der Schwere seiner Worte erkannte ich, dass wir nicht nur über Clayton sprachen. Er legte seinen Finger unter mein Kinn, hob es an und drückte mir einen Kuss auf die Lippen.

„Ich habe Clays Offenheit und Hartnäckigkeit immer geschätzt. Tatsächlich waren sie bei vielen Gelegenheiten hilfreich, wenn es um dich ging."

Er wandte den Blick ab. In der Vergangenheit hatte er widerwillig zugegeben, dass er verletzlich war, wenn ich beteiligt war. Das war auch jetzt die Quelle seines Unbehagens. Die anderen wussten es, aber es war Clayton, der am meisten eingriff, um sicherzustellen, dass ihnen daraus kein Nachteil entstand.

Mephisto ließ seine Hände über meinen Rücken gleiten, öffnete den Reißverschluss meines Kleides und zog sanft daran, sodass es auf den Boden fiel.

Als hätte er gespürt, dass ich mich entschuldigen wollte, presste er seine Finger auf meine Lippen und schmiegte sich näher an mich. „Wenn ich schon eine Schwäche haben muss, dann möchte ich, dass du es bist", flüsterte er.

Seine Hände glitten meine Arme hinab, bis sie zu meinen Händen kamen. Er ergriff sie mit seinen.

„Ich vermute, du hast deine eigenen Schwächen, wenn es um mich geht. Madison scheint dieselben Gefühle für mich zu haben wie du für Clay. Sie hatte kein Problem, sie in Worte zu fassen, als sie mich verhaftet hat. Und sie hatte eine passende Beschreibung und Worte für Clay, als er versucht hat, einzugreifen. Sie hat es geschafft, über sein Charisma, seinen Witz … und sein gutes Aussehen hinwegzusehen", neckte er.

Ich hätte diese Anekdote vielleicht für mich behalten können, aber es gab nichts, was Mephisto über seinen Freund nicht wusste. „Sie hat an diesem Tag definitiv nichts

Witziges oder Charmantes an ihm gefunden. Und ich gebe zu, er hat beides dort schamlos eingesetzt."

Seinem Humor fehlte Heiterkeit, getrübt durch den Groll, den er wegen dieser Situation hegte. *Kleinlichkeit lässt auch nach mehreren menschlichen Lebzeiten nicht nach, wie ich sehe.*

Er war nicht der Einzige, der bei dieser Gelegenheit verhaftet worden war – Asher erging es ähnlich, wie ich aus Corys Nacherzählung der Situation wusste –, als Elizabeth mich in die Dämonenwelt geschickt hatte. Madison, die damit beschäftigt gewesen war, mich zu finden, hatte nicht gut auf Ashers und Mephistos giftige Einmischung und Streitereien reagiert. Sie hatte sie in eine Auszeit geschickt. Eine, die sie ihr immer noch übelnahmen und an die sie mich bei jeder Gelegenheit erinnerten.

Ich stellte mich stur und blieb stehen, als er schon auf dem Weg zur Dusche war. „Du musst darüber hinwegkommen", neckte ich.

Er hatte zugegeben, Madison vergeben zu haben, aber wenn er über sie sprach, blieb ein dunkler Schatten zurück, und sein Gesicht wurde finster, wenn das Thema erwähnt wurde.

„Das habe ich", log er.

Mit einer schwungvollen Bewegung hob er mich in seine Arme und stellte mich in die Dusche, die wir beide dringend brauchten. Nicht nur nach dem langen Tag, sondern auch, weil Blut aus dem Kampf mit den Vampiren an seiner Hand klebte. Sein Hemd hatte am meisten gelitten und war vorn rot gesprenkelt.

Er beobachtete mich mit eindringlichen Augen, als das Wasser über uns lief, unser fehlschlagender Versuch, nur zu *duschen*, nachdem wir unsere Haare gewaschen hatten. Ich schäumte das Zitrusduschgel in den Duschschwamm ein und ließ ihn über meinen Körper gleiten.

Mephisto gab schnell jeden Schein auf, nur duschen zu wollen, und sah mich eindringlich an. Seine Augen verdunkelten sich, als er mich gegen die kühlen Fliesen drückte, ein scharfer Kontrast zum heißen Dampf in der Dusche und der Wärme seines Körpers, der sich an meinen drückte.

Sein Blick bohrte sich in mich, während die magnetische Anziehung zwischen uns wuchs. Seine Magie fühlte sich nicht wie ein unmerkliches Ziehen an meinem Verlangen an. Sie fühlte sich empfindungsfähig, geradezu taktil an und rollte in einer trägen, verführerischen Berührung über mich hinweg.

Wärmeschauer tanzten über meine Haut und huschten über mich. Meine Brustwarzen wurden hart, bis sie so empfindlich waren, dass die leichteste Berührung seiner Zunge in meiner Halsbeuge mich vor Lust erschauern ließ.

Er schmunzelte über meine Reaktion und stieß ein leises, flehendes Stöhnen aus, als ich mich ihm entgegen bog.

Seine Finger strichen über meine Brustwarze, ein neckisches Zucken an seinen Lippen, während er jede Nuance meiner Reaktion auf seine Berührungen beobachtete. Als das Verlangen in mir überkochte, fuhr ich mit meinen Fingern durch sein dunkles Haar und zog ihn in einen tiefen, sanften Kuss, der sich rasch in etwas Heißes und Hungriges verwandelte.

Mephistos Hände packten fest meine Hüften, seine Nägel hinterließen ein prickelndes Brennen auf meiner Haut, das Schauer über meinen Rücken jagte und die Hitze in meinem Inneren anfachte. Sein harter, pulsierender Schwanz drückte sich fordernd gegen mich. Meine Hände glitten langsam seinen Rücken hinunter und erforschten die Mischung aus samtiger Haut und der harten Kontur seiner Muskeln, bevor sie ihren Weg zu seiner Brust und den definierten Wölbungen seines Bauches fanden.

Das Wasser strömte unermüdlich über uns, ein beruhigendes Hintergrundrauschen, das uns umgab. Ich nahm seinen Schwanz in beide Hände und streichelte ihn, während das Wasser Spuren auf seinem Körper zog und sich in den Vertiefungen seiner Muskeln sammelte.

Mephisto hob mein Kinn mit einem leichten Druck seiner Finger und zwang mich, in seine vor Lust lodernden Augen zu blicken. Sein hungriger Blick, roh und intensiv, ließ mich erzittern. Er drückte mich mit fester Entschlossenheit gegen die kühlen Fliesen; seine Lippen wanderten zu meinen Brüsten, wo seine Zunge über die empfindliche Haut meiner Brustwarzen strich. Als er sanft zubiss, keuchte ich, Schmerz und Lust verschmolzen in einem unbeschreiblichen Gefühl.

Er zog mich näher, und meine Beine schlangen sich um seine Hüften, während er das Wasser abstellte. Ohne zu zögern, trug er mich ins Schlafzimmer, seine Küsse hungrig, fordernd und von einem wilden Verlangen durchtränkt.

Ein Handtuch, das er unterwegs aufgeschnappt hatte, glitt hastig über unsere Haut, bevor er mich sanft aufs Bett legte. Seine Hände legten sich wieder um meine Brüste, kneteten sie mit einer Mischung aus Zärtlichkeit und Besessenheit, während seine Lippen die harten Spitzen liebkosten.

„Fuck, ich will dich", stöhnte er, seine Stimme rau und voller Verlangen. Nein, es war mehr als das, er brauchte mich. Er rieb seinen dicken Schwanz an meinen feuchten Falten, bevor er mit seinem Daumen über meine Klitoris strich. Das Gefühl sandte Wellen der Lust durch meinen Körper, entzündete ein Feuer, das mich wimmern ließ. Seine Finger glitten in mich, streichelten und neckten mich mit geschickter Präzision.

Mein Wimmern wurde verzweifelter, geradezu flehend, während er mich mit seinem dunklen, amüsierten Lachen quälte. Meine Hüften bewegten sich in einem verzweifelten Rhythmus, jede Berührung seiner Finger brachte mich näher an den Rand, bis er plötzlich innehielt und seine Hände von mir nahm.

„Nein", flehte ich atemlos, doch seine einzige Antwort war ein schelmisches Grinsen.

„Gefällt meiner Halbgöttin etwas nicht?", fragte er mit gespielter Unschuld, sein Blick loderte vor Hunger. Ich hasste seine Fähigkeit, diesen Hunger zu leugnen.

Bevor ich ihm ein paar flammende Worte entgegenwerfen konnte, erstickte sein aggressiver, besitzergreifender Kuss jeglichen Protest. Seine Zunge erforschte meinen Mund mit einer Intensität, die mein Denken lähmte, während seine Hände die empfindlichsten Stellen meines Körpers mit andächtiger Hingabe erkundeten.

Ich wollte ihn, wollte alles von ihm, und das wusste er.

„Das ist meine Erin. Die Frau, die stolz darauf ist, schmutzig zu spielen", murmelte er gegen meine Lippen, ein verschmitztes Funkeln in seinen Augen, als er *schmutzig* sagte.

Ich keuchte überrascht, als er meine Beine anhob und mich zu sich heranzog. Unsere Blicke trafen sich, und die wilde Intensität seiner Augen hielt meinen Blick gefangen, als er sich zwischen meine Schenkel senkte. Seine Zunge und Lippen bearbeiteten mich mit unerträglicher Kunstfertigkeit, jede Berührung schürte mein Verlangen weiter, bis ich mich unkontrolliert wand und ihn mit meinen Bewegungen antrieb.

Mein Orgasmus war wie eine Flut, die über mich hinwegspülte, und Mephisto hörte nicht auf, genoss jede meiner Reaktionen, während ich mich vor Lust wand.

Er zog sich nach einem letzten Kuss auf meine empfindlichste Stelle zurück und positionierte sich über mir. Sein Blick war unmissverständlich – ich gehörte ihm.

Er rollte mich auf meinen Bauch, sein harter, heißer Schwanz glitt durch die feuchte Spur meiner Erregung. Sein tiefer Atem hallte in meinem Ohr wider, während er langsam und bewusst in mich eindrang.

Er zog uns auf die Knie, seine Bewegungen blieben

gemessen, um mir Zeit zu geben, mich an seine Größe zu gewöhnen. Seine Hände fanden ihren Weg zu meiner Klitoris und einer meiner Brüste, und seine Lippen zogen eine heiße Spur über meinen Hals und meine Schulter.

Die Mischung aus Leidenschaft und Besessenheit in seinen Bewegungen ließ jeden rationalen Gedanken verstummen. Es gab nur uns, unsere Körper, die sich im Rhythmus einer unkontrollierbaren, uralten Verbindung bewegten.

Eine glückselige Mischung aus Lust und Schmerz durchströmte mich, als ich mich einem weiteren Höhepunkt ergab. Mein Körper konnte sich nicht länger aufrecht halten, und ich ließ mich auf Hände und Knie sinken. Mephistos Nägel kratzten über meinen Rücken, ein elektrisierender Schmerz, der ein leises Stöhnen aus meiner Kehle lockte. Seine Stöße wurden härter, fordernder, während er sich seinem eigenen Vergnügen hingab.

Die Luft war erfüllt von unserer Lust, das rhythmische Echo unserer Bewegungen vermischte sich mit unserem Stöhnen in einem fiebrigen Crescendo. Jeder Stoß, jede Berührung brachte mich näher an die Grenze eines weiteren explosiven Höhepunkts. Die Zeit wurde bedeutungslos, meine Sinne überwältigt von der Intensität unserer Vereinigung. Ich verlor mich in der Anzahl der Orgasmen, die meinen Körper durchfluteten.

Ein hemmungsloses Stöhnen der Befriedigung entwich mir, als der nächste Höhepunkt durch mich hindurchbrandete wie ein wilder Sturm. Mein Stöhnen verschmolz mit Mephistos tiefem Knurren, während seine Bewegungen schneller und drängender wurden, uns beide unaufhaltsam dem Höhepunkt entgegentrieben. Seine rohe, ursprüngliche Energie schien den Raum zu füllen, bevor sie sich in einem gewaltigen Moment entlud.

„Fuck", keuchte er schließlich, seine Stimme heiser und rau.

Wir sanken auf das Bett, immer noch verbunden, mein Rücken an seine Brust geschmiegt. Seine Arme zogen mich näher an ihn, und er flüsterte meinen Namen, nannte mich seinen Raben, seine Halbgöttin.

Ich drehte mich zu ihm um, mein Gesicht in seine Richtung gewandt. „Welches von beiden? Du kannst nicht beide haben. Rabe oder Halbgöttin?" Ich hob eine Augenbraue in gespielter Empörung.

„Warum sollte ich nicht beide haben können? Wenn beide dich perfekt verkörpern", flüsterte er, seine Lippen berührten zärtlich meine Stirn. Seine Worte erinnerten mich an eine seiner früheren Bemerkungen: „Du siehst den Raben als ein Geschöpf des Todes, während andere ihn für seine Fähigkeit bewundern, in einer Vielzahl von Lebensräumen zu überleben und zu gedeihen. Raben gehören zu den wenigen Vögeln, die im Schleier existieren. Du, meine Halbgöttin, bist die Essenz davon."

Diese Worte hatten mich mehr getröstet, als ich je erwartet hätte, und die einstige Abneigung, als ein Symbol des Todes betrachtet zu werden, durch Stolz ersetzt. Meine Finger glitten langsam über seine Brust, erkundeten die harten Konturen seiner Muskeln und verweilten an der markanten Linie seines Beckenkamms.

„Das ist mein Lieblingsteil deines Körpers", flüsterte ich mit einem verschmitzten Lächeln.

Er grinste und zog eine Augenbraue hoch. „Ich bezweifle, dass das stimmt." Sein Blick folgte meinen Augen, die unweigerlich zu seiner Erektion wanderten.

Ich riss meinen Blick los und sah ihn an. „Ich bin gern sowohl Rabe als auch Halbgöttin für dich", gab ich zu. „Ich liebe es, dass du all diese Facetten von mir siehst."

„Das ist es, was ich an dir liebe. Du bist ein Mysterium mit unendlichen Schichten, und ich freue mich darauf, jede einzelne davon zu lieben und zu entdecken."

„Also, M–", begann ich, wurde aber von seinem finsteren Blick unterbrochen.

„Mephisto", korrigierte ich mich mit einem schelmischen Funkeln in den Augen. „Welchen von beiden hast du vorhin befriedigt? Den Raben oder die Halbgöttin? Und bin ich dir dafür nicht etwas schuldig?", neckte ich, während meine Finger über seine seidige Haut strichen, die sich unter meinen Berührungen wärmte.

„Ich bin bereit, wenn du es bist, Prinzessin", antwortete er mit einem Lächeln.

Ich setzte mich rittlings auf ihn und küsste ihn voller Hingabe. „Prinzessin? Das klingt wie eine Herabstufung", witzelte ich.

Sein donnerndes Lachen erfüllte den Raum, als ich meinen Weg seinen Körper hinab bahnte, ihm Küsse und neckende Berührungen schenkte. „Du hast recht, Halbgöttin", sagte er mit einem leisen, sinnlichen Grollen, das wie eine Liebkosung klang.

„Ah, also ist es der Rabe, der als Nächstes befriedigt werden muss", murmelte ich, bevor ich ihn in den Mund nahm. Seine Finger gruben sich tief in mein Haar, während er vor Lust und Befriedigung stöhnte.

4

Am nächsten Morgen erwachte ich erfrischter als erwartet, eine dringend benötigte Auszeit von den quälenden Gedanken, die mich sonst nicht losließen – über Landon, Dr. Sumner und all die ungewissen Möglichkeiten, wie das ausgehen könnte. Mephisto hatte mich mit einer Nacht voller Leidenschaft abgelenkt, die mich an seine göttliche Natur erinnerte und an die Ausdauer, die damit einherging. Ich dagegen war mir meiner menschlichen Grenzen nur allzu bewusst geworden. Die flüchtigen Spuren seiner Magie, die er benutzt hatte, um mein Vergnügen zu steigern, hafteten noch immer wie ein geisterhaftes Echo an meiner Haut.

Seine Präsenz war wie aus dem Raum verschwunden, genauso wie die Kleidung und Handtücher, die wir am Abend zuvor achtlos fallengelassen hatten. Ich hatte ihn nicht gehört, als er das Bett verlassen hatte – nichts.

Nach einer Dusche und einem notdürftigen Versuch, meine Haare zu einem Knoten zu binden, durchsuchte ich eine Reisetasche, die ich zuvor ignoriert hatte. Sie war anders als die Tasche in meinem Kofferraum, die für lange, harte Tage vorbereitet war. Diese war aus weichem, cognacfarbenem Leder, makellos und elegant, und enthielt nur die nötigsten Dinge: Unterwäsche, V-Ausschnitt-T-Shirts in gedeckten Farben, Leggings, eine Jeans, zwei Sport-BHs und zwei Spitzen-BHs. Dazu ein Ersatzladegerät und eine Zahnbürste.

Mephisto hatte mir schon oft vorgeschlagen, Kleidung bei ihm zu lassen, aber sie landete jedes Mal wieder bei mir zu Hause. Ich schätzte, das hier war sein neuester Versuch, mich in seinem Leben zu verankern.

Ich zog das moosgrüne T-Shirt über den schwarzen Spitzen-BH, schlüpfte in die Jeans und war auf dem Weg zur Tür, als mein Handy vibrierte. Eine SMS-Benachrichtigung. Ich nahm es vom Nachttisch und stellte fest, dass ich nicht nur eine, sondern mehrere Nachrichten hatte. Drei von Dr. Sumner und fünf verpasste Anrufe. Eine Nachricht von Cory, in der er schrieb, dass wir reden müssten. „Du weiSSt schon, worüber", schrieb er. Ich fragte mich, wer ihn über die Situation mit Dr. Sumner informiert hatte. Meine Vermutung war Madison. Auch sie hatte geschrieben, eine kurze Frage nach Mephistos Reaktion darauf, dass sie gesagt hatte, Landons Leben müsse verschont werden.

Landon. Ich musste mit einem Vampir sprechen. In jedem anderen Fall hätte ich ihn vielleicht gefragt, denn Grayson, mein Ex, der dank der Supernatural Task Force in den Perils eine lange Haftstrafe verbüßte, würde sicher keinen Besuch von mir akzeptieren. Wahrscheinlich hasste er mich immer noch dafür, dass ich ihn festgenommen hatte. Meine anderen Vampir-Ex-Partner und lockere Bekanntschaften waren auch keine Option. Unsere Beziehungen basierten auf Lust und Vergnügen, nie auf Vertrauen oder einer Verbindung, die tief genug ging, um persönliche Fragen zu stellen. Außerdem hatten sie alle irgendeine Verbindung zu Landon, und ich wollte ihm keine Gelegenheit geben, Einblicke oder Zugang zu mir zu bekommen.

Ich schickte Madison und Cory eine Nachricht, dass wir

uns später in meiner Wohnung treffen sollten. Hoffentlich hatte ich bis dahin einen konkreten Plan – und Mephistos Zusicherung, dass er Landon nicht töten würde. Wahrscheinlicher erschien mir jedoch Ersteres.

Als ich die Treppe hinunterging, lockte mich ein köstlicher Duft aus Richtung Küche. Ich hatte angenommen, Mephisto in seinem Büro zu finden, doch mein knurrender Magen ließ mich die Richtung ändern, in Erwartung von etwas Essbarem.

„Erin!", rief Benton hinter mir. Ich änderte wieder die Richtung und folgte ihm in sein Büro. Dort saß Mephisto auf dem Sofa, den Kopf zurückgelehnt, die Augen zur Decke gerichtet. Seine bemerkenswerte Fähigkeit, seine Gefühle zu verbergen, machte es schwer, ihn oder die Situation einzuschätzen. Bentons Gesicht dagegen war von deutlicher Sorge gezeichnet.

„Hast du von dem gehört, den du gezeugt hast?", fragte Benton unvermittelt. Mephistos Kopf drehte sich ruckartig zu ihm, und er fixierte ihn mit einem stechenden Blick. „Tun wir so, als wäre er das nicht?"

„Ich kann niemanden zeugen, ich bin kein Vampir."

„Nein, bist du nicht, aber du bist die Tochter einer Erzgöttin. Das verleiht dir die Fähigkeit, Wesen und Dinge zu erschaffen. Ist das nicht im Grunde das, was Vampire tun?"

Bentons schroffe und kalte Art ließ mich vermuten, dass er aus dem Schleier gerufen worden war, um bei dieser einzigartigen Situation zu helfen. War er wie Kai lieber dort? Vielleicht glaubte er, dass es bessere Nutzungen für seine Fähigkeiten gab, als sich mit meiner misslichen Lage zu befassen.

„Das war nicht mein Ziel. Ich wollte nur sein Leben retten." Meine Stimme zitterte, und meine Emotionen schimmerten durch, was Bentons Augen weicher werden ließ.

„Das weiß ich. Aber deine Magie ist eine solche Anomalie, dass du immer auf der Hut sein solltest." Sorge lag in seiner Stirn, die von tiefen Falten durchzogen war.

„Hätte ich zulassen sollen, dass er in einen Vampir verwandelt wird?"

„Ja. Zumindest wüssten wir dann, womit wir es zu tun haben und wie wir vorgehen müssen." Bentons Antwort kam ohne auch nur den kleinsten Moment des Zögerns.

Schockiert von seiner Direktheit sah ich Mephisto an. Sein ausdrucksloses Gesicht ließ darauf schließen, dass er Benton zustimmte.

Benton ging zu seinem Schreibtisch, begann, Papiere zu durchsuchen, öffnete Bücher und stellte eine Reihe gezielter Fragen zu dem Tag, an dem ich Dr. Sumner zurückgebracht hatte. Es waren Details, die Mephisto nicht in Erwägung gezogen hatte. „Wie schnell schlug sein Herz, als er aufgewacht ist?" „War er erschöpft, nachdem er Magie eingesetzt hatte?" „Hat sich seine Augenfarbe verändert?" „Hast du ihm Blut angeboten?"

„Warum sollte ich das tun?"

„Vielleicht schöpft er seine Energie nicht ganz aus, weil er sich als Mensch und nicht als Vampir ernährt. Oder als der Hybrid, der er vielleicht ist." Benton ließ die Unterlagen auf den Tisch fallen, schloss die Augen und massierte seine Schläfen.

Mephisto musterte Benton lange, bevor er schließlich sprach. „Du musst hungrig sein, Erin." Er wandte sich mir zu, ein verschmitztes Lächeln auf den Lippen, das mich an die letzte Nacht erinnerte. „Lass uns was essen."

In wenigen Sekunden war er an meiner Seite, seine Hand lag warm auf meinem Rücken, als er mich aus dem Zimmer führte. Während wir gingen, bemerkte ich den besorgten Blick, den er Benton zuwarf.

In der Küche setzte ich mich Mephisto gegenüber. Isley brachte zwei Tassen Kaffee und stellte die Kanne auf den

Tisch. Ich griff nach Sahne und Zucker, doch Mephisto hielt mich zurück. „Probier erstmal", riet er.

Ich trank einen Schluck, ließ den Geschmack auf mich wirken, und ein tiefer, zufriedener Laut entwich meiner Kehle.

Mephistos Lippen verzogen sich zu einem schelmischen Grinsen, und er hob eine Augenbraue. „Das klingt vertraut. Ich dachte, solche Reaktionen sind nur mir vorbehalten."

Ich öffnete den Mund, um zu antworten, doch Isleys Gesichtsausdruck verriet Überraschung, als er eilig die frisch gebackenen Biscotti auf den Tisch stellte, die für den süßen Duft verantwortlich waren, der mir vorhin aufgefallen war.

„Du hast ihn in Verlegenheit gebracht", bemerkte ich, als Isley außer Hörweite war.

„Das bezweifle ich. Nach der Farbe deiner Wangen zu urteilen, bist du diejenige, die ein bisschen schüchtern ist."

„Wenn dein bester Freund jemand wie Cory ist, ist dir schnell nicht mehr viel peinlich. Das war nur Fremdschämen, weil du eifersüchtig auf eine Tasse Kaffee bist."

Seine Augen verweilten auf meinen Lippen, während ich an meinem zweiten Biscotto knabberte. „Ich bin auch eifersüchtig auf das Gebäck", bemerkte er mit gespielter Ernsthaftigkeit.

„Falls ihr euch damit besser fühlt, ich schäme mich schon genug für alle", kommentierte Clay, der gerade die Küche betrat, gefolgt von Simeon und Kai. Corys Freundschaft hatte mich nicht auf ein derartiges Maß an Peinlichkeit vorbereitet. Meine Wangen glühten, und ich bemühte mich, meinen Gesichtsausdruck schnell in etwas Kühles und Gleichgültiges zu verwandeln, während ich ihre Kleidung betrachtete. Dunkle Jeans und T-Shirts mit V-Ausschnitt, die zum Kämpfen gemacht schienen. Sie wirkten geschmeidig und widerstandsfähig. Selbst die Bewegungen der Männer, übernatürlich und doch schwer zuzuordnen, erinnerten ständig daran, dass sie in der Kategorie „Andere" blieben, egal, wie sehr sie versuchten, sich anzupassen.

Clayton bevorzugte wie immer Schwarz, Simeon trug ein jadegrünes Shirt, das perfekt zu seinem champagnerblonden Haar passte. Kais himmelblaues Shirt erinnerte mich an seine Flügel. Sein Verhalten wirkte unerwartet entspannt. Die Last der Gefangenschaft in meiner Welt, die er mit angespannter Haltung und erzwungener Gelassenheit ertragen hatte, schien endlich von ihm abgefallen zu sein. Kai gehörte in den Himmel. Dort konnte er wirklich er selbst sein, ungebunden von den Beschränkungen des Bodens. Ich war der Meinung, die Drachenwandlerbrüder gehörten auch dorthin, doch sie bevorzugten ihre menschliche Gestalt, in der sie durch Stehlen existieren konnten und es als „ihre Lebensweise" bezeichneten, weil Drachen horteten. Ich hatte darauf hingewiesen, dass Drachen Schmuck und Dinge horteten, die keinen großen Wert hatten, während die Brüder es vorzogen, Designerkleidung, teure Elektronik, Juwelen und illegale oder auf dem Schwarzmarkt gekaufte magische Objekte zu horten. Magische Objekte, die sie für den richtigen Preis gerne hergaben. Also nein, es war nicht ihr Drachenbedürfnis zu horten; sie waren einfach Diebe.

Kai fand Trost am Himmel. Es war der Ort, an dem er im Kampf brillierte und sich am wohlsten fühlte. Hinter dem Schleier konnte er wirklich er selbst sein, ungebunden von den Beschränkungen des Landes. Seine neugewonnene Freiheit zeigte sich in seinem strahlenden Gesichtsausdruck und seinen Augen, die ihre sorgenvolle Schwere verloren hatten. Stattdessen zeigte sich nun verschämte Missbilligung des aktuellen Gesprächs.

„Wir können ihn nicht finden", sagte Simeon plötzlich, seine Aufmerksamkeit nach außen gerichtet. Ich wusste, dass er nach dem Okapi suchte, das er Mephisto geschenkt hatte. Nach wie vor war ich überzeugt, dass er es aus egoistischen Gründen getan hatte. Wenn er schon mit zweibeinigen

Säugetieren interagieren musste, wollte er zumindest die Möglichkeit haben, seine tierischen Freunde zu besuchen, sobald es vorbei war. Offensichtlich zog er Tiere den meisten Menschen vor.

Ich blinzelte angesichts der abrupten Antwort und wurde mir bewusst, dass ich erneut mitten in eines ihrer stummen Gespräche geraten war, ohne auch nur einen Fetzen Information daraus zu bekommen.

„Hallo? Ich bin auch hier. Sollte ich nicht an allen Aspekten des Gesprächs beteiligt sein?", fragte ich und richtete meinen Blick abwechselnd auf Simeon und Mephisto.

„Das ist eine Angewohnheit, die wir uns abgewöhnen müssen, wenn du in der Nähe bist. Wir werden uns Mühe geben", bot Mephisto an. Die Zustimmung der anderen klang so aufrichtig, dass mir klar wurde, wie sehr diese Art der Kommunikation, genau wie ihre Magie, zu ihrem Überleben beigetragen hatte und nun instinktiv geschah.

„Mephisto hat uns heute Morgen kontaktiert und gebeten, nochmal nach Landon zu suchen. Wir haben gestern erfolglos gesucht, und heute ist es nicht anders. Er ist weder zu seinem Haus, seinem sicheren Rückzugsort, noch an einen seiner üblichen Orte zurückgekehrt."

Obwohl es mich nicht überraschte, missfiel es mir, dass ich nichts davon gewusst hatte.

„Was ist mit Dallas und Elon?", fragte Mephisto.

„Sie sind auch verschwunden", antwortete Clayton.

Mephisto lehnte sich in seinem Stuhl zurück und trank nachdenklich einen Schluck aus seiner Tasse.

Isley kehrte zurück, um zu fragen, ob Steak und Eier zum Frühstück in Ordnung waren. Das Gebäck hatte meinen Hunger nicht gestillt. Die drei Kekse, die ich gegessen hatte, schienen mich nur noch hungriger gemacht zu haben.

„Ruf Landon an", sagte Mephisto zu mir.

Landon trug seine Überheblichkeit und sein Anspruchsdenken wie ein Designerparfüm, aber ich konnte mir nicht vorstellen, dass seine Arroganz solche Ausmaße annehmen würde. Dennoch wählte ich seine Nummer. Der Anruf ging direkt auf die Mailbox. Ich versuchte es mit einem Videoanruf – keine Antwort.

Das Bild von Dr. Sumner, wie er auf dem Sofa lag, sein Leben aus ihm gesogen, blitzte vor meinem inneren Auge auf. „Was, wenn er zurückkommt, um zu beenden, was er mit Dr. Sumner angefangen hat?"

Ich konnte nicht glauben, dass mir dieser Gedanke nicht früher gekommen war.

„Er ist okay, er sagte, er sei oft müde. Aber er sah gut aus. Ich habe deinen Freund gebeten, bei ihm zu Hause einen Zauber zu errichten. Es ist besser, wenn es ein Hexenzauber ist als unserer", fügte Clay hinzu. Mühsam hatte er es geschafft, „Hexe" zu sagen und nicht seinen bevorzugten, abwertenden Ausdruck. Das könnte erklären, warum ich noch keine Antwort von Cory bekommen hatte.

„Danke."

„Es war nicht meine Idee, es war Madisons." Er runzelte die Stirn. „Jacob konnte den Zauber verwenden, um ihn bei Bedarf zu deaktivieren. Madison und Cory haben es ausprobiert."

Das war neu und anders. Wurde Jacobs Magie stärker, oder lernte er, sie besser zu kontrollieren?

Kai biss sich auf die Unterlippe und wandte dann seine Aufmerksamkeit Clayton zu. „Er sah nicht gut aus. Irgendwas stimmt nicht. Er ist nicht menschlich." Den letzten Satz richtete er mit Nachdruck an mich, als wollte er den letzten Zweifler überzeugen.

Es wurde immer schwieriger zu leugnen, dass etwas nicht stimmte. Ihre Sorge und ihre unausgesprochenen Vorwürfe richteten sich gegen mich. Sogar Simeon wandte seinen Blick von dem Tier im Garten ab und richtete seine Aufmerksamkeit auf mich.

„Wenn er eine teilweise Verwandlung in einen Vampir durchgemacht hat –“, begann Kai.

Ich unterbrach ihn. „Das hat er nicht.“ Meine scharfe Leugnung brachte ihn dazu, mich mit prüfendem Blick zu mustern.

„Ich sehe das anders“, widersprach er. Es war eine dieser seltenen Gelegenheiten, bei denen ich froh war, nicht an ihren stillen Gesprächen beteiligt zu sein.

Isley stellte einen Teller mit Steak, Kartoffeln und Rührei und dazu eine Schale Obst vor mir ab und durchbrach die angespannte Stille. Ich hatte die Hälfte meiner Eier verschlungen, bevor mir auffiel, dass Mephisto nichts hatte.

„Du frühstückst nicht?“, fragte ich ihn.

„Das ist Brunch“, korrigierte er. Seine Augen funkelten amüsiert, ein seltener Moment, der die Sorgenfalten auf seiner Stirn kurzzeitig verdrängte. „Ich habe vorhin gegessen. Ich bin schon seit Stunden wach.“ Ein schelmisches Grinsen hob seine Mundwinkel.

„Würden Sie ihr bitte Ketchup bringen?“, bat Mephisto Isley, bevor dieser gehen konnte.

„Ket-Ketchup“, stotterte Isley und schaffte es dennoch, jegliches Urteil aus seinem Gesicht zu verbannen. Clayton schüttelte den Kopf.

„Sie sind voreingenommen, weil Sie Ketchup nicht mögen“, bemerkte ich und erinnerte mich an Mephistos frühere Worte: „Er versteht es nicht.“

Simeon, der seine Geduld mit anderen Zweibeinern offenbar ausgereizt hatte, wurde unruhig. Nach einem Austausch von Blicken zwischen den vier Männern ging Simeon hinaus, um mit dem Okapi zu interagieren – ob es nun zum Spielen, Plaudern oder Tratschen war, war unklar.

Clayton und Kai verließen ebenfalls die Küche.

„Du triffst dich später mit Madison, oder?“, fragte Clayton. „Könntet ihr mögliche Komplikationen einer unterbrochenen Vampirverwandlung besprechen? Vielleicht hat sie zusätzliche Informationen oder eine Lösung, wie die Situation korrigiert werden kann."

„Nein, ich habe beschlossen, dich zu meinem Verwaltungsassistenten zu machen und dir die Verantwortung zu übergeben, Nachrichten für mich weiterzuleiten. Aber bitte in meinem netten Ton", neckte ich ihn und grinste, während er mit blankem Entsetzen zusah, wie ich Isley den Ketchup abnahm und mein Steak darin ertränkte.

Schließlich wandte er seinen Blick von meinem kulinarischen Schwerverbrechen ab und richtete ihn wieder auf mich. „Ist dein Ton wirklich nett oder hat Mephisto dich davon überzeugt? Ich denke, es hängt vom Geschmack des Empfängers ab, für den er bestimmt ist." Mit einem breiten, freundlichen Lächeln wandte er sich ab und verschwand, bevor ich eine schlagfertige Antwort finden konnte.

Mephisto beschäftigte sich mit seinem Handy, doch die unabgesprochene Angelegenheit blieb wie ein straff gespanntes Seil zwischen uns.

Nachdem ich meinen Teller geleert hatte, begann ich mit dem Obst. Ich konzentrierte mich auf die Blaubeeren, doch Mephistos intensiver Blick war schwer zu ignorieren. Schließlich hob ich den Kopf und begegnete seinem Blick.

„Wenn es um Dr. Sumner geht, scheinst du nicht pragmatisch zu sein. Gibt es einen Grund dafür?", fragte er in klarem, ruhigem Ton, während seine Lippen sich zu einer spröden, grimmigen Linie verzogen.

„Ich leide nicht an mangelndem Pragmatismus im Umgang mit ihm. Es sind Schuldgefühle", gestand ich und schob den Teller weg. Der Geschmack der Beeren in meinem Mund fühlte sich plötzlich wie Sägemehl an. Ich trank einen Schluck von dem Wasser, das Isley serviert hatte.

„Als Dr. Sumner mich als Patientin angenommen hat, wollte er sein Wissen und seine Position in der magischen Gemeinschaft verbessern. Zugegeben, er hat mich dafür benutzt. Aber er hat mir auch viel gegeben. Er wurde zu

einem emotionalen Zufluchtsort für mich. In seinen
kühnsten Träumen hätte er sich nicht vorstellen können,
dass Malific ihn fast töten und Landon ihn anschließend als
Druckmittel benutzen würde. Das habe ich ihm angetan."

Mephisto lehnte sich an den Tisch, eine wohlige Wärme
trat in seine Augen und Worte. „Dr. Sumner ist nicht
unschuldig daran. Er hat versucht, mit Landon einen Deal zu
machen, was dazu geführt hat, dass Landon auf ihn
aufmerksam wurde. Hast du ihn immer wieder in deine Welt
hineingezogen oder ihm geraten, sich fernzuhalten? Ich halte
es für unwahrscheinlich, dass du ihn nicht gewarnt hast."

Das hatte ich so oft getan. Unsere Beziehung als Patientin
und Therapeut war so verschwommen, dass daraus eine
unangemessene Freundschaft geworden war. „Wir sind oft
falsch abgebogen und hier gelandet", sagte ich mit einem
freudlosen, hohlen Lachen. Das löste die Spannung nicht. „Er
ist mein Freund – ich habe das Leben meines Freundes
vermasselt. Ich habe Angst, dass mein Zauber nicht funktioniert hat und ich das Unvermeidliche nur aufgeschoben
habe, und er ein Vampir wird, etwas, das er nie wollte.
Schlimmer noch, ein Vampir mit magischen Fähigkeiten.
Und was, wenn er ein seltsamer Hybrid ist und andere
Ernährungsbedürfnisse hat, die sich nicht erfüllen lassen? Ich
bezweifle auch, dass er das will. Ich weiß, dass was mit ihm
nicht stimmt, und das wird sein Leben in Gefahr bringen
und ihn ins Visier der Vampire rücken."

„Erin, nimm diese Last nicht auf dich. Du musst sie nicht
tragen. Die Situation wird gelöst werden."

„Selbst, wenn das mit seinem Tod einhergeht?"

„Leider könnte das die letzte Option sein."

Das war das, was mich am meisten quälte.

Als ich mit Mephistos geliehenem Auto rückwärts aus seiner Einfahrt fuhr, musste ich abrupt bremsen, weil Kais beeindruckenden himmelblau-schwarzen Flügel mir die Sicht nahmen. Am Himmel waren sie überwältigend, doch jetzt blockierten sie die Sonne. Als er sie ausbreitete, schien ihm der bloße Anblick seiner ausgebreiteten Flügel Trost zu spenden.

„Lass uns reden", schlug er vor. Ich nickte, und er öffnete die Autotür, um mich einzuladen, mit ihm zu gehen. Das war mir lieber, als im Auto zu sitzen, ohne Ablenkungen.

Kais bewusst langsame, gemessene Schritte machten es mir leicht, mit ihm mitzuhalten. „Zwing uns nicht, Mephisto vor sich selbst zu beschützen", sagte er schließlich, nach Minuten des Schweigens.

„Was?" Ich blieb stehen und richtete meine volle Aufmerksamkeit auf ihn.

„Er wird die Möglichkeit wählen, die dir die geringsten Schmerzen bereitet. Wir waren uns immer sicher, dass Mephisto das Richtige tun würde. Das Richtige für uns *alle*. Ein Vampir mit magischen Kräften kann in dieser Welt nicht existieren. Und mach dir nichts vor: Das ist, was Sumner ist. Er hat keine Reißzähne, um die nötige Nahrung zu sich zu nehmen, er hat einen Herzschlag, also ist er nicht unsterblich, und er braucht Sauerstoff zum Leben. Tu, was nötig ist, und lass ihn ein echter Vampir werden. Der vollständige Übergang wird ihm hoffentlich seine Magie nehmen."

„Er will kein Vampir sein."

„Diese Entscheidung wurde getroffen, als er nicht zwischen Leben und Tod wählen musste. Das ist jetzt die Wahl. Denn wenn er so weiterlebt, wie er ist, wird die Welt nach seinem Schöpfer suchen. Dein Leben, wie du es kennst, wird nicht mehr dasselbe sein. Und das ist das Best-Case-Szenario. Du weißt, dass es Leute gibt, die keine Anomalien tolerieren. Das ist der Grund, warum alle geheim halten, was du bist, oder?"

Ich schluckte meine Antwort mit einem schweren Seufzer hinunter und nickte nur.

Kai wandte den Blick ab. „Ich bin mir nicht sicher, ob er im Schleier überleben würde, was ich als Option in Betracht gezogen habe. Also lass ihn sich verwandeln."

„Und was, wenn das nicht funktioniert? Was, wenn ich es dann mit einem unsterblichen Wesen mit Magie zu tun habe? Meiner Magie?"

Er runzelte die Stirn, Sorge trat in seine Augen. „Rabe, das wird eine Situation sein, mit der du dich nicht auseinandersetzen musst. Es tut mir leid."

Ich zischte in die Leere, die er hinterließ, als er durch die schimmernde Wand verschwand, die plötzlich hinter ihm auftauchte. Alles machte mich wütend – ihr einfacher Zugang zum Schleier, der Rückweg zum Auto und die Tatsache, dass es keine einfache Lösung gab, egal, wie ich es drehte und wendete.

So einfach war es nicht. Selbst wenn ich zustimmte, Dr. Sumner verwandeln zu lassen, hatte ich keinen Vampir, den ich fragen konnte. Zum zweiten Mal deutete einer der Jäger an, dass sie die Sache übernehmen würden.

Ich wusste, wie das für Dr. Sumner enden würde.

5

In meiner Wohnung fühlten sich die Fragen von Cory und Madison mehr wie ein Verhör an als eine Nachbesprechung der letzten anderthalb Tage. Es wurde noch schlimmer, weil ich nicht garantieren konnte, dass Mephisto nicht irgendwann seiner Wut auf Landon nachgeben würde. Stattdessen konzentrierten wir uns auf die Dinge, die wir kontrollieren konnten, wenn auch nur minimal.

„Landon reagiert nicht auf meine Anfragen. Ich habe Agenten zu ihm nach Hause geschickt."

Sowohl Cory als auch ich sahen Madison an. Wieder einmal war sie für mich über ihre Arbeitsplatzbeschreibung hinausgegangen. „Ich bin dafür verantwortlich, unsere Gesetze durchzusetzen", erinnerte sie uns.

„Also verhaftest du ihn? Was soll das bringen?", fragte Cory.

„Noch keine Verhaftung."

Das war der Punkt, an dem die Situation mit Magieanwendern komplizierter wurde. Normalerweise kümmerten sich die einzelnen Fraktionen selbst um ihre Angelegenheiten. Doch die Beteiligung der Supernatural Task Force bedeutete, dass es sich entweder um ein erhebliches Risiko für die gesamte Gemeinschaft oder um einen potenziellen PR-Alptraum handelte – etwas, das die ohnehin fragile Beziehung zwischen Menschen und übernatürlichen Wesen zerstören könnte. Anti-übernatürliche Gruppen lauerten nur darauf, jede Gelegenheit zu nutzen, auf die Gefahren der Existenz der Übernatürlichen hinzuweisen.

Madison seufzte. „Er ist derjenige, der die Regeln der Vampire durchsetzen soll." Sie fluchte leise und ließ sich erschöpft auf das Sofa fallen. Selten hatte ich sie so genervt und überfordert gesehen, aber jetzt war es offensichtlich. „Über Landon kann man viel sagen, aber er hatte nie ein Problem damit, dass abtrünnige Vampire Menschen verwandeln." Zwang war eine andere Sache – illegal, aber so schwer nachzuweisen, dass ältere Vampire es oft unbemerkt tun konnten. Die natürliche Anziehungskraft der Vampire machte Zwang oft überflüssig, wenn es um Trinken, Sex oder andere Bedürfnisse ging, die sie durch Menschen deckten.

Corys Blick war auf Madison gerichtet, seine sanften, besorgten Augen durchbohrten sie.

„Erin, du musst aufhören." Corys scharfe Worte rissen Madisons Aufmerksamkeit auf ihn. „Hör auf. Mit allem. Diese Erkundung deiner Magie war anfangs aufregend und unterhaltsam, und ich war voll dabei. Ich habe dich angefeuert, dieses mächtige Wesen zu sein, das die Leute dazu bringt, dich in Ruhe zu lassen, da es dir ein ruhiges Leben ermöglichen sollte. Aber jetzt machst du dich nur selbst zur Zielscheibe. Irgendwann wird einer der Angriffe erfolgreich sein. Die Elfen hassen dich, die Hexen vertrauen dir nicht, und die Allianz mit den Feen ist brüchig. Sie wissen, wozu du fähig bist. Ich denke, es ist eine ‚Halte deine Freunde nahe bei dir, aber deine Feinde noch näher'-Situation."

Madison kaute nachdenklich auf ihrer Unterlippe. Ich wusste, dass Cory vielleicht nicht ganz recht hatte, aber er war nah dran.

„Sie wissen, dass du den Elfen die Magie genommen hast,

und unsere enge Beziehung zu ihnen verleiht dir eine Macht über sie, die sie vorsichtiger macht im Umgang mit dir", fügte Madison hinzu.

„Ich habe ihnen klargemacht, dass sie sich meinetwegen nie Sorgen machen müssen", protestierte ich.

Madison nickte langsam. „Das hat mich für sie wertvoll gemacht, aber sie wissen auch, dass ich ein Katalysator sein könnte, der dich gegen sie aufbringen könnte."

Die Warnung in ihrer Stimme war unüberhörbar. Sie erinnerte mich daran, dass Angst keine Loyalität hervorbringt, sondern vielmehr Misstrauen fördert – und damit die Möglichkeit von Verrat, Vergeltung und verzweifelten Maßnahmen, um die Angst zu bannen.

Meine Magie war einzigartig, etwas vollkommen Neues. Es war nur eine Frage der Zeit, bis jemand versuchen würde, sie entweder auszunutzen oder loszuwerden.

Ich sah Cory an, dessen gequälter Gesichtsausdruck zeigte, wie sehr ihn die Aussicht auf meinen möglichen Tod belastete. Ich konnte ihm seinen Ausbruch nicht verübeln, aber ich konnte mich auch nicht dafür entschuldigen, meine Magie ausprobiert zu haben – nicht, wenn ich es getan hatte, um andere zu beschützen und zu retten. Jetzt musste ich mich jedoch mit den Konsequenzen dieser Experimente auseinandersetzen.

Mein Handy vibrierte, und ich griff eilig danach, in der naiven Hoffnung, dass es Landon war. Ich versuchte, mir meine Enttäuschung nicht anhören zu lassen, als ich antwortete.

„Sumner, was gibt's?"

„Ich kann mein Haus nicht verlassen", sagte er mit Panik in der Stimme.

„Was meinen Sie damit, Sie können Ihr Haus nicht verlassen?"

„Der Schutzzauber. Ich kann ihn nicht deaktivieren."

Corys Stirn legte sich in Falten. „Er hat ihn zweimal

deaktiviert, während wir dort waren. Ich habe mich versichert, dass er es konnte – das und ihn wieder aufrichten."

Das bedeutete, dass er keinen Zugang mehr zu Magie hatte. Pessimismus ließ meine aufkeimende Hoffnung schrumpfen. Es könnte Schlimmeres bedeuten. Ich sprang auf und ging zur Tür, Madison und Cory dicht hinter mir. Ich unterdrückte ein Lächeln, das sich zu bilden drohte.

Er hatte keine Magie. Wenn ich bei ihm ankam und feststellte, dass er sich normal verhielt und nicht diese seltsame Besessenheit von mir an den Tag legte, wäre es das wert. Und die Feinde, die ich mir gemacht hatte, wären mir egal. Landon müsste erledigt werden, und an diesem Punkt war ich bereit, ihm zu drohen: „Halt die Klappe und lass mich in Ruhe, sonst lasse ich Mephisto auf dich los." Ich war sogar bereit zu behaupten, ich könnte seinen Vampirismus rückgängig machen. Ob das stimmte, wusste ich nicht – aber er wusste das genauso wenig wie ich.

6

„Scheiße!“ Corys Knurren konnte es mit dem jedes Wandlers aufnehmen, als wir Dr. Sumners aufgebrochene Tür sahen. Dort, wo das Schloss war, waren nur noch Splitter, und der Schutzzauber war zerstört. Von Dr. Sumner fehlte jede Spur.

Wir verteilten uns und durchsuchten das Haus. Es gab kaum Anzeichen eines Kampfes, nur eine kleine Glasscherbe, wo etwas zerbrochen worden war. Es sah aus, als wäre das Haus aufgeräumt worden, um alle Beweise seiner Entführung zu beseitigen.

Cory ballte die Fäuste. Er sah sich noch einmal im Zimmer um, runzelte die Stirn und schüttelte den Kopf. Er sah zu mir und dann zu Madison, keiner von uns konnte sich bewegen, während wir das Zimmer betrachteten und uns mit der Realität auseinandersetzen mussten, dass Dr. Sumner entführt worden war.

„Der Schutzzauber wurde deaktiviert, also war jemand mit Magie im Spiel“, sagte ich und konnte die Nervosität in meiner Stimme kaum verbergen. „Aber ich glaube nicht, dass das eine Hexe war.“

„Ich auch nicht“, bemerkte Cory, während er sein Handy zückte. Nachdem er eine Nummer gewählt hatte, sagte er:

„Ich brauche deine Hilfe. Bring deine Nase mit. Kannst du zu Sumners Haus kommen?“

Er hatte Alex kontaktiert, einen Wandler, dessen scharfe Sinne uns oft geholfen hatten. Seine Einmischung würde unweigerlich die Aufmerksamkeit der Wandlergemeinschaft und damit auch von Asher auf sich ziehen. Aber zwischenzeitlich war mir das egal. Ich brauchte Antworten. Als ich mich im Raum umsah, bekam ich das Gefühl, dass ich schon welche hatte. Landon hatte Dr. Sumner mit Hilfe einer Hexe entführt. Jetzt brauchte ich Lösungen. Ich überlegte, ob ich Mephisto anrufen sollte, beschloss aber zu warten, weil ich nicht sicher war, ob ihn einzuschalten Sumners Überlebenschancen erhöhen würde. Es würde auf jeden Fall dazu führen, dass Mephisto Madisons Befehl, Landon zu schonen, ignorierte.

Eine Viertelstunde nach Corys Anruf kam Alex herein, gekleidet wie immer: ein frisch gebügeltes, figurbetontes Hemd, dunkelblaue Nadelstreifenhose, italienische Lederschuhe (das vermutete ich zumindest) und perfekt frisierte Haare. Jedes Mal, wenn ich ihn sah, war ich mir nicht sicher, ob er gerade von zu Hause oder aus dem Büro kam, denn er kleidete sich immer so.

Alex sah sich alles genau an, als er durch das Haus ging, hob Gegenstände hoch, schnupperte und betrachtete sie genau und stellte sie exakt an ihren Platz zurück. Er und Cory waren perfekt füreinander.

Nach einer Weile schloss er die Augen, atmete tief ein und öffnete sie langsam wieder. Danach war seine Haltung straffer, die Muskeln in seinem Nacken angespannt. Der goldene Schimmer in seinen Augen deutete an, dass er seinen inneren Wolf in Schach halten musste. Wandler lernen, ihre auffälligen Augen zu verbergen, die eine Kombination aus menschlicher Wahrnehmung und raubtierhafter Wachsamkeit sind. Aus demselben Grund führen Vampire Atembewegungen aus, um weniger auffällig und anders zu wirken. Das funktioniert bei ihnen nicht besser als bei Wandlern. Goldene Schimmer lassen einen wissen, dass sie sich in beiden Welten befinden, aber es war mehr als nur ihre Augen. Es war die Art, wie sie sich bewegen, ihre Präsenz und ihre ausgeprägte Wahrnehmung der Welt, durch die Augen eines Raubtiers gesehen. Alex fiel es schwer, seinen Wolf im Griff zu behalten.

Er ging wieder durch das Zimmer, dann ging er zu Cory, atmete ein und verzog irritiert das Gesicht, bevor er zurücktrat und weiteratmete. Dann kam er zu uns und tat dasselbe.

„Magie", sagte er schließlich. „Vielleicht eine Hexe. Ich kann Spuren dieser Art von Magie riechen, aber ich bin mir nicht sicher." Seine Unsicherheit machte mich nervös.

„Und Vampire? Mehr als einer?", fragte ich.

Alex nickte. „Definitiv. Aber ich kann den Geruch nicht eindeutig Landon zuordnen. Es ist jemand anderes. Möglicherweise mehr als ein Vampir. Oder jemand, der Magie besitzt." Seine Stirn war tief gerunzelt, als er die Gerüche zu entschlüsseln versuchte.

Ein Funke der Erleichterung durchzuckte mich. Wenigstens hatte ich Landon nicht zu Unrecht beschuldigt. Doch die Frage blieb: Wer war für die Entführung verantwortlich?

„Kennst du Wendy vom Lunar Marked Coven?", fragte ich schließlich.

„Ehemals vom Lunar Marked Coven", korrigierte Alex automatisch. Natürlich wusste er von ihrem Ausschluss. Sie war wegen zahlreicher Vergehen – darunter Erpressung der Feen und Einsatz dunkler Magie – verstoßen worden. Auch wenn sie offiziell rehabilitiert war, haftete ihr der Makel ihrer Vergangenheit an, und der Zirkel wollte nichts mit ihr zu tun haben.

Alex schüttelte den Kopf. „Ich kenne sie. Sie ist auf der Liste derer, die wir im Auge behalten. Sie ist es nicht. Ich bin der Person, der diese Magie gehört, nie begegnet." Ein besorgter Blick. „Oder den Vampiren. Vielleicht sind sie neu."

„Oder jemand, den keiner von uns kennt." Landon war gnadenlos, wenn er es sein musste, und pragmatisch war er sowieso. Könnte er jemand anderen geschickt haben, damit der Verdacht nicht auf ihn fiel? Mein Bauchgefühl sagte mir, dass das unwahrscheinlich war.

„Seine Smart-Anzeigen fehlen. Da war eine hier?" Alex deutete auf eine Stelle, wo, bei näherer Inspektion, ein bisschen Staub war, der beim Saubermachen vergessen worden sein musste. „Ich vermute, wer auch immer ihn entführt hat, hat Übung darin. Das ist nicht Landons typischer MO", sagte er, bevor er einen Blick auf seine Uhr warf und dann zu Cory ging. „Ich muss los. Ich war mitten in einem wichtigen Projekt, das in den nächste zwei Stunden abgeschlossen werden muss", erklärte er und drückte Cory einen schnellen Kuss auf die Wange.

„Du hättest es mir sagen –"

„Du hast mich gebraucht, ich habe es in deiner Stimme gehört. Also bin ich gekommen", unterbrach er. Alex' Finger strichen über eine Welle in Corys Haar.

„Ich sehe dich heute Abend", sagte Cory zu ihm, doch er klang nicht sicher. Es würde wahrscheinlich eine lange Nacht auf der Suche nach Dr. Sumner werden. Doch ich würde dafür sorgen, dass er zu seinem Date mit Alex kam.

So wenige Informationen machten die Suche nach Dr. Sumner und den Tätern unmöglich. Von Zeit zu Zeit rief ich Dr. Sumners Handy an, das zunächst klingelte, dann aber auf Voicemail umschaltete. Sein Büro war abgeschlossen, und ich überlegte, einzubrechen. Madison riet mir davon ab.

„Niemand weiß, dass er … *anders* ist", brachte sie heraus, nachdem sie mehrere Augenblicke nach dem richtigen Wort gesucht hatte. „Jemand wird ihn bald als vermisst melden. Die Polizei wird sich darum kümmern, nicht die STF. Es würde kein gutes Bild abgeben, wenn du mit dem Einbruch in sein Büro in Verbindung gebracht würdest, selbst wenn du erklären würdest, dass du nach ihm suchen wolltest. Du könntest gezwungen werden, mehr preiszugeben, als wir sollten."

Die Polizei war nicht das Problem. Es war ein bestimmter Polizist: River.

In meiner Verzweiflung ging ich alle Möglichkeiten durch, auch Wendy, die unseren unangekündigten Besuch nicht schätzte.

„Was willst du?", keifte sie und öffnete die Tür gerade weit genug, um ihr Gesicht zu zeigen und uns mit Blicken zu durchbohren. Feindseligkeit, weil sie mir die Schuld für die Schwierigkeiten gab, die sie sich eingebrockt hatte.

Klar, gib mir die Schuld und nicht der Tatsache, dass sie versucht hat, die Feen zu erpressen. Ihre Angewohnheit, Dämonen zu beschwören, machte sie zum perfekten Sündenbock für Elizabeth und Fabian, um mich dafür zu bestrafen, dass ich ihr Angebot, mich ihnen anzuschließen, abgelehnt hatte. Ganz zu schweigen von ihrem Versuch, die Vampire zu erpressen, der dazu geführt hatte, dass sie und mehrere ihrer Zirkelmitglieder fast von Dallas getötet worden waren. Ja, aber gib ruhig mir die Schuld dafür, dass dein Zirkel dich rausgeworfen hat.

Madison übernahm die Führung, zeigte ihr Abzeichen und sagte ihr, dass sie ein paar Fragen hätte.

Wendys Augen wanderten über meinen Körper, und sie verbarg ihre Verachtung nicht, bevor sie Cory denselben prüfenden Blick zuwarf. Dann kehrte er zu Madison zurück.

„Ich weiß, das ist keine offizielle Angelegenheit der Supernatural Task Force, sonst wären sie nicht hier. Aber ich werde mitspielen, solange du dich daran erinnerst." Sie kniff die Augen zusammen und sah Madison an. „Wirst du dich daran erinnern?"

Diese Frau ließ nie eine Gelegenheit aus, eine Situation

für ihren persönlichen Vorteil auszunutzen. Madison verstaute ihre Dienstmarke. „Solange es nicht illegal ist oder die Integrität von STF gefährdet", antwortete Madison streng.

Wendy schnaubte. „Betrachte es einfach so, als ob du dich um was kümmerst, in das Erin verwickelt ist, und schau in die andere Richtung."

Die skrupellose Hexe wich zurück, als sie einen Blick in meine Richtung warf.

„Erin", sagte Madison leise, so wie man es mit einem wütenden gefährlichen Tier oder einer Person tun würde, die man davon abhalten muss, unsäglichen Schaden anzurichten. Ich fühlte mich irgendwo zwischen beidem. Ihre Worte weckten die Schuld, die ich schon wegen der Zugeständnisse und Dinge empfand, die Madison für mich gemacht hatte. Aber die Andeutung, dass es sich um böses und korruptes Verhalten handelte, machte mich wütend.

„Wir sind nicht gleich!" Die Worte verließen meinen Mund mit einer Schärfe, die selbst mich überraschte.

„Natürlich nicht", sagte sie langsam, ihre Stimme von einer abfälligen Süße durchzogen. „Ich mache nur Deals mit Dämonen. Du pinkelst ihnen so sehr ans Bein, dass sie dich in ihr Reich entführen. Vielleicht, weil sie denken, dass du nicht hier sein solltest, Elfe-Schrägstrich-Halbgöttin. Nach allem, was ich gesehen habe, bist du eine katastrophale Kombination. Ich habe das Gerede über dich verfolgt. Nichts, was bestätigt werden kann, nur Klatsch und Spekulation, aber ich glaube, dass vieles davon wahr ist." Nachdem sie mich höhnisch angegrinst hatte, richtete sie ihre Aufmerksamkeit wieder auf Madison, ging dann zur Seite, um uns hereinzulassen, lud uns aber nicht weiter als bis zum Treppenabsatz ein. „Was willst du?" Wendys Lippen verkrampften sich, und sie nickte, um Madison zu bedeuten, mit den Fragen fortzufahren.

„Hat jemand versucht, dich anzuheuern?“, fragte Madison.

„Wofür?“

„Für irgendwas.“

„Du musst schon genauer sein, Wandler oder Vampir?“, fragte sie.

„Vampir“, sagte Madison nach kurzem Überlegen. Sie wusste genau wie ich, dass wir Wendy nur minimale Informationen geben durften. Ich traute ihr zu, dass sie versuchen würde, die Informationen, die sie aus unserem Gespräch herauslas, zu verkaufen.

„Nein. Und selbst wenn, darf ich keine Magie anwenden. Die Bedingung für meine Rückkehr zu meinem Zirkel ist ein Jahr ohne Magie.“ Sie zeigte uns ihr Handgelenk und die Male, die Sigillen, die eine ovale Form umgaben, die einem Auge ohne Pupille ähnelte.

Als Madison bemerkte, dass ich nichts davon wusste, sagte sie: „Es ist ein *lituus*. Es würde ihren Zirkel benachrichtigen, wenn sie Magie anwendet.“

Iridium hätte Wendy daran gehindert, Magie anzuwenden, aber hier ging es nicht darum, ihre Magie als Ganzes einzuschränken, sondern nur darum, ihre Fähigkeit zu kontrollieren, sie anzuwenden.

„Mich hat niemand angesprochen, und selbst wenn, könnte ich nicht helfen.“ Wendy sackte in sich zusammen. Es würde ein langes Jahr für sie werden. Ihr Zaubergeschick, ihre Stärke und ihre Fähigkeit, eine Menge Geld für den Zirkel zu verdienen, waren der einzige Grund, warum sie ihr diese Chance gaben. Sie hatten im Grunde nichts gegen einige ihrer fragwürdigen Methoden, Geld für den Zirkel zu beschaffen, aber sie war zu weit gegangen und hatte sich mit den Feen angelegt und sie auf den Radar des STF gebracht. Das war ihr größtes Verbrechen.

„Ruf mich an, wenn dich jemand anspricht oder du hörst,

dass Hexen von Vampiren angeheuert wurden. Egal von welchem Vampir", drängte Madison.

„Was hast du getan, um die Vampire wütend zu machen?", fragte Wendy mich.

„Danke für deine Zeit", antwortete Madison und schob mich zur Tür, wohl wissend, dass meine Geduld mit Wendy nur ein sehr dünner seidener Faden war, der kurz davor war zu reißen.

7

Während ich durch die Straßen zu meinem Haus navigierte, versuchte ich, nicht zu viel in Madisons verkniffenen Gesichtsausdruck hineinzuinterpretieren. Diese Sache war nicht weniger als der Clusterfuck aller Clusterfucks. Dr. Sumner war in der Branche bekannt; seine Arbeit mit dem Übernatürlichen hatte ihn zu einem Liebling der Interessierten gemacht. Wenn seine Entführung mit einem gefährlichen Zauber zu tun hatte, würde das nicht nur die allgemeinen Beziehungen stören, sondern auch einen weiteren Konflikt zwischen der Polizei und der STF darüber auslösen, wer sich darum kümmern sollte. Ich musste Dr. Sumner finden und ihn vor dem Schicksal des Vampirismus bewahren.

Und ich konnte die Tatsache nicht ignorieren, dass Alex gesagt hatte, es sei jemand gewesen, der Magie besaß, sich dann aber auf Hexe festgelegt hatte. Bei der allgemeineren Wortwahl schwirrte mir der Kopf vor lauter Möglichkeiten.

Abgelenkt durch meine Gedanken bemerkte ich nur langsam die präzisen Umrisse einer G-Klasse, die vor mir vorbeifuhr und langsamer wurde. Der schwarze MDX neben mir hinderte mich daran, die Spur zu wechseln. Das Auto hinter mir blieb weit genug zurück, um reagieren zu können, wenn ich schnell anhielt, war aber nah genug, dass ich durch Verlangsamen nicht genug Abstand zwischen den Autos gehabt hätte, wenn ich um sie herum manövrieren wollte. Ein kurzer Blick auf die robustere Bauweise und die pannensicheren Reifen der Autos verriet mir, dass sie kugelsicher waren. Ich hatte nicht vor, auf SUVs zu schießen, zumindest nicht mit Pistolen, aber sie aus dem Weg zu drängen, war auch keine Option.

„Was zum Teufel ist los?", fragte Cory und sah sich um.

Als ich den vertrauten Z4 erkannte, den Landons Nichte Robyn fuhr, machte ich mir weniger Sorgen um unsere Sicherheit, und mir wurde klar, was los war.

„Ich glaube, ich werde zu einem Meeting begleitet", sagte ich. Eine höflichere Art, die Situation zu beschreiben, als dass ich aggressiv zu einem Ort genötigt wurde.

„Ganz toll, wie eine Szene aus *Sons of Anarchy*."

„Ich weiß nicht, was das ist."

„Spiel jetzt nicht mit mir, Erin!", keifte Cory mit gespielter Aufregung, aber seine Augen waren besorgt. Madisons Ruhe half auch nicht, meine widerstreitenden Gefühle von Wut, Frustration und einem Hauch von Angst, die ich nicht loswerden konnte, zu lindern. Robyn, die verwöhnte Menschenfrau, war nicht das Problem; es waren die Insassen der anderen SUVs, die mir Sorgen machten. Höchstwahrscheinlich Vampire, und wenn sie eine Ahnung von dem Gespräch zwischen Landon und mir hatten, dann angepisste, rachsüchtige Vampire.

Nachdem sie mich auf eine Seitenstraße gelotst hatten, dirigierten sie mich schnell in eine Wohnsiedlung, in der viele Vampire lebten. Das war kein sicherer Ort. Bevor ich aus dem Auto steigen konnte, war Robyn aus ihrem gesprungen und stand vor meiner Tür. Ihre fließenden, geschmeidigen Bewegungen auf der Bühne hatten sich auf ihren Gang übertragen. Sie besaß jedoch nicht dasselbe Bühnenselbstbewusstsein, als sie mit der Waffe gegen das Fenster klopfte und mich anwies, auszusteigen.

„Raus!", verlangte sie, als ich nicht gehorchte. Ich packte den Türgriff, und Cory und Madison wollten mir folgen. „Nein, nur sie!", befahl sie.

Eine frustrierte, überhebliche Robyn störte mich nicht. Aber die Tatsache, dass sie nun eine Waffe hatte, mit der sie unbeholfen herumfuchtelte, störte mich.

Langsam stieg ich aus und behielt die auf mich gerichtete Waffe sowie die Vampire aus den SUVs, die mich jetzt umzingelten, genau im Auge. Ich achtete darauf, Dallas nicht aus dem Blick zu lassen. Von den Vampiren hier, die ich kannte, war er der gefährlichste. Bevor ich herausgefunden hatte, dass er Landons unauffälliger Mörder war, war er nur der hübsche Mann mit der trügerisch verführerischen Persönlichkeit gewesen.

„Wo ist Landon?", fragte Robyn, ihre Stimme zitterte genauso wie ihre Hand. Es machte mich noch nervöser, dass ich das Opfer einer versehentlich abgefeuerten Kugel werden könnte, anstatt von Reißzähnen in meinem Hals.

„Wir können reden, aber nimm die Waffe runter", beharrte ich.

Ihr Gesicht wurde rot. „Du bist nicht in der Position, Forderungen zu stellen", fauchte sie und riss bei jedem Wort die Waffe hin und her. Wenn ich die Situation nicht in den Griff bekam, würden wir alle mit Kugeln im Körper enden.

„Du hast recht."

Das entspannte sie ein bisschen, und mit einer unauffäl- ligen Handbewegung stieß ich sie mit Magie zurück und erschreckte sie. Nur zwei Schritte, um die kurze Distanz zwischen uns zu überwinden, und ich landete einen schnellen Schlag auf ihrer Nase. Sie kreischte vor Schock und Schmerz. Während sie damit beschäftigt war, ihre Nase zu halten, konnte ich ihr die Waffe aus der Hand reißen. Ich riss sie vor mich, hielt sie an meine Brust gedrückt und richtete die Waffe auf sie.

Es war ein solider Treffer, aber ich bezweifelte, dass ihre Nase gebrochen war, es tat nur höllisch weh. Ich hatte Mitleid mit der wimmernden Frau, die vorsichtig ihre Nase berührte und ignorierte, dass sie als Schutzschild benutzt wurde und nun eine Waffe auf sie gerichtet war. Landon hatte sie nicht auf diese Welt vorbereitet. Das war schon an ihrer Kleiderwahl zu erkennen: eine champagnerfarbene Seidenbluse, die über ihre schlanke Figur floss, und eine maßgeschneiderte schwarze Marlene-Hose mit hoher Taille. Wenigstens war sie eng genug, um ihr zu erlauben, sich frei zu bewegen, ohne sich im Stoff zu verfangen. Das konnte man von den Riemchen-Pumps nicht behaupten. Sie taugten vielleicht als Waffe, aber sie kam mir nicht wie der Typ vor, der auf die Idee kommen würde.

„Es ist nicht angenehm, eine Waffe auf einen gerichtet zu haben, oder?", sagte ich an ihrem Ohr.

Sie holte zitternd Luft.

„Wo ist Onkel Landon?" Ihre Frage war von einer verzweifelten Wut geprägt. Am Ende stockte sie in ihrem Bemühen, die Tränen zurückzuhalten. Sie vertrieb meine Wut. Ich fühlte mich wie ein Bully, der Magie einsetzte und sie nun mit vorgehaltener Waffe festhielt.

„Denkst du, du bist auf diese Entfernung schneller als eine Kugel?", sagte ich zu Dallas, der seine Haltung geändert hatte und bereit war, mit vipernartiger Präzision und Geschwindigkeit zuzuschlagen. Er war sogar schneller als die meisten Vampire. „Keine Bewegung."

Das kleine, gefährliche Lächeln, das er mir zuwarf, sorgte dafür, dass ich Robyn trotz ihres zitternden Körpers und der Tränen, die auf meinen Arm spritzten, in meiner Nähe behalten musste.

Mädchen, was hast du dir dabei gedacht? Du bist sowas von nicht vorbereitet.

Mein Ärger wich Empörung über diesen Anfänger, der es geschafft hatte, eine Waffe und genug Vampire zu organisieren, um mir aufzulauern.

Ich beugte mich näher zu ihr. „Beruhige dich. Sag ihnen, sie sollen sich zurückziehen, dann können wir reden."

„Das werde ich nicht. Wenn du dafür verantwortlich bist, dass Onkel Landon vermisst wird oder schlimmer, ist es mir egal, was du mit mir machst. Ich will, dass sie dich töten."

Verdammt, und melodramatisch ist sie auch noch! Das war ein Rezept für eine komplette und totale Katastrophe.

„Wenn du wirklich glaubst, dass ich Landon was angetan habe, dann solltest du mehr Angst haben, als du jetzt an den Tag legst. Wenn ich ihn entführen und ihm Schaden zufügen könnte, glaubst du, ich hätte dann irgendwelche Skrupel, seine lästige Nichte loszuwerden, die mir scheinbar Ärger machen will?"

Meine Antwort schürte noch mehr Trotz. Robyn krümmte ihre Finger um den Arm, der sie an mich drückte, und grub ihre Nägel in meine Haut. Ich unterdrückte das Zischen und schüttelte den Kopf in Corys und Madisons Richtung. Sie blieben reglos, ihre Gesichter betont emotionslos, während sie uns beobachteten. Ich nahm an, dass sie auf ein Signal warteten, um einzugreifen.

Ich wollte die Situation wirklich entschärfen. Dass Landon vermisst und Dr. Sumner entführt wurde, war kein Zufall. Ich würde lieber mit ihnen zusammenarbeiten, als meine Zeit damit zu verschwenden, gegen Vampire zu kämpfen und künftige Hinterhalte und zusammengestümperte Rachepläne zu vereiteln.

„Dann mach's doch. Was auch immer sie mir antut, du wirst sie zehnfach bestrafen", beharrte sie mit einem feurigen Knurren durch zusammengebissene Zähne, während sich ihre Aufmerksamkeit auf Dallas richtete. Ihre Forderung, geäußert im Vertrauen darauf, dass sie in Landons Abwesenheit die Vampire befehligte, überraschte mich fast genauso, wie die Tatsache, dass sie ihren Anweisungen überhaupt gefolgt waren. Wahrscheinlich aus Respekt vor Landon. Sobald er gefunden wurde, würde er, was sie getan hatten, mit Wohlwollen betrachten.

„Lass den Hexenmeister nicht davonkommen, und ihre Schwester auch nicht", fügte sie hinzu, ihre Stimme vibrierte vor Wut und Angst. Ich blickte zwischen Madison und Cory hin und her, die ausdruckslos blieben. Dieser destruktive Durst nach Rache war nicht echt – er war eine Maske für ihre Angst und Sorge. Ihr Atem kam stoßweise, und ihre Finger waren kalt und feucht auf meinem Arm.

Mitleid durchströmte mich. Sie versuchte, tapfer zu wirken, aber sie war nur ein verängstigtes Mädchen, das wegen des Verschwindens ihres Onkels traurig war.

„Robyn", beruhigte ich sie, „mach es nicht schlimmer als nötig."

„Wie viel schlimmer kann es sein? Er ist seit dieser Sache mit dir verschwunden." Sie fuhr leiser fort. „Ich weiß, wozu du fähig bist. Hast du ihn zu einem Menschen gemacht und ihn dann getötet?"

Entweder Elon oder Dallas musste ihr diese Information gegeben haben. Ich lenkte meine Konzentration auf Dallas, suchte nach Antworten, doch sein Gesicht verriet nichts.

„Dallas, töte sie!", befahl sie. Ihre Stimme brach bei der letzten Silbe und offenbarte Angst und Trauer, die nur diejenigen empfinden konnten, die Landon liebten. Sie wusste, dass Dallas' Taten eine Reihe von Ereignissen auslösen würden, die zu ihrem eigenen Tod führen würden.

Verdammt! Ich beugte mich vor, flüsterte ihr etwas ins Ohr und drückte die Waffe an ihre Schläfe. „Auf Wiedersehen, Robyn."

Sie stieß einen markerschütternden Schrei aus. Ich war mir nicht sicher, ob sie ohnmächtig wurde, aber plötzlich hing sie mit ihrem ganzen Gewicht an mir. Ich ließ sie zu Boden gleiten und machte einen weiten Bogen, damit Dallas zu ihr gelangen konnte. Während ich die Waffe auf sie richtete, nickte ich dem Auto zu, und Cory und Madison stiegen aus. Madison blickte sich um und sah die sechs Vampire und Robyn auf dem Boden, den Kopf zur Seite gedreht, ihre Augenlider flatterten.

Nach ein paar Augenblicken blinzelte Robyn und war wieder hellwach. Ihr blasses Gesicht wurde schnell rot vor Scham. Sie warf mir zunächst einen wütenden Blick zu und sah dann Dallas an, der ein Taschentuch aus seiner Jacke gezogen hatte und gerade dabei war, die Flecken aus seinem verweinten Gesicht zu entfernen. Sie nahm es ihm ab und warf ihm einen flehenden Blick zu, als wollte sie ihn bitten, sie nicht wie ein hilfloses Kind zu trösten.

Diese Situation hatte sich schnell verschlechtert, und ich wollte sie nicht noch schlimmer machen. „Du bist nicht bereit, dafür zu sterben. Ich auch nicht. Ich bitte dich, am Leben zu bleiben und mir zu helfen, deinen Onkel zu finden. Ich hatte nichts mit seinem Verschwinden zu tun und will ihn auch finden." Ich musste sie irgendwie mit etwas Ungefährlichem beschäftigen, sonst würde ich mehr Zeit damit verbringen, ihren Arsch zu retten oder ihr verletztes Ego zu streicheln. Ich hatte weder für das eine noch das andere Zeit.

Ich ging näher heran, hielt aber die Waffe bereit. „Ich werde deine Intelligenz nicht beleidigen und sagen, dass ich an dem Streit zwischen mir und Landon schuldlos bin. Aber ich bin nicht der Grund, warum er verschwunden ist, und ich muss ihn finden, weil ..." Mir wurde klar, dass sie für Dr. Sumners Verschwinden verantwortlich sein könnten. Aber Alex hatte gesagt, dass es unbekannte Gerüche waren, und Elon und Dallas waren Hauptakteure unter den Vampiren. Aber es könnte auch jemand gewesen sein, der kürzlich verwandelt worden war, eine weitere von Landons Überraschungen, Attentätern oder *Problemlösern*. „Hattest du was mit dem Verschwinden meines Freundes zu tun?“, fragte ich Robyn und spielte mit der Illusion, dass sie das Sagen hatte, obwohl die Frage an Dallas gerichtet war, der sich höchstwahrscheinlich um alles kümmerte. Oder der abwesende Elon, der im Hintergrund die Strippen zog.

„Nein, wir sind dir gefolgt. Wir wollen Landon zurück, also hast du unsere Unterstützung. Sie haben die gleiche Priorität. Du willst nicht deinen Freund finden und Landon *nicht*, denn wenn das passiert, waren all deine Bemühungen vergeblich“, sagte Dallas und fletschte seine Reißzähne.

Ich sah in Corys Richtung und schüttelte den Kopf, unfähig, die sich aufbauende Masse an Magie aufzuhalten, mit der er die Bedrohung angreifen wollte. Ein Mann konnte nicht immer nur einstecken, ohne sich zu rächen, und ich vermutete, dass Cory die Drohung gegen Dr. Sumner genauso persönlich nahm wie eine Drohung gegen ihn. Das war rational, denn es war höchst unwahrscheinlich, dass sie sich nur auf Dr. Sumner beschränken würden.

Dallas’ messerscharfer Blick bohrte sich in Cory und seinen trotzigen Gesichtsausdruck. Dallas’ langsames, umherschweifendes Lächeln machte mich misstrauisch.

„Reagiert nicht, er ist nur nervös“, wies Dallas die Vampire mit räuberischer Belustigung an. Als er seine Aufmerksamkeit von Cory auf mich richtete, schmolz sein kaltes Lächeln zu einem warmen, liebenswürdigen Lächeln, das mich einmal getäuscht hatte, es jedoch nicht wieder tun würde. „Jetzt bist du an der Reihe, deinen Freunden zu sagen, dass sie sich zurückziehen sollen. Es wäre gut, wenn er es tun würde.“

Niemandem entging die Warnung in seinem Ton. Wir waren nur eine falsche Bewegung von einer Explosion von Gewalt entfernt.

Bevor ich antworten oder Cory darum bitten konnte,

unterdrückte er die Magie, sein Widerwille war in seiner finsteren Miene deutlich zu erkennen.

Dallas stand auf, zog Robyn mit sich und hielt vorsichtig eine Hand um ihre Taille. Ich wusste, dass es fest genug war, um mich daran zu hindern, sie wegzureißen und als Druckmittel zu benutzen.

„Ich muss einige Dinge überprüfen. Ich werde euch wissen lassen, was ich finde. Und ich hoffe, dass ihr mir gegenüber die gleiche Höflichkeit erweisen werdet“, sagte ich.

Sie stimmten zu.

„Wann habt ihr Landon zuletzt gesehen?“, fragte ich.

Die Wärme wich aus Dallas’ Lächeln, und es erforderte große Anstrengung, sie wiederherzustellen. „Bei Dr. Sumner zu Hause, als mir ein Messer in die Brust gerammt wurde.“ Seine Lippen öffneten sich wieder, um die Waffe seiner Wahl zu zeigen.

Das war deine Schuld. Falscher Ort, falsche Zeit. Aber ich behielt meine Reaktion für mich. „Du weißt nicht, ob er jemanden getroffen hat oder einen Termin hatte?“

Er schüttelte den Kopf und behielt seine trügerische, herzliche Miene bei. „Elon auch nicht. Unsere letzte Sichtung war in dieser Nacht. Du bist der letzte Anruf, den er von seinem Handy aus getätigt hat.“

„Habt ihr sein Handy?“

„Nein“, gab er zu.

Natürlich hatten sie auch ihre Ressourcen. Ich fragte mich, was sie sonst noch herausgefunden hatten, das sie dazu veranlasste, mich zu verdächtigen. Es spielte keine Rolle, und es zur Sprache zu bringen, wäre kontraproduktiv und würde nur den Verdacht wecken, dass ich nach Informationen suchte, um meine Spuren zu verwischen. Ich ging langsam auf das Auto zu.

„Du hast meine Nummer“, erinnerte ich Robyn. Sie hatte sie, seit sie herausgefunden hatte, dass Landon nach Leuten suchte, die er für seine Familie verwandeln konnte. Da Landon angekündigt hatte, dass ich in den Auswahlprozess einbezogen werden würde, hatte sie mich angerufen und verlangt, dass ich sie in Erwägung ziehe.

Sie nickte, und ich stieg schnell ins Auto, und Madison und Cory folgten meinem Beispiel. Als wir mehrere Meilen entfernt waren, hielt ich an, ließ meinen Kopf auf das Lenkrad sinken und stieß einen tiefen Seufzer aus. „Landon und Dr. Sumner werden vermisst, in seinem Haus wurden Spuren von fremden Vampiren und Hexen gefunden, und ich habe keine Ahnung, wer dahintersteckt. Das ist ein Alptraum."

„Wenn wir Landon nicht finden, fürchte ich, dass sie gegenseitige Vernichtung in Kauf nehmen würden, nur um ihren Standpunkt klarzumachen", sagte Cory.

„Das befürchte ich auch", sagte Madison und fuhr sich mit den Fingern durch ihr Haar, das vollere Locken hatte, seit sie aufgehört hatte, es zu glätten, und es länger wachsen ließ. Die Frisur ließ sie jünger aussehen, aber die Sorgenfalten und die müden Augen zeugten von Erfahrung, die über ihr Alter hinausging. Als die Schuldgefühle deswegen mich zu überwältigen begannen, verdrängte ich sie. Das war auch die Folge so vieler anderer Dinge.

Cory öffnete mehrmals den Mund, schloss ihn aber wieder, bevor es aus ihm herausplatzte: „Bist du sicher, dass die Jäger nichts mit Landons Verschwinden zu tun hatten?"

„Ich würde es ihnen zutrauen, aber sie hätten es uns gesagt." Das war eines der wenigen Dinge, deren ich mir sicher war. Sie agierten in der Grauzone und hatten keine Skrupel, es zuzugeben. Es war das Nebenprodukt des Wissens, dass nicht viele etwas dagegen unternehmen konnten. Dieselbe Arroganz, die die Mächtigen oft teilten.

„Ich kann die STF nicht verwenden, um nach Dr. Sumner zu suchen", sagte Madison. Die unausgesprochene Implikation, dass er nun unter die Zuständigkeit von STF fiel, war in ihrem darauffolgenden Schweigen deutlich zu hören. „Die Vampire werden auf keinen Fall wollen, dass Landon offiziell als vermisst gemeldet wird. Erin, wir müssen sie beide finden. Und zwar schnell."

„Finde Landon, und ich bin fast sicher, dass wir Dr. Sumner auch finden werden."

8

Mephistos unheilvolles Schweigen, sein angespannter Kiefer und sein kaum unterdrückter Durst nach Gewalt, als ich die Ereignisse des Morgens noch einmal schilderte, passten zum Sitzbereich, den ich zuvor als *War Room* bezeichnet hatte. Seine Stimme war angespannt vor Frustration und Wut, als er Anschlussfragen stellte.

„Ich habe meine Geduld mit den Vampiren verloren." Seine Worte hallten mit einer unheimlichen Endgültigkeit nach, die sich beunruhigend anfühlte, als er sich in seinem Stuhl zurücklehnte und die Finger vor der Brust verschränkte. „Warum hast du mich nicht angerufen, als du sie gesehen hast?"

„Ich habe darüber nachgedacht", gab ich zu. „Aber ich dachte, wenn ich die Situation in den Griff bekomme, wäre es weniger wahrscheinlich, dass sie in Gewalt endet."

Ich hatte mir bei meiner Antwort kleine Freiheiten genommen. Mephisto anzurufen war eine flüchtige Überlegung gewesen. Ich wusste, dass die Vampire in höchster Alarmbereitschaft sein und die Situation schnell zu einer gewalttätigen Konfrontation eskalieren würden, sobald er und der Jäger auftauchten. Die Jäger waren Meister darin, ihre zivilisierte Fassade zu wahren, und das kam ihnen zugute. Aber wenn sie mit Aggressionen konfrontiert wurden, fiel die Fassade schnell und enthüllte die Wahrheit hinter ihren Masken. Es war unvermeidlich, dass die Vampire auf gleiche Weise Vergeltung üben würden.

„Du hast eine Annahme getroffen, die tödliche Konsequenzen hätte haben können", stellte er fest.

Ich nickte, mir bewusst, dass dies eine Möglichkeit war, egal, wie gering ich sie einschätzte.

„Sie haben nur im Auftrag eines besorgten Familienmitglieds gehandelt. Ich wollte die Situation entschärfen, falls sie bei der Suche nach Dr. Sumner von Nutzen sein könnten", gab ich leise zu.

Mephisto ließ seine verschränkten Hände langsam sinken. Sein Blick, so schwer wie Granit, bohrte sich in meinen. „Entschärfen? Du hast zugelassen, dass sie dir drohen. Das hat ihre Position nur gestärkt."

Seine Kritik brachte mich nicht aus der Ruhe. „Ihre Drohungen waren nur Worte. Sie brauchen mich, um Landon zu finden, und das wissen sie."

Er hob eine Augenbraue, seine Stimme war leise, doch jedes Wort traf wie ein Schlag. „Und was, wenn sie nicht denken, dass du ihn finden wirst? Was, wenn sie sich entscheiden, dass sie dich nicht mehr brauchen?"

„Glauben wir wirklich, dass eine Gruppe, die so leicht von ihren Emotionen beeinflusst wird und bereit ist, einem Neuling zu folgen, irgendeine Hilfe sein könnte?"

„Sie ist Landons Nichte", erinnerte ich ihn. „Sie haben ihre Verbindung zu Landon akzeptiert und sind ihr nicht blind gefolgt."

Seinem abweisenden Grunzen nach zu urteilen, hatte diese Information keine Bedeutung. „Erin", sagte er leise, „geh für einen so dürftigen Lohn niemals ein Risiko ein."

Ich atmete langsam aus. „Er ist nicht dürftig. Ich kann es mir nicht leisten, mir noch mehr Feinde zu machen, und wenn die Entschärfung der Lage das Potential bietet, einen Verbündeten zu gewinnen, werde ich immer diese Option wählen", behauptete ich. „Ich hatte mit dieser Taktik mehr Erfolg als Misserfolg, oder?"

Nach einigen Augenblicken lenkte er widerstrebend mit einem Nicken ein. „Ich glaube nicht, dass deine Entscheidungen immer strategisch motiviert sind, sondern oft von der Angst herrühren, zu Malific zu werden. Lass diese Ängste nicht zu deiner Schwäche oder deinem Albatros werden", riet er sanft.

Ich nahm den Rat mit einem schwachen Lächeln an, mir durchaus bewusst, dass Malifics Einmischung in Leben und Ereignisse ein Makel war, der Existenzen unwiederbringlich verändert und zu makabren Ereignissen geführt hatte, die man nicht so leicht abtun konnte. Ich wünschte, es wäre so einfach. Sie repräsentierte eine morbide Geschichte, und als ihre Tochter tat ich das auch – allein durch meine Verbindung zu ihr.

Am nächsten Morgen erwachte ich in Mephistos Schlafzimmer und fand ein leeres Bett und Stille vor. Egal, wie viel Zeit ich mit ihm verbrachte, ich würde mich nie an seine lautlosen Bewegungen und die Tödlichkeit, die sie ausstrahlte, gewöhnen. Die bedrückende Stille des Zimmers schrie nach Gesprächen, um die Gedanken zu vertreiben, denn Mephisto und ich waren bis spät in die Nacht aufgeblieben und hatten versucht, Vorgehensweisen zu entwickeln, um mit den Vampiren fertigzuwerden und Dr. Sumner zu finden. Schließlich hatte der Abend damit geendet, dass ich verzweifelt Ortungszauber ausführte, bei denen ich als Quelle fungierte, und Mephisto mich mit seinem tröstenden Lächeln unterstützte.

Meine anhaltende Ablehnung, Dr. Sumner erschaffen zu

haben, bedeutete nicht, dass wir nicht verbunden waren. Aber die Bindung war Magie, keine Erzeugerbindung, was den Optimismus weckte, dass ich ihn durch unsere magische Verbindung orten könnte. Mephistos ernstes Lächeln wurde nachdenklich, bevor er schließlich sagte: „Erin, hör auf." Er ermutigte mich zu essen, und nach dem Abendessen duschte ich und machte mich bettfertig. Ich weigerte mich zu schlafen, bis er versprach, sich nicht für das erzwungene Treffen zu rächen. Sein widerwilliges Eingeständnis hatte mich nicht davon überzeugt, dass er die Vampire nicht auf die Situation ansprechen würde. Mephisto brachte ein Ja zustande, aber durch so fest zusammengebissene Zähne, dass er aus Kohle Diamanten hätte machen können.

Ich hatte mit der Magie aufgehört, aber in meinem Kopf kreisten Gedanken und Pläne. Ich konnte nicht einmal meinen „Ich hab's dir ja gesagt"-Moment wegen Dr. Sumners Verlust seiner Magie genießen, weil sich Mephistos Gedanken in seinem Gesichtsausdruck widerspiegelten. Das machte Sumner noch wehrloser.

Ich zog die Bettdecke höher an meine Brust und kroch tiefer ins Bett hinein, was das Gefühl weckte, ich könnte mich in einen Kokon aus Sicherheit und Normalität eingraben. Corys Worte verfolgten mich: *Kannst du aufhören?*

Ich hätte schon viel früher aufhören sollen. Ich hätte meine Erkundung der Magie auf sich beruhen lassen und sichere Magie verwenden sollen. Nur schützende, defensive und offensive Magie.

Nachdem ich mich zu lange in Schuldgefühlen gesuhlt hatte, zog ich mich aus dem Sumpf der Was-wäre-wenns, weil sie mich nicht weiterbrachten. Ich konnte nicht so tun, als ob alles wie immer weitergehen würde, jetzt, wo ich die Fähigkeit hatte, Vampirismus umzukehren. Ich musste einen Weg finden, uns zu schützen. Aber das war leichter gesagt als getan.

Ich schwang meine Füße über die Bettkante und stand

auf, ging zur Tür, entschlossen, die Situation unter Kontrolle zu bringen, als mich drei plötzliche Klopfgeräusche an der Tür mitten im Schritt innehalten ließen.

Bentons Blick wurde missbilligend, als er mein vom Schlaf zerzaustes Haar und das Laken sah, das ich um meinen Körper gewickelt hatte, weil ich abgesehen davon nackt war.

„Du hast deine SMS nicht beantwortet, und dein Handy leitet mich auf die Voicemail weiter. Mephisto wartet in der Sicherheitszentrale auf dich", informierte er mich.

Sicherheitszentrale? Ich atmete mehrmals tief durch, um die aufsteigende Panik niederzuringen. Er hielt mich davon ab, die Tür zu schließen. „Sie haben so lange gewartet, ich bin sicher, sie können warten, bis du dich angezogen hast. Vielleicht kannst du das auch bändigen", sagte er und gestikulierte mit der Hand in Richtung meiner Haare.

Ich lächelte. „Mephisto und ich sind gut zusammen. Aber du und ich" – ich bewegte meinen Finger zwischen uns hin und her – „sind wirklich das beste Paar."

Er verzog das Gesicht, schüttelte den Kopf und murmelte etwas, das ich nicht verstand. Dem herablassenden Unterton in seiner Stimme nach zu urteilen war es weder nett noch schmeichelhaft.

Ich duschte schnell, zog ein T-Shirt und Jeans an und ging zum Sicherheitsraum, wo die Jäger auf mehrere Bildschirme starrten, die verschiedene Ansichten des Anwesens zeigten. Meine Aufmerksamkeit richtete sich auf das Tor. Dort wartete ein Auto darauf, eingelassen zu werden. Zwei Vampire standen neben dem Fahrzeug und blickten in die Kameras. Das kurze, kohlrabenschwarze Haar der Frau war nach hinten gekämmt. Der Vampirismus hatte den weichen Hauch von Aprikose auf ihrer aschbraunen Haut nicht gestohlen. Mitternachtsblaue Augen fixierten weiter die Überwachungskamera. *Vampire blinzelten. Warum zum Teufel blinzelte sie nicht?* Das lindgrüne, langärmelige Kleid aus leichter Seide und der weite Rundhalsausschnitt bildeten mit ihrer ätherischen Silhouette einen Kontrast zu ihren kantigen Gesichtszügen. Ihre Miene verriet nichts, obwohl ich eine Ahnung hatte, warum sie hier waren.

Platinblonde Ponysträhnen fielen in die Stirn des pergamentbleichen Mannes, der sie begleitete. Trotz seines ausgeblichenen Aussehens erregte seine Präsenz Aufmerksamkeit. Er trug ein waldgrünes, eng anliegendes Hemd mit hochgekrempelten Ärmeln und eine dunkelolivgrüne Hose, war also eher lässig gekleidet. Doch sein strenger, entschlossener Blick ließ vermuten, dass nichts an ihm lässig war.

Konnten das die Vampire mit dem fremden Geruch aus Dr. Sumners Haus sein?

„Wie lange warten sie schon?", fragte ich.

„Ungefähr eine halbe Stunde. Sie wollen mit dir sprechen. Anscheinend ist mein Zuhause die zweite Anlaufstelle, wenn dich jemand nicht bei dir zu Hause findet." Mephisto teilte meine Frustration darüber, dass Leute mein Zuhause so selbstverständlich besuchten, als hätte ich kein Büro.

Ich schaltete das Mikrofon und das Video ein, damit sie mich sehen konnten, und fragte: „Was wollen Sie?"

„Erin Jensen." Der männliche Vampir sagte meinen Namen zu vertraulich und mit einem Anflug von Akzent, den ich nur schwer zuordnen konnte. Cajun? Kreolisch? Ich hatte Mühe, sie auseinanderzuhalten, aber es war definitiv ein Dialekt aus dem Süden.

„Sie hätten mich einfach bequem von Ihrem Zuhause in Louisiana aus anrufen können, wenn Sie reden wollten." Ich versuchte, den Ort zu erraten, um den Akzent genauer zu identifizieren. Menschen und Übernatürliches zogen um, und diese beiden konnten neue Vampire sein, die ich noch nicht getroffen hatte, obwohl mein Bauchgefühl mir sagte, dass dem nicht so war.

Ein Lächeln umspielte seine Mundwinkel, aber es war nichts Angenehmes daran, und das Lächeln erreichte nicht seine Augen. „Ich sehe meinem Gegenüber gern in die Augen, wenn wir sprechen."

„Videochat?", schlug ich vor. Das Zurückziehen seiner Lippen, das eigentlich mein Lächeln hätte widerspiegeln sollen, verriet nichts als böswillige Absichten. Er konnte es in den wenigen Minuten, die er brauchte, um eine Audienz mit mir auszuhandeln, nicht verbergen.

„Aber ich bin jetzt hier", stieß er mit einem verkrampften Lächeln, zusammengebissenen Zähnen und zusammengekniffenen Augen hervor. Mephisto blieb außerhalb des Blickfelds der Kamera, aber ich konnte sehen, wie angespannt er war. Der beruhigende Blick, den ich ihm zuwarf, tat nichts, um seine Anspannung zu lindern.

„Wer sind Sie?"

Empörung flammte auf und verschwand wieder. „Xavier. Xavier Landry." Die unverhohlene Arroganz sagte mir, dass er glaubte, ich müsste ihn kennen.

Das Gefährlichste an jeder Spezies wurde nicht in der Schule besprochen; es war weise, sich Gesichter und Namen einzuprägen, wenn man die Informationen bekam, besonders bei Vampiren. Es war nicht ungewöhnlich, dass Vampire, die als verschwunden und vergessen galten, lediglich die Kunst erlernten, sich bedeckt zu halten und ihre Namen zu ändern, bis die Jagd endete oder ihre Missetaten und ihre Schande vergessen waren. Die Menschen kannten die Namen und Gesichter der Menschen, die in der Vergangenheit und Gegenwart die abscheulichsten Verbrechen begangen hatten. Da Vampire länger lebten als alle anderen übernatürlichen Wesen, hatten sie das Privileg, sich neu zu erfinden. Sofern ihr Verhalten nicht die fragile Beziehung zu Menschen und unseren gesellschaftlichen Status bedrohte, wurde es selten angesprochen. Xaviers Name war mir nicht bekannt, aber alles an seinem Auftreten zeugte davon, dass er unter dem Radar gelebt hatte.

„Tut mir leid, dass Sie den ganzen Weg hierher auf sich genommen haben, aber ich denke –“

„Bitte“, mischte sich seine Begleiterin ein und schob ihn beiseite. Ihre tiefe, melodische Stimme hatte einen ähnlichen Akzent. Falls sie Feindseligkeit oder Missmut empfand, konnte sie es besser verbergen. „Wir haben gehört, wozu Sie fähig sind, und ich brauche dringend Ihre Hilfe. Deshalb haben wir mit ihrem Freund Jacob gesprochen, um herauszufinden, wie wir Sie am besten kontaktieren können.“ Ihre zitternde Stimme war von Emotionen erfüllt.

Als sie jemanden aus dem Auto winkte, wechselte ich zu einer anderen Kamera und sah eine junge Frau, die aussah wie ein Teenager oder höchstens Anfang zwanzig, aus dem Auto steigen. Große, dunkle, traurige Augen lagen in ihrem herzförmigen Gesicht. Eine kleine runde Nase war ein deutlicher Kontrast zu ihren scharfen Wangenknochen, die fehl am Platz zu sein schienen. Eng geringelte, dunkle Locken waren auf ihrem Kopf aufgetürmt, und wie bei der Frau neben ihr hatte der Umbraton der Haut der jungen Vampirin über Nase und Wangen eine warme Färbung. Ihre schnellen, anmutigen Bewegen, verrieten, dass sie ein Vampir war. Ich war mir nicht sicher, ob sie so aussah, weil sie kürzlich getrunken hatte, oder ob das ihr normales Aussehen war.

„Ich will wieder ein Mensch sein“, flüsterte sie leise. „Ihr Freund ist gut versorgt, aber wir waren nicht ganz ehrlich. Wir haben ihn aufgesucht, um mit Ihnen zu sprechen. Aber ich wollte mich versichern, dass er ganz und gar Mensch ist. Und das ist er.“

Aufgesucht. Was für eine schöne Art zu sagen, dass er entführt und gezwungen worden war, Informationen über mich preiszugeben.

Ich verfluchte die Vampire in jeder Sprache, die mir einfiel, und dachte mir auch ein paar kreative vier-, sechs- und achtbuchstabige Flüche aus. Doch ihre Erscheinung und ihr Optimismus schrumpften gleichzeitig meine Wut. Vor mir standen Vampire, möglicherweise gefährliche Vampire, die mir schaden wollten, aber ich sah einen verzweifelten Vampir, wahrscheinlich nicht einmal achtzehn Jahre alt, dem gesetzlich festgelegten Alter, ab dem man der Verwandlung zustimmen konnte. Was, wenn sie jünger war, als sie aussah? Selbst wenn sie volljährig war und die Entscheidung bereute – und ich sie rückgängig machen könnte –, sollte ich das tun?

Als Mephisto sah, wie meine Entschlossenheit schwand, schüttelte er den Kopf.

Ich formte mit den Lippen: „Lass mich ihre Geschichte hören."

Seine Lippen pressten sich zu einer missbilligenden Linie zusammen, und er ließ jede Emotion, die er fühlte, über sein Gesicht fließen. Es war eine Erinnerung daran, wie sehr er sich hier, außerhalb des Schleiers, zurückhielt. Es weckte auch mein Verlangen, ihn ganz zu sehen. Den rohen, ungezügelten, brutalen Mephisto.

„Einen Moment", sagte ich zu der jungen Frau, deren Gesicht in der Kamera die der beiden anderen verdeckte, die in den Hintergrund getreten waren.

Ich war mir nicht sicher, wann es passierte. Clayton, Simeon und Kai hatten den Raum verlassen, und Mephisto hatte mich an die Wand geschoben. Mein Rücken war dagegen gedrückt, ein Arm war über mir ausgestreckt, und sein Gesicht war nur Zentimeter von mir entfernt. Die Finger seiner anderen Hand hielten mein Kinn und zwangen mich, in Augen zu sehen, die vor Überzeugung stahlhart waren.

„Was tust du?", knurrte er.

„Ich muss mit ihr reden. Ich will ihre Geschichte hören und Dr. Sumner zurückholen."

Er musterte mich lange und seufzte. „Du hast nicht vor, ihrer Bitte nachzukommen, sie zurückzuverwandeln?"

Ich presste meine Lippen aufeinander; ich ließ die wachsende Spannung zwischen uns die Antwort liefern.

„Erin, du weißt nicht, wie sich die Umkehrung des Vampirismus auf dich, deine Magie oder die Beteiligten auswirken wird. Sumners Magie ist verschwunden, aber ist die Magie immer nur vorübergehend? Ich verstehe, dass du dieses Risiko für Jacob eingehst" – es war immer noch seltsam, dass er Dr. Sumner bei seinem Vornamen ansprach – „aber für eine Fremde? Du triffst Entscheidungen auf der Grundlage begrenzter Informationen und riskierst deine Sicherheit."

„Lass mich wenigstens anhören, was sie zu sagen hat. Ich bezweifle, dass sie mir Dr. Sumner zurückgeben, ohne dass ich zumindest das tue."

Mephistos tadelnder Blick sagte mehr, als Worte es könnten. Er traute ihnen nicht. Ich misstraute ihnen nicht, und ich begegnete der Situation mit großer Sorge und Skepsis, doch ich wollte mich nicht vor der Möglichkeit verschließen, jemandem mit meiner Magie auf eine Weise zu helfen, ganz anders als meine Mutter oder die Elfen.

„Vielleicht bekommen wir wenigstens Dr. Sumner zurück und finden heraus, ob sie mit Landons Verschwinden zu tun haben oder ob sie böse Absichten gegen mich hegen. Sie haben von meinen Fähigkeiten erfahren, und das Erste, was sie tun, ist, diese junge Frau hierherzubringen? Seit der Entdeckung sind Tage vergangen. Wenn sie mir wehtun wollten, hätten sie dann nicht versucht, mich zu töten, anstatt Dr. Sumner zu entführen?"

Seine Meinung war offensichtlich unverändert, als er sich mir näherte, die Augen tief konzentriert, während er die Linien meines Gesichts nachzeichnete. Seine Lippen verzogen sich. Es erinnerte mich an die vielen Male, die er zugegeben hatte, dass ich seine Schwäche war. Das fachte meine Schuldgefühle nur noch mehr an.

„Ich werde vorsichtig sein", versprach ich.

„Du weißt nicht, was sie vorhaben“, erwiderte er.

„Also schicken wir sie weg und erfahren es nie? Das scheint so kurzsichtig.“

„Behandle sie in jeder Hinsicht als potenzielle Bedrohung. Ich habe vor, dasselbe zu tun. Ihre Entscheidung, hierherzukommen, könnte tödliche Konsequenzen haben.“

Aus Schuldgefühlen wurde schnell Panik. „Du hast vor, jeden Vampir zu töten, von dem du glaubst, dass er eine Bedrohung für mich darstellt?“

In seinen Augen lag wilde Entschlossenheit und eine harte Wahrheit. „Das ist nicht der richtige Zeitpunkt, um irgendjemandem zu vertrauen. Als du entschieden hast, Landon zu vertrauen, wurde Jacob die Konsequenz. Wenn wir es so gehandhabt hätten, wie ich es vorgeschlagen habe, wäre alles anders gelaufen. Du willst mir Tugenden zuschreiben, die ich nicht besitze. Ich war schon immer pragmatisch und werde es auch bleiben, wenn ich mich mit dieser Situation auseinandersetze. Ich bin kein Monster, aber ich bin bereit, eines zu sein, wenn es nötig ist. Es war unfair von mir, dir eine weichere oder sanftere Seite zu zeigen, ohne sicher zu sein, dass du dir der anderen Seite ausdrücklich bewusst bist.“

„War ich bei dieser Vorstellung des weicheren, sanfteren Mephisto anwesend, der nicht bei jeder Gelegenheit Pragmatismus gezeigt und das lauernde Monster verborgen hat?“, fragte ich. Sein dunkles Lachen erfüllte den Raum. Ich konnte nicht sagen, ob er beleidigt oder amüsiert war.

„Ich weiß, wozu du fähig bist. Es hat mich vorher nicht abgeschreckt und wird es jetzt auch nicht. Ich bitte dich nur zu erkennen, dass du nicht im Schleier bist, und entsprechend zu reagieren“, sagte ich.

Ich war mir bewusst, dass er im Schleier mit den Schlimmsten der Schlimmen mit ungezügelter Gewalt, Strategie und Magie umgehen musste. Was ich gesehen hatte, war nur ein Bruchteil seiner Fähigkeiten. Die kurze Zeit, die er dort verbracht hatte, musste sie neu angefacht haben. Ich wollte nicht daran denken, wie wir unsere Beziehung mit verschiedenen Versionen von Mephisto steuern sollten.

„Wie ist dein wahrer Na–?"

Bevor ich meine Frage ganz aussprechen konnte, beugte er sich hinunter und flüsterte ihn mir zu, wobei er den Zauber fallen ließ, um auch sein wahres Gesicht zu enthüllen. Dann war es wieder verborgen, mit der Leichtigkeit eines Atemzugs.

„Erin, du bekommst mich ganz. Mein wahres Ich. Teile, die du lieben wirst, und andere Teile, die du akzeptieren und zumindest verstehen sollst."

Ich nickte. „Das tue ich. Aber ich bitte dich, dasselbe zu tun. Ich bin nicht naiv, und ich bin genauso pragmatisch. Doch mein Pragmatismus ist anders als deiner. Ich gebe zu, dass ich manchmal gegen Ballast ankämpfe, aber ich scheue mich nicht, mich in der Grauzone zu bewegen, wenn es sein muss. Lass uns mit ihnen reden. Bitte."

Er nickte mir widerstrebend zu und trat zur Seite, damit ich zu den Kameras zurückkehren konnte. Die Vampire standen noch immer da, ihre Positionen unverändert. Sie schienen nicht den Drang zu verspüren, sich anzupassen und auch nur annähernd menschlich zu wirken. Sie standen regungslos wie Statuen da, gaben nicht vor zu atmen und entspannten nie ihre Augen, die dunkle Abgründe waren. Obwohl manche ihr Verhalten vielleicht als unangenehm empfunden hätten, tröstete es mich. Es war eine offensichtliche Erinnerung daran, dass ich es nicht mit Menschen zu tun hatte. Sie hatten alle Aspekte davon aufgegeben und zeigten kein Verlangen, Menschlichkeit vorzutäuschen. Ich würde es nicht vergessen.

Während wir sprachen, kehrten Kai, Simeon und Clayton in den Sicherheitsraum zurück und nickten Mephisto zu.

„Mein Büro ist sicher für Gespräche mit ihnen. Bitte sie herein", sagte er.

„Wir können reden, kommen Sie herein“, sagte ich und öffnete ihnen das Tor.

Als ich das Foyer erreichte, hatte Benton den Vampiren schon die Tür geöffnet. Der jüngste Vampir stand vorn. Als ich auf das Mädchen zuging, stand ich schnell vor einer Wand aus vier Körpern. Claytons Rücken, über den seine Locken flossen, versperrte mir die Sicht. Kais schwarzes T-Shirt verdeckte die rechte Seite, Simons beigefarbene Tunika die linke, und Mephisto war so nah, dass ich um ihn herumgehen musste, um durchzukommen.

Ich schnaubte leise eine Aufforderung, mir aus dem Weg zu gehen, doch niemand reagierte darauf.

„Nur zu, sprich“, drängte Clayton, und seinem Ton fehlte die Wärme, die er oft in sich trug. Stattdessen strahlte er tödliche Absicht aus.

„Wenn Feindseligkeit alles ist, was ihr zu bieten habt, sollten wir vielleicht einen anderen Termin für ein Gespräch mit Miss Jensen vereinbaren. Bis dahin werden wir dafür sorgen, dass Dr. Sumner in Sicherheit ist“, blaffte Xavier.

Als ich versuchte, an Mephisto vorbeizukommen, legte er seine Hand um meine Taille, zog mich näher an sich und machte mich bewegungsunfähig. Magie gegen jemanden einzusetzen, der sie nicht zuerst bei dir angewendet hat, ist ein Akt der Aggression und wahrscheinlich noch schlimmer, wenn es der Mann ist, mit dem man zusammen ist. Aber ich warnte ihn, um ihm zu zeigen, dass ich dazu bereit war. Da die Vampire es hören würden, konnte ich nichts sagen, aber alles, was ich sagen wollte, fand seinen Weg in meine finstere Miene. Mephisto erwiderte meinen Blick und hielt mich weiter fest.

„Ich will nur deine Hilfe, die Feindseligkeit stört mich nicht“, sagte die leise Stimme des verzweifelten Mädchens. Als ich Mephistos Blick auf mir spürte, sah ich zu ihm auf. Was auch immer er sah, veranlasste ihn, mich loszulassen. Mit seiner Bewegung teilte sich die Wand aus Körpern, und ich stand dem Trio Auge in Auge gegenüber. Falls es die Vampire störte, von den feindseligen Jägern flankiert zu werden, während ich sie zu Mephistos Büro führte, ließen sie es sich nicht anmerken. Ihre Gesichter blieben unbeschriebene Blätter, während ihre Blicke über die drei Männer schweiften, die sich in den gegenüberliegenden Ecken des Raumes verteilt hatten.

Und ich dachte, Wandler waren dramatisch. *Ihr übertreibt.*

Sie sahen sich mit einem schnellen Blick im Raum um und musterten mich, weswegen ich mich fragte, ob sie wussten, dass der Raum verzaubert worden war, um sie am Wynden zu hindern. Der Nachteil des Zaubers war, dass auch keiner von uns es tun konnte. Ich hatte vor, eine zivilisierte Unterhaltung ohne den Einsatz von Magie zu führen. *Hoffe auf das Beste, aber sei auf das Schlimmste vorbereitet.*

„Ich bin Lilith“, sagte die junge Frau. „Das ist Annalise, und Xavier hat sich ja schon vorgestellt.“

„Landry?“, fragte ich und versuchte herauszufinden, ob sie alle vom selben Vampir gezeugt worden waren. Es war üblich, den Namen des Erzeugers anzunehmen.

„Ja, aber er ist nicht mein Erzeuger.“ Ihre Stimme zitterte. Ich fühlte mich von ihren gequälten Augen und ihren unvergossenen Tränen angezogen. „Genau genommen bin ich eine Bianchi, eine der Letzten.“

Xavier hatte seinen Nachnamen ausgesprochen, als sollte man ihn kennen, aber in ihrem Eingeständnis lag Scham.

„Wie Calder Bianchi?“, fragte ich.

Sie nickte. Calder Bianchi war einer der berüchtigtsten Vampire, bekannt für seine Orgien, bei denen er Vampire erschuf und sie sich dann sich selbst überließ. Sie wurden gierig nach Blut, impulsiv und unfähig, ihre neuen Fähigkeiten und ihren Durst zu kontrollieren. Nach allem, was ich über ihn gelesen hatte, war nichts Gutes daran, ihn als Mentor zu haben, da er trotz seines Alters seine eigenen jugendlichen Empfindsamkeiten nicht im Griff hatte. Er war bekannt für seine übernatürlichen Fähigkeiten und seinen Charme, mit dem er seltene, begehrte magische Objekte erbeutete. Er stiftete Kriege zwischen Hexenzirkeln und Magierkonsortien an. Ganze Vampirfamilien hatte er wegen der kleinsten Kränkungen zerstört. Und er zwang Menschen ohne jede Rücksicht. Sein Verhalten hatte letztlich zu seiner Ächtung und seinem Untergang geführt. Manche glaubten, sein Verhalten hatte dazu beigetragen, Übernatürliche dazu zu zwingen, ihre Existenz zu offenbaren. Wie Landon war er einer der wenigen Vampire, die anderen Vampiren und Übernatürlichen ihren Willen aufzwingen konnten, was ihn in eine heikle Position brachte: bewundert und gefürchtet zugleich.

Als Lilith näher zu mir kam, ballte Mephisto die Hände an seinen Seiten zu Fäusten, während Clayton mir einen missbilligenden Seitenblick zuwarf. Kais Blick war eine kühle Warnung, und Simeon warf mir einen scharfen Blick zu, der mich zur Vorsicht ermahnte.

„Kannst du mir von deiner Veränderung erzählen?", fragte ich.

Ihr Lächeln war schwach und bewegte kaum ihre Lippen. „Du hast Bilder von ihm gesehen und weißt sicher, wie charmant er war. Ich hätte nie gedacht, dass jemand wie er Interesse an mir haben würde. Er hat mich angesprochen, als ich in der Bibliothek gelesen habe." Diese Erinnerung verbesserte ihre Stimmung. Sie richtete sich auf und hielt meinen Blick fest, während sie fortfuhr. „Er hat mich eingeladen. Es war so ein aufregender Abend mit Essen, Feiern und Lebensfreude auf eine Weise, die ich für jemanden wie mich nie für möglich gehalten hätte. Als er mich an diesem Abend fragte, ob ich mehr vom Leben wollte, konnte ich nicht anders, als Ja zu sagen. Natürlich wollte ich mehr – wer würde diese Frage mit Nein beantworten? Ich hatte keine Ahnung, worauf ich mich einließ – oder vielleicht wusste ich es, aber in dem Moment war es mir egal." Ihr Blick fiel zu Boden.

„Am nächsten Morgen bin ich als Vampir aufgewacht. Allein und verwirrt –“

„Xavier hat dich in seine Familie aufgenommen?“, fragte ich.

Sie nickte und sah die beiden Vampire liebevoll an. Ihre kühlen, gleichgültigen Mienen verschwanden, als sie ihren Blick erwiderten.

„Sie sind meine Familie, aber ich möchte nicht so sein. Ich wollte das nie, und wenn du die Fähigkeit hast, es rückgängig zu machen, dann flehe ich dich an, es zu tun. Bitte.“

Ich ließ ihre Worte auf mich wirken, studierte sie und richtete meine Aufmerksamkeit dann auf die anderen Vampire. Nach kurzem Überlegen und kläglichen Versuchen, Mephistos harten Blick zu ignorieren, fragte ich: „Wie lange bist du schon ein Vampir?“

Das rehäugige Mädchen blickte vom Boden auf und sah mir in die Augen. „Zwanzig Jahre als Vampir.“

„Wann ist dein Vampirgeburtstag?“

Sie antwortete mit zitternder Stimme und flüsterte: „Ich wurde zwei Tage nach meinem achtzehnten Geburtstag verwandelt.“

Ich nickte, und mein Gesichtsausdruck wurde bei ihrem hoffnungsvollen Blick sanfter.

„Spielt das eine Rolle? Bestimmt das Alter des Vampirs, ob man es rückgängig machen kann?“

„Ich weiß nicht. Ich habe es nur einmal gemacht, und er war nie ganz verwandelt. Ich bin mir nicht sicher, was die Folgen für einen echten Vampir in deinem Alter wären. Bist du bereit, meine erste zu sein?“

Mephisto konnte seine Einwände nicht zurückhalten und murmelte meinen Namen. Ich nickte und sah ihm in die Augen, in der Hoffnung, ihm die nötige Sicherheit zu vermitteln. Es war nicht genug. „Wenn ich helfen kann“, fügte ich hinzu, „muss ich ihr helfen. Bitte erlaube mir, das zu tun.“

Mit gerunzelter Stirn musterte er mich einen langen Moment und nickte schließlich.

„Als er dich angesprochen hat", fragte ich Lilith, „wusstest du, dass er ein Vampir war?"

„Nein. Ich war einfach von ihm bezaubert. Ich hatte schon vermutet, dass er kein Mensch war. Und sein Angebot ging mit fragwürdigen Dingen einher, aber das schien nicht wichtig zu sein. Die Torheit der Jugend." Sie seufzte. „Ich war ein gelangweiltes Mädchen, das ein banales Leben führte. Ich lebe täglich mit dem Bedauern einer Entscheidung, die ich aus Langeweile getroffen habe." Sie lächelte trostlos.

Ihre Miene wechselte zwischen Leere und erdrückender Trauer, als sie mich flehend ansah und noch näher kam.

„Was ist dein Sternzeichen? Dein *menschliches* Sternzeichen?", fragte ich, woraufhin sich Verwirrung auf ihrem Gesicht breitmachte.

„Schütze." Die Worte kamen ihr gerade über die Lippen, und dieses schnelle Eingeständnis, ohne nachzudenken, gab mir die Informationen, die ich brauchte. Leider kamen wir gleichzeitig zum selben Schluss. Mit gefletschten Zähnen stürzte sie sich auf mich.

Mit kaum genug Zeit zum Reagieren traf ich sie mit einer Welle von Magie, die sie gegen die Wand schleuderte, wo ich sie festhielt, nachdem sie aufgestanden war. Heftiges Zittern bei vergeblichen Versuchen, zu wynden, war ein Hinweis darauf, dass sie älter war, als sie mich glauben machen wollte. Es hing oft davon ab, wer sie gezeugt hatte und welche Fähigkeiten sie hatten, aber junge Vampire hatten selten die Fähigkeit zu wynden. Je älter der Vampir, desto einfacher konnten sie auf diese Weise reisen. Sie hatte gelogen, wer sie gezeugt hatte. Ich wusste nicht, was an ihrer Geschichte sonst noch Bullshit war.

Ich starrte sie an. „Es ist leicht, über einen Geburtstag zu lügen, aber wir reagieren automatisch auf unsere Sternzeichen, weil wir sie kennen." Selbst wenn man nicht glaubte, dass das Sternzeichen irgendeinen Einfluss auf das eigene Leben hat, und es einem egal war, die Leute kannten ihr Sternzeichen. „Anfang Oktober wurde Calder von einer wütenden Hexe gefangen genommen, deren Hexenzirkel er wohl aus Spaß angegriffen hatte. Das ist keine so unbekannte Tatsache. Danach hat niemand mehr von ihm gehört, sodass sein wahrer Tod auf diese Zeit geschätzt wurde. Er war nie einer, der sich bedeckt gehalten hat. Er hat seinen schlechten Ruf wie ein Abzeichen getragen. Entweder ist er nach seinem wahren Tod auf wundersame Weise wieder auferstanden, oder du lügst. Wir wissen beide, dass Letzteres der Fall ist. Aber ich weiß eine gute schauspielerische Leistung zu schätzen. Fast oscarwürdig." Ich schüttelte den Kopf. „Die zitternde, schmerzerfüllte Stimme. Dieses ‚mehr vom Leben wollen‘ hat definitiv mein Herz berührt. Wie könnte ich da nicht helfen wollen? Du hast deine Geschichte vage gehalten, um sicherzugehen, dass du bei allen Anschlussfragen konsistent bleiben konntest. Zumindest weißt du, welche Taktik du anwenden musst, um nicht beim Lügen erwischt zu werden. Aber ich fürchte, du bist einfach nicht besonders gut darin."

Mein Blick wanderte über das Vampirtrio. „Ich bin sicher, wann immer eine Situation manipuliert werden muss, schicken sie einfach dich mit deinen großen Augen, deinem süßen Aussehen, deinem freundlichen Benehmen und deiner gespielten Aufrichtigkeit vor."

Ihre Maske fiel, und sie verzog die Lippen, um ihre Zähne zu entblößen. Wenn ich sie sich nicht zurückhielte, würde sie sie gegen mich verwenden.

„Egal, ob es darum geht, einen bestehenden Vampir zu verändern oder eine Veränderung zu verhindern, du mischst dich nicht in unsere Angelegenheiten ein. Du hast kein Recht dazu!", knurrte sie. Ihre Stimme hatte eine eisige Schärfe, die durch die Luft schnitt. Nicht eine Spur von Unterwürfigkeit oder Sanftmut war geblieben. Ihr Verhalten war ein krasser Widerspruch zu ihrem Aussehen.

„Er war mein Freund, und er wollte kein Vampir sein. Also war es mein Recht, dafür zu sorgen, dass er keiner wurde."

„Du hast uns was genommen!", warf sie mir vor, ihre Stimme jetzt ein scharfes Krächzen, das vor Wut und Abneigung triefte.

„Und ihr habt mir etwas weggenommen. Wo ist Dr. Sumner?"

„Dir weggenommen?", schnaubte sie. „Er gehört dir nicht. Als Landon den Prozess angestoßen hat, wurde er einer der Unseren. In dem Moment, als du das getan hast, hätte er dir die Kehle rausreißen sollen!" Sie kochte vor Wut, noch mehr als Xavier, was mich glauben ließ, dass sie die Architektin dieses Plans gewesen sein könnte. Vielleicht sogar der Kopf dahinter.

„Und da geht dein zuckersüßer Ton. Selbst der war unecht." Ich betrachtete die Vampire, die von Clayton und Simeon zu Boden geworfen worden waren, bevor sie sich einmischen konnten.

„Er war neugieriger auf deine Magie und vorsichtiger mit deinem Leben, als er es hätte sein sollen." Zorn schwoll in Liliths Miene an, während ihre Augen eiskalt wurden. Wenn sie an Landons Stelle gewesen wäre, wäre ich zweifellos tot.

„Ist Landon tot?", fragte ich.

„Wenn meine Befehle befolgt wurden, dann ja."

Xaviers und Annalises Augen blitzten in ihre Richtung, bevor sie den Schock in ihren Gesichtern unterdrücken konnten. *Sieht aus, als hätte sich jemand nicht an die Abmachungen gehalten.*

Sie war ein unberechenbarer Faktor. Dr. Sumner war nicht sicher.

Mephisto trat näher, schob sich neben mich und beugte sich mit Humor in seiner Stimme vor. „Bitte erlaube mir das?", wiederholte er spöttisch meine Bitte von vorhin im

Flüsterton. „Als hätte ich die Macht, dir irgendwas zu *erlauben*. Ich kann dir kaum Kompromisse abringen."

„Hey", protestierte ich, „du lässt es so aussehen, als wäre ich hier draußen die Unberechenbare und würde alle Vorsicht in den Wind schlagen."

„Ich würde nicht sagen, dass du alle Vorsicht in den Wind schlägst. Mir ist nur bewusst, dass niemand in einer Position ist, dir irgendwas vorzuschreiben. Ich weise nur auf das Offensichtliche hin."

Mephistos Augen glitten zu der hinterlistigen Vampirin. „Wusstest du die ganze Zeit, dass sie gelogen hat?"

„Nein. Aber ich hatte das Gefühl, dass irgendwas nicht stimmte. Sie war zu bemüht, harmlos zu wirken." Dallas' Täuschung hatte mich stärker getroffen, als ich erwartet hatte. Er hatte sich keine Mühe gegeben. Nur ein harmloser, gutaussehender Vampir, der seine Existenz als Vampir akzeptierte, sie aber nicht so liebte wie die anderen.

Liliths Augen flackerten vor Wut, aber dass sie sich so schnell beruhigte, machte mich nervös. Auch Mephisto entging die Veränderung nicht.

Während wir die Vampire in Gewahrsam hielten, kam Kai mit Benton und Zirkonium-Metallfesseln zurück, auf denen Sigillen angebracht waren. Zirkonium schwächte Vampire und verschaffte denjenigen einen Vorteil, die die Fähigkeit hatten, es ihnen anzulegen – eine schwierigere Leistung. Ich konnte die Sigillen auf den Schlössern nicht entziffern.

Xavier hatte seinen Kampf um die Freiheit noch nicht aufgegeben. „Lass mich los", forderte er, Verzweiflung schlich sich in seine Stimme. Einen Moment lang überschattete sie seine Neugier auf Mephisto und die Jäger. Sein intensiver Blick spiegelte seine Gedanken wider, als er versuchte, die Männer zu verstehen, die einen Vampir so schnell und einfach bewegungsunfähig gemacht hatten.

Er hatte wahrscheinlich angenommen, sie seien Wandler,

bis Clayton die Handschellen um sein Handgelenk legte und einen Zauberspruch flüsterte. Die Schlösser glühten, und der Vampir verlor den Willen zu kämpfen, bevor er zusammenbrach. Danach wurden auch Annalise und Lilith die Fesseln angelegt.

„Sie werden schlafen, bis sie aufgeweckt werden", erklärte Benton mir. Er hatte sich den verstohlenen Blicken angeschlossen, die die Männer austauschten. Ich schien die Einzige zu sein, die keine Ahnung hatte.

„Er ist auch in eurem Gruppenchat!?" Meine Beschwerde klang weinerlicher als beabsichtigt, aber ich hasste das Gefühl, von wichtiger Kommunikation ausgeschlossen zu sein. „Solange ich im Raum bin, verbiete ich diese Art der Kommunikation."

Ich gebe gern zu, dass meine Einwände schnell in das Gemurre eines launischen Kindes ausarteten, und es war mir egal. Mein Befehl wurde mit einem kollektiven Grinsen quittiert, das sich in selbstgefälligen Trotz verwandelte. Eine spürbare Arroganz lag in dem Raum voller Männer, die es nicht gewohnt waren, Forderungen anderer nachzukommen.

„Ich bin involviert und sollte wissen, was los ist", sagte ich.

„Wir überlegen, was wir mit ihnen machen sollen", sagte Mephisto. „Ist dir klar, dass Lilith die Absicht hatte, dich zu töten?"

Ich nickte. Ich hatte meine Antwort bekommen. Sie waren nicht hier, um zu reden. Sie hatte eine Täuschung benutzt, um sich Zutritt zu verschaffen, mit dem einzigen Ziel, mich zu töten. Offensichtlich war ich schon zu lange in Madisons bürokratischer Welt der Supernatural Task Force, denn meine ersten Gedanken hatten nicht meinem Schutz gegolten, sondern der Frage, wie meine Reaktion auf diese Vampire die übernatürliche Welt aus dem Gleichgewicht bringen könnte. Wenn die Jäger sich darum kümmerten, könnte das ihre Anonymität bedrohen.

„Deine Sicherheit ist mir wichtiger als die Wahrung meiner Anonymität“, sagte Mephisto, als hätte er meine Gedanken gelesen.

„Wir haben nicht dieselben Bedenken“, gab ich leise zu und sah die Männer an. „Ich kenne eure Pläne nicht, ob ihr hier bleiben oder in den Schleier zurückkehren wollt.“ Die Vorstellung, dass Mephisto das tun könnte, versetzte mir einen Stich. „Oder ob du dein Leben zwischen den beiden Welten aufteilen willst. Die Offenbarung, dass Götter unter ihnen leben, wird von Menschen oder anderen übernatürlichen Wesen nicht auf die leichte Schulter genommen. Diejenigen, die mit euch zu tun haben, haben nur Vermutungen darüber, was ihr sein könntet, aber keine handfesten Beweise. Euch zu offenbaren wird viele Bedenken nach sich ziehen. Eure magische Immunität, eure Unfähigkeit, getötet zu werden –“

„Ich kann getötet werden“, erinnerte er mich.

„Mit Omni-Schwertern.“ Es waren nicht nur die Schwerter, sondern die in sie eingravierten Zaubersprüche, die es ermöglichten, die Jäger zu töten. Der Schleier hatte genauso viele übernatürliche Wesen wie wir, darunter einst auch Elfen. Aber dank meiner Mutter waren die Elfen aus Rache ausgelöscht worden, weil sie sich durch ihre Weigerung, sie zu unterstützen, beleidigt gefühlt hatte.

„Eure Magie ist stärker als die aller anderen. Ihre Angst vor euch wird zu einer Gegenreaktion führen. Versprich mir, dass du nicht meinetwegen ablehnst, vorsichtig zu sein.“

„Nein. Schränke mich nicht mit solchen Bitten ein“, sagte er mit einem angespannten Lächeln. Sein Blick wanderte zu den schlafenden Vampiren.

„Ich muss sie befragen und herausfinden, wo Dr. Sumner ist, und ich muss Robyn informieren.“ Ich runzelte die Stirn und gab jede Illusion auf, dass sie wirklich das Sagen hatte. „Dallas und Elon.“ Die Namen hinterließen einen üblen Nachgeschmack in meinem Mund.

„Sie müssen auch dahingehend befragt werden, dass wir feststellen müssen, wie weit das Wissen über deine Fähigkeiten reicht und ob das hier nur der erste in einer Reihe von Anschlägen auf dein Leben war." Seine Stimme war voller hitziger Verachtung und dem Versprechen von Gewalt.

„Befrag erst einmal sie. Madison muss auch hinzugezogen werden."

Er schüttelte den Kopf. „Ich befrage sie, und sie bezahlen dafür, dass sie versucht haben, dich zu töten. Diese Angriffe der Vampire können nicht länger toleriert werden", sagte er und ging auf Xavier zu.

Als ich seinen Arm packte, starrte er auf meine Hand, bevor er mir wieder in die Augen sah. Er runzelte die Stirn über meinen Ausdruck. Sorge. Sie überschattete alle anderen Emotionen, die ich fühlte.

„Verlange nicht von mir, dass ich mich an Moralvorstellungen dieser Welt halte, die in meiner Welt meinen Tod bedeuten würden", flehte er flüsternd, bevor er meine Hand von seinem Arm nahm.

9

Mephisto zerrte die Vampire an die Wand und lehnte sie nebeneinander dagegen. Mephisto, Kai, Simeon und Clay hatten ihre Schwerter und Messer in Scheiden an ihren Oberschenkeln und auf dem Rücken.

Simeon runzelte die Stirn. „Es ist kein gutes Zeichen, dass das kein regionales Problem mehr ist", sagte er zu mir. „Wir müssen alles herausfinden, was sie über dich wissen. Dr. Sumners aufgehaltene Veränderung könnte einer der vielen Gründe sein, warum sie dich tot sehen wollen."

„Viele Gründe?", flüsterte ich und sah zu den schlafenden Vampiren hinüber.

„Elfen sind nicht ausgestorben. Das kann für gewisse Leute eine erschütternde Information sein. Glaubst du nicht, dass es wie hier auch anderswo auf der ganzen Welt Elfengemeinden gibt? Es mag nicht mehr als eine kleine Gruppe von dreien oder vieren sein, aber wenn sie so talentiert sind wie Fabian und Elizabeth, könnte das eine Menge Ärger bedeuten", fügte Clayton hinzu.

„Es ist möglich, dass sich die Elfen mit den Vampiren verbündet haben. Das könnte komplizierter sein, als wir erwartet haben", sagte Kai.

„Könnte Alex Elfenmagie mit Hexenmagie verwechselt haben?“, fragte Kai mich. Er stellte seine Frage auf eine Weise, die mich glauben ließ, ich hätte eine Diskussion verpasst, die sie untereinander geführt hatten. Das nervte mich immer mehr.

„Warum glaubt ihr, dass Elfen beteiligt sind? Nichts deutet darauf hin“, fragte ich.

„Der Schutzzauber wurde durch Magie entfernt. Es war ein einfacher Schutzzauber, den jeder hätte entfernen können. Sie sind aufgetaucht, ohne etwas über Mephisto zu wissen, nur dass du hier warst. Sie haben niemanden mitgebracht, der Magie besitzt. Scheint ein schlechter strategischer Schachzug zu sein. Es wäre sinnvoll gewesen, jemanden mitzubringen, der den Schutzzauber entfernt, es sei denn, sie wollten, dass derjenige unbekannt bleibt. Wer hätte die größte Motivation, das zu tun?“

„Genau wie die Wandler auf der ganzen Welt eines Morgens in einer neuen Existenz erwacht sind, in der sie immun gegen Magie waren, gibt es Elfen, die tagelang scheinbar grundlos ohne Magie aufgewacht sind, nur um sie Tage später wieder zurückzubekommen. Wie viele wissen, dass du der Grund warst? Ich bezweifle, dass die Elfen hier es für sich behalten haben. Die anderen sollen wohl erfahren, wie gefährlich du bist. Also, wenn ich es wäre, würde ich unter deinem Radar fliegen und der Feind sein wollen, den du nicht kennst“, überlegte Clayton.

„Du sagst, dass Alex Magie gespürt hat, aber nicht sicher war, ob es eine Hexe war. *Jemand, der Magie besitzt* hat er gesagt. Stimmt das?“, fragte Benton.

Ich nickte.

„Wie gut ist er? Das ist eine neue Fähigkeit, und es ist sehr schwierig, zwischen den verschiedenen Arten von Magie zu unterscheiden“, meinte er.

Meine Miene wurde finster, als mein Blick von den Männern zu den Vampiren wanderte. Es war zweifelhaft, dass Landon ihnen erzählt hatte, was ich getan hatte, ohne ihnen zu verraten, was ich war.

„Wir werden es nicht wissen, bis wir sie fragen." Ich deutete mit dem Kopf in Richtung der Vampire.

„Dann fragen wir sie", sagte Mephisto, doch ich hatte den Eindruck, dass er nicht überzeugt war, dass wir Antworten bekommen würden. Er verließ den Raum und kam mit dem *Obscuro Mors*-Pfahl in der Hand zurück.

Er flüsterte einen Zauberspruch, die Fesseln der Vampire glühten, und sie erwachten. Sie schüttelten den magisch herbeigeführten Schlaf ab und warfen den Handschellen böse Blicke zu, bevor sie ihre Aufmerksamkeit uns zuwandten. Liliths und Annas Blicke huschten über alle im Raum. Xavier nahm Mephisto ins Visier, dann wanderte sein Blick zu dem *Obscuro Mors*, bevor er mit stählerner Entschlossenheit wieder zu Mephisto zurückkehrte. Er betrachtete ihn eindeutig als die größte Bedrohung im Raum, und Mephisto tat nichts, um ihn von diesem Glauben abzubringen.

Mephisto trat näher an Xavier heran. Die kalte Grausamkeit seiner Natur als Gott, der für die Aufrechterhaltung der Ordnung unter den Mächtigsten verantwortlich war, strömte in die dunklen Tiefen seiner Augen. Als er die Magie fallen ließ, mit der er seine Macht verborgen hatte, blitzte gesteigerte Neugier in den Gesichtern der Vampire auf.

Xavier musterte ihn mit kalkulierter Neugier, Anna mit Abscheu und Spekulation. Der jüngste Vampir dagegen schien desinteressiert. Ich konnte nicht sagen, ob das auf Naivität oder Arroganz angesichts ihrer eigenen Fähigkeiten zurückzuführen war.

Die Luft war erstickend angespannt, und die Jäger umringten die Vampire mit langsamen, raubtierhaften Bewegungen, die eine Aura unversöhnlicher Gewalt und geradezu sadistischer Grausamkeit ausstrahlten. Ich wusste, dass sie diese Ausstrahlung für ihren Job im Schleier brauchten, aber dieses Wissen machte sie nicht weniger beunruhigend.

Ich verspürte plötzlich den Drang, den Schleier zu schließen und sie hierzubehalten, in der Hoffnung, dass sie das Maß an Brutalität aufgeben würden, das sie brauchten, um in ihrer Welt zu existieren. Ich wollte, dass sie die Männer waren, die sie hier zu sein vorgaben. Doch würde ich sie damit dazu zwingen, sich zu ändern, oder wäre es eine Konformität, die sie bereitwillig akzeptieren würden? Vielleicht könnten Clay, Simeon und Mephisto das. Aber nicht Kai.

Von der anderen Seite des Raumes aus beobachtete Benton die Vampire vorsichtig.

Xavier war der Erste, der aufstand. Ein selbstgefälliges Grinsen umspielte seine Mundwinkel, und die anderen beiden folgten seinem Beispiel. Er betrachtete die Fesseln und dann Mephisto.

„Wenn du die Macht eines anderen einschränken musst, zeigst du nur deine Schwäche", zischte er mit einem giftigen Flüstern, das wie eine gezackte Klinge durch die Luft schnitt.

„Ich versichere dir, das ist keine Schwäche, sondern Zurückhaltung. Wenn du auch nur einen Moment glaubst, dass ich deine Existenz nicht beenden könnte, bevor du überhaupt daran denken könntest, mich anzugreifen, dann bist du dümmer, als ich dachte." Der dunkle Schatten von Mephistos Bedrohung überzog sein Gesicht. Xaviers arrogante Fassade fiel für einige Augenblicke, bevor er sie wieder aufrichtete.

Er trat näher an Mephisto heran, bis nur wenige Zentimeter sie trennten, und kniff die Augen zusammen.

„Was bist du?", fragte Xavier, löste seinen Blick von Mephisto und sah die anderen an. Sie verbargen ihre Übernatürlichkeit nicht länger. Ihr Auftreten und ihre Energie waren nichts, was die Vampire jemals bei Feen, Magiern oder Wandlern gesehen hatten. Selbst die weniger bekannten Übernatürlichen besaßen keine solche Präsenz.

„Ihr wollt Erin töten. Warum?", fragte Mephisto mit

eisigem Ton und ignorierte Xaviers Frage. Obwohl er direkt vor Xavier stand, richtete er die Frage an Lilith, das Mädchen mit dem sanften Gesicht und der ruhigen Zurückhaltung, das nun keine dieser Eigenschaften mehr zeigte. Ein Schauer lief mir über den Rücken, als ihr eisiger Blick auf mich fiel. Nachdem ihre Tarnung aufgeflogen war und sie die Täuschung aufgegeben hatte, präsentierte sie selbstgefällig ihr wahres Ich. Ich wurde daran erinnert, dass scheinbar harmlose Vampire oft die wahren Monster waren. Attentäter gaben sich häufig unschuldig, charmant und bescheiden.

„Du hast dich in Vampirangelegenheiten eingemischt. Allein für die Tatsache, dass du es gewagt hast, hast du den Tod verdient.“

„Ich habe meinen Freund gerettet“, beharrte ich.

Sie schnaubte und verzog die Lippen, um ihre Reißzähne zu entblößen. Alle Spuren von Menschlichkeit waren von dieser Frau verschwunden. Ich hielt ihrem Blick mit Mühe stand, weil ich mich weigerte, zurückzuweichen, aber es war ein unmenschlicher Abgrund der Dunkelheit, der schamlos die Grausamkeit offenbarte, die sie ohne Bedenken anwenden würde, wenn sie die Gelegenheit dazu bekäme.

Ich würde diesem Kleinkind gegenüber keine Angst zeigen.

„Sie hat nicht vor, das jemals wieder zu tun. Es ist passiert, um jemanden zu retten, der ihr wichtig war. Landon hätte eine andere Wahl treffen sollen. Er sollte das Ziel deiner Vorwürfe sein“, antwortete Mephisto ruhig.

„Sie richten sich gegen das richtige Ziel. Diese Kreatur, die Hybride, die ihr Versprechen, ihm eine Familie zu geben, gebrochen hat. Wir haben auf diese neuen Vampire gewartet.“ Xaviers Gesichtsausdruck spiegelte die gleiche Flamme der Aufregung und neugierigen Erwartung wider, die ich bei Landon gesehen hatte, als ich ihm gezeigt hatte, was ich war.

„Dann verstehst du, warum ich mein Wort nicht halten konnte“, sagte ich.

Sein scharfsinniger Blick wandte sich von mir zu den Jägern. Er musterte sie einige Augenblicke lang und stieß dann ein nachdenkliches Schnauben aus. „Elf-Gott-Hybride“, flüsterte er vor sich hin und wiederholte, wie ich mich Landon gegenüber beschrieben hatte. „Götter oder Elfen? Oder seid ihr auch alle Hybride?“, fragte er niemanden im Besonderen, obwohl er die Annahme traf, dass wir alle gleich waren. Wenn ich in einem Raum mit ihnen irgendeine ätherische Einzigartigkeit besaß, wurde sie von den Jägern weit in den Schatten gestellt.

Die Männer blieben stumm und ausdruckslos, was die gereizte Neugier der Vampire nur anfachte.

„Welche Vorteile der besondere Vampir, den du erschaffen hättest, bieten könnte, wiegt nicht den Schaden auf, den deine Existenz anrichten kann.“ Diese Behauptung kam von Annalise, die ich bisher für die Vernünftigste der drei gehalten hatte.

„Ich habe nicht vor, Vampirismus umzukehren“, sagte ich leise und trat besorgt näher. Ihre Fesseln unterdrückten einige ihrer übernatürlichen Fähigkeiten, aber sie waren nicht verschwunden.

„Du existierst. Das ist das Problem. Kann man deinem Wort trauen, wenn du Menschen zur Unterwerfung zwingen, nötigen oder bestechen kannst?“ Liliths Stirnrunzeln und ihre scharfen Augen zeigten jemanden, der viel länger gelebt hatte, als ihr Aussehen vermuten ließ. „Landon hätte nicht gehen sollen, ohne garantieren zu können, dass das Problem gelöst wurde. Er verdiente unsere Reaktion auf sein Versagen.“

Der letzte Teil machte mich nervös. Ihre „Reaktion“. Landon kontrollierte den Norden, also nahm ich an, dass sie wichtige Akteure im Süden waren. Aber ich hatte die Politik und die Schlüsselpersonen dort nicht verfolgt. Jetzt wünschte ich, ich hätte es getan. Ich zwang mich, meine Fassung zu bewahren.

„Stimmt. Ich habe jedoch nicht die Absicht, es wieder zu tun. Haltet euch von meinen Freunden und Lieben fern, und ihr müsst euch nie Sorgen machen um meine Fähigkeit, Vampirismus rückgängig zu machen."

Xaviers Gesichtsausdruck wurde weicher, aber ich war mir nicht sicher, ob es eine List war. „Und darauf würdest du einen Eid schwören?"

„Da Landon der herrschende Vampir hier ist, sollte ich den Eid ihm gegenüber ablegen", antwortete ich, während ich die Last von Mephistos schwerem Blick auf mir spürte. Wahrscheinlich wünschte er sich in diesem Moment, ich wäre Teil ihres magischen Gruppenchats. „Gebt mir Dr. Sumner und Landon zurück, und wir können so tun, als hättet ihr nicht versucht, mich umzubringen. Aber ich erwarte denselben Eid von euch: keine weiteren Anschläge auf mein Leben oder das meiner Freunde und Lieben. Könnt ihr das?"

Liliths Bemerkungen über Landon nagten an mir, und ich hasste die Schuld, die mich wie eine schwere Decke umhüllte. Sie abzuschütteln war fast unmöglich.

„Landon ist wahrscheinlich schon tot", sagte Lilith schulterzuckend. „Und wenn wir nicht zurückkehren, ist dein Freund der Nächste. Du hast nicht den Vorteil, den du zu haben glaubst."

Mein Blick fiel auf den *Obscuro Mors* in Mephistos Händen und zog auch ihre Aufmerksamkeit darauf. Nur einen Moment lang huschte ein Anflug von Angst über ihre Gesichter. Ich war mir nicht sicher, wen das treffen würde, denn *Obscuro Mors* beendeten die Blutlinie des gepfählten Vampirs, und sie hatten nicht angedeutet, dass sie aus derselben Linie stammten. Trotz meiner verschleierten Drohung war ich nicht bereit, eine ganze Blutlinie für das Fehlverhalten dreier Individuen auszulöschen. Mephistos

Gesichtsausdruck nach zu urteilen, waren wir derselben Ansicht.

Mephisto sprach eine schnelle, scharfe Anrufung. Die Sigillen an den Handschellen glühten, und die Vampire brachen ohne Vorwarnung zusammen.

Innerhalb von Sekunden war Mephisto neben mir. Seine Finger verschränkten sich mit meinen, und er führte mich aus seinem Büro, durch das Haus und in den Raum, den ich *War Room* genannt hatte.

In einem Versuch, seine imposante Präsenz zu ignorieren, blickte ich aus dem großen Erkerfenster auf die bezaubernde Landschaft, die durch das sanfte, rosafarbene Licht der Sonne noch verstärkt wurde.

Mephisto stand in der Mitte des Raumes, sein Blick distanziert und sein Gesichtsausdruck eine Mischung aus Sorge und Frustration. Sein Blick folgte meinem zur malerischen Aussicht auf bunte Blüten und kräftige alte Bäume. Die Aussicht erfüllte ihren Zweck als Ablenkung von der brodelnden Spannung und dem vorsichtigen Schweigen, das zwischen uns herrschte.

Als ich seinen Blick auf mir spürte, drehte ich mich zu ihm um. Trotz der überraschenden Wärme und Gemütlichkeit des Raumes spiegelte unser Schweigen das nicht wider.

„Was tust du, Erin?“

„Ich will, dass Dr. Sumner nach Hause zurückkehrt.“

„Das ist verständlich, aber warum verhandelst du um Landon? Lass sie mit ihm machen, was sie für richtig halten.“

„Weil ich nicht ihnen einen Eid schwören werde, sondern nur Landon.“

„Einen Eid, der nur von kurzer Dauer sein wird. Glaubst du, dass die Pläne, die ich für ihn habe, anders sind als ihre?“

Seine Offenheit fühlte sich an wie ein Schlag, der mir den Atem nahm. Es dauerte einige Minuten, bis ich mich davon erholt hatte. „Er ist das Übel, das ich kenne. Wenn er stirbt, kontrolliert ein anderer Vampir die Stadt. Was, wenn der schlimmer ist? Oder wenn es das Trio in deinem Büro wird?"

„Sie werden es nicht sein. Ich habe nicht die Absicht, sie gehen zu lassen."

„Dein Plan ist, die Vampire auszulöschen?" Ich fuhr mir mit den Fingern durchs Haar und spürte, wie die Hitze meiner Frustration von meiner Haut ausstrahlte. Raubtier. Bestie. Dieselben Leute, andere Beschreibungen von Malific. All die Begriffe, die verwendet wurden, um die Jäger zu beschreiben, wurden in meinem Kopf wieder lebendig.

Ich konnte nicht anders, als sein Schweigen als implizites Ja zu verstehen. „Ich erwarte, dass du dich an die gleichen Regeln dieser Welt hältst. Denn wir sind *hier*. Wir werden die Vampire nicht auslöschen."

„Wann habe ich das vorgeschlagen?", fragte er, kam zu mir und sprach mit einem leisen Krächzen in der Stimme. Seine Lippen pressten sich auf meine, und seine Reaktion fühlte sich wie eine Eroberung an. Keine Eroberung – eine Verführung, auf die ich mich voll eingelassen hatte.

Er zog sich zurück, und seine dunklen Augen hielten mich mit ihrer Intensität gefangen. „Ich kämpfe nur für deine Sicherheit, und wenn dazu anfängliche Gewalt nötig ist, dann sei es so. Du wolltest leben, ohne dich dafür zu entschuldigen, wer du bist. Aber ich habe das Gefühl, dass du zu entgegenkommend bist und die Leute geradezu anflehst, dich so zu akzeptieren, wie du bist."

„Das ist es nicht. Mein Job verlangt von mir, die Grenzen zwischen Grau und Grauer zu überschreiten." Oft stand Mephisto hinter mir und balancierte auf ebendieser Grenze. „Ich fühle mich dort wohl, aber ich bin mir bewusst, dass die Leute mich als jemanden betrachten, der die Verkörperung des Todes durch einen einfachen Kuss war. Ich habe Magie genommen und eine menschliche Hülle hinterlassen. Jetzt habe ich meine eigene Magie – mächtige Magie. Ich habe die Schulden, die ich angehäuft hatte, nicht zurückgezahlt. Das können wir nicht ignorieren. Diese Entscheidung hatte Konsequenzen, die mir nicht gefielen, also habe ich meine mächtige Magie eingesetzt, um sie zu korrigieren, und –"

Ich hob die Hand, als Mephisto versuchte, mich zu unterbrechen. „Ich weiß es wirklich zu schätzen, dass du in dieser Angelegenheit meine Seite gewählt hast. Ich weiß, dass du das immer tun wirst, während du meine Rolle bei der Vergeltung ignorierst. Ich bekenne mich zu dem, was ich getan habe, um Landons Tat zu provozieren. Und Landon wird für das bezahlen, was er Dr. Sumner und diesen Arschlöchern in deinem Büro angetan hat. Aber es sollte kein Todesurteil für Landon sein, und wir sollten auch nicht alle Vampire für die Fehler töten, die vier von ihnen gemacht haben. Ich werde den Eid unter Bedingungen schwören."

Ich holte tief Luft. „Landon muss einem Eid zustimmen, der ihn daran hindert, mich zu zwingen, Vampire zu zeugen, und ihn verpflichtet, die zu beschützen, die ich liebe. Ich hätte keinen Blankoschuldschein ausstellen und meine Schuld nicht nicht begleichen sollen. Aber ich kann keine Vampire mit ihm erschaffen. Ich habe schon zu viel getan, was diese Welt verändert hat. Ich werde mich mit Landon auseinandersetzen, denn er ist das Übel, das ich kenne und mit dem ich fertig werde."

„Wenn er tot ist, ist das keine Option mehr", stellte Mephisto fest.

„Hoffentlich ist er es nicht."

Der Befehl war von Lilith gegeben worden; die anderen beiden wollten ihn lebend. Das erschien mir sinnvoll, denn er war die Quelle der Informationen über mich – derjenige, mit dem ich mich auseinandersetzen musste. Sein Tod würde die Vampire des Nordens für sie entgegenkommender machen. Das war es einfach nicht wert. Ich hoffte, wer auch immer ihn festhielt, sah in Lilith den arroganten, impulsiven und unberechenbaren Vampir, als der sie sich mir gegenüber gezeigt hatte, und ignorierte ihren Befehl.

Das donnernde Geräusch von Putz und Gipskartonplatten, die zerrissen wurden, zog mich aus meinen Gedanken.

Schutt, Staub und Putzpartikel hüllten alles in Nebel, aber ich konnte sehen, wie Massen von Körpern in das Haus strömten und sich mit der für Vampire typischen Schnelligkeit bewegten. Die Magie, die Mephisto freisetzte, traf zwei der sich nähernden Vampire und schleuderte sie durch das klaffende Loch in der Wand hinaus, das der Sprengsatz hinterlassen hatte, mit dem sie es aufgerissen hatten.

Die anderen Vampire bewegten sich mit einer klaren Mission. Ich wusste, was sie war. Ich eilte zurück in den Raum, in dem wir die drei Vampire schlafend zurückgelassen hatten, und fand Lilith in den Armen einer großen Vampirin. Ihr Blick fiel auf mich, und darin spiegelten sich Erkennen und lebhafte Debatte wider. Ich war das Ziel.

Ich warf eine Kugel aus offensiver Magie in ihre Richtung. Die Kugel traf die Wand, gerade in dem Moment, in dem sie mit Lilith verschwand.

Jemand packte mich von hinten. Instinktiv rammte ich meinen Kopf gegen seine Nase und warf ihn über meine Schulter. Mein Fuß stapfte hart auf den Boden, aber der Vampir wich aus. Seine Hand schnellte nach meinen Beinen und riss mich zu Boden.

Er kniete über mir, fletschte die Zähne und beugte sich zu meinem Hals hinunter. Meine Hand drückte gegen sein Kinn, um ihn daran zu hindern, mich zu beißen. Der Kampf, ihn abzuwehren, machte es mir schwer, Abwehrmagie einzusetzen, die mich nicht auch selbst treffen würde – was, wie ich wusste, beabsichtigt war.

Mir blieb nur die Kontaktmagie: der *Venenum*-Zauber, den ich bei Fabian angewandt hatte, um ihm Leben zu entziehen. Aber würde er den wahren Tod eines Vampirs herbeiführen? Ich musste es herausfinden.

Der Zauber erforderte einen Tropfen meines Blutes. Ich ließ einen meiner Finger über seine messerscharfen Zähne gleiten. Während ich den Zauber flüsterte, sah ich, wie der Vampir erschauerte. Seine Beharrlichkeit ließ nach, aber nur kurz. Er gewann schnell wieder an Kraft.

Ich verstärkte den Druck auf sein Kinn, um seinen Hals zurückzudrängen oder einen Finger in die Nähe seiner Augen zu bekommen, als er plötzlich gepackt wurde.

Mephistos Angriff war nur ein verschwommener Wirbel, und Sekunden später lag der Vampir leblos vor mir. Sein Kopf war in einem seltsamen Winkel verdreht, der Mund offen, das Gesicht verzerrt vor Schock. Das allein würde ihn nicht töten, aber das Holz, das ich aus den Trümmern aufhob, die im Raum verstreut lagen, würde es tun. Ich rammte es ihm in die Brust und beendete die Sache.

Mephisto trat zu mir und berührte meinen Arm. Seine sanfte Geste stand in krassem Gegensatz zur ungezügelten Wut und Gewalt, die in seinem Gesicht wohnte. „Geht's dir gut?"

Ich nickte und fand es schwierig, seinem Blick standzuhalten. Feindseligkeit, Machtlust und rohe Wut – diese Blicke hatte ich hunderte Male gesehen und dachte, ich sei dagegen immun. Aber Mephisto war mehr. Mächtige Magie ging in Wellen von ihm aus, als wäre sie in eine viel zu kleine Verpackung gezwängt worden. Die kultivierte Maske der Freundlichkeit war gefallen, und er zeigte jetzt sein wahres Ich.

„Such dir bitte ein sicheres Versteck", drängte er, bevor er herumwirbelte und den nächsten Vampir packte. Mit Leichtigkeit hob er dessen über eins achtzig großen Körper hoch, als wäre er ein Kind. Die Luft war erfüllt von widerlichen Geräuschen brechender Knochen, Schmerzensschreien und dumpfen Schlägen von Körpern, die auf den Boden prallten.

Ich ließ meinen Blick durch den Raum schweifen. Simeon und Clayton kämpften an gegenüberliegenden Seiten des Raums gegen ganze Schwärme von Vampiren, deren einziges Ziel es war, an mich heranzukommen.

Es war naiv von mir gewesen zu glauben, das könnte einvernehmlich geregelt werden. Ich riss den Pflock aus dem Vampir, der sich nun im Endstadium des Vampirtodes befand. Keine noch so große Menge an Blut würde ihn jetzt noch retten. Dann eilte ich in den Raum, in dem Mephisto seine magischen Gegenstände aufbewahrte – er erschien mir als der sicherste Ort im Haus.

Auf dem Weg hinaus warf ich einen Blick auf die zerstörte Wand. Die etwa zwanzig Vampire, die hindurchgekommen waren, hätten genauso gut die Tür nehmen können. Was war ihre Erklärung für die Feindseligkeit und Gewalt, die sie anwenden wollten, um an mich heranzukommen?

Als ich auf den Raum zuging, wurde ich von einem weiteren donnernden Geräusch empfangen. Entsetzt sah ich zu, wie die Wand zu meiner Rechten einstürzte.

Ich ließ den Pflock fallen. Die Sicht war durch eine Wolke aus Staub verdeckt. Als ich mich zur Gruppe umdrehte, die hindurchströmte, stieß ich die stärkste Magie aus, die ich aufbringen konnte. Eine Kakophonie aus Krachen und Grunzlauten erfüllte den Raum, als der Magiestrahl sie traf.

Schnell schnappte ich mir den Pflock, bevor sie sich erholen konnten, und rammte ihn in den, der mir am nächsten war. Ich riss ihn aus seinem Herzen und wirbelte davon. Als einer aufzustehen versuchte, traf ihn mein Ellbogen hart gegen die Nase. Er brach sie wahrscheinlich nicht, doch es reichte, um ihm die Sicht zu nehmen.

Als sich der Staub lichtete, konnte ich Kai sehen. Sein entschlossener Blick glitt über mich. „Alles in Ordnung?“

Ich nickte.

„Geh!“, drängte er. Alle Gefühle, zu bleiben und zu helfen, verschwanden, als er mir ein dunkles Schmunzeln zuwarf – ein wenig zu begeistert, als er zwei Vampire an ihren Hemden packte. Er trat durch die zerstörte Wand, breitete seine Flügel aus und schwebte mit den Vampiren gen

Himmel, wo ich sicher war, dass er sie fallen lassen würde, bevor sie ihr Vampirdasein beendeten.

Ich eilte ins Zimmer, ließ meinen Finger über die Türtastatur huschen und wollte mich gerade einschließen, als ich Xaviers vertraute Stimme hörte.

„Ich bringe dich zu deinem Freund", sagte er leise. Die Gehässigkeit von vorhin war ganz aus seiner Stimme gewichen.

„Oder du bringst ihn zu mir", entgegnete ich.

Er seufzte und sagte: „Ich will dich nicht tot sehen. Aber wir müssen deine Magie erforschen. Vielleicht können wir eine für beide Seiten vorteilhafte Vereinbarung treffen."

Für beide Seiten vorteilhaft? Wahrscheinlich eher ‚Wir lassen dich entscheiden, wie du sterben willst, sollten wir dich als Bedrohung ansehen.'

Er hob beschwichtigend die Hände, und ich beobachtete ihn aufmerksam, als er sein Handy aus der Tasche zog und auf mich zukam.

„Komm mir nicht zu nahe!", befahl ich, während ich versuchte, den Lärm der Gewalt um uns herum zu ignorieren. Doch das Geräusch gegeneinander krachender Körper, einstürzender Wände und ungezügelter Gewalt war schwer zu überhören.

Seltsamerweise schweiften meine Gedanken zu Benton und seiner Sicherheit. Ich hatte ihn nicht gesehen, wusste nicht, ob er kämpfen konnte, und als Druide war er eine Fundgrube an Wissen ohne Magie. Keiner der Jäger würde zulassen, dass er verletzt wurde, also konzentrierte ich mich wieder auf Xavier, der in die Hocke ging und mir sein Handy entgegenschob. Ich hob es auf und behielt ihn dabei aufmerksam im Auge, bevor ich auf den Bildschirm blickte.

Eine Live-Übertragung zeigte Dr. Sumner in einem eleganten Raum. Er saß auf einem cremefarbenen Sofa aus edlem braunem Holz mit kunstvollen Details, die die geschwungenen Armlehnen betonten. Ein teuer aussehender

Sofatisch stand auf einem gemusterten Teppich. Die warm-taupefarbenen Wände waren mit Gemälden dekoriert. Am anderen Ende des Blickfelds standen Skulpturen auf Sockeln.

Dr. Sumner sah unglücklich aus, sein Blick war auf den Teller mit Essen vor ihm gerichtet. Immer wieder wanderte sein Blick nach rechts, wo ich vermutete, dass sein Wächter stand.

Der Raum war mir nicht vertraut, und ich suchte nach Hinweisen, die ihn identifizieren könnten. Doch die Kunstwerke halfen mir nicht weiter, da ich die Signaturen der Künstler nicht erkennen konnte.

Meine Aufmerksamkeit richtete sich wieder auf Dr. Sumners nachdenklichen Gesichtsausdruck. Wenigstens schien er in einer angenehmen Umgebung zu sein. Das verschaffte mir eine gewisse Erleichterung.

„Siehst du? Es geht ihm gut." Doch ich hörte das Unausgesprochene in Xaviers Ton.

Ich warf einen weiteren Blick auf das Display, doch bevor ich den Livestream auf mein Handy übertragen konnte, nahm Xavier es mir ab und stellte wieder Abstand zwischen uns her. Der Großteil des Raumes war in mein Gedächtnis eingebrannt, und ich war sicher, dass ich ihn wiedererkennen würde.

„Wenn er verletzt –"

„Spar dir die Drohungen. Wie gesagt, er ist in Sicherheit. Mein einziger Wunsch ist, das Ausmaß deiner Fähigkeiten zu erkunden. Er ist ein Mittel dazu."

„Liliths Versuch, mich zu ermorden, macht es schwer, dir das zu glauben."

Sein schwerer Seufzer galt nicht mir, sondern Lilith – etwas, das er wohl schon oft getan hatte. „Auch wenn ich mit ihrer Reaktion nicht einverstanden bin –"

„Mit ihrem Mordversuch", korrigierte ich ihn scharf.

Er sah mich finster an. „Ihre Reaktion auf deine Einmischung in unsere Angelegenheiten war gerechtfertigt. Aber es war unsere Absicht, dich am Leben zu halten. Lilith geriet in Panik, als ihre List entdeckt wurde."

List. Ein harmloses Wort für einen so ausgefeilten Täuschungsversuch. „Und war ihre Reaktion auf Landon auch gerechtfertigt?"

Die freundliche Maske fiel, ersetzt durch eine Sturmwolke aus Wut und Frustration, die über sein Gesicht zog. Wie weit war seine Geduld durch den Umgang mit der impulsiven und gewalttätigen Lilith erschöpft?

„Siehst du, du kannst ihr nicht vertrauen! Wie kann ich dir vertrauen, wenn zu deinem Trio jemand wie sie gehört? Du wirst mir Dr. Sumner bringen."

Xaviers dunkles, unheilvolles Lachen erfüllte den Raum. „Ich glaube nicht, dass ich dich habe glauben lassen, dass das überhaupt eine Wahl war. Bei meinem Versuch, höflich zu sein, muss ich bei dir den falschen Eindruck erweckt haben, dass du geglaubt hast, ein Mitspracherecht zu haben. Du hast die Wahl: Komm freiwillig, und du verbesserst die Chancen, dass du und dein Freund freigelassen werdet. Oder du kommst gewaltsam mit."

In dem Moment, als er die Drohung aussprach, rief ich Magie herbei und war bereit, ihn und jeden in meiner Nähe auszulöschen. Nichts. Ich musste all meine Kraft aufbringen, um nicht verzweifelt meine Hände zu schütteln, wie ein defektes Werkzeug.

Ich versuchte es erneut, aber Xaviers Grinsen wich brüllendem Gelächter.

„Stimmt was nicht, Erin?"

Ich hatte keine Magie.

Was zum Teufel war hier los?

10

Xaviers spöttisches Grinsen verblasste schnell, als Mephisto auftauchte. Bevor Xavier reagieren konnte, traf ihn Mephistos Faust am Kiefer. Der Schlag schleuderte ihn zurück, doch nicht mit der gleichen Kraft, die Mephistos Schläge bei den anderen Vampiren gehabt hatten.

Mephisto bewegte sich wie ein erfahrener Kämpfer, aber nicht mit der gewohnten anmutigen Geschwindigkeit, die ich von ihm kannte. Xaviers Gegenschlag traf ihn hart und ließ ihn mehrere Meter zurückweichen. Mephistos Augen weiteten sich entsetzt über die unerwartete Wirkung.

Seine Kiefermuskeln verkrampften sich – ein deutliches Zeichen, dass auch er keine Magie hatte. Als Simeon es versuchte, spiegelte sein Gesichtsausdruck entsetzte Angst wider. Er änderte sofort seine Strategie, packte den Vampir neben sich und stieß ihn gegen die Wand. Doch statt den Vampir zu treffen, durchbohrte Simeons Messer nur die Wand. Der Vampir befreite sich aus seinem Griff. Simeon blinzelte mehrmals, sein Blick wanderte zu mir, und ich konnte nur mit den Schultern zucken.

Bevor der Vampir Simeon überwältigen konnte, griff eine Gestalt ein. Sie riss den Angreifer hoch und schlug ihn mehrmals gegen die Wand, bevor ihr ein Pflock gereicht wurde, den sie sofort einsetzte.

Ich blinzelte ungläubig. Die Gestalt war Landon.

Sein Gesicht war rosig, als hätte er gerade Blut getrunken, und er sah wild aus. Sein Blick glitt über mich, bevor er auf Mephisto und Xavier fiel, die miteinander kämpften. Landon stürmte los, und ich rannte auf ihn zu, um ihn davon abzuhalten, Mephisto anzugreifen. Doch er wich mir aus und krachte mit voller Wucht in das kämpfende Duo.

Das musste ich als weiteres unerwartetes Ereignis des Jahres vermerken, doch es war nicht mein dringlichstes Problem. Ich musste herausfinden, warum wir keine Magie hatten. Die einzige Antwort, die mir einfiel, war *adligatura*. Das bedeutete, dass ein Elf auf dem Gelände war.

Ich rannte vom Kampf weg, durch einen Flur und zu einer der gesprengten Öffnungen. Ich lief weiter, bis ich die Sigillen entdeckte, die den Zauber aufrechterhielten. Clayton war mir zuvorgekommen und stand einige Meter entfernt und sah sich um.

In der Annahme, dass der *adligatura* näher sein würde, entfernte ich mich einige Meter von ihm. Es wäre ideal, ihn weiter weg zu platzieren, aber das war zeitaufwendig und hätte mehr Magie erfordert, um sie aufrechtzuerhalten.

Nur ein kleines Stück entfernt erhaschte ich einen Blick auf eine blasse Frau mit brünettem Haar, das zu einem losen Knoten gebunden war. Sie trug einen blaugrünen Pullover und eine dunkelblaue Hose. Bevor ich mehr sehen konnte, verschwand sie hinter einem Baum. Ich wollte unbedingt ihre Ohren sehen, doch sie könnte sie wie die meisten Elfen in der Öffentlichkeit verzaubert haben.

Die üppigen Bäume, die sonst eine angenehme Privatsphäre boten, waren nun ein Hindernis. Das hohe, dichte Gras war ein weiteres Problem. Ohne Magie musste ich die andere Seite der Sigillen erreichen, um sie zu deaktivieren. Meine göttliche Magie hinderte mich nicht daran, das Gebiet zu betreten, aber ich musste die Grenzen des Zaubers finden.

„Es ist hier." Kais Anwesenheit überraschte mich. Er rief von der anderen Seite und zeigte auf die Stelle. Sein Gesicht war gerötet, und er atmete langsam und gemessen, seine Lippen formten ein kleines „O". Der Verlust seiner Magie hatte ihn mitgenommen.

„Bist du –", begann ich, aber er unterbrach mich mit einem erschöpften „Bitte entschärfe den Zauber."

Seine Verzweiflung sprach nicht nur von seiner eigenen Not, sondern auch von dem, was die anderen im Haus fühlten. Ich entschärfte die Sigillen schnell, und kaum war der Zauber beendet, eilte ich zu dem Baum, hinter dem die Frau verschwunden war. Doch niemand war da.

„Es war eine Elfe", sagte ich zu Clayton, als er neben mir auftauchte und auf dieselbe leere Stelle blickte.

„Natürlich war sie das. Ich verstehe, warum du den Elfen ihre Magie genommen hast, aber dadurch hast du dich vielleicht zum Ziel von Vergeltungsschlägen gemacht. Ich glaube nicht, dass ihre Angriffe aufhören werden. Ich denke, sie betrachten deinen Tod als Weg zum Überleben. Trotz deines Beweggrundes, ihnen ihre Magie zu nehmen, hat es dich in den Geschichten vieler Leute zum Bösewicht gemacht. Sprich mit deinem Volk und finde heraus, wer es war. Versuch, die Beziehung zu kitten, oder du wirst gezwungen sein, das zu vollenden, was deine Mutter angefangen hat, wenn du jemals Frieden willst."

Meine Mutter hatte versucht, die Elfen zu vernichten, weil sie sich geweigert hatten, sie bei ihrem Streben nach absoluter Macht zu unterstützen. Doch auch, wenn unsere Beweggründe ganz andere waren, würde ich niemals vollenden, was sie begonnen hatte.

Wir rannten zurück zum Haus und fanden Mephisto und Simeon in der Mitte des Raumes, umzingelt. Einige der Vampire hatten nicht überlebt. Blut, Trümmer und zerrissene Kleidung lagen überall verstreut. Mephisto stand in Verteidigungshaltung und starrte Landon, Dallas, Elon und einen unbekannten Vampir an.

Das Vampirtrio, das Landon begleitete, sah nicht aus, als hätte es an der Gewalt teilgenommen, doch ihre Haltung verriet, dass sie bereit waren, selbst Gewalt anzuwenden.

Kai und Clayton erfassten die Szene in wenigen Augenblicken und positionierten sich neben Mephisto und Simeon. Erst da bemerkte ich, dass sie jemanden am Boden beschützten: Xavier.

Ich suchte nach Benton, der an der Wand lehnte, mit zerzaustem Haar, Blut an seiner Kleidung, Schnittwunden und Prellungen im Gesicht und an den Händen. Er war am Leben, obwohl ich mir nicht sicher war, ob das den Bemühungen der Jäger oder seiner Fähigkeit, sich selbst zu schützen, zu verdanken war. Er musste zumindest ein gewisses Maß an Überlebensfähigkeiten besitzen, um so lange in ihrer Nähe zu bestehen.

„Geh, solange ich mich großzügig genug fühle, es dir zu erlauben", stieß Mephisto hervor. „Deine Umstände mit Xavier und den anderen sprechen dich nicht von dem frei, was du Erin angetan hast. Ich habe das nun schon zum zweiten Mal gesagt. Wenn du nicht verschwindest, gehe ich davon aus, dass deine Taten nur dein Abschiedsbrief an die Welt sind."

Er trat einen Schritt vor. Ich flüsterte seinen Namen, doch die Person, die mir antwortete, war nicht der Mephisto, den ich wollte. Diese Person war voller Gewalt und böser Absichten. Es war unmöglich, vernünftig mit ihm zu reden.

Auch Landon zeigte keinerlei Kompromissbereitschaft. „Deine Arroganz wird deinen Tod noch erfreulicher machen."

Xavier lag am Boden, geschlagen und mit einer Pfahlwunde, die sein Herz nur um Zentimeter verfehlt hatte. Er brauchte dringend Blut, um effizient zu heilen. Je länger er ohne Nahrung blieb, desto größer war die Gefahr für den Spender, der ihn retten sollte.

„Hört auf!", protestierte ich erschöpft. Meine Geduld war so strapaziert, dass sie nur noch Sekunden davon entfernt war zu reißen. „Hört verdammt nochmal auf! Du hast es geschafft, einen Mordanschlag zu überleben, *ich* auch", zischte ich Landon zu. „Und du bist der Grund, warum wir beide das durchmachen mussten. Ich will nur, dass es aufhört, und Xavier hierzulassen, damit er verhört werden kann, ist der Schlüssel. Du ziehst dich zurück, wenn du auch nur die geringste Hoffnung willst, dass ich dir jemals verzeihe, was du Dr. Sumner angetan hast, und dass du diesen Anschlag auf mein Leben angezettelt hast."

Landon verzog seine Lippen zu einem höhnischen Grinsen. „Ich brauche und will deine Vergebung nicht. Mein Leben war in Gefahr, weil du nicht gestorben bist. Ich hatte die Kühnheit, dein Leben wertzuschätzen. Diesen Fehler werde ich nicht nochmal machen."

Ich war schnell genug, mich vor Mephisto zu positionieren, die Hände auf seiner Brust. Sein Blick wanderte von meinem Gesicht zu meinen Händen. Eine stumme Aufforderung, sie wegzunehmen.

„Ist Annalise entkommen?", fragte ich Mephisto, um seine Aufmerksamkeit wieder auf mich zu lenken. Ich hatte gesehen, wie Lilith entkommen war.

Er nickte.

„Landon, haben sie eine Beziehung oder ein Bündnis mit Elfen erwähnt?"

Ich hielt den Blickkontakt mit Mephisto, dessen strenger, kalter Ausdruck sich langsam zu erwärmen begann, als Vernunft in seine Augen zurückkehrte.

„Ich weiß nicht, ob sie ein Bündnis haben, aber als ich ihnen von meinem Deal mit dir erzählt habe, schienen sie von deiner Elfenhälfte nicht so fasziniert zu sein wie von der Götterlinie. Sie haben Nachkommen mit Hexen, Magiern und sogar Feen gezeugt, aber nichts hat unsere Fähigkeiten verändert. Du verstehst nicht, welche Macht wir mit deiner Magie hätten. Ich wusste nicht, dass es noch Elfen gibt, aber wie ich schon sagte, sie schienen von diesem Aspekt an dir nicht begeistert zu sein.“

„Weil Unsterblichkeit und wynden einfach so trivial sind“, blaffte ich und richtete meinen Blick auf Landon.

„Wenn du so lange gelebt hast wie ich, ist es das.“ Sein Ton war voller Bitterkeit. „Aber ich muss dir danken, dass du der Grund dafür bist, dass ich fast in einem Sarg begraben worden wäre, um vor Hunger in den Wahnsinn getrieben zu werden. Kannst du dir diesen Tod vorstellen? Wenn du das kannst, dann wirst du verstehen, warum ich Mephistos Befehlen nicht gehorche.“

„Weder Xavier noch Annalise wussten, dass der Befehl gegeben wurde, dich zu töten. Es war Lilith. Du solltest mit ihr streiten, nicht mit ihnen. Wenn du Rache für die Entführung willst, dann warte, bis wir die Informationen haben, die ich brauche. Du kannst dich nicht rächen, wenn du tot bist.“

Ich ließ meine Hände von Mephistos Brust sinken. „Aber wenn wir auch nur die geringste Chance haben wollen, eine nicht-feindliche Beziehung aufzubauen, musst du deine Rache aufschieben, bis ich Antworten habe. Kannst du das?“

Es war Dallas, der antwortete: „Wir haben all unsere Ressourcen erschöpft, Tausende von Dollar ausgegeben und Schulden bei Asher gemacht, um Landon zu finden.“

Die Momente verstrichen und ließen mir Zeit zum Nachdenken. Das war längst kein örtlich beschränktes Problem mehr. Ich wollte mich nur mit Landon auseinandersetzen, doch das wurde immer schwieriger. Ich hatte es mit Vampiren im Kriegszustand zu tun, über die ich kaum etwas wusste, ihre Allianzen eingeschlossen.

Ich hoffte weiter, dass uns Landons Feindseligkeit, die aus der Strafe entstanden war, die Lilith ihm auferlegt hatte, von Nutzen sein könnte. Doch die existenzielle Krise, die mich dazu brachte, an meiner Entscheidung, Dr. Sumner zu retten, zu zweifeln, schlich sich durch meine Gedanken. Hätte ich gewusst, was die Konsequenzen sein würden, wäre ich dann so blind meinem Herzen und meinen Gefühlen gefolgt?

„Ich habe es nicht nötig, die Beziehung, die wir hatten, wieder in Ordnung bringen", sagte Landon kalt. „Ich hatte jedes Recht, auf deine Weigerung, mir eine Familie zu geben, so zu reagieren, wie ich es getan habe. Aber ich bin neugierig, wie es mit deinem Menschen weitergeht – oder ob er überhaupt noch ein Mensch ist. Und wenn ich von meiner Rache absehe, dann verstehst du, dass ich dich auffordern werde, diese Gaben für mich einzusetzen."

Warum zum Teufel sollte er jemals wollen, dass ich Vampirismus umkehre? Ich hatte keine Ahnung, wie sein Verstand funktionierte, aber ich wusste, dass er meine Zustimmung auf irgendeine Weise als Waffe nutzen würde.

„Nein. Ich werde dir gegenüber keine weiteren Schulden eingehen. Das Einzige, was ich dir versprechen kann, ist, dass ich keine Rache für das nehmen werde, was du Dr. Sumner und mir angetan hast. Du bist der Grund, warum ich mich mit Lilith, Xavier und Annalise und der Zerstörung, die sie angerichtet haben, auseinandersetzen musste."

Landon sah sich um, betrachtete die Schäden und nickte schließlich. „Ich bin immer noch neugierig, wie weit deine Fähigkeiten reichen. Bist du bereit, mir das zu zeigen?"

Ich nickte langsam. Es war nicht der offene und klare Vorschlag, den ich wollte. „Ich werde es dir sagen, aber wenn du jemals versuchst, mich zu zwingen, sie zu nutzen, erkläre ich meine Zustimmung für nichtig."

Landon schien sich weniger um meine Vergeltung zu sorgen als um die von Mephisto. Und in diesem Moment konnte ich es ihm nicht verdenken. Mephisto hatte jeglichen Anschein von Menschlichkeit abgelegt und wirkte wie ein Schatten des Zorns, der nicht in die Welt der Sterblichen passte. Diese Version von Mephisto gefiel mir nicht. Er wirkte so weit entrückt vom Menschsein.

Landon nickte und wandte sich zum Gehen, aber ich hielt ihn auf.

„Xavier hat mir ein Video gezeigt, wo sie Dr. Sumner festhalten." Ich beschrieb den Raum, und sie schienen alle gleichzeitig zu derselben Erkenntnis zu gelangen.

„Ramos' Haus", erklärte Landon. „Es war seine persönliche Nahrungsbank." Vampirsprache für einen Ort, an dem Ramos Menschen festhielt, von denen er sich regelmäßig ernährte. Vampire operierten in Grauzonen, wenn es um die Beschaffung von Blut ging. Sie sollten niemanden zwingen, Blut zu geben, aber ich war überzeugt, dass die Anziehung, die sie auf Menschen ausübten, und ihre Fähigkeit, sie zu zwingen, Hand in Hand gingen.

„Seit seinem Tod steht es leer. Mir war nicht bewusst, dass ihnen das bekannt war oder sie Zugang hatten." Landon dachte über die neuen Informationen nach. „Vielleicht hat er mit jemandem geteilt", schlug er vor, obwohl er weiter von Spekulationen belastet wirkte.

Vielleicht hatte das Trio eine engere Beziehung zu Ramos gehabt, als Landon wusste. Sie hatten schließlich Zugang zu seinem Haus.

Er bat um Papier und Stift, die Benton schnell holte. Ich beobachtete Benton genau und stellte fest, dass seine Bewegungen flüssiger waren, als ich erwartet hatte.

Dallas notierte die Adresse auf dem Papier, und sie verschwendeten keine Zeit, zu verschwinden. Ich war froh, sie gehen zu sehen, doch ich fragte mich, wie lange ihre Zurückhaltung anhalten würde. Es schien, als seien sie nicht abgeneigt, einen Krieg zwischen den Vampirfamilien anzufangen.

11

Während der Fahrt betete ich zum Schicksal, dass die erste Tat der Vampire nach dem Verlassen von Mephistos Haus war, sich neu zu formieren und zu heilen, anstatt Dr. Sumner irgendwo anders hinzubringen. Viele von ihnen waren verletzt, doch ich hoffte, dass Lilith so schwer getroffen war, dass sie Zeit brauchte, um sich zu erholen.

Da wir so schnell aufgebrochen waren, hatten wir keine Zeit, Xavier richtig zu befragen, aber seine Anwesenheit verschaffte uns einen gewissen Spielraum, um bei Bedarf über Dr. Sumners Freilassung zu verhandeln. Simeon blieb mit Benton und einem hungrigen, gefesselten Xavier zurück. Er würde Nahrung brauchen, doch es war besser, ihn in seinem geschwächten Zustand zu lassen. Während sie Xavier die Fesseln anlegten, war Claytons Unsicherheit beunruhigend, die Nachwirkungen des *adligatura*-Zaubers noch frisch. Er und Kai hatten unter dem Verlust ihrer Magie noch stärker gelitten als Simeon und Mephisto.

Wir sammelten unsere Waffen ein und machten uns auf den Weg zu der Adresse, die Dallas notiert hatte.

Als ich vor Ramos' cremefarbenem Backsteinhaus im Kolonialstil mit den schwarzen Fensterläden und dem

dunkelgrauen Dach anhielt, erinnerte mich der Anblick an
Ramos selbst: einzigartig exquisit und doch verschlossen. Er
hatte so lange gelebt, dass er zu einem ausgesprochen seltsamen Wesen geworden war, das seiner eigenen Existenz
und der Leute um ihn herum müde war. Das hatte ihn dazu
gebracht, Landon zu bitten, sein Leben zu beenden, das er als
zu langweilig empfand, um es weiterzuführen.

Der gepflegte Garten und die Blumen rund um das Haus
passten zur traditionellen Einrichtung des Zimmers, in dem
ich Dr. Sumner gesehen hatte. Ich wurde misstrauisch, als
wir nicht auf Widerstand trafen und uns auch kein Schutzzauber daran hinderte, das unverschlossene Haus zu betreten. Es überraschte mich daher nicht, es leer vorzufinden. Sie
hatten sich nicht die Mühe gemacht aufzuräumen. Das
Essen, das ich zuvor gesehen hatte, stand unberührt auf dem
Tisch.

Als wir das Haus durchsuchten, fanden wir zwar Beweise
dafür, dass sie hier gewesen waren, aber nur ein paar unbe-
deutende persönliche Gegenstände, die zurückgelassen
worden waren.

Im Wohnzimmer sah ich mich um und zerbrach mir den
Kopf, suchte nach Hinweisen auf ein mögliches zweites
Versteck. Nach allem, was mit Landon passiert war, war es
unwahrscheinlich, dass sie sich in eines der Vampirhäuser
wagten. Ich hielt es auch für unwahrscheinlich, dass sie ein
Hotel nutzten, wo sie keinen strategischen Vorteil gehabt
hätten. Wohin könnten sie gehen, um einen solchen Vorteil
zu haben?

Die Antwort traf mich wie ein Schlag – und mit ihr kam
Übelkeit.

„Ich möchte woanders nachsehen", sagte ich zu Mephisto.
Diesmal führte ich ihn zu einem Ort, von dem ich gehofft
hatte, dass ich ihn nie besuchen würde: das Verlies der
Vampire. Obwohl ich mein Wissen darüber schon genutzt
hatte, um einen der Kandidaten, der Landons Interesse

geweckt hatte, zu verscheuchen, war ich selbst nie dort gewesen. Ich hatte die Geschichten gehört, die meist als übertrieben abgetan worden waren, doch ich wusste, dass Vampire, die Probleme machten und damit den Lebensunterhalt, die Freiheit oder den Komfort anderer bedrohten, umgehend und streng bestraft wurden – oft mit einem Aufenthalt im Verlies. Ich zweifelte daran, dass es sich um ein tatsächliches Verlies handelte, aber ich war mir des Ausmaßes an Barbarei, die dort wahrscheinlich stattfand, sehr wohl bewusst.

Wir fuhren über weites Land, vorbei an malerischen Farmen und dichten Gruppen üppiger Bäume, bis wir rechts auf eine verlassene einspurige Straße abbogen, die zum Verlies führte. Die Straße war schlecht geteert, die Bäume verkrüppelt und offensichtlich nicht gesund.

Je weiter wir fuhren, desto mehr verlassene Farmen sahen wir, die einst von sicher bunten Feldern umgeben gewesen sein mussten. Nun waren sie von Unkraut und Wildblumen überwuchert. Das gesamte Gebiet gehörte wahrscheinlich den Vampiren, doch nur ein Haus zog Aufmerksamkeit auf sich. Der Rest der Gegend schien dazu gedacht, Neugierige abzuschrecken. Auf dieser Straße fuhr nur, wer einen guten Grund dazu hatte.

Die Stille im SUV war ohrenbetäubend.

Als wir endlich unser Ziel erreichten, lief mir ein Schauer über den Rücken. Ich holte tief Luft und fasste meinen Entschluss, als wir vor dem schmiedeeisernen Tor anhielten, das das zweistöckige Bauernhaus umgab. Es lag nur knapp acht Meilen von Ramos' Haus entfernt.

Hätte ich nicht gewusst, was sich hinter dem Zaun verbarg, hätte ich seine schlichte Schönheit bewundert. Der Onyxton, kalt und bar jeder Wärme, schien das Licht zu absorbieren und strahlte eine einzigartige Feierlichkeit aus. Meisterhaft geschmiedete Wirbel und Kurven zierten die Eisenstangen. Die Ironie, dass eine so zarte Schönheit einen so bedrohlichen Ort schützte, entging mir nicht.

Als wir die gewundene Auffahrt hinauffuhren, sahen wir drei Limousinen und einen SUV. Ich vermutete, dass wir wahrscheinlich drastisch in der Unterzahl waren.

Bevor wir aus dem SUV stiegen, überprüften wir noch einmal unsere Waffen, und ich kontrollierte, wie leicht ich die Pflöcke aus dem Holster ziehen konnte, in dem sie befestigt waren.

Ich näherte mich langsamer dem wunderschönen, friedlichen weißen Haus, das mit seiner charmanten weißen Holzverkleidung strahlte. Große Fenster wurden von dunkelblauen Fensterläden betont. Dunkle Zedernschindeln setzten einen markanten Kontrast zur makellosen weißen Fassade, und den harmlosen Charme unterstrichen zierliche Spindelgeländer. Täuschung in ihrer reinsten Form. Verächtlich verzog ich das Gesicht, als mein Blick auf die Schaukel auf der Veranda fiel.

Leise näherte ich mich und zögerte an der angelehnten Tür. Wir würden den Vorteil bewahren, unsere Anwesenheit nicht durch das Aufbrechen der Tür anzukündigen, doch irgendetwas stimmte nicht. Die Tür war offen. Egal, wie arrogant oder selbstsicher jemand war – niemand ließ einfach so eine Tür offenstehen.

„Ich werde mich unsichtbar machen", sagte ich zu den anderen. „Ich verspreche, zurückzukommen, sobald ich jemanden sehe oder falls ich das Gefühl habe, in Gefahr zu sein", fügte ich an Mephisto gewandt hinzu.

Während ich den Zauber sprach, ging ich ins Haus und war überrascht von der unheimlichen Stille. Mein Unbehagen wuchs. Etwas stimmte nicht, und ich konnte nicht genau sagen, was.

Ich kniete nieder, um die Staubhaufen in verschiedenen

Teilen des Raumes zu untersuchen, und meine Vermutungen bestätigten sich: Es waren die Überreste, die zurückblieben, wenn Vampire gepfählt wurden und keine Gelegenheit hatten, Blut zu trinken. Je jünger ein Vampir war, desto unwahrscheinlicher war es, dass er eine Pfählung überlebte. Ältere Vampire dagegen konnten einen solchen Angriff überstehen, sofern sie anschließend Blut tranken. Wenn sie verzweifelt genug gewesen wären, hätten sie Dr. Sumner benutzen können.

Nachdem ich auf den fünften toten Vampir gestoßen war, brach ich meine Suche ab und kehrte zur Tür zurück. Ich ließ den Verhüllungszauber fallen.

„Etwas stimmt nicht", sagte ich und schilderte, was ich entdeckt hatte.

Sie folgten dicht hinter mir, als wir durch das Haus zu den Treppen gingen, die ins Verlies führten. Laternen beleuchteten den Weg nach unten, der tiefer führte, als ich erwartet hatte. Je näher wir dem Fuß der Treppe kamen, desto kälter wurde es, was mir einen Schauer über den Rücken jagte.

Das Verlies, ein einziger, großer, kahler Raum, war ein krasser Kontrast zu dem minimalistisch möblierten Obergeschoss. Es war zweckmäßig eingerichtet, ohne jede Wärme, doch der Anblick übertraf die schlimmsten Erwartungen, die ich gehabt hatte.

Ein paar Wandlampen spendeten spärliches Licht in dem fensterlosen Raum. Als ich eine Bewegung hörte, suchte ich nach einem Schalter, um mehr Lampen einzuschalten – und bereute es sofort.

An den Wänden waren schwere Ketten befestigt. Ein Folterstuhl aus Stahl mit Arm- und Beinfesseln war im Boden verankert.

„Scheint mit Zirkonium überzogen zu sein", bemerkte Mephisto und verstärkte damit meinen Ekel.

Ein paar Meter entfernt stand ein Wagen mit einer

Auswahl an Messern, Zangen und anderen Folterwerkzeugen. Der Anblick fesselte meine Aufmerksamkeit, bis mir Galle in die Kehle stieg. Ich wusste, dass die Androhung unsagbarer Brutalität Fehlverhalten verhindern sollte, doch allein der Anblick dieses Raumes konnte jeden Vampir erfolgreich überzeugen, sich künftig zu benehmen.

Glücklicherweise war Dr. Sumner am anderen Ende des Raumes, an einen Holzstuhl gefesselt, sein Mund mit Klebeband verschlossen. Mein Blick wanderte von ihm zu den drei Häufchen neben ihm.

Ich zog langsam das Klebeband ab, während Mephisto ihn losband.

„Sie hat sie alle getötet", platzte er mit leiser, heiserer Stimme heraus. Sein Gesicht zu einer harten Grimasse verzogen.

„Wer?", fragte ich und erwartete, dass er Lilith sagen würde. Vielleicht hatte sie einen Wutanfall gehabt und hatte die anderen dafür bestraft, dass sie Landon nicht getötet hatten.

„Ich", sagte eine leise Stimme hinter uns.

Wir drehten uns um, näherten uns der Stimme und sahen die Elfe von vorhin am Fuß der Treppe stehen.

Sie winkte mit einem freundlichen Lächeln, als hätte sie nicht gerade zugegeben, ein Haus voller Vampire getötet zu haben. Sie warf eine Wasserflasche in Richtung Dr. Sumner, der sie auffing.

„Sie haben heute viel durchgemacht. Das ist bedauerlich. Sie müssen sich keine Sorgen mehr um sie machen."

Sie ignorierte uns und kniff die Augen zusammen, um Dr. Sumner genauer zu mustern. Sie trug dieselbe Kleidung wie vorhin, doch ihr dunkles Haar fiel jetzt in weichen Wellen über ihre Schultern. Ihr rundes Gesicht wurde durch ein scharfes Kinn, hohle Wangen und eindringliche bernsteinfarbene Augen interessant.

Auch wenn ihre Miene wenig verriet, war ihre Aura trotz

ihrer zierlichen Gestalt und ebenso zierlichen Größe einschüchternd intensiv.

„Warum haben Sie sie getötet?", fragte ich.

„Sparen wir uns die Förmlichkeit. Er ist jetzt ganz Mensch. Du musstest nur einen *minesa*-Zauber sprechen. Du kennst ihn von Fabian, richtig?" Die Erwähnung von Fabian weckte die Erinnerung daran, wie er mich dazu verleitet hatte, mir mit einem Nadelstich Blut zu entnehmen und es später gegen Asial einzusetzen, einen Dämon, mit dem ich einen Vertrag geschlossen hatte. Um meinen Vertrag zu erfüllen, hatte Fabian den Dämon körperlich gemacht und dann den *minesa*-Zauber ausgeführt, um ihn zu Tode altern zu lassen.

„Du warst schon an ihn gebunden, als du seinen Vampirismus rückgängig gemacht hast. Ich habe den Zauber nur modifiziert, um seine vollständige Rückkehr zum Menschen zu vollenden." Ihr Blick huschte in Dr. Sumners Richtung. „Er hat mir zuerst nicht vertraut. Er hat sich gewunden und sich dagegen gewehrt. Aber jetzt ist alles gut."

Dr. Sumner ließ den Ausdruck des Abscheus aus seinem Gesicht verschwinden und versuchte mehrere andere, bis er sich für die sanfte Achtung entschied, die er mir gegenüber oft in Sitzungen gezeigt hatte. Es war entwaffnend.

„Ich entschuldige mich. Es kommt nicht oft vor, dass ich Zeuge werde, wie eine Gruppe von Vampiren mit einem Zauber in eine neue Existenz geschickt wird."

Eine kluge Art, „mit einem Zauber ermordet" zu sagen.

Sie lächelte ihn an, anscheinend dankbar dafür, dass er das, was sie getan hatte, weniger krass formulierte.

„Warum hast du die Vampire getötet?", wiederholte ich meine Frage, ohne den hübschen Euphemismus, den Dr. Sumner benutzt hatte.

„Du willst mir nicht dafür danken, dass ich deinem Freund geholfen habe?", fragte sie mit einem mahnenden Lächeln. Ihre rätselhaften Augen wurden schnell so warm

wie die Sonne, aber die Mühe, die es sie kostete, war abstoßend. Trotz der gespielten Sanftheit ihrer neuen Miene
betrachtete sie mich wie ein Objekt unter einem Mikroskop.

Als ich nicht antwortete, verschwanden alle Emotionen
aus ihrem Gesicht, und ihre intensiven, eindringlichen
Augen nahmen wieder jede noch so kleine Bewegung wahr,
die ich machte.

Das angespannte Schweigen wurde mit jeder Sekunde
unangenehmer. Als mir klar wurde, dass sie nicht die Absicht
hatte zu gehen, bis ich reagierte, sagte ich: „Danke, dass du
meinen Freund gerettet hast." Das klang in meinen Ohren
nicht aufrichtig, aber sie akzeptierte es mit einem freundlichen Lächeln und Nicken.

Ich konnte mich nicht wirklich über Dr. Sumners Gene-
sung freuen, denn sie brachte eine ganze Reihe neuer
Probleme mit sich. Ganz oben auf der Liste stand der Mord
an einer Gruppe von Vampiren, die durch einen Zauber
getötet worden waren.

Sie folgte meinem Blick zu ihren Händen, wo sich in
Gold geätzte Sigillen des Onyxsteins in ihrer Hand über ihre
Haut ausbreiteten, ihre Finger hinaufkrochen und ein paar
Zentimeter über ihrem Handgelenk endeten. Sie ignorierte
die Frage in meinem Blick und sah mir wieder in die Augen.

„Die Vampire haben behauptet, sich für das Ausmaß
deiner Magie zu interessieren, doch ich hörte sie zugeben,
dass ihre Erkenntnisse oder etwaige Eide, die du geleistet
hast, diese Fähigkeiten nie einzusetzen, keine Rolle spielten.
Sie haben entschieden, dass du nicht länger leben darfst, weil
du immer eine existentielle Bedrohung für sie darstellen
würdest. Und du könntest verhindern, dass sie nach Belieben
Vampire erschaffen. *Ich* war neugierig, ob du einen älteren
Vampir verändern könntest." Sie runzelte die Stirn. „Das bin
ich immer noch, aber ich denke, es ist eine Neugier, die nicht
befriedigt werden sollte." Es fühlte sich an, als tadelte sie sich
selbst dafür, dass sie es in Betracht zog.

Mein Eindruck von ihr schwankte zwischen einem magischen Genie und einer rachsüchtigen, labilen Psychopathin.

„Sie haben gelogen und wollten dich töten." Sie richtete ihre Aufmerksamkeit wieder auf mich. Sie strich sich Haare aus ihrem Gesicht, achtete aber darauf, dass ihre Ohren weiter bedeckt blieben. „Sie haben ihre Vereinbarung mit mir nicht eingehalten. Damit haben sie ihr Recht auf Sicherheit verwirkt. Ich wollte nicht, dass du stirbst."

Vielleicht war es Einbildung und anhaltender Pessimismus, aber ich vermutete, dass es ein unausgesprochenes „noch" gab.

Ich ging bei meiner nächsten Frage sehr vorsichtig vor, sprach mit sanfter Stimme und näherte mich ihr langsam. Mit einer leisen Anrufung und einer kaum merklichen Bewegung ihres Fingers offenbarten sich die Zeichen, die für den *adligatura*-Zauber nötig waren. Ich dachte, sie zu überschreiten könnte als feindselige Handlung und unnötige Demonstration meiner Macht ausgelegt werden, also blieb ich dahinter.

„Warst du Fabian nahe?", fragte ich.

Sie nickte. „Nahe genug, aber es stört mich nicht, dass er tot ist. Und es ist mir auch egal, dass Elizabeth tot ist. Ich habe mir von ihnen unter anderem ein akzeptables Maß an Wissen angeeignet. Ich habe ihnen das letzte Black Crest-Grimoire nicht gegeben. Sie haben mich sowieso als Belastung betrachtet. Sie hätten mich so behandelt, wie sie mit allen Belastungen zum Wohle der Gemeinschaft umgegangen sind. Ich nehme an, da ich mich ihrem Willen nicht beugen wollte, hätten sie mich getötet."

Sie runzelte die Stirn beim Wort *Gemeinschaft* und schien dieselben Gefühle zu hegen wie ich bei der kultischen Sprache. Es war etwas Zynisches an der Art, wie Fabian es immer benutzte.

Sie hatte das letzte Black Crest-Grimoire. Ein Buch mit

Zaubersprüchen, das es Anwendern ermöglichte, Elfenmagie zu imitieren.

„Es ist ein gutes Buch und sollte nicht zerstört werden." Sie seufzte. „Vielleicht sollten unsere magischen Fähigkeiten geteilt werden. Zu oft wird große Macht dazu verwendet, andere zu unterdrücken. Das ist nicht richtig."

Sie machte einen Schritt auf die Runen am Boden zu. „Genau wie du deine missbraucht hast, als du unsere Magie genommen hast."

Ihr eisiger Blick traf mich. Sie wandte sich ab, um zur Treppe zu blicken. „Das hättest du nicht tun sollen."

Bevor ich antworten konnte, stürmten zwei Vampire die Treppe herunter, ihr mörderischer Blick war auf sie gerichtet. Der erste Vampir stieß wütend das Wort „Miststück" aus. Mit schnellen, routinemäßigen Bewegungen ihrer Hände und geflüsterten Worten ereilte beide das gleiche Schicksal wie die anderen.

Wow.

Sie hatte den *adligatura*-Zauber aufrechterhalten, während sie einen anderen Zauber ausführte. Diese Frau war gefährlich, und ich hatte nicht die Absicht, mich zum Ziel zu machen. Diese Elfe war eine Bedrohung, die gefasst werden musste. Ich bewegte mich schnell auf sie zu. Die Runen leuchteten golden und drängten mich zurück, so wie sie Cory und Madison eingeschlossen hielten, als ich den Zauber an ihnen geübt hatte. Mephisto bewegte sich darauf zu, und der Zauber reagierte auf ihn auf die gleiche Weise.

Auch Kai und Clayton waren bei ihrem Versuch, ihn zu durchbrechen, erfolglos. Schock und Wut waren in ihren Gesichtern sichtbar. Sie sahen aus wie Raubtiere, die einem anderen Raubtier gegenüberstanden, entschlossen zu erklären, dass sie als klare Sieger hervorgegangen sind. Mein Räuspern schien sie wieder zu sich zu bringen, und sie unternahmen extreme Anstrengungen, um alle Anzeichen ihrer Absicht zu verbergen. Der Raum war erfüllt von den leisen Geräuschen ihrer langsamen, gemessenen Atemzüge. Ich konnte ihnen keine tröstenden Worte, Plattitüden oder Hilfe anbieten, weil ich gegen meine eigene Wut und Frustration ankämpfte.

Der Mangel an Wissen richtete mehr Schaden an als alles andere, denn die Elfe vor mir war die Unbekannte aller Unbekannten, angefangen bei dem Gegenstand in ihrer Hand, der zusammen mit den Siegeln darauf jedes Mal aufleuchtete, wenn wir uns der Grenze des *adligatura*-Zaubers näherten.

„Das muss schwer für euch sein." Sie richtete die Frage an das Trio, bewegte sich aber weiter, bis sie Mephisto direkt gegenüberstand.

Er begegnete ihrer Frage mit starrer Miene. Als er nicht antwortete, gab sie den anderen ebenso viel Zeit, es zu tun. „Warum seid ihr nicht weggeblieben?"

Das war eine weitere Frage, die unbeantwortet blieb.

Sie kehrte vor mich zurück und teilte ihre Aufmerksamkeit zwischen mir und Dr. Sumner auf. „Ich verstehe euch beide", sagte sie leise, und ihre Augen verdunkelten sich, als sie zwischen mir und Mephisto hin- und herwanderten. „Elizabeth war eine talentierte Magieanwenderin und in vielen Dingen weise, in vielen anderen Dingen aber genauso unklug. Ihre Überzeugung, dass der Schleier geschlossen werden sollte, während all seine Bewohner darin eingeschlossen sind, ist eine Überzeugung, die wir teilten." Sie kam ein wenig näher und achtete darauf, die Sigillen nicht zu berühren. In ihrem Zustand der Verwirrung sah sie jünger und durchgeknallter aus.

„Was war Elizabeth für dich?", fragte ich.

„Anfangs meine Mentorin. Ich hatte sowohl Fabians als auch Elizabeths Interesse geweckt, genau wie du. Ich war eifersüchtig, da sie dir so viel Aufmerksamkeit geschenkt haben. Sie sprachen immer über dich. Du hattest eine gottgleiche Präsenz, und sie schienen dich zu fürchten und zu verehren. Das hat mir nicht gefallen", gab sie leise zu. „Ich war diejenige, in der sie so viel Potential gesehen haben, bis sie bemerkt haben, dass sie mich nicht manipulieren konnten, damit ich tat, was sie wollten. Wie die Vampire haben sie ihr Wort nicht gehalten, und Macht war ihnen zu wichtig. Ihr Tod war unvermeidlich, aber ich bin mir nicht sicher, wie ich darüber denken soll, dass du es warst, die dieses Schicksal herbeigeführt hat." Sie begann auf- und abzugehen und murmelte vor sich hin: „Sollte sie dafür leben oder sterben?"

Ich dachte noch einmal darüber nach, ob die Elfe ein magisches Genie oder eine labile, rachsüchtige Psychopathin war.

Bevor ich die Frage beantworten konnte, sagte Dr. Sumner: „Sie hatte vielleicht Elizabeths Aufmerksamkeit, aber nicht ihre Zuneigung. Sie war Erins Tante."

Wir waren alle überrascht, als er ohne Probleme über die Absperrung trat. Er hielt Abstand zu ihr und beobachtete sie mit der gleichen Neugier und Sorge, die sie ihm entgegengebracht hatte. Sie neigte den Kopf zur Seite und kniff langsam die Augen zusammen, um ihn zu mustern. Ihr Interesse war geweckt. Sie wartete schweigend, bis er fortfuhr.

„Hat sie dir Zuneigung gezeigt? Offensichtlich mochte sie dich genug, um deine Mentorin zu sein, aber hat sie sich um dich gekümmert? Wolltest du, dass sie sich um dich kümmert?"

Die Elfe runzelte die Stirn, Schmerz flackerte über ihr Gesicht, bevor sie ihn unterdrücken konnte. Meine Aufmerksamkeit blieb zwischen ihr und dem Gegenstand in ihrer Hand geteilt, der eindeutig die Quelle ihrer gesteigerten magischen Fähigkeiten war. Ich suchte in meinem Gedächtnis danach, fand aber nichts. Ich konnte eine ähnliche Suche in den Mienen der Jäger erkennen. Kai konnte seine Gefühle nicht unterdrücken. Er sah gewaltbereit aus und nur Sekunden von einer Explosion entfernt. Sie

hatten ein gemeinsames Anliegen, aber da ihre Magie eingeschränkt war, war wahrscheinlich auch ihre Kommunikation
gestört.

„Das hat sie. Es war eine Hassliebe. Sie war fasziniert von
meinen Fähigkeiten und wollte ihre Grenzen ausloten. Aber
manchmal hat sie sich vor mir gefürchtet. Fabian sah in mir
ein Talent, das ihnen helfen würde, ihre Ziele zu erreichen.
Ich mochte ihre Ziele nicht." Sie drehte sich in meine Richtung, doch ihr Blick glitt über mich hinweg, um die Männer
anzusehen. Ihre Miene wurde finsterer. „Vielleicht sind Elizabeth und ich nicht miteinander ausgekommen, weil wir die
gleiche Pflicht hatten, *für die Gerechtigkeit und das Gleichgewicht zu sorgen, das in einer Welt mit Magie nötig ist.*"

Ich verzog das Gesicht, als sie einen von Elizabeths Lieb-
lingslehrsätzen wiederholte.

„Ihm gefiel, dass wir die Stärksten auf dieser Seite des
Schleiers waren und dass das unsere Sicherheit garantierte.
Aber wir werden nie sicher sein, wenn *sie* sich frei zwischen
unserer Welt und dem Schleier bewegen können."

Sie trat näher an Dr. Sumner heran und musterte ihn mit
neuem Interesse. „Jacob, nach allem, was die Magie dir
genommen hat – was denkst du darüber?"

Dr. Sumners Kiefer verkrampfte sich, er spürte die
gleiche Last in ihrer Frage wie ich. Doch er schenkte ihr das
entwaffnende Lächeln, das deutlich machte, warum er an
seinem College ein so beliebter Professor war; es schien auch
nicht, als wäre sie dagegen immun.

„Ich fühle mich hier im Nachteil. Du kennst mich, aber
ich kenne dich nicht. Darf ich deinen Namen erfahren?"

Sie zögerte, als würde ihm das Macht über sie verleihen,
doch unsere Magie ließ nie darauf schließen, dass sie die
gleichen Schwachstellen hatte wie die der Feen, wenn andere
ihren wahren Namen kannten. Oder doch? Ich hatte es nie
erforscht. Meine Mutter hatte mir meinen Namen gegeben,
also wusste ich nicht, ob ich noch einen anderen hatte. Ich

hasste es, dass so viele Informationen zurückgehalten wurden, weil die Elfen als ausgestorben galten, weil sie nicht mehr relevant waren. Ich wusste vom Palladium, weil ich es mir zur Aufgabe gemacht hatte, Wege zu finden, einen Gegner mit Zugang zu Magie außer Gefecht zu setzen, wenn ich selbst keine hatte. Ich war immer noch der Überzeugung, dass es gewisse Überschneidungen mit Magiehemmern gab. Obwohl Iridium Feen vielleicht nicht so daran hinderte, ihre Magie einzusetzen wie Blei, schienen sie vorsichtig damit umzugehen und nicht gern zu lange. Dafür gab es einen Grund.

„Damia", sagte sie schließlich.

Mit einem freundlichen Lächeln wiederholte er den Namen. Dr. Sumner nahm sich mehr Zeit, über ihre Frage nachzudenken, was sie zu schätzen schien. „Magie hat mir mehr geholfen als geschadet. Deine Magie hat mir geholfen." Er drehte sich um und sah mich an. „Erin hat ihre Magie für das Gute eingesetzt, um mich vor Magie zu retten, die für böse Zwecke gedacht war. Und deine Magie hat meine Freundin beschützt, und ich bin dankbar, dass du dich entschieden hast, sie auch für das Gute einzusetzen." Seine Aussage wurde von einem aufrichtigen Nicken begleitet.

Sie hob die Augenbrauen und drängte ihn, näher darauf einzugehen.

„Die Vampire hätten Erin getötet, wenn du nicht gewesen wärst. Dieser Zauber könnte als böse angesehen werden, aber für mich hatte er ein positives Ergebnis."

„Sie hatten kein Recht, diese Entscheidung zu treffen. Ich habe nicht entschieden, ob sie leben soll. Erin hat enorme Macht, und sie geht leichtsinnig damit um. Elizabeth hat Malifics Leben beendet, was die beste Entscheidung für alle war. Hat sie vollkommene Gerechtigkeit geübt, indem sie die einzige Person unserer Art zurückgelassen hat, die versuchen würde, mich aufzuhalten, wenn ich den Schleier schließe?"

Es war beleidigend, dass sie von mir sprach, als wäre ich nicht da, und wie leichtfertig sie erwog, ob ich leben sollte oder nicht.

„Was?", fragte Clayton.

„Ich habe vor, den Schleier zu schließen. Elizabeth und Fabian hatten recht, dass es wichtig ist, den Kreaturen des Schleiers keinen Zugang zu unserer Welt zu gewähren. Es kann nichts Gutes dabei herauskommen. Wir sind nicht dazu bestimmt, zusammenzuleben." Sie gestikulierte in unsere Richtung und sah uns dann mit purer Verachtung an. „Das ist falsch. Vollkommen falsch. Selbst wenn ihr uns nicht aktiv angreift, reicht eure Existenz, uns zu schaden. Das wurde schon bewiesen. Unsere Magie wurde uns euretwegen gestohlen."

„Das waren wir nicht!", blaffte Mephisto zurück.

„Nein, aber es wurde getan, um einen Weg für euch zurück zu schaffen. Seht ihr, ihr habt die Fähigkeit, uns zu verletzen, selbst wenn ihr nicht aktiv daran teilnehmt."

Dr. Sumner nutzte den Moment der Ablenkung, um ihr den Gegenstand abzunehmen. Dem ausgesprochen aufmerksamen Psychologen war nicht entgangen, dass ich mich darauf konzentriert hatte. Sie machte keine Anstalten, den Stein festzuhalten. Tatsächlich sah es so aus, als ob sie ihn ihm überlassen hätte. In dem Moment, als er seine Haut berührte, verkrampfte sich sein Körper, seine Augen verdrehten sich, und er sackte zu Boden. Alle Farbe wich aus seinem Gesicht.

Ich stürmte auf den Kreis zu, doch er warf mich zurück. Auf Händen und Knien kroch ich zu der Stelle, an der er gestürzt war, und suchte verzweifelt nach Lebenszeichen, die nicht da waren. Seine Brust hob und senkte sich nicht. Sein Kopf war zur Seite gedreht. Sein Gesicht hatte die unnatürliche Blässe eines Menschen, dem zu lange der Sauerstoff entzogen worden war. Sogar seine Lippen hatten schon begonnen, eine bläuliche Färbung anzunehmen.

Damia bewegte sich langsam auf ihn zu, kniete sich neben ihn und musterte ihn mehrere Augenblicke lang. Ihre Hand berührte sein Gesicht, und sie sah ihn an, als wäre er etwas, das sie noch nie zuvor gesehen hatte. Ich konnte nicht verstehen, warum sie das tat. Schließlich verzogen sich ihre Lippen zur Seite, in einem Ausdruck, der schwer zu deuten war.

Dann bewegte sie ihre Hand von seinem Gesicht zu seiner Brust. Ein Wirbel aus weißem Nebel begann, über ihn zu tanzen. Die Zeit schien stillzustehen, während die Nebelströme seinen Körper einhüllten. Es fühlte sich an wie eine Ewigkeit, in der alles andere verblasste. Plötzlich begann sein Körper, sich unkoordiniert zu bewegen, wie eine Marionette, die von unsichtbaren Fäden gezogen wurde. Als der Nebel schließlich verschwand, setzte er sich auf.

Sein Gesicht war leer, ausdruckslos. Sein Blick wanderte durch den Raum, als käme ihm nichts bekannt vor. Langsam schloss er die Augen, atmete tief ein, öffnete sie erneut und blinzelte mehrmals.

„Erin", flüsterte er.

Ich atmete tief aus, das erste Mal, seit Damia sich neben ihn gekniet hatte.

„Magie hat dir wieder das Leben gerettet", sagte Damia leise, ihre Stimme schwer vor Enttäuschung. Sie kniff die Augen zusammen, als sie ihn ansah, und eine kühle Schärfe lag in ihrem Blick. „Ich sehe, dass man dir auch nicht trauen kann, oder ist es nur, wenn es um sie geht?"

Sie ließ ihm keine Zeit zu antworten. Ohne Vorwarnung verschwand sie, zusammen mit den Sigillen des *adligatura*-Zaubers und den Überresten der Vampire.

„Jacob", sagte ich, eilte zu ihm und legte meine Hand auf seine, die noch immer auf seiner Brust ruhte.

„Zwei Leben verbraucht, habe ich noch sieben?" Seine Stimme war angespannt bei seinem Versuch, einen Witz zu machen. Doch in seinen Augen spiegelte sich die unverhohlene Angst wider.

„Du warst nicht tot", versicherte ihm Mephisto, seine Stimme ruhig, aber eindringlich. Mein Kopf schnellte in seine Richtung. Hatte er dasselbe gesehen wie ich? Jacob hatte tot ausgesehen – nicht nur tot, sondern so, als wäre er schon mehrere Stunden tot gewesen. Und Damia hatte ihn einfach wieder zum Leben erweckt.

„Es war ähnlich dem Zustand, in den du Leute versetzt hast, wenn du dir ihre Magie geliehen hast", erklärte Mephisto und verschränkte die Arme. „Sie war nicht ganz ehrlich, als sie gesagt hat, dass er ganz menschlich ist. Er hat vielleicht keine Magie mehr und ist auch kein Vampir, aber er ist an Magie gebunden, um zu leben. Die eigentliche Frage ist: Wird es uns allen so ergehen, wenn wir versuchen, ihr dieses Objekt wegzunehmen? Ich bin bereit zu wetten, dass sie nicht versuchen würde, uns zu retten."

Ich nickte langsam, denn ich stimmte ihm zu. Doch gleichzeitig konnte ich nicht aufhören, mich zu fragen, warum sie Dr. Sumner überhaupt gerettet hatte. Dann kam mir die Antwort: als Druckmittel.

12

Mephisto ließ seine aufgestaute Wut am Gaspedal aus und jagte mit versteinertem Gesicht durch die Straßen, seine Wut nahm mir die Luft.

„Verdammte Malific", presste er angewidert hervor. Er schüttelte den Kopf und verzog die Lippen, als er ausatmete. „Verdammte Elfen."

Als er bemerkte, dass ich mich anspannte, legte er beruhigend eine Hand auf mein Bein und nahm den Blick von der Straße – auch wenn ich wirklich wünschte, er täte es nicht, da er an die hundert Meilen pro Stunde fuhr. Die einzigen beiden Leute jedoch, die besorgt schienen, waren Dr. Sumner und ich.

„Ich habe immer bewundert, dass die Elfen trotz ihrer großen Macht ein friedliches Volk waren. Malifics Terror hat ihnen das genommen. Ich will ihnen ihre Reaktion auf die Gewalt nicht vorwerfen, aber Damia macht mir Sorgen."

„Ich habe mir Sorgen gemacht, als sie den *adligatura*-Zauber gehalten und einen Vampir mit einer Bewegung ihres Fingers getötet hat. Ich habe schreckliche Angst, nachdem ich gesehen habe, wie sie Dr. Sumner getötet" – ich hielt inne und formulierte es anders – „seine Magie entzogen und sie ihm so mühelos zurückgegeben hat. Sie tritt in Elizabeths Fußstapfen und will mich töten."

Niemand versuchte, mich vom Gegenteil zu überzeugen oder mich zu beruhigen.

„Ich hasse es, dass ich sie nicht lesen kann", gab ich zu. „Wenn ich sie besser verstehen würde, könnte ich auch ihre Reaktionen besser vorhersagen. Warum sollte sie ankündigen, dass sie vorhat, den Schleier zu schließen? Warum schließt sie ihn nicht einfach, ohne es uns zu sagen?"

„Sie ist eine Aneinanderreihung von Widersprüchen", bemerkte Dr. Sumner, den Blick auf den Tacho gerichtet. Ich drückte Mephistos Arm. Er sah Dr. Sumner im Rückspiegel an und nahm den Fuß vom Gas. Dr. Sumner entspannte seine Finger, begann aus dem Fenster zu sehen, und sagte nach einer langen Minute leise: „Ich glaube nicht, dass sie deinen Tod will."

Ich gab auf und begann, ihn widerwillig zu duzen. „Wie kommst du darauf?"

„Wenn sie es gewollt hätte, warum sollte sie dann die Vampire töten, die dich töten wollten?"

„Weil sie es selbst tun will", schlug Kai vor. So lange hatte er gebraucht, um sich von seinem Verlust an Magie zu erholen. Kaum waren wir aus dem Verließ raus gewesen, hatte er seine Flügel weit ausgebreitet und war für ein paar Minuten in die Lüfte gestiegen. Als er wieder gelandet war, war er immer noch wütend gewesen.

„Ich muss den Namen dieses Steins herausfinden, den sie hatte", sagte Mephisto.

„Was passiert mit euch, wenn sie den Schleier schließt? Sie will euch offensichtlich nicht hier haben, und wenn ihr euch weigert zu gehen, kann sie euch dann schaden?", fragte Dr. Sumner und sprach damit eine Sorge aus, die wir sicher alle teilten.

Damia hatte außergewöhnliche Magie – oder vielmehr der Stein, den sie in ihrem Besitz hatte. Wenn sie den *adliga-*

tura-Zauber aufrechterhalten und Vampire mit einem Zauber und ein paar Handbewegungen töten konnte, welche anderen Fähigkeiten besaß sie dann noch?

Ich war sicher, dass wir alle noch über Damia und ihre Fähigkeiten nachdachten, als wir vor Dr. Sumners Haus ankamen. Ich wollte ihn nur ungern allein nach Hause gehen lassen, aber nach einer langen Diskussion und einem allzu selbstsicheren Dr. Sumner, der mir versicherte, dass es ihm gut gehen würde, gab ich widerwillig nach.

Ich wusste nicht, ob er so selbstsicher war, wie er zu klingen versuchte, aber wahrscheinlich hatte er es eilig, von uns und allem, was wir repräsentierten, wegzukommen. Tod durch Vampirismus, Auferstehung, zwei neue Leben und Zeuge eines magischen Massakers zu werden – ich konnte ihm nicht verdenken, dass er so viel Abstand wie möglich zwischen uns bringen wollte.

„Deine Tür", sagte ich, bevor er aussteigen konnte.

„Ich lasse sie heute reparieren, und wenn das nicht funktioniert, suche ich mir einen sicheren Ort zum Übernachten."

„Wenn du gehst, schick mir bitte eine SMS mit der neuen Adresse."

„Ich werde sicher sein", antwortete er schnell und verließ eilig das Auto. Keine Blicke zurück, kein Bedürfnis, in meiner Nähe zu sein, keine Angst bei dem Gedanken, mich nicht bald wiederzusehen.

Damias Magie hatte den Prozess abgeschlossen. Ich war gleichzeitig dankbar für ihr Talent und hatte Angst vor ihren Fähigkeiten. Und ich war pessimistischer, was meine Fähigkeit anging, mit ihr zu diskutieren.

„Sei vorsichtig", flüsterte ich hinter ihm her.

Mephisto legte eine Hand auf meinen Oberschenkel, was

mich beruhigen sollte, doch er wirkte steif, bemüht, seine Wut und Verletzlichkeit zu unterdrücken, da seine Magie eingeschränkt worden war.

„Geht's dir gut?", fragte ich.

„Alles okay", log er.

Ich fragte die anderen, und sie antworteten ähnlich, doch ihre Stimmen klangen distanziert. Wahrscheinlich hatten sie mit einem Gefühl zu kämpfen, das ihnen bisher unbekannt gewesen war: Hilflosigkeit – auch wenn es nur für kurze Zeit gewesen war.

Keinem von uns ging es gut, und es würde auch nicht besser werden, bis wir unser Damia-Problem gelöst hatten.

<hr>

Sobald wir wieder bei Mephisto zu Hause waren, wurden wir an die früheren Ereignisse erinnert, zu denen auch das zerstörte Tor gehörte.

„Warum ist die Polizei nicht gekommen?", fragte ich. „Oder der Sicherheitsdienst?" Es war gut, dass sie nicht gekommen waren, aber ich fragte mich trotzdem, warum bei all dem Aufruhr niemand aufgetaucht war.

„Es ist ein geschlossenes Überwachungssystem. Ich bin der Einzige, der wissen muss, wer meine Besucher sind. Mein Haus kann nicht von Außenstehenden überwacht werden."

Das System schützte ihn – und die Anonymität der zwielichtigen Leute, mit denen er zu tun hatte. Ich war überrascht, einen Lieferwagen, Leitern und eine Mannschaft von Männern zu sehen, die schon daran arbeiteten, den Schaden zu reparieren.

„Muss schön sein", neckte ich ihn und deutete mit dem Kopf auf die Leute, die am Haus arbeiteten.

Er brummte etwas, sah auf sein Handy und schüttelte den Kopf. Es musste schön – und sehr teuer – sein, jemanden zu beauftragen, der am selben Tag Reparaturen durchführte. Und was würde ihr Schweigen kosten?

Benton wartete am Eingang und winkte uns, ihm in den Keller zu folgen, wo wir schon oft trainiert hatten. Xavier lehnte an der Wand und sah müde, verzweifelt und hungrig aus.

„Ich habe ihm genug gegeben, damit er bei Bewusstsein bleibt und nicht vor Blutdurst durchdreht", erklärte Benton.

Er musste den Rest seiner Strategie nicht aussprechen – ihn schwach genug zu halten, damit er ihn nicht überwältigen konnte. Die verzauberten Zirkoniumfesseln, die ihm angelegt worden waren, schwächten Vampire, ohne sie ganz außer Gefecht zu setzen.

„Erzähl mir von Damia", forderte ich Xavier auf, während ich direkt vor ihm stand.

Xavier starrte durch mich hindurch und lehnte trotzig seinen Kopf an die Wand.

„Ich habe Hunger", sagte er.

Simeon und Kai verschränkten die Arme vor der Brust, nicht bereit, ihn trinken zu lassen. Auch Clayton sah nicht aus, als wäre er bereit dazu. Ich wollte ihm gerade mein Handgelenk anbieten, als Mephisto sich auf den Boden setzte und seinen Arm ausstreckte. Xavier kroch näher an ihn heran, packte Mephistos Arm und versenkte seine Zähne darin. Gierig trank er, doch nur ein paar Schlucke, bevor er mit einem zufriedenen Seufzer innehielt. Mephisto zog den Arm weg, und Xavier kehrte an seinen Platz an der Wand zurück, die Lippen trotzig aufeinandergepresst.

Ich wiederholte meine Frage.

Ein langsames Schmunzeln umspielte seine Mundwinkel. „Du hast sie kennengelernt", sagte er gedehnt. Obwohl er versuchte, sich unbeeindruckt zu zeigen, stimmte etwas nicht. Es war wie der geschockte Blick, als Lilith verkündet hatte, sie habe angeordnet, Landon zu ermorden – der Blick eines Mannes, der unangenehm überrascht wurde.

„Wie lange arbeitet ihr schon mit ihr zusammen?“, fragte Mephisto.

„Nicht lange. Sie hat uns gefunden, und wir haben ihr zugehört, weil sie versprochen hat, dafür sorgen zu können, dass ihr schnell gefangengenommen werdet. Lilith war sofort von ihr fasziniert, weil sie uns relativ leicht gefunden hat. Es ist nicht so, als hätten wir unsere Anwesenheit in eurer Stadt an die große Glocke gehängt. Und doch hat sie in Ramos’ Haus auf uns gewartet. Es war nicht unser geplanter erster Halt.“

Ich war sicher, es war nicht annähernd so schwierig, wie er uns glauben machen wollte. Er schien sich nicht gerade diskret zu verhalten, und seine beiden Begleiterinnen auch nicht.

Er lachte, ein tiefes, melodisches Lachen, das von den Wänden widerhallte. „Den Ausdruck auf euren Gesichtern zu sehen, als ihr eure Magie nicht einsetzen konntet, war es wert, ein Bündnis mit dieser seltsamen Frau einzugehen.“

„Du hättest ablehnen sollen, denn sie hat eure Vampire getötet“, sagte ich zu ihm, woraufhin das Lächeln abrupt aus seinem Gesicht verschwand.

Er öffnete den Mund, fand jedoch keine Worte. Stattdessen schloss er ihn wieder und benetzte seine Lippen. „Was?“

„Ihr gefiel ihre Entscheidung nicht, dein Versprechen, mich am Leben zu lassen, zu brechen. Ihre Reaktion auf diese Enttäuschung war ihr Tod.“

Zorn explodierte. Er zog die Lippen zurück und stieß eine Drohung nach der anderen aus, wobei er mit jeder barbarischen Beschreibung der Verletzungen, die er Damia zufügen wollte, wütender wurde.

„Sie hat sie mit einem Zauber getötet. Ich habe einen davon miterlebt, und die Vampire starben auf dieselbe Weise, wie ein neuer Vampir sterben würde, wenn er gepfählt worden wäre.“

Seine Miene wurde finsterer, doch die Emotionen wichen aus seinen Augen. Er wirkte verloren und verwirrt.

„Sie ist nicht länger deine Verbündete. Damia ist genauso deine Feindin wie meine“, sagte ich.

Er lehnte seinen Kopf an die Wand. Als Hoffnungslosigkeit auf sein Gesicht trat, regte sich etwas in mir, das Mitleid mit ihm haben wollte. Aber die Erinnerung daran, dass er vor wenigen Stunden noch meine Entführung und mögliche Ermordung geplant hatte, ließ kein echtes Mitgefühl aufkommen.

„Erzähl mir alles, was du über sie weißt“, verlangte Mephisto.

„Es gibt nicht viel zu erzählen“, sagte er. „Sie hat uns in Ramos' Hause gefunden, sich vorgestellt und uns gesagt, dass sie den Grund unseres Besuchs kenne. Da sich unsere Interessen deckten, wollte sie uns helfen, dich gefangen zu nehmen. Aber nur, wenn sie dich auch befragen durfte. Damia war nicht glücklich darüber, dass du ihr ihre Magie genommen hast. Sie schien noch aufgebrachter über den Grund, warum du es getan hast.“ Sein Blick wanderte zu Mephisto, dann zu mir, bevor er träge über die anderen hinwegglitt. „Sie hat davon gesprochen, dass du die Monster beschützt, die nicht hier sein sollten“, fügte er mit einem wehmütigen Lächeln hinzu. „Ich nehme an, ihr seid die Monster, die nicht hier sein sollten?“

Ihre Mienen blieben ausdruckslos, als Xavier sie musterte. Sein früheres Interesse an ihnen war wieder da, jedoch nicht mehr so intensiv, gedämpft durch die Verluste, die er erlitten hatte.

„Hatte sie während eurer Interaktionen etwas in der Hand?“, fragte Clayton. „Oder irgendwelche seltsamen Male an sich?“

„Nein“, sagte er, ohne überlegen zu müssen. Er schnaubte, seine Augen wurden glasig. Ich vermutete, er hätte nie gedacht, dass er einmal Opfer einer verschlagenen Elfe werden würde.

„Was habt ihr mit ihr vor, wenn ihr sie findet?", fragte Xavier. Er wandte sich von mir ab und sah die Jäger an, als ob sie so etwas wie Kameradschaft und Blutlust teilten.

„Ich weiß nicht. Sie muss unter Kontrolle gebracht werden", sagte Mephisto.

Vielleicht könnten wir sie zur Vernunft bringen – aber sie dazu zu bringen, einen Eid zu schwören, der sie davon abhalten würde, den Schleier zu schließen, und sie von ihren Plänen mit mir abzubringen, schien unrealistisch. Dennoch bewahrte ich mir einen Funken Hoffnung, dass ich mich irrte.

Xavier kniff die Augen zusammen, als versuchte er, sich an etwas zu erinnern. „Sie hatte ihre Hände in den Taschen und hat etwas festgehalten wie eine Rettungsleine", murmelte er. „Ich dachte, es wäre eine Waffe, die gegen uns nutzlos wäre." Er schien die Absurdität seiner Worte zu erkennen und sackte in sich zusammen.

Wir tauschten Blicke, nickten und gingen nach oben, wobei Xavier uns daran erinnerte, dass er bald wieder trinken müsste. Sie entschieden sich, sich abzuwechseln, mich dabei jedoch auszuschließen.

13

Madison starrte auf die Zerstörung in Mephistos Haus. Clayton stand neben ihr, seine Hand strich sanft über ihren Rücken, während er sie ins Haus begleitete. Ihr eingefrorenes Lächeln blieb, und ich war sicher, dass sie mit einer Handvoll Haare in der Hand zurückkommen würde, so wie sie ihre Locken drehte. Cory betrachtete den Schaden von der Tür aus.

Wir hatten sauber gemacht, doch mit dem Boden stimmte etwas nicht, er hatte immer noch Reste von Blutflecken – oder vielleicht bildete ich mir das nur ein. Staub hing in der Luft, und wir fanden immer wieder Glasscherben und Holzsplitter, die wir beim Aufräumen übersehen hatten. Mephistos Haus sah aus und fühlte sich an wie der Schauplatz unsäglicher Gewalt.

Sie folgten uns in Mephistos Büro, und wir erzählten ihnen alles, was geschehen war.

„Also, habt ihr Xavier, ein bekanntes Mitglied der Südstaaten-Vampire, in eurem Keller als Geisel", schloss Madison.

„Geisel scheint nicht das richtige Wort zu sein", protestierte ich.

„Er hat heute trotz der Anstrengungen im Kampf nur zweimal getrunken, wodurch er sicher unterernährt ist. Er ist mit einer Zirkoniumfessel gefesselt, die mit einem Schlafzauber belegt ist, und kann nicht frei entscheiden, ob er gehen will oder nicht“, zählte sie mit einer Grimasse auf.

„So, wie du das sagst, kommt es ein bisschen wertend rüber“, witzelte ich, was mir einen messerscharfen Blick einbrachte.

Bei der Erwähnung von Xaviers Namen während der Zusammenfassung hatte sie scharf Luft geholt, was die Lücken in meinem Wissen über Vampire und ihre Hierarchie offenbarte. Bei Liliths Erwähnung reagierte sie instinktiv. Während ich von unseren Interaktionen mit Damia erzählte und von der Leichtigkeit, mit der sie den Vampir entsorgt hatte, während sie uns im *adligatura*-Kreis gefangen gehalten hatte, atmete sie weiter kurz und zittrig. Als ich fertig war, hatte sie ein verkrampftes Lächeln aufgesetzt, doch ihre Augen verrieten, dass sie bereits ihre nächsten Schritte plante.

„Ihr habt nicht herausgefunden, was Damia in der Hand gehalten hat?“, fragte sie.

Während wir auf Madison und Cory warteten, hatten wir eine Nachbildung davon und von den Markierungen gezeichnet. Benton hatte uns geholfen, seine Bibliothek zu durchsuchen und magische Objekte in ihrem Besitz zu vergleichen, die ähnlich aussahen. Wir hatten nichts entdeckt. Madison sah sich die Skizzen an, und ihre Augenbrauen hoben sich bei einem der Bilder.

„Hatte sie mehr als ein Objekt?“, fragte sie.

„Ich fürchte, ich habe es nicht wirklich gut gesehen“, sagte Kai zur Verteidigung seiner Skizze, während ihm die Röte ins Gesicht stieg.

„Ich konnte nichts finden“, sagte Benton ihr.

„Es könnte ein Elfenobjekt sein“, spekulierte ich. Ein Objekt mit der Fähigkeit, Magie zu wirken, die sogar Götter nicht unberührt ließ. War das der wahre Grund, warum Malific sie tot sehen wollte, weil sie sich geweigert hatten, Werkzeuge der Zerstörung für sie zu werden?

„Das würde Sinn ergeben, genauso wie die Reaktion, als Dr. Sumner versucht hat, es zu nehmen. Wäre die Reaktion dieselbe, wenn Erin es täte?“, fragte Cory.

„Ich weiß nicht. Ich sollte das mit Nolan besprechen“, schlug ich vor.

„Wenn sie den Schleier schließt, wie hoch ist die Wahrscheinlichkeit, dass ihr einen Weg findet, ihn zu umgehen?“, fragte Madison die Gruppe, hielt jedoch den Blick hoffnungsvoll auf Clayton gerichtet.

Sie dachten lange über die Frage nach. Aus den Blicken, die sie austauschten, schloss ich, dass sie auch miteinander kommunizierten.

„Ich weiß nicht. Wenn sie einen Elfenzauber verwendet, bin ich mir nicht sicher, ob wir ihn manipulieren könnten. Wenn wir wegen unserer Verbindung zur Schleiermagie eingesperrt sind, könnten wir vielleicht einen Weg finden, ihn zu umgehen“, spekulierte Clayton.

Irgendwann. Er sprach das Wort nicht aus, aber es war deutlich in seiner Körpersprache und dem tröstenden Blick zu erkennen, den er ihr zuwarf.

Madison lächelte mit zusammengepressten Lippen, als würde sie die andere Frage zurückhalten, die sich auch in meinem Kopf festgesetzt hatte. Wenn wir einen Weg finden könnten, den Schleier zu schließen und sie hierzubehalten, würden sie sich dafür entscheiden?

Keiner von ihnen fragte, und als ich ihren Blick auffing, schüttelte sie den Kopf. Ich nahm an, sie hielt es für das Beste, ihnen Zeit zum Nachdenken zu geben. Sie hatten gerade einen Weg zurück gefunden; waren sie bereit, ihn wieder zu verlieren?

Ich sammelte die Zeichnungen ein. Meine Skizze des Steins war die genaueste, während Claytons Darstellung der Male auf ihrer Hand und ihrem Arm besser war als meine.

„Ich werde es dich wissen lassen, falls ich was Neues von Nolan erfahre.“

„Ich komme mit dir, für den Fall, dass du Damia nochmal begegnest“, schlug Mephisto vor. Clayton nickte und folgte ihm.

Ich schüttelte den Kopf. „Wenn sie irgendwas tun wollte, hätte sie es vorhin getan. Wir haben eine Gnadenfrist bekommen, obwohl ich nicht sicher bin, wie lange sie dauern wird. Es wäre am besten, wenn ihr hierbleibt, um weiterzuforschen. Teilt die Arbeit auf, um effizienter zu sein.“

Er wusste, dass ich recht hatte, aber er wollte nicht zustimmen, obwohl es die pragmatischste Option war. Nach einigen Augenblicken nickte er widerwillig.

Im Auto trommelten Madisons Finger beim Fahren auf das Lenkrad.

„Damia scheint sie verunsichert zu haben“, gab sie nach einer langen Phase starren Schweigens zu.

„Mir geht's genauso“, gab ich zu. „Du hättest sehen sollen, wie mühelos sie ihre Magie eingesetzt hat.“

„Du glaubst, es kommt alles von diesem Stein?“, fragte Cory vom Rücksitz aus.

„Ich weiß nicht. Die Abscheu, die sie für die Jäger zu empfinden scheint, macht mich nervös. Sie will, dass sie verschwinden –“

„Und dich tot sehen“, warf Madison mit zitternder Stimme ein.

Ich holte tief Luft. „Als Vergeltung für Elizabeths und Fabians Tod. Sie hatte einen inneren Kampf. Ich bin mir nicht sicher, ob sie nicht schnell ihre Meinung ändern und beschließen könnte, mich zu töten. Das Beängstigendste ist, dass sie es vielleicht mit derselben Leichtigkeit tun kann, mit der sie die Vampire getötet hat."

„Wir kennen sie nicht, das macht sie unberechenbar", sagte Cory und richtete seinen Blick aus dem Fenster. In seinem Profil waren Spuren von Sorge zu sehen. „Hast du den Eindruck, dass sie impulsiv ist?"

„Ich weiß nicht, was ich von ihr halten soll. So kam sie mir nicht vor, aber sie war entschlossen, den Schleier zu schließen."

„Sie hat nicht Unrecht, was den Schleier angeht", sagte Madison. „Das Leben wäre einfacher und sicherer für uns, wenn der Schleier geschlossen wäre. Aber –" Sie endete mit einem Seufzer.

Ich ergänzte, was sie ungesagt gelassen hatte. Wir wollten nicht, dass Mephisto und Clayton verschwanden. Ich wollte keinen von ihnen verlieren. Und selbst wenn man Damia zur Vernunft bringen und die Jäger hier behalten könnte, hatten wir keine Ahnung, welche Wahl sie selbst treffen würden.

Als Madison mich ansah, war in ihrem Gesichtsausdruck dieselbe Unsicherheit, die ich fühlte. Hoffentlich konnte Nolan uns die notwendigen Informationen geben, damit wir nicht fragen mussten.

Nolan begrüßte mich mit einer einfühlsamen Umarmung. Überraschenderweise erstarrte ich nicht. Der Ausdruck der Zuneigung fühlte sich richtig an, und ich ließ ihn nachklingen. Er hielt meine Hand fest und trat zurück, während er mir eine umfassende Einschätzung gab.

„Das ist gar nicht gut." Er runzelte die Stirn und trat zur Seite, um Cory und Madison vorbeizulassen.

Ich nickte.

„Kennst du irgendwelche Gegenstände oder Talismane, die die Elfenmagie so weit verstärken können, dass sie gegen Götter wirksam ist?", fragte ich.

Er runzelte verwirrt die Stirn. Dann berichtete ich von meiner Begegnung mit Damia.

„Damia“, hauchte er. „Es ist schon eine Weile her, seit ich diesen Namen gehört habe.“

„Du kennst sie!?“, keuchte Cory, seine Stimme schwer vor Erleichterung.

„Ich kenne sie. Elizabeth …“ Eine tiefe Traurigkeit lag in seinem Ton beim Namen seiner Schwester. Es war schwer, ihn anzusehen, also ließ ich meinen Blick im Wohnzimmer schweifen, wo er seit meinem letzten Besuch einige Veränderungen vorgenommen hatte. Es schien gemütlicher und erweckte in mir den Eindruck, dass er vorhatte, eine Weile zu bleiben.

„Sie hatte eine komplizierte Beziehung zu Damia. Fabian auch. Fabian wollte ihr nicht erlauben, in Havenage zu leben, hat aber schließlich nachgegeben.“

„Warum wollte er das nicht? Sie ist keine reinblütige Elfe?“, fragte ich. Das war normalerweise der Grund, warum jemand abgelehnt wurde. Mischlinge galten als nicht wertvoll, besonders wenn Menschenblut involviert war. Ich nahm an, es ging mehr darum, eine Machtkonzentration aufrechtzuerhalten, als sie vor denen zu schützen, deren Loyalität geteilt sein könnte.

„Nein. Elizabeth hat ihr nicht vertraut“, sagte er. „Ich vermutete, es war nicht nur Misstrauen, sondern auch Neid. Damia ist eine reinblütige Elfe, aber ihr Verständnis von Magie übertraf das von Elizabeth. Ihr magisches Wissen und ihre Fähigkeiten waren das, worin Elizabeth am talentiertesten war, was ihr die Gunst der Elfen und von Fabian einbrachte. Damia wurde hier geboren und wuchs mit den Geschichten über die Brutalität des Schleiers und Malifics Rolle bei unserer Flucht auf. Es war, als sei sie von der Ideologie besessen, dass Macht zu sinnloser Gewalt führt. Sie schien unfähig, das mit anderen Augen zu sehen. Sie, Fabian und Elizabeth hatten viele gemeinsame Überzeugungen, aber unterschiedliche Werte.“

Eine Überzeugung, die sie nicht teilten, war meine Existenz. Elizabeth wollte mich tot sehen. Fabian wollte mich lebendig, solange er mich als Werkzeug benutzen konnte.

Nolan wurde still. Ich fragte mich, ob er über den Wert und das Vertrauen nachdachte, das er in Fabian gesetzt hatte, nur um dann festzustellen, wie weit er gehen würde, um Macht für sich und die Elfen zu erlangen. Fabians Absichten mochten zunächst edel erschienen sein, und vielleicht waren sie das am Anfang auch, aber sie wurden mit ruchlosen Handlungen und Manipulationen verflochten, die alles Gute in seinem anfänglichen guten Willen zunichtemachten.

„Fabians Zweifel an Damia waren berechtigt. Ich glaube, sie ist nach drei Monaten, die sie in Havenage gelebt hat, gegangen. Elizabeth wurde gesagt, dass Damia den Elfen viel gestohlen hat, aber sie ging nie ins Detail. Sie haben fast fünf Jahre lang nach ihr gesucht. Sie war geschickt darin, sich zu verstecken. Sie muss sich jetzt ermutigt fühlen", sagte er mit einem schiefen Lächeln.

Obwohl er mir keine Vorwürfe machte, fühlte ich mich verantwortlich. War die Anwesenheit von Elizabeth und Fabian alles gewesen, was sie im Schatten gehalten hatte? Aber ich konnte nicht anders, als zu glauben, dass sie sich so verhalten hatte, weil ich den Elfen ihre Magie genommen hatte.

„Du hast keine Ahnung, was sie gestohlen hat?", fragte Cory.

Er schüttelte den Kopf. „Am besten fragst du Sanaa, sie stand Fabian am nächsten."

„Ist sie jetzt die Anführerin?", fragte Madison und schlüpfte wieder in ihre Rolle als STF-Agentin.

Nolans Lippen verzogen sich zu einer schmalen Linie, als er sich daran erinnerte, dass Madisons Rolle nicht nur darin bestand, meine Schwester und Verbündete zu sein, sondern auch eine wichtige Figur in der Supernatural Task Force.

Ich stieß sie mit der Hand an, als stumme Aufforderung, aufzuhören. Der Konflikt in ihrem Gesicht machte deutlich, dass sie es wollte, aber die Informationen brauchte. Nolan hatte trotz seiner neuen Beziehung zu meiner Familie in Havenage leben oder zumindest eine Beziehung zu den Elfen haben wollen.

„Wir sollten mit Sanaa reden“, mischte sich Cory ein und durchbrach die unangenehme Spannung.

Nolan nickte. „Möchtest du, dass ich mit euch komme?“

Ich schüttelte den Kopf, weil ich wollte, dass er Abstand von der Situation hatte, falls sie schlecht ausging.

***

Cory fuhr sichtlich abgelenkt nach Havenage, sah mehrmals von der Straße zu mir, öffnete den Mund, bevor er ihn wieder schloss, als er überlegte, was er sagen wollte.

„Ich kann ihnen ihre Magie nicht wieder nehmen“, sagte ich und antwortete auf den Vorschlag, über den er meiner Meinung nach nachdachte. „Asher hat klargemacht, dass ich Miss Harp nie wieder benutzen kann, und ich will das auch nicht. Das ist keine Option. Selbst wenn, weiß ich nicht, ob Xaviers Vampirfamilie Vergeltung üben wird. Ich will die Elfen dem nicht schutzlos aussetzen.“

„Wirf sie in den Blose Chasm“, knurrte er. Das war ein weiterer wenig hilfreicher Vorschlag, der es so aussehen ließ, als wäre das Öffnen einer magischen Vorhölle so einfach wie das Öffnen einer Tür. Dafür war ein magisches Opfer erforderlich. Ich müsste nicht nur Damia überzeugen, mir dorthin zu folgen, sondern der Preis für die Nutzung war Magie, die mir nicht zurückgegeben würde, bis sie starb oder irgendwie herauskam. Und ich bräuchte eine andere Elfe, die das Portal für mich schloss.

Seine wenig hilfreichen Vorschläge kamen aus Verzweiflung und Frustration, weil er wieder mit Magie konfrontiert wurde, die weitaus ruchloser und komplexer war als die der Hexen, die einst im Vorteil gewesen waren und – zumindest aus ihrer Sicht – an der Spitze der Hierarchie standen. Obwohl ich an meiner Überzeugung festhielt, dass Magier und Hexen dasselbe waren, nur mit verschiedenen Namen. Wie Cola mit unterschiedlicher Verpackung. Hexen verdienten jedoch aufgrund ihrer Fähigkeiten ein gewisses Maß an Anerkennung und Respekt.

„Du weißt, dass das nicht möglich ist. Zuerst müssen wir sie finden. Dann müssen wir sie überzeugen, mir in den Blose Chasm zu folgen. Und dann müssen wir einen anderen Elf dazu bringen, zuzustimmen, ihn wieder zu öffnen, damit ich raus kann. Ich glaube nicht, dass es möglich ist, einen Elf dazu zu bringen, mir zu vertrauen, geschweige denn mir zu helfen."

Sie würden sie und mich dort lassen und ihren potentiellen Problemen mit mir Lebewohl sagen.

„Was, wenn nicht nur Damia Vampire mit einem Zauber töten kann, sondern das etwas ist, das alle Elfen können und wir uns dessen nur nicht bewusst waren?", spekulierte ich. Es war eine Fähigkeit, die ich verborgen halten würde. Genauso wie meine Fähigkeit, Vampirismus umzukehren, mich zu einem Ziel machte, würde das Wissen um eine solche Fähigkeit Elfen zu einem Ziel machen.

„Wenn sie das kann, fragen wir uns dann, was ihre anderen Fähigkeiten sind?", überlegte Madison.

Da wir unsere Neugier befriedigen mussten, rief ich Nolan an. Er brauchte mehrere Minuten, um zu antworten, und ich wusste, dass er jeden möglichen Zauber und jede mögliche Kombination durchging, um die Antwort zu liefern.

„Mortem-Zauber erfordern Zustimmung. Alle Zauber, die Leben oder Tod betreffen, erfordern Zustimmung. Das ist eine Absicherung. Ich bin Kombinationen von Zaubern durchgegangen, die auch für Vollelfen möglich wären, und mir fällt nichts ein", sagte er.

Ich wusste das nur zu gut. Fabian hatte genau das getan,

um Mephisto und die anderen im Schleier einzusperren, und die Drohung mit Madisons Tod als Druckmittel genutzt, um sie dazu zu bringen, zuzustimmen.

In Nolans Stimme klang tiefe Sorge, als er mir sagte, ich solle vorsichtig sein, wenn ich nach Havenage ging. Er wusste, dass ich mich auf feindliches Gebiet begab.

Damia hatte einen Todeszauber gegen die Vampire gesprochen. Sie musste eine außergewöhnlich talentierte Manipulatorin sein, um sie dazu zu bringen, dem zuzustimmen. Todeszauber mussten mit Sigillen erschaffen werden. Ich hatte keine bei ihnen bemerkt, was mich vermuten ließ, dass sie ein Schlupfloch gefunden hatte. Je mehr ich über Damia herausfand, desto überforderter fühlte ich mich.

Cory parkte weit weg vom Rand von Havenage, was uns Zeit gab, uns auf den Kampf gegen die aggressiven Abwehrzauber vorzubereiten, die es umgaben. Cory, Madison und ich seufzten, als wir aus dem Auto stiegen. Unsere Körper spannten sich an und bereiteten sich auf den Ansturm der geistigen und körperlichen Manipulation vor, die uns entgegenschlagen würden.

Ich wusste nicht, warum sie nicht einfach eine Straßensperre errichteten. Jeder Schritt in Richtung der Grenzen ließ die Übelkeit und die stechenden Schmerzen, die durch meinen Körper schossen, stärker werden. Ein unheilvolles Gefühl von Gefahr umhüllte mich. Schauer liefen durch meinen Körper, und dunkle, unheimliche Bilder flackerten in meinem Kopf.

„Ich hasse diesen Ort so sehr." Corys Stimme war angespannt vor Ekel, während er mit dem Abstoßungszauber kämpfte. Madison grunzte. Sie empfand das Gleiche. Ihr Gesicht verzog sich bei jedem zögerlichen Schritt.

„Geht zurück."

Ich hörte Sanaa, bevor ich sie sah. Eine Beleuchtung hinter ihr trübte meine Sicht und verlieh ihr ein ätherisches

Aussehen. Als meine Augen sich wieder fokussiert hatten, folgte ich ihr, als sie auf das Auto zuging.

„Du brichst unsere Vereinbarung“, sagte sie missbilligend und blieb ein paar Meter vom Auto entfernt stehen. Augen, die mich einst mit Wärme und ein wenig Verständnis angesehen hatten, waren jetzt kalt und unversöhnlich. „Hältst du irgendeine deiner Vereinbarungen ein?“

Autsch. Das ließ mich glauben, dass sie von der Situation zwischen Landon und mir erfahren hatte. Wie weit hatte sich diese Neuigkeit schon verbreitet?

„Ich wäre nicht hier, wenn es nicht nötig wäre. Deine Hilfe wird sicherstellen, dass die Elfen geschützt sind.“

„Ah, also bist du nicht hier, um uns zu beschützen. Unsere Sicherheit hängt davon ab, dass wir dir helfen.“

„Auch wenn ihr das alle nicht zu wollen scheint, ist sie eine Elfe“, spie Madison.

„Viertelelfe“, korrigierte Sanaa. „Sie hat mehr von ihrem“ – sie warf mir einen verächtlichen Blick zu – „anderen Teil als von uns und daraus hat sie ihre Moral abgeleitet.“

Diese Diskussionen über meine Abstammung waren einfach nur nervig, besonders von dieser scheinheiligen Bande. Mein Geduldsfaden war dünn und kurz davor zu reißen.

„Damia hat mehr als zehn Vampire mit einem Zauber getötet. Das wird auf keinen Fall ohne Vergeltung ablaufen. Ich muss sie finden.“

Ein langsames Lächeln umspielte ihre Lippen. „Du hast Damia kennengelernt. Das muss eine interessante Interaktion gewesen sein.“

„Warum?“, fragte ich.

„Ihr zwei erinnert mich aneinander, große Macht und widerstreitende Interessen. Sie legt genauso wenig Wert auf unsere Sicherheit wie du. Ich habe keine Ahnung, warum du hier bist.“ Sie musterte mein Gesicht, und ich bemühte mich, meine Gefühle nicht zu verraten. Sie trat näher an mich heran und kniff die Augen zusammen. „Was hat sie dir angetan?", fragte sie mit einem Anflug von Belustigung in ihrer Stimme.

Ich zögerte, es ihr zu erzählen, denn zu wissen, dass Damia „unentschlossen" war, ob ich leben oder sterben sollte, würde Sanaa nicht ermutigen, mir zu helfen. Sie wartete gespannt, während ich überlegte, was ich ihr sagen sollte. Ich entschied mich für die Wahrheit und erzählte ihr alles, auch, dass ich Dr. Sumners Vampirismus rückgängig gemacht hatte, was ihr Interesse weckte und mir einen bewundernden Blick einbrachte, gemischt mit Sorge.

„Landon hat einfach beschlossen, deinen Freund grundlos anzugreifen. Es ist überraschend, dass du nach solch einer ungeheuerlichen Tat keine Vergeltung geübt hast."

Ich schluckte, war versucht, die Information zurückzuhalten und mich einzuschmeicheln. Ob sie mir half oder nicht, es würde nicht aus Täuschung geschehen und mir Aufschluss darüber geben, wo ich wirklich bei ihnen stand. Ohne Zweifel war Damia eine Situation, die sie ebenfalls beunruhigen sollte.

Also erzählte ich ihr die notwendigen Details über die Schuld, die ich eingegangen war, um Dr. Sumner zu retten, und meinen Wunsch zu verhindern, dass Landon Vampire erschuf, die zu einem gesellschaftlichen Problem werden könnten, und den Austausch dieser Schulden gegen den *Obscuro Mors*.

„*Obscuro Mors*?", fragte sie.

Ich hatte wirklich gehofft, wir könnten diesen Teil einfach übergehen.

„Es zerstört die Vampirlinie des Gepfählten."

Sie riss die Augen auf, und ich erwartete eine ihrer Beleidigungen über meine Verderbtheit, darüber, dass ich ein Monster sei oder sowas in der Art. Oder über die Fülle anderer Unzulänglichkeiten, die sie bei mir und Nolan entdeckt hatte, während sie ihre ignorierte.

Sie machte eine Handbewegung, um mich zu ermutigen, weiterzumachen. Ich erzählte ihr alles, vom Angriff der Vampire, wie Damia Dr. Sumner geheilt und uns mit minimalem Aufwand in den *adligatura*-Zauber eingeschlossen und ihn aufrechterhalten hatte, während sie einen anderen Zauber benutzte, um einen Vampir zu töten.

„Waren die Jäger bei dir?", fragte sie.

Ich nickte.

„Sie wurden auch im Kreis festgehalten?"

Ich nickte erneut.

Sie keuchte. Ein Ausdruck huschte über ihr Gesicht, der mich glauben ließ, ich hätte sie an Damia verloren. Alles schien auf die Jäger und die Fähigkeit hinauszulaufen, sie machtlos zu machen oder loszuwerden. Beides schien gleichermaßen begehrt zu sein.

„Wie sah das Objekt aus?"

Ich zog die Bilder aus meiner Tasche, ohne Kais Skizze, und reichte sie ihr. Sie studierte die Zeichnungen lange, während ich sie auf Anzeichen von Erkennen hin beobachtete.

„Das war einmal in Fabians Besitz, aber ich glaube nicht, dass er jemals herausgefunden hat, wozu es gut ist. Es war ein Gegenstand, den er gefunden hatte. Ich schätze, sie hat herausgefunden, wie man ihn benutzt. Ich habe immer geglaubt, Damia sei talentiert genug, um als Verbündete begehrt zu werden, aber zu labil, um von Nutzen zu sein."

„Was meinst du damit?", fragte Madison. Sanaa warf ihr einen verächtlichen Blick zu.

„Man kann ihr nicht trauen. Ich glaube, wenn sie die Fähigkeit hätte, Magie aus der Welt zu entfernen, selbst auf die Gefahr hin, dass einige sterben würden, würde sie es tun. Bei den Gelegenheiten, zu denen ich mit ihr zu tun hatte, war sie auf die

Ausbeutung von Macht fixiert. Oberflächlich betrachtet schien das bewundernswert, bis man erkennt, durch welch weite Linse sie die Ausbeutung von Macht und Magie betrachtet. Die übernatürlichen Fähigkeiten von Wandlern und Vampiren, zu hören und sich zu bewegen, gelten für sie als Ausbeutung von Macht. Wynden. Bindezauber und Schutzzauber. Dämonen rufen."

Sanaa hatte damit offensichtlich kein Problem. „Defensivmagie. Auf eine vereinfachte und naive Art ist der Wunsch, Magie nur sparsam und für das Gute einzusetzen, bewundernswert. Wenn Wandler und Vampire ihre übernatürlichen Fähigkeiten einsetzen, um jemanden zu retten, ist das dann Ausbeutung? Da liegt das Problem. Sie sieht nicht, wie selbstbeschränkend sie ist, und die bloße Tatsache, dass sie glaubt, sie sollte die Richterin sein, die darüber entscheidet, macht sie gefährlich.

Wir haben uns von ihr distanziert. Aber jetzt sehe ich, dass sie Fähigkeiten hat, die sie für viele andere gefährlich machen. Wenn sie das Vampiren antun kann oder deinen Jägern" – sie achtete darauf, dem Wort eine gesunde Portion Spott hinzuzufügen – „und sogar deinem Freund helfen kann, wunderst du dich dann nicht, wie weit ihre Fähigkeiten reichen? Die Tatsache, dass sie sich noch nicht entschieden hat, ob du am Leben bleiben sollst, sollte dich beunruhigen."

Ein bisschen. Ich mache mir vor Angst fast ins Höschen.

„Du glaubst, sie ist wirklich gefährlich?", fragte Cory.

„Du nicht? Sie hat einen Weg gefunden, ein magisches Objekt zu benutzen, das sich seit Jahren in Fabians Besitz befand. Es als Briefbeschwerer zu benutzen, hätte ihm mehr gebracht, als es einfach wegzupacken. Ich kenne den Namen des Objekts nicht. Ich glaube zwar, dass es elbisch ist, aber ein Großteil unserer Geschichte ist verloren gegangen, daher konnte Fabian es nicht benutzen."

„Sie hat auch das letzte Black Crest-Grimoire."

Sanaa sah zum Himmel und seufzte. „Vielleicht kann ich sie finden, aber ich brauche einen Eid von dir, Erin."

„Einen Eid wofür?"

Sie wandte den Blick ab und atmete langsam und gemessen, während sie nachdenklich dastand. Ihr Blick glitt über Madison, dann über Cory, bevor er auf mich fiel.

„Ich hätte gern das *Obscuro Mors*. Ich habe nicht die Absicht, es zu benutzen, aber ein solches Objekt würde uns einen Vorteil verschaffen, den ich gern hätte. Da du bereit warst, es jemandem zu geben, der es bereitwilliger verwenden würde als wir, sehe ich nicht, wo das Problem liegen sollte. Und soweit ich weiß, hast du das *Mystic Souls*. Das hätte ich auch gern."

„Nein, was das Buch angeht." Auch zum Pfahl sollte es Nein sein. Aber zumindest könnte ich mit dem Buch und den mächtigen Zaubersprüchen einen Weg finden, den Pfahl unbrauchbar zu machen.

Nach einem langen Moment nickte sie. „Meine letzte Bitte muss erfüllt werden, damit ich oder einer der Elfen Hilfe anbieten können."

„Das heißt?"

„Damia ist talentiert, aber wir sind uns beide einig, dass sie gefährlich ist, richtig?"

Ich hielt mich mit meiner Antwort zurück und wartete darauf, dass sie Corys Vorschlag aufgriff und sie in den Blose Chasm bringen wollte.

Ich holte tief Luft, als sie sagte: „Ich werde dir helfen, sie zu finden, aber es wird deine Aufgabe sein, sie zu töten. Und da du in der Vergangenheit deine Versprechen mit Krimskrams deiner Wahl zu begleichen versucht hast, werde ich als Garantie einen Blutschwur verlangen. Einen, der dein Leben in die Waagschale wirft, solltest du dich nicht daran halten."

14

———

„Das kann nicht deine Antwort sein. Du willst, dass Erin als dein Henker fungiert, weil du Damia nicht vertraust. Was zum Teufel ist los mit dir?", stieß Madison hervor.

„Glaubst du wirklich, dass Erin in dieser Sache die moralische Überlegenheit hat?", forderte Sanaa sie heraus.

„Ab-so-lut! Damia ist ein kleines Problem, und jetzt willst du sie tot sehen. Wie lange wird es dauern, bis du jemanden rekrutierst, der Erin ausschaltet?", knurrte Cory. Sein Gesicht war vor Wut rot. Nachdem er ein paar Schritte zurückgetreten war, biss er sich auf die Lippen und stieß einen langen Seufzer aus.

Er sah Madison an und wollte anscheinend, dass sie etwas tat, wie sie alle ohne Prozess ins Stygian zu schicken. Er fuhr sich frustriert mit der Hand durchs Haar und wandte seine Aufmerksamkeit von ihr ab und der umliegenden Landschaft zu.

War es ihre neue Rolle oder war sie wirklich so, und ich hatte es irgendwie übersehen?

Die unangenehme Stille wurde mit jeder Minute, die verging, schwerer, bevor Sanaa sie mit einem tiefen Seufzer durchbrach.

„Obwohl ich nicht mit denen übereinstimme, mit denen du dich zusammengeschlossen oder die du als Verbündete ausgewählt hast, hast du sie. Du hast eine Verbindung zu ihnen und den Wunsch, sie zu beschützen. Trotz deines fragwürdigen moralischen Kompasses steckt eine gewisse Vernunft dahinter. Ich kann die Entscheidungen, die du getroffen hast, und die Maßnahmen, die du ergriffen hast, um sie zu beschützen und an deinem Glauben festzuhalten, verstehen, selbst wenn ich einmal ein Opfer dieser Maßnahmen war. Ich würde sogar so weit gehen zu sagen, dass man mit dir vernünftig reden kann. Hast du irgendwas davon von Damia erfahren? Ihre Allianzen? Nicht von ihrer Art, so viel ist klar. Wer ist ihr wichtig?"

Sie ließ ihre Worte wirken, schüttelte den Kopf und presste die Lippen zu einer schmalen Linie zusammen.

„Du hast gesagt, sie habe die Vampire mit Leichtigkeit mit einem Zauber getötet. Du kannst nicht glauben, dass jemand mit solchen Fähigkeiten keine Bedrohung darstellt. Denkst du wirklich, dass man mit ihr vernünftig reden kann? Sie hat die Vampire getötet, weil sie ihr Versprechen nicht gehalten haben und sie ihnen nicht vertraut hat. Haben sie versprochen, dir nicht wehzutun, oder war das ihre Erwartung an sie? Jetzt hält sie Gericht über dein Leben. Was, wenn sie einen Zauber hat, mit dem sie dich genauso leicht töten kann?

Du hast Fabian versprochen, uns nicht zu schaden. Du hast das gebrochen, und wir haben durch dieses gebrochene Versprechen Schaden erlitten, genau wie sie. Sie weiß, dass du die Fähigkeit hast, uns unsere Magie zu nehmen – denkst du nicht, dass sie dich als jemanden sieht, der seine Magie ausgenutzt hat? Versprechen gebrochen hat? Sieht sie dich und deinesgleichen als nicht vertrauenswürdig an?"

Vor meinen Augen blitzte ihre Verachtung für Dr. Sumner auf, als er versucht hatte, ihr das Objekt abzunehmen. *Ich sehe, dass man dir auch nicht trauen kann.*

Sanaa wartete einige Augenblicke auf eine Antwort, über die ich nicht einmal nachgedacht hatte. In meinem Kopf kreisten die Gedanken, während ich versuchte, herauszufinden, wie ich mit Damia und weiteren Reaktionen der Vampire umgehen sollte. Was passiert, wenn die Gruppe nicht zurückkehrt? Dann war da noch Xavier. Was sollten wir mit ihm machen?

Als sie merkte, dass ich nicht damit einverstanden war, Damia zu ermorden, nickte sie und machte sich auf den Weg nach Havenage.

„Wirkt Palladium bei Elfen?“, fragte ich.

„Nein, und selbst wenn, wäre das keine Lösung für das Damia-Problem.“

Es könnte eine vorübergehende sein.

„Wie kann die Elfenmagie eingeschränkt werden?“, fragte ich.

Sie lachte. „Wenn du meine Hilfe bei Damia willst, weißt du, was ich dafür will.“

„Was passiert, wenn du mich als Bedrohung betrachtest, mit der man nicht vernünftig reden kann?“, fragte ich.

„Beleidige mich nicht, indem du meinen Verstand unterschätzt. Ich weiß, dass ich nie deinen Zorn auf mich ziehen würde, solange ich deine Schwester, die Hexe und dieses geistlose Tier, das du als Partner gewählt hast, in Ruhe lasse. Du lässt die Meinen in Ruhe, ich behellige die Deinen nicht.“

Damit ging sie schnell zum Eingang nach Havenage.

***

Unser kollektives Schweigen im Auto schien eine unausgesprochene Übereinkunft zu sein, dass wir Sanaas Forderung nicht einmal diskutieren würden. Die unbehagliche Stille blieb, als wir nach Hause fuhren. Cory setzte mich zuerst ab und sagte, dass er selbst Nachforschungen anstellen und mit Mitgliedern seines Zirkels sprechen wolle. Madison wollte zur Arbeit gehen, um mehr über das Objekt herauszufinden, das Damia in ihrem Besitz hatte, nachdem sie Fotos von den Skizzen des Steins und den Zeichen auf ihrer Hand gemacht hatte.

Ich aß schnell etwas und holte all meine Zauberbücher heraus, einschließlich des *Mystic Souls*, während ich auf Mephisto wartete, der bei mir wohnen würde, solange sein Haus repariert wurde.

15

Gestern hatte ich an Mephistos Brust gelehnt, seine tröstenden Arme um mich geschlungen, während er gelegentlich mit der Nase über meinen Hals strich und sanfte Küsse auf meine Schläfe und Wange drückte. Es half mir nicht, mich von den Ereignissen des Vortages abzulenken. Sanaas Aufforderung, Damia zu töten, fand ich abstoßend. Als ich Mephisto von Sanaas Forderung erzählt hatte, hatte er mich mit stoischer, undurchschaubarer Miene angesehen. Ich wusste nicht, ob er damit gerechnet hatte oder ob es ihm egal war.

Miss mich nicht an den Moralvorstellungen dieser Welt.

Jetzt war er sichtlich in seine Gedanken vertieft. Neben allem, was wir über Damia herausgefunden hatten, beschäftigte sich Mephisto mit der neuen Entdeckung, dass Palladium gegen Elfen unwirksam war. Er machte sich Sorgen darüber, dass sogar ihre Informationen über Elfen fehlerhaft waren.

Im Gegensatz zu dem, was Sanaa glaubte, würde die Suche nach einem Weg, Elfenmagie einzuschränken, zumindest eine vorübergehende Lösung bieten. Also überließen wir die Recherchen über den Stein Benton und den anderen und richteten unsere Suche auf ein Metall, das Damias Magie einschränken würde.

Wir waren eine Stunde lang auf der Suche, als mein Handy vibrierte. Eine SMS. Alex wollte mich treffen.

„Hat er gesagt, warum?“

„Nein, aber ich sollte ihn treffen.“ Die Zeichnungen auf dem Sofatisch brachten mich auf eine Idee. „Die Wandler haben eine umfangreiche Sammlung magischer Objekte. Vielleicht haben sie dieses Ding.“

Das weckte Mephistos Interesse, obwohl es nicht nur die Möglichkeit war, den Stein zu finden, sondern auch die Faszination, dass die Wandler im Besitz von Objekten waren, die er nicht in seiner eigenen Sammlung hatte.

Als ich antwortete, schickte mir Alex schnell einen Ort und eine Zeit.

Auf der Bank in dem kleinen Park sitzend, die Alex für das Treffen vorgeschlagen hatte, las ich immer wieder die knappe Nachricht, die keine weiteren Informationen enthielt als die Bitte um ein Treffen.

Mephisto war zu Hause geblieben, um weiterzusuchen. Bevor ich die Wohnung verließ, konnte ich sehen, wie sehr er sich bemühte, seine Sorge darüber zu unterdrücken, dass ich ging. Damia überlegte, ob ich leben oder sterben sollte, während sie ziemlich entschlossen war, den Schleier zu schließen und die Jäger fortzuschicken. Wir gingen davon aus, dass ich vor ihr wahrscheinlich sicherer war als er.

Je länger ich auf Alex wartete, desto düsterer wurde meine Stimmung, und ich fragte mich, ob er das Treffen für Asher arrangiert hatte. War Miss Harper etwas zugestoßen? Oder hatte er von Damia gehört? Wenn ja, waren Asher und sein Rudel weit besser vernetzt, als ich es mir vorgestellt hatte. Würde er eingreifen? Die Elfe war für niemanden eine Bedrohung, außer für mich und die Jäger.

Alex näherte sich mit einer kleinen Bäckereitüte und einem Minz-Schokoladen-Milchshake. Ich sah das Getränk an und lächelte, während ich mich fragte, wer ihm meine Schwäche dafür verraten hatte. Ich trank einen großen Schluck aus dem Shake, kramte in der Tüte, holte das Croissant heraus und zupfte daran herum.

„Du wolltest reden?", fragte ich zwischen den Bissen, als er sich neben mich setzte.

Er nickte, begann aber nicht sofort zu sprechen. Stattdessen hob er ein paar der heruntergefallenen Servietten auf und brachte sie zum Mülleimer, wo er einen Moment blieb, bevor er mit einem gezwungenen Lächeln zurückkam.

Seine Nervosität beunruhigte mich. „Was ist los, Alex?", fragte ich, stopfte das Croissant zurück in die Tüte und ignorierte mein Getränk.

„Corys Mietvertrag läuft nächsten Monat aus", platzte er heraus. Er schüttelte den Kopf und fuhr sich stirnrunzelnd mit der Hand durchs Haar. „Das ist so dumm", murmelte er vor sich hin. Dann stand er auf und blieb einige Augenblicke stehen, bevor er vor mir auf und ab ging.

Ich hatte so viele Beschreibungen für Wandler: arrogant, Idiot, Teilzeitarschloch, nervig, dogmatisch – aber nie nervös oder sentimental. Und das war er.

Ich trat zu ihm und berührte sanft seine Hand. „Was ist los?"

„Ich wurde noch nie abgewiesen, und ich habe das Gefühl, vielleicht … ist es zu früh … würde er das machen?"

„Du willst mit Cory zusammenleben?", vermutete ich.

Er nickte, und ich lachte. Die unerwartete Reaktion ließ ihn erröten.

„Alex, sein Kleiderschrank ist nach Farben und Jahreszeiten unterteilt. In den meisten seiner Zimmer hat er Handstaubsauger, ‚damit es schön sauber ist'. Er mag den Geruch von Bleiche und Zitronen. Er kann Zierkissen, die aus der Reihe tanzen, nur begrenzte Zeit ertragen, bevor er sie aufschüttelt und an ihren Platz drapiert", sagte ich. Ich wollte Alex nicht entmutigen, aber ich hatte schon oft bei Cory übernachtet, und je länger ich blieb, desto größer wurde der Drang, ihn zu schlagen.

Das zauberte Alex ein Lächeln ins Gesicht. „Das weiß ich. Er scheint seine Wohnung zu genießen, und er hat noch nie mit jemandem zusammengelebt." Die rote Farbe auf seinen Wangen wurde dunkler, als er sich wieder auf die Bank fallen ließ.

Er hat Angst vor Zurückweisung.

Ich kehrte zu meinem Platz zurück, wartete, bis er mich wieder ansah, und lächelte dann. „Du machst dir umsonst Sorgen, Alex. Ich glaube nicht, dass er Nein sagen wird. *Aber* bei Cory ist es eine Doppelpack-Situation. Willst du ihn, kriegst du auch mich." Mein Schmunzeln wurde breiter.

„Ich weiß. Je nachdem, wie oft du teilnimmst, kann ich die Putzfrau öfter kommen lassen."

„Wie unhöflich. Für wie unordentlich hältst du mich?"

„Das möchte ich lieber nicht beantworten, und vielleicht willst du Cory diese Frage auch nicht stellen."

„Für jemanden, der um meinen Segen bittet, hast du eine verdammt große Klappe", neckte ich ihn.

Er runzelte die Stirn und schmunzelte auf eine Art, die mir einen Blick auf den Wandler erlaubte, auf den alle vorherigen Beschreibungen zutrafen. „Segen? Ich habe dich nach deiner Meinung gefragt, weil ich ihn nicht in eine unangenehme Lage bringen will, in der er sich unter Druck gesetzt fühlt, Ja zu sagen. Ich brauche deinen Segen nicht."

„Du kannst gern so tun, als würdest du nicht um meinen Segen bitten", sagte ich und schob hochmütig mein Kinn vor. Ich streckte ihm meine Hand entgegen. Er starrte sie an. „Oder du kannst es gern machen wie in diesem lächerlichen, in Corys Worten ‚klassischen' Mafiafilm, den er so sehr liebt.

Nimm meine Hand und bitte um meinen Segen", wies ich ihn an und imitierte die Figur so schlecht, dass Alex lachte.

„Erstens ist dieser ‚klassische' Mafiafilm *Der Pate*. Das ist aus gutem Grund ein Klassiker, denn es ist ein großartiger Film. Die Figuren küssen die Hand des Paten als Zeichen des Respekts und der Unterwerfung. Ich unterwerfe mich dir nicht, Erin."

„Wie du willst." Ich verdrehte die Augen und verzog das Gesicht, als er ein Grinsen unterdrückte. Alles, was die Loyalität zum Rudel in Frage stellte, selbst im Spaß, wurde nicht auf die leichte Schulter genommen. Asher bezeichnete mich, Cory und Madison als Rudel und begegnete unserem Trio mit demselben Respekt und Verständnis wie einem Wandlerrudel.

Die leichte Röte blieb auf Alex' Gesicht. Es hatte ihn viel Mühe gekostet, zu mir zu kommen und sich verletzlich zu machen, indem er mich fragte. Ich wollte, dass Cory Ja sagte. Die Aufregung ließ mich kurz den zweiten Grund vergessen, warum es mir nichts ausgemacht hatte, meine Recherche aufzugeben, um mich mit ihm zu treffen.

Ich öffnete meine Umhängetasche, zog alle vier Zettel heraus, faltete sie auseinander und reichte sie ihm.

„Hast du in eurer Sammlung magischer Gegenstände sowas gesehen?", fragte ich. Wenn ich das Objekt in die Hände bekäme, könnte ich vielleicht seine Grenzen herausfinden und wie ich die Magie darin zunichtemachen könnte. Das Einzige, dessen ich mir sicher war, war, dass Damia eine Bindung zu ihm aufgebaut hatte. Wenn diese Bindung gebrochen werden könnte, würde sie das schwächen. Wahrscheinlich würde es ihr sogar die Fähigkeit nehmen, Vampire nach Belieben zu töten. Oder mich. Und möglicherweise auch die Bedrohung beseitigen, dass sie den Schleier schließen könnte.

Er betrachtete die Skizzen. „Nun, wir haben keine Katze", sagte er und gab mir Kais Zeichnung zurück.

„Schau dir das Objekt nicht an." Kai hatte das Ding selbst schrecklich gezeichnet, aber seine Darstellung ihrer Male war ausgezeichnet. Nachdem Alex das Papier einige Augenblicke lang untersucht hatte, runzelte er die Stirn.

„Warum suchst du danach?"

„Die Elfe, die das hat, will mich töten, oder vielmehr überlegt sie gerade, ob ich leben oder sterben soll. Und nachdem ich gesehen habe, wie sie mehrere Vampire getötet hat, indem sie einen Zauberspruch geflüstert hat, bin ich überzeugt, dass sie das auch mit mir machen könnte."

„Verdammt", sagte er. Das Aufflackern von Unbehagen in seinen Augen war deutlich zu erkennen. Alex wollte nicht, dass ich sterbe, aber ich wusste, dass seine offen zur Schau gestellte Sorge stark von seinen Gefühlen für Cory und der Trauer beeinflusst war, die er empfinden würde, wenn Damia Erfolg hätte.

Als er seinen inneren Konflikt spürte, während er entschied, wie viel er mir offenbaren sollte, entschuldigte er sich und führte ein Telefonat, was mich an die Probleme erinnerte, die seine Beziehung zu Cory belasten könnten. *Rudelloyalität.* Sein Telefonat dauerte nur wenige Augenblicke, bevor er zurückkam.

„Ich glaube, wir haben was Ähnliches. Es hat eine andere Farbe, aber die Zeichen sind ähnlich, vielleicht sogar identisch. Ich muss es mit der Skizze vergleichen."

Ich versuchte, nicht allzu optimistisch zu sein, und stand auf, bereit zu gehen, stöhnte aber auf, als ich Elon, Dallas und eine unbekannte Dritte näherkommen sah. Alex trat schnell beschützend vor mich und verzog das Gesicht.

Das wird sowas von schiefgehen.

„Ich mach' das schon", sagte ich ihm. Ihn zurückzudrängen kostete mehr Mühe, als ich erwartet hatte. Wandlerkörper konnten einen wirklich täuschen. Ihre Bewegungen ließen immer darauf schließen, dass sie schlanke, geschmeidige Körper hatten, was im Widerspruch zu ihrer tatsächlichen Masse stand. Sie waren Muskeln pur und schienen Wurzeln zu schlagen, wenn sie sich nicht bewegen wollten.

Dallas' trügerisch freundliches Lächeln strahlte, als er mich mit sanften, zärtlichen Augen musterte, die zu seinen entspannten, lässigen Bewegungen passten. Ich weigerte mich, mich in dem Glauben wiegen zu lassen, dass er harmlos war oder dass seine Anwesenheit in meiner Nähe keine Gefahr darstellte.

Ich begann, ihn deswegen noch mehr zu hassen. In diesem Sinne hielt ich ihn für gefährlicher als die anderen beiden. Elon und der andere Vampir versuchten nicht, mich zu täuschen. Ihre Annäherung brachte einen dazu, eine Waffe zu zücken, ein Versteck zu suchen oder einen magischen Angriff vorzubereiten. Man würde nicht einfach dastehen und nichts tun, während Gewalt im Maßanzug auf einen zukam.

Törichterweise tat ich das, denn im Park waren genug Leute, dass sie sich benehmen würden und sie nicht zwingen konnten, alles zu vergessen, was sie gesehen hatten, obwohl es natürlich absolut illegal war, das zu tun.

„Was wollt ihr?", fragte ich, als sie ein paar Meter entfernt waren.

Ihre Augen wanderten zu Alex. Ihre Mienen wurden hart. Alex war wahrscheinlich bereit zu wandeln oder forderte sie heraus, ihm einen Grund dafür zu geben.

„Alex", sagte ich leise, behielt aber das Trio im Auge.

„Landon würde dich gern treffen", sagte Elon, als wäre das genug, damit ich ihm folgte.

„Dann hätte Landon herkommen sollen, um mich zu sehen", forderte ich ihn heraus.

Der dritte Vampir – für den alles neu zu sein schien – stieß einen empörten Atemzug aus und griff nach mir. Innerhalb von Sekunden hatte Alex ihn am Hals gepackt und zu Boden geworfen, wobei er den Kopf des Vampirs so positionierte, dass Alex kein Problem hätte, ihn mit dem Messer, das er in seiner anderen Hand hielt, den Hals durchzuschneiden.

Da ich ähnlich reagiert hatte und Magie aus mir herausgeschossen war, die Dallas und Elon mehrere Meter weit wegschleuderte, war ich nicht in einer Position, ihn zu tadeln.

Aber seine Reaktion deutete darauf hin, dass das Rudel involviert war, was die Sache komplizierter machte. Als ich ihm einen Blick zuwarf, zuckte er die Achseln. „Ich dachte, er wollte mich angreifen“, antwortete er in einem flapsigen Ton, der mir verriet, dass er sich nicht die geringste Mühe gegeben hatte, es überzeugend klingen zu lassen.

„So eine gewalttätige kleine Hexe.“ Landons amüsierte Stimme übertönte die Geräusche der Leute im Hintergrund, die spekulierten und uns anstarrten.

„Lass ihn los!“, forderte Landon Alex auf, der sich nicht rührte.

„Es ist okay“, flüsterte ich. Alex ließ den Vampir los.

„Das reicht“, blaffte Landon den Vampir an, der aussah, als wäre er bereit, sich zu rächen. Er winkte auch Dallas und Elon weg, und innerhalb von Sekunden waren sie verschwunden, doch eine kleine Menge von Zuschauern blieb.

„Vielleicht sollten wir gehen“, schlug Landon vor.

„Ich gehe nirgendwo mit dir hin.“

„Soll mir recht sein, aber wir scheinen ein Publikum angezogen zu haben.“

„Oder Zeugen, was gut für euch sein wird. Deine Vampire werden im Prozess um deinen Tod Zeugenaussagen hören wollen.“ Ich warf ihm ein finsteres Grinsen zu.

Sein lautes Lachen verwirrte die kleine Menge, die es geschafft hatte, Abstand zu wahren und den Inhalt unserer Diskussion nur aus der Körpersprache zu interpretieren.

Sein lautes Lachen nagte an meinem Ego. Trotz allem,

was geschehen war, hatte Landon keine Angst vor mir, noch sah er mich als Bedrohung an.

„Ich dachte, wir hätten einen Waffenstillstand.“

„Warum hast du dann deine Schläger – nein, deine Killer – vorgeschickt, um mich zu holen?“

Er lachte. „Sie sind die Einzigen, denen ich vertraue, dich lebend zu mir zu bringen. Andere machen dich für das verantwortlich, was mir angetan wurde. Sie scheinen die Einzigen zu sein, die die Nuancen der Situation verstehen. Es war, um dich zu beschützen“, sagte er.

„Was willst du?“ Da die Unterhaltung an Heftigkeit verloren hatte, hatte sich die Menge zerstreut.

„Diese Frau, die mich zu Hause besucht hat. Was ist sie?“, fragte er.

Zu Hause? Vielleicht könnte man es so beschreiben, bis man den Keller betrat. Haus des Schreckens war die einzig zutreffende Beschreibung.

„Welche Frau?“, fragte ich.

Er starrte mich wütend an. Wir hatten nicht nach Überwachungskameras gesucht, aber es wäre nicht unwahrscheinlich gewesen, dass er welche hatte. Warum auch nicht? Um die Folter zu beobachten? Oder um die Gefangenen zu überwachen, die im Kerker eingesperrt waren? Ich verdrängte die verstörenden Gedanken, die sich in meinen Kopf schlichen.

Landon war mir gegenüber immer freundlicher und toleranter gewesen. Dass ich mit Vampiren ausgegangen war, ihn aber abgewiesen hatte, weckte sein Interesse und den Wunsch zu erobern. Seine intensive Neugier auf mich schürte seine Faszination nur noch. Ich hatte es mit der milden Version von ihm zu tun, was mich vergessen ließ, dass er Gegenstand vieler makabrer Geschichten und historischer Berichte war. Warnungen vor ihm waren nicht unbegründet. Und Landon wurde von vielen gefürchtet. Er war nicht ausgewählt worden, Ramos' Platz einzunehmen, weil er ein gefügiger, menschenfreundlicher Vampir war, sondern weil er getan hatte, was nötig war, um ein gefürchteter Anführer zu sein.

Seine schrägen, zusammengekniffenen Augen musterten mich hart. „Ist sie wie du?", fragte er.

Ich schüttelte den Kopf. Er trat näher, beobachtete mich eindringlich und suchte nach einer Lüge. Er ignorierte Alex, der wieder eine Abwehrhaltung eingenommen hatte.

„Du hast gesehen, was sie den Vampiren angetan hat?"

Er nickte. Ich dachte nicht, dass seine mitternachtsblauen Augen noch dunkler werden konnten, aber es geschah, und sie verfinsterten sich zu einem tintenschwarzen Abgrund.

„Und ich war Zeuge der Dinge, die sie dir, Mephisto und den anderen angetan hat."

„Hast du eine Kopie des Videos?"

Er nickte und bestätigte damit meine Vermutung, was die Überwachungskameras anging.

Wir würden alles aus einem anderen Blickwinkel sehen. Wir würden uns das Objekt, das sie hielt, ihre Male und auch den Zauber, den sie bei Dr. Sumner angewandt hatte, besser ansehen können.

„Darf ich es sehen?"

„Na, wenn du jetzt mal nicht liebenswürdig bist", schnaubte er. „Das ist der Grund, warum ich meine Vampire zu dir geschickt habe."

„Sie konnten mir nicht sagen, dass du Informationen hattest, die du teilen willst, anstatt zu verlangen, dass ich dir eine Audienz gebe? Du wusstest, dass das nicht funktionieren würde, besonders da, wo wir jetzt sind."

„Wo sind wir, Erin?"

Meine Toleranzschwelle sank von Minute zu Minute. „Ich weiß nicht. Was du Dr. Sumner angetan hast, war nicht zu rechtfertigen."

„Was du getan hast, war inakzeptabel." Wut stieg in seiner Stimme auf und verzerrte sein sanftes Lächeln zu einem höhnischen Grinsen. „Du hast mir verweigert, was du versprochen hattest."

„Denkst du, ich hätte dem Deal zugestimmt, wenn ich gewusst hätte, dass du das willst?"

Wir standen uns nun gegenüber, und ich hob meine Hand, um Alex' Einmischung zu verhindern.

„Du hättest es tun oder zusehen müssen, wie dein Freund stirbt, aufgrund einer vagen Vorstellung, die du von den Vampiren hast, die wir zusammen erschaffen könnten."

Ich trat einen Schritt zurück und ließ seine Worte nachklingen, um ihm Zeit zu geben, das Gesagte zu verarbeiten. Und eine Art Scham zu empfinden, weil er meine Verzweiflung zu seinem Vorteil ausgenutzt hatte. Doch er besaß keine. Mephisto hatte recht: Landon hatte meine verzweifelte Lage ausgenutzt und sah offensichtlich kein Problem darin. Sein Gesichtsausdruck blieb unverändert. Es gab keinen einzigen Moment der Selbstreflexion oder des Bedauerns.

„Du hättest die Situation nicht ausnutzen sollen", stellte ich fest.

„Dann hättest du mich nicht anrufen sollen. Stattdessen hättest du dich auf die menschlichen Dienste verlassen sollen, wie ich es empfohlen habe", antwortete er.

„Du hast dir nie Gedanken darüber gemacht, welche Art von Vampir du mit mir hättest erschaffen können?"

Er zuckte die Achseln. „Nicht wirklich. Wenn sie zu einem Problem würden, hätte ich mich darum gekümmert. Aber ich bin durchaus in der Lage, Talente zu fördern."

Man konnte mit ihm nicht vernünftig diskutieren, und ich fühlte mich auch nicht dazu geneigt.

„Sobald ich Xavier habe, schicke ich dir eine Kopie des Videos", informierte er mich, drehte sich um und ging zum Parkplatz.

„Xavier?", sagte ich zu seinem Rücken.

„Ja. Ich will ihn im Austausch für das Video."

Er wollte den Vampir, der für seine Entführung und Verletzung verantwortlich war. Wollte er ihn, um Xavier zu beschützen und ihn von uns wegzubringen, oder hatte er finstere Absichten?

„Du darfst ihn nicht töten", platzte ich heraus, was mir ein überraschtes Grinsen von Alex und Landon einbrachte.

„Ich rate dir, dir Liliths Worte zu Herzen zu nehmen", antwortete Landon.

Als Antwort auf meinen verwirrten Blick sagte er: „Hat sie dich nicht dafür gerügt, dass du dich in Vampirangelegenheiten eingemischt hast? Ich glaube, sie hat das recht deutlich gesagt. Ich bin derselben Meinung. Du hättest dir eine Menge Ärger erspart, wenn du das von Anfang an getan hättest." Ein düsterer Ausdruck verdunkelte sein Gesicht.

Ich nickte nur.

⁎ ⁎ ⁎

Alex hatte zugestimmt, mir das Objekt zu besorgen, doch ich hatte es noch nicht vom Parkplatz geschafft, als ich einen Anruf von Asher erhielt.

Du konntest nicht fünfzehn Minuten warten, Alex.

„Asher", grüßte ich.

„Erin", seine Antwort war ein leises, vorwurfsvolles Knurren. „Alex macht sich schon wieder Sorgen."

„Er sollte mehr meditieren", schlug ich vor.

Ashers tiefes, raues Lachen war bar jeder Belustigung. „Erin?", fragte er.

„Was weißt du?", fragte ich.

Er erzählte mir alles, was Alex ihm berichtet hatte, einschließlich meiner Interaktion mit Landon. Ich musste Alex lassen, er war gut darin, in kurzer Zeit sehr detaillierte Informationen zu liefern.

„Wie kann mein Rudel helfen?"

„Wenn ihr den Gegenstand habt, den ich Alex gezeigt habe, wäre das sehr hilfreich.“

Es herrschte lange Stille, bevor er wieder sprach. „Ist das alles?“ Zweifel klebte an seinen Worten.

„Im Moment ist es das. Ich bin nicht in der Position, Hilfe abzulehnen. Wenn ich mehr brauche, werde ich es dich wissen lassen.“

„Zögere nicht. Okay?“

„Das werde ich nicht.“ Bevor wir das Gespräch beendeten, sagte ich: „Danke, Asher.“

Sein leises, humorloses Lachen kehrte zurück. „Du kannst mir danken, indem du Alex seinen Seelenfrieden gibst“, entgegnete er.

„Es tut mir leid, dass mein drohender Tod Alex das Leben schwer macht, denn für mich ist es ein Kinderspiel“, erwiderte ich.

Er schnaubte und verabschiedete sich schnell, bevor er das Gespräch beendete.

16

Als ich nach Hause kam, arbeitete Mephisto immer noch daran, ein Metall zu finden, das die Magie der Elfen einschränken konnte. Ich berichtete ihm von meinem Besuch bei Alex, übersprang jedoch, dass er mit Cory zusammenziehen wollte, und ging direkt zu meiner Interaktion mit Landon über.

„Also geben wir ihm Xavier", sagte er.

Ich nickte, aber er spürte mein Zögern.

„Was?"

Bilder des Kerkers blitzten jedes Mal in meinem Kopf auf, wenn ich darüber nachdachte, Xavier einem zornigen Landon zu übergeben. Das ließ mich innehalten, und ich teilte Mephisto meine Bedenken mit. Obwohl er verständnisvoll nickte, ließ nichts in seiner Miene darauf schließen, dass wir diese Bedenken teilten.

Der Kuss, den er auf meine Stirn drückte, fühlte sich warm und tröstlich an. Ich sank in die Umarmung, die er mir anbot, und genoss sie eine Weile.

„Die Vampire müssen im Raum sein, damit der Zauber wirkt", vermutete er, als ich mich aus der Umarmung löste und mich wieder auf die unmittelbare Bedrohung und

Damias Fähigkeiten konzentrierte. „Wenn dem nicht so wäre, wären auch die anderen Vampire, einschließlich Xavier, getötet worden. Es ist kein globaler Zauber."

Diese Information war schonmal was. Es war nicht wie der Zauber mit den Wandlern. Indem sie Asher, Sherry und Wandler aus dem Schleier benutzt hatte, hatte Elizabeth ihnen dieselbe Resistenz gegen Magie verleihen können, die die Gestaltwandler im Schleier genossen.

„Wie sicher bist du, dass das Rudel das Objekt hat, das mit Damias vergleichbar ist?"

„Sicher genug, um es zu wollen. Ich würde die Wahrscheinlichkeit auf über fünfzig Prozent schätzen. Wenn das nicht funktioniert, lässt Asher mich vielleicht seine unglaubliche Sammlung erkunden", sagte ich ihm.

„Wie unglaublich? Denkst du, sie ist es wert, dass ich sie mir ansehe?"

„Nein. Du wirst nur neidisch, wenn er Dinge hat, die du nicht besitzt. Und er wird sie dir nicht verkaufen."

„Wird er sie dir verkaufen?"

Ich schüttelte den Kopf.

„Sie haben keine Magie, die es ihnen erlauben würde, die Objekte zu benutzen", beharrte er.

„Solange ein Objekt in ihrem Besitz ist, kann es auch niemand sonst benutzen", sagte ich schulterzuckend.

Er dachte über die Vorteile nach, aber ich fand, dass diese Überlegung ihn nicht davon abhielt, die Sammlung zumindest sehen zu wollen.

Mephisto vertiefte sich wieder in seine Recherchen und blätterte in weiteren Büchern, die nicht aus meiner Sammlung stammten. Ich wollte mehreren Ideen nachgehen, die mir auf der Heimfahrt gekommen waren.

Das seltsame Objekt in Damias Besitz schien die Ursache der meisten unserer Probleme zu sein. Ich war mir nicht sicher, ob es mit dem Objekt zusammenhing, dass sie den Schleier schloss und die Jäger verbannte, oder ob das durch einen Zauberspruch erreicht wurde. Das brachte mich dazu, nach Zaubersprüchen zu suchen, die man manipulieren konnte, um dieses Ziel zu erreichen. Ich fand jedoch nichts.

Mephisto machte eine Pause und nahm eine neue Position ein, um einen besseren Blick auf all die Zaubersprüche zu werfen, die ich zu weben versucht hatte, und die Variationen, die ich aufgeschrieben hatte. Ich hatte eine Liste der magischen Fähigkeiten erstellt, die Damia meiner Meinung nach besaß, und Gegenzauber, um sie abzuwehren. Er studierte die Informationen, darunter auch die Begründungen, die ich nebenbei notiert hatte.

Er schob einen Arm um mich und zog mich an sich. Er küsste meine Wange und dann mein Ohr. „Zweifellos Erin", flüsterte er hinein.

„Inwiefern?"

„Du bist so einfallsreich und klug. Du hast alles, was du gelernt hast, genutzt und verbessert."

„Ja, aber zu welchem Preis?" Er verstummte und wartete darauf, dass ich fortfuhr. „Wenn ich meine Magie bekommen und sie einfach so behalten hätte, wäre alles anders."

„Wie wärst du mit Malific, Fabian, Elizabeth umgegangen? Mach dich nicht klein, weil du eine dunklere Seite deiner Magie nutzen musstest, um dich selbst und die, die du liebst, zu schützen. Dafür sollte es keine Strafe geben."

Aber es gab eine. Die würde es immer geben.

Mein Telefon piepte, bevor ich antworten konnte. Es war eine Nachricht von Landon mit einem angehängten Video.

„Er hat mir das Video geschickt!", sagte ich überrascht und wunderte mich über seinen Sinneswandel.

„Das liegt daran, dass ihm Xavier geliefert wurde."

„Ich werde mir einen Weg überlegen, in euren fröhlichen Gruppenchat zu kommen."

Er schenkte mir ein herausforderndes Lächeln. „Wenn du herausfindest, wie es geht, heißen wir dich gern willkommen."

„Was, wenn wir Xavier Fragen stellen müssen?"

Sein schiefes Lächeln wurde breiter, als er mein Gesicht studierte. „Das werden wir nicht. In den letzten zwei Stunden habe ich deine inneren Debatten beobachtet, und sie hätten noch länger gedauert, weil du hin- und hergerissen bist. Du willst dich verzweifelt von deiner Mutter distanzieren und niemandem einen Grund geben, euch beide zu vergleichen." Er runzelte die Stirn. „Was du getan hast, um dich an Fabian und Elizabeth zu rächen, hat dich belastet. Deine Entscheidungen und Handlungen werden durch diesen Wunsch gefiltert. Ich habe bemerkt, wie du ausgesehen hast, als Clayton sagte, du wärst die Böse in der Geschichte der Elfen. Es hat dich verletzt. Er hat es nicht gesagt, um dich zu verletzen. Es ist eine harte Wahrheit. Ich werde tun, was ich kann, damit du dich nicht wieder so fühlst. Wenn du dir bei harten Entscheidungen nicht sicher bist, treffe ich sie."

Lächelnd küsste er mich auf die Lippen. „Es stört mich nicht, der Bösewicht in der Geschichte zu sein, solange es nicht in deiner ist."

Ich konnte die harten Entscheidungen treffen, aber es störte mich, wie grausam ich gegenüber Fabian und Elizabeth sein musste, selbst wenn ich dabei nicht grausamer zu ihnen war als sie zu anderen.

Ich fragte mich ständig, ob ich Malific werden könnte, und Gedanken über Anlage versus Umwelt machten mir zu schaffen.

***

Wir beobachteten, wie Damia mit einem gefesselten Dr. Sumner im oberen Teil des Hauses interagierte, unter dem wachsamen Auge von Lilith, Annalise und sechs anderen Vampiren. Als sie sich ihm näherte, wich er zurück und kämpfte mit seinen Fesseln, während sie ihm beruhigende

Worte zuflüsterte, die sein Unbehagen jedoch nicht
linderten.

Sie rief einen Zauber herbei, der ihn mit einer silbernen
Spirale umgab, und zog sie, während sie einen weiteren
Zauber sprach, mit einer routinemäßigen Handbewegung
von ihm weg. Sein Gesicht sah verwirrt aus, als sie ihn
losband und ihn aufforderte, aufzustehen. Er sah sich im
Raum des Grauens um, musterte dann die Vampire und richtete seine Aufmerksamkeit schließlich wieder auf Damia,
studierte sie und ihre Ohren, die sie nicht verborgen hatte –
oder vielleicht doch, denn diejenigen mit Elfenblut konnten
sie sehen, selbst wenn sie verzaubert waren. Mephisto bestätigte, dass sie nicht verzaubert waren.

„Wie fühlst du dich?“, fragte sie. Ihre Stimme war beruhigend und zeugte von großem Interesse.

„Gut“, sagte er und wich weiter von der Menge zurück.

„Was hast du getan?“, fragte Lilith und rückte näher an
Damia heran, die zu Recht misstrauisch war angesichts ihrer
Nähe.

„Zauber. Du würdest es nicht verstehen, wenn ich es dir
erklären würde.“

„Kann die Vampirumkehr, die Erin vollzogen hat, wieder-
holt werden?“, fragte sie.

„Von niemand anderem“, antwortete Damia mit angespannter Stimme.

„Wäre sie in der Lage, den Zauber auszuführen, den du
gerade ausgeführt hast, um sie ganz menschlich zu machen?“

„Ja.“

Wie Sanaa war Damia recht sparsam mit Worten oder
hatte das Interesse an den Vampiren verloren, nachdem sie
ihre Ziele erreicht hatte. Damia verschränkte die Arme vor
ihrer Brust und konzentrierte sich auf Dr. Sumner, den sie
offenbar noch weiter befragen wollte, doch in Gegenwart
der Vampire sah sie davon ab.

„Findet Erin und beseitigt sie und jeden, der sie

beschützt!", wies Lilith die Vampire an. Annalise trat neben sie und schien dem Befehl stillschweigend zuzustimmen.

„Wenn Xavier lebt, bringt ihn zurück!", befahl Lilith.

„Nein", beharrte Damia leise. Sie wandte sich Lilith zu. „Unsere Abmachung war, dass ich Erin und ihre Wachen aufhalte. Das habe ich getan. Und du hast zugestimmt, sie in Ruhe zu lassen. So, wie es nicht Erins Recht war, den Vampirismus rückgängig zu machen, um einen Vampir zu retten, hast du nicht das Recht, zu entscheiden, was mit ihr geschieht. Ich habe meine Hilfe angeboten, um die Situation zu bereinigen."

„Wenn die Situation bereinigt wäre, wäre Dr. Sumner unser Vampir." Lilith schoss schnell zu Damia hinüber. Damias Fähigkeiten zu kennen und zu wissen, was mit Lilith passiert war, gab mir das Gefühl, einen Horrorfilm zu sehen, dessen Ende ich schon kannte.

„Welche Ressourcen brauchst du, um das zu tun?", fragte Lilith.

Ich nahm an, dass Lilith kein Problem hätte, als Trostpreis einen Vampir zu bekommen, der mit einer Elfe gezeugt wurde.

„Keine. Das ist nicht möglich. Erin und ich sind nicht gleich." Damia hatte dasselbe in Liliths Gesichtsausdruck gelesen. „Und ich werde mich auch nicht dazu benutzen lassen, ihn zu verwandeln. Er hat der Verwandlung nicht zugestimmt, und ich werde es nicht erlauben." Sie warf einen Blick über ihre Schulter zu Dr. Sumner, um sich zu vergewissern.

Er nickte.

„Du wirst es nicht erlauben?", schnaubte Lilith.

Damia ignorierte Liliths Spott. „Ich habe ihn wieder so gemacht, wie er vorher war. Welche Abmachung Landon auch immer mit Erin getroffen hat, bleibt zwischen ihm und ihr. Sie müssen eine Lösung finden, die für beide Seiten akzeptabel ist. Da er euch entkommen ist, hat er das Recht dazu."

Ich mochte die Damia in dem Video. Man konnte mit ihr reden, und sie wirkte nicht wie die unausgeglichene, illoyale Elfe, die Sanaa so dringend loswerden wollte.

Als Lilith daran erinnert wurde, dass sie es nicht geschafft hatte, Landon zu töten, zog sie die Lippen zurück und fletschte die Zähne, als wollte sie jeden Moment zuschlagen. Es gelang ihr jedoch, Geduld zu finden, ihre Lippen zu schließen und ein angespanntes Lächeln aufzusetzen. „Erins Wachen, ich kenne ihre Art nicht. Weißt du, was sie sind?"

Damias Augen wanderten langsam über sie, dann zu Annalise und durch den Raum, als würde sie alles neu sehen. Ich bemerkte den Gegenstand in ihrer Hand, aber es waren keine Zeichen darauf zu sehen. Ohne Lilith zu antworten, drehte sie ihr in einer gefährlichen Demonstration ihrer Ablehnung den Rücken zu. Damias Mund bewegte sich, aber ich konnte die Worte nicht verstehen. Die vertrauten Zeichen breiteten sich über ihre Finger und ihre Hand aus.

„Ich habe zugestimmt, dir mit Erin und ihren Wachen zu helfen, nicht, deine Nachhilfelehrerin zu sein. Dr. Sumner und ich gehen jetzt." Sie winkte Dr. Sumner, ihr zu folgen.

Sie waren noch nicht weit gekommen, als Lilith vor Damia auftauchte und ihre Hand um Damias Hals schloss.

Damia stieß einen erstickten Laut aus.

„Das war keine Bitte. Wer sind sie?"

Damia gab weitere Geräusche von sich, als versuchte sie zu sprechen. Liliths Griff lockerte sich. Der fatale Fehler kostete sie und die anderen Vampire das Leben. Damia flüsterte einen Zauber und machte ein paar Bewegungen mit der Hand. Die Vampire sanken augenblicklich zu Boden und starben nur Sekunden später ihres wahren Todes.

Dr. Sumner unterdrückte seinen Schrei und wich rückwärts von Damia zurück, bis er auf den Stuhl stolperte, auf dem er zuvor gesessen hatte. Mit weit aufgerissenen Augen sah er aus, als erwartete er, dass er als Nächster dran wäre.

„Ich habe nicht vor, dir wehzutun", sagte sie. „Du musst hier bleiben. Erin wird dich gleich abholen."

Er nickte. „Was hast du ihnen angetan?" Seine Frage war das Ergebnis von Schock und Unwissenheit. Er wusste genau, was passiert war, obwohl er eine tröstlichere Antwort brauchte.

Sie flüsterte ein paar Worte und machte weitere Bewegungen mit ihrer Hand, wodurch sie einen Zauber wirkte, der ihn an den Stuhl fesselte.

„Ich habe nicht vor, dir wehzutun", wiederholte sie. „Aber du musst hier sein, damit Erin kommt. Ich möchte mit Erin sprechen, und wenn ich ihr Haustier gehen lasse, bekomme ich diese Chance nicht."

Dr. Sumner reagierte genauso wie ich, als sie ihn als mein Haustier bezeichnete. Er starrte sie feindselig an, was sie nur zum Lachen brachte.

Sie schob ein bisschen Staub mit dem Fuß über die Dielen, als wären es nicht die Überreste der Vampire, die sie gerade getötet hatte. Sie setzte sich bequem auf den Boden und schien sich immer weiter von der vernünftigen Damia in die erschreckend labile Damia zu verwandeln. Sie setzte ein herzliches Lächeln auf und sah ihn an.

„Du weißt, was sie ist, nicht wahr?", fragte sie.

Er antwortete nicht. Ich war mir nicht sicher, ob er mich beschützen wollte oder ob er immer noch unter Schock stand.

„Sie ist die Tochter einer unbarmherzigen Göttin, Malific, und Nolan, eines törichten Elfen, der anscheinend bei seinem Versuch, die Welt vor Malific zu beschützen, alles falsch gemacht hat. Aber ich glaube, seine Absichten waren rein." Sie sprach die Worte laut aus, aber es fühlte sich an, als wären sie für sie selbst bestimmt. Sie betrachtete ihre Hände lange, bevor sie den Blick hob und ihm in die Augen sah.

„Sie hätten Erins magische Beschränkungen nie aufheben dürfen", seufzte sie, neigte den Kopf und beugte sich nach vorn, um ihn zu mustern. „Kann sie durch den Schleier gehen?"

„Ich weiß nicht, was das ist", antwortete er, was ihm einen zweifelnden Blick und ein Stirnrunzeln einbrachte.

Er sah so besorgt aus, dass es schwierig war, ihre Interaktion zu beobachten. Aber ich konzentrierte mich auf das, was ich bisher erfahren hatte: Sie musste das magische Objekt mit einem Zauber aktivieren. Ich nahm an, dass sie es nicht die ganze Zeit aktiviert ließ, weil die Male ihren magischen Vorteil verraten hätten.

„Das scheint nicht die Wahrheit zu sein."

Dr. Sumner schloss die Augen, wahrscheinlich haderte er mit dem Gedanken, Informationen über mich preiszugeben. Er war derjenige gewesen, mit dem ich alles besprechen konnte, und das hatte ich getan. Er kannte mich besser als jeder andere – oder besser gesagt, auf eine Weise, wie mich niemand sonst kannte.

Sie musterte ihn eine Weile schweigend, und er tat dasselbe mit offensichtlicher Sorge. Mehrmals fiel sein Blick auf den Gegenstand in ihrer Hand.

„Tut es dir gut, sie zu kennen?"

Die Frage schockte ihn, und er starrte sie mit offenem Mund an. Aber die Antwort kam sofort, nachdem er sich wieder gefasst hatte. „Ja."

Sie lächelte ihn angespannt an, aber ich konnte nicht erkennen, ob sie ihm glaubte oder nicht, noch warum es wichtig war.

Ohne ein weiteres Wort ging sie und ließ Dr. Sumner sichtlich verwirrt zurück.

Ich hatte mir das Video von Damia schon so oft angesehen, dass es fast zwanghaft wurde, bis zu dem Punkt, an dem Mephisto ging, um uns ein spätes Abendessen zu besorgen. Trotz allem, was ich über ihren Umgang mit dem Objekt erfahren hatte, hatte ich keine Ahnung, wie ich mit ihr umgehen sollte. Sie war freundlich und sanft zu Dr. Sumner, selbst als sie ihn hinunter in den Kerker gebracht hatte. Ihre Interaktion mit ihm im Kerker war in einer zweiten Video-datei, in der der Transport in den Keller fehlte. Sie weigerte sich lautstark, ihn auf den Folterstuhl mit den Riemen zu setzen, und ließ ihn mehrere Minuten allein, während sie nach einem geeigneten Stuhl suchte. Und sie entschuldigte sich mehrmals dafür, ihn mit einem Seil fesseln zu müssen.

Als Dr. Sumner fragte, warum sie nicht ihre Magie benutzte, um ihn zu fesseln, wie sie es oben getan hatte, antwortete sie nur: „Ich brauche meine Magie." Es gab also selbst mit dem Objekt Einschränkungen. Aber das war nicht genug. Sie hatte immer noch die Fähigkeit, gleichzeitig einen *adligatura*-Zauber aufrechtzuerhalten und einen Zauber zu wirken, der den wahren Vampirtod zur Folge hatte. Heraus-zufinden, dass sie nur zwei mächtige Zauber anstatt drei wirken konnte, war nicht die Wende, die ich mir von dieser Information gewünscht hätte.

Nachdem ich mir das Video und die Fragen von Dr. Sumner, die sie beantwortet hatte, stundenlang immer wieder angesehen hatte, wusste ich zwei Dinge mit Sicher-heit: Sie war seltsam, und sie hatte die feste Absicht, den Schleier zu schließen und die Jäger darin einzusperren.

Ich starrte das Handy an, als wäre es eine Giftschlange, als Landons Name auf dem Display blinkte.

„Ja", meldete ich mich.

„Waren die Videos für dich von Nutzen?"

„Ein bisschen", gab ich zu.

„Das ist nicht ermutigend", sagte er, doch ich schwieg.

Er brach schließlich das angespannte Schweigen. „Was sie

den Vampiren angetan hat, ist das nur ihr möglich, oder können alle von deiner Art das?"

„Wenn ich diese Fähigkeit hätte, hätte ich dich und unsere Vampirbesucher zu Sand zerfallen lassen, sobald sie mich angegriffen haben", sagte ich.

„Ich sehe, unser Waffenstillstand läuft nicht gut", bemerkte er mit einem Anflug von Belustigung in der Stimme.

Trotz seines Versuchs, unbeteiligt zu wirken angesichts der Aussicht, durch den Hauch eines Zaubers zu sterben, musste es ihn belasten. „Ich glaube, damit sie den Zauber wirken kann, müssen die Vampire im selben Raum wie sie sein."

„Das dachte ich mir schon", sagte er, „aber das reicht noch nicht. Ich habe Xavier das Video gezeigt. Wir haben einen Waffenstillstand geschlossen, damit wir uns mit dieser Elfe auseinandersetzen können." Sein Satz endete abrupt. Zu abrupt. Er hatte noch mehr sagen wollen, hatte sich aber dagegen entschieden.

Seltsamerweise zerstreute der Waffenstillstand zwischen den beiden Vampiren einige meiner Bedenken. Ich glaubte, dass Mephisto Xavier ausgeliefert hatte, damit er in ihrem Kerker gefoltert wurde, und das hatte mich gestört. Es war genauso schlimm, wie den Feen zu erlauben, Elizabeth zu töten. Mich traf dieselbe Schuld. Tatsächlich war ich der Initiator. Meine Alarmglocken schrillten wegen der fehlenden Informationen.

„Und?"

„Es ist gut, dass sie die Einzige mit der Fähigkeit ist."

„Sei nicht so zurückhaltend bei mir", drängte ich.

„Als ob das gesagt werden müsste. Wenn alle Elfen die Fähigkeit hätten, könnten wir das nicht erlauben. Wenn du und Damia existieren, gibt es noch andere. Wenn dem so wäre, würde ich es mir zur Aufgabe machen, präventiv zu handeln."

Selbst als potenzielles Ziel verstand ich seine Beweggründe. Wie konnten Vampire in einer Welt existieren, in der sie ständig in Angst leben mussten, dass sie durch den Hauch eines Zaubers einer Elfe den wahren Tod finden würden?

„Wenn du das Video gesehen hast, hast du den Gegenstand in ihrer Hand gesehen. Ich glaube, das ist die Quelle ihrer Macht. Ich mag es genauso wenig wie du, dass sie sie hat." Das war eine halbe Wahrheit. Mir gefiel es nicht, dass sie einen *adligatura*-Zauber gegen mich und Götter einsetzen konnte. Wenn sie die Fähigkeit verlor, Vampire zu töten, verlor sie auch diese Fähigkeit. „Tu bitte nichts. Gib mir 48 Stunden."

„Um was zu tun?"

„Um unser Damia-Problem zu lösen."

„Ist sie *unser* Problem, Erin?"

Sie war das Problem vieler Leute, einschließlich der Jäger.

„Ja."

„Wieso?" Er hatte das Video bestimmt genauso oft gesehen wie ich, wenn nicht sogar öfter, und ihre Befragung von Dr. Sumner musste seine Neugier geweckt haben. Aber ich würde diese Neugier unbefriedigt lassen.

„Gib mir einfach die 48 Stunden. Hast du sonst noch Informationen über sie?"

„Nicht mehr als das, was auf dem Video zu sehen ist. Aber ich werde Xavier bedrängen. Ich vermute, du willst einen Weg finden, sie aufzuspüren?"

„Ja."

„Ich werde sehen, was ich tun kann."

Da sie Vampire töten konnte, musste ich ihn nicht daran erinnern, sie nicht zu konfrontieren. Ich spielte das Video von Damia noch einmal ab und zoomte ganz nah an das Objekt in ihrer Hand heran, bevor ich Alex anrief und ihn fragte, ob ich ihr magisches Objekt abholen könnte.

17

Am nächsten Tag erwartete ich, dass Alex mich gemäß seiner Nachricht auf dem Anwesen des Northwest-Rudels treffen würde, und war überrascht, Asher und Dr. Marisol Reyes warten zu sehen, die mich beide mit zynischem Interesse betrachteten. Dr. Reyes stand an Ashers Seite. Ich war mir nicht sicher, ob sie die Einladung, sich seinem Rudel anzuschließen, angenommen hatte oder immer noch überlegte, wie sie mit Miss Harp umgehen sollte.

Ashers Hand, die er sanft auf ihren unteren Rücken legte, als sie Mephisto und mich durch das Tor ließen, und seine Verwendung ihres Vornamens ließen mich glauben, dass sie vielleicht wirklich zum Rudel gehörte und dass ihre Beziehung inniger geworden war.

Asher und Mephisto warfen sich steinerne, finstere Blicke zu. Marisol und ich traten zurück und beobachteten die spannungsgeladene gegenseitige Einschätzung. Einst war ich der Grund für die Feindseligkeit gewesen, die sie gegeneinander hegten. Ich war jedoch durch den lästigen Drang nach Dominanz verdrängt worden. Ich runzelte die Stirn angesichts dieses Affentheaters. Es war unwahrscheinlich, dass ein Wolf und ein Grizzly Freunde waren, egal, ob in freier Wildbahn oder im Wohnzimmer des Anwesens des Northwest-Rudels.

„Wir wissen eure Hilfe zu schätzen", brachte Mephisto heraus, brach das eisige Schweigen und unterdrückte die Aggression zwischen ihnen.

„Kein Problem. Ich hoffe, das kann ein Austausch von Diensten auf Augenhöhe sein", sagte Asher und richtete seine Aufmerksamkeit auf mich, was erklärte, warum er mich und nicht Alex getroffen hatte.

„Welche Dienste?", fragte ich und folgte ihm und Marisol, als sie uns die Treppe hinunter zu seinem beeindruckenden Gewölbe führten.

Am Treppenabsatz gelang es Mephisto, die Neugier zu verbergen, die er gezeigt hatte, als er mich gebeten hatte, ihn zu begleiten. Als eifriger Sammler einzigartiger, heiß begehrter und tödlicher magischer Objekte – sowohl legaler als auch illegaler – war er neugierig auf die Sammlung des Rudels. Ich hatte angenommen, er sammelte diese Gegenstände, um in den Schleier zurückzukehren, aber sein Interesse an Ashers Sammlung, jetzt, wo er sich frei zwischen dem Schleier und unserer Welt bewegen konnte, hatte das Gegenteil bewiesen.

Asher führte uns durch einen schmalen Korridor zu einem etwa drei mal vier Meter großen Tresorraum. In dem von stahlverstärktem Beton umgebenen Raum entspannte sich Mephistos zurückhaltender Gesichtsausdruck, und er betrachtete die Sammlung mit anerkennendem Blick.

Asher ging durch die verschiedenen Regale, bis er vor einem stehen blieb. Er hob eine granatrote Schachtel hoch und öffnete sie. Darin lag ein cremefarbener Stein, der dem ähnelte, den Damia besaß. Mephisto und ich traten näher heran, um die Zeichen zu untersuchen, die denen auf Damias Stein sehr ähnlich waren. Ähnlich, aber nicht genau dieselben – was nicht ermutigend war.

„Wo hast du den her?", fragte Mephisto.

„Brauchst du diese Informationen, um ihn zu benutzen?“, fragte Asher herausfordernd.

„Nur neugierig.“

„Dann entscheide ich, diese Neugier nicht zu befriedigen“, sagte Asher und gab mir die Schachtel.

„Wenn ich ihn benutze und er unbeschädigt bleibt, bekommst du ihn zurück“, versprach ich.

Er schüttelte den Kopf. „Er gehört dir.“ Er kehrte zum Regal zurück und nahm das gerollte Pergament heraus, das neben der Schachtel gelegen hatte. „Vielleicht hilft das.“

Als ich es öffnete, wurden all meine Befürchtungen durch die elbische Sprache darauf vertrieben. Obwohl ich noch ein Neuling im Lesen von Elbisch war, konnte ich erkennen, dass es die Geschichte und weitere Informationen über das Objekt enthielt. Ich wollte ihn gerade fragen, woher er das hatte, doch ich vermutete, dass ich eine ähnliche Antwort bekommen würde wie Mephisto: Es war in meinem Besitz, und das war alles, was zählte.

Aber ich hoffte, er würde mich wieder hierherkommen lassen, und wir würden eine Vereinbarung finden, die mir den Besitz aller magischen Elfengegenstände oder zumindest den uneingeschränkten Zugriff darauf erlaubte.

„Was brauchst du von mir?“, fragte ich.

Er sah Marisol an, die nickte. „Es geht um Miss Harp.“ Ihr nachdenklicher Blick machte mir Angst.

„Geht's ihr nicht gut?“

Wenn die Tatsache, dass ich sie als Gefäß benutzt hatte, es ihr jetzt bei Vollmond schwerer machte, würde ich damit nicht klarkommen. Frustration brodelte bei dem Gedanken, dass etwas mit Miss Harp nicht stimmte und sie es mir bis jetzt nicht gesagt hatten. Vor drei Tagen war Vollmond gewesen. Ich hätte da schon informiert werden sollen.

Das ungute Gefühl in Schach zu halten, wurde zu einer Aufgabe, die ich nicht bewältigen konnte, als Mephisto und ich Asher und Marisol zu dem Haus folgten, das das Rudel für Miss Harp bereitgestellt hatte. Sie öffnete sofort die Tür und schenkte mir ein herzliches und Mephisto ein gezwungenes Lächeln – ohne die Wärme, die sie mir entgegenbrachte. Das Aroma von reichhaltigem, dunkel geröstetem Kaffee mit Noten von Kakao und Mandeln vermischte sich mit dem Duft von Kahlua, der aus der großen Tasse strömte, die sie hielt.

Niemand musste die Veränderungen erläutern. Sie waren offensichtlich und starrten mich an: katzenartige Augen. Topasaugen beherbergten geschlitzte Pupillen. So intensiv und seelendurchdringend, dass es schwierig war, ihrem Blick standzuhalten. Ich spürte die Anziehungskraft ihrer Augen, und sie waren genauso raubtierhaft und scharf wie die anderer Wandler.

„Vor zwei Tagen hat Sherrie wieder einmal versucht, sie zu verwandeln. Miss Harp konnte immer noch keine Tiergestalt annehmen, aber ihre Augen wurden zu dem, was ihr jetzt seht. Die Rückwandlung ließ ihre eigenartigen Augen verschwinden, also haben wir Sherrie gebeten, sie so zu lassen."

Marisol war näher an Miss Harp herangetreten und musterte sie erneut mit einem Stirnrunzeln. Miss Harp trat mit einer geschmeidigen Eleganz, die sie vorher nicht besessen hatte, mehrere Schritte zurück. Sie war eine Anomalie – das Kind einer Katzenwandlerin und eines Hexenmeisters, das allen Regeln der Magie widersprach, die Wandler betrafen. Ihre Magie übertrumpfte alles. Ein Kind mit einem Wandler zu haben, bedeutete, dass man einen Wandler bekam, egal ob man Hexe, Magier oder Fee war. Diese Anomalie war es, die Ashers Interesse geweckt hatte. Aber als er herausfand, dass Miss Harp während des Vollmonds unter körperlichen Schmerzen und kognitiven

Problemen litt, hatte er sich vorgenommen, einen Weg zu finden, ihr zu helfen.

„Wie war der Vollmond?", fragte ich sie, als ich ihre zunehmende Verärgerung darüber bemerkte, dass wir über sie sprachen, ohne sie einzubeziehen.

„Gut. Nicht wie die anderen. Diese hier" – sie zeigte auf Marisol – „will nur einen Vorwand, um mich zu studieren. Ich bin anders. Das wissen wir. Ich bin alt, und mir geht's gut. Mach was anderes mit deiner Zeit." Sie warf ihr einen gespielt-finsteren Blick zu. „Ich bin sicher, an ihm gibt es viel zu studieren" – sie zeigte auf Asher – „oder Sie könnten einfach Zeit mit ihm verbringen."

„Ich bin Ihretwegen hergekommen."

Miss Harp schnaubte und trank einen großen Schluck aus ihrer Tasse. „Natürlich." Sie lachte erneut laut auf, als sie auf einen bequem aussehenden Lehnsessel zusteuerte.

Ich hatte keine Zweifel, dass Dr. Marisol Reyes' Anwesenheit eine Vielzahl von Gründen hatte, nicht nur wegen Miss Harp oder ihrer Beziehung zu Asher. Ihre Zeit mit dem Rudel hatte sie mit seltener Magie und einzigartigen Situationen in Berührung gebracht, die ihr Interesse geweckt hatten.

„Sowas ist noch nie passiert?", fragte Marisol mich.

„Ich habe diesen Zauber zum ersten Mal benutzt."

Ihre Augen wanderten mit intensiver Musterung über mich. „Deine Magie ist chaotisch und faszinierend", sagte sie, ihre Stimme von Staunen und Beklommenheit durchzogen.

Sie hatte nicht Unrecht.

„Ihr könnt alle aufhören, euch Sorgen zu machen. Ich habe keine Schmerzen. Meine Augen sind wunderschön. Und …" Sie machte eine übertriebene Show daraus, den Fernseher einzuschalten und die vielen Gerichtssendungen zu finden, die sie mochte, „ich hätte wirklich gern etwas Zeit für mich."

Trotz ihrer Ablehnung blieb unsere Aufmerksamkeit auf

sie gerichtet. Mehrere Augenblicke lang beobachteten wir sie schweigend, als warteten wir darauf, dass sie wandelte oder etwas tat, das die Situation noch chaotischer machte.

Sie spürte, dass sie immer noch Gegenstand unseres Interesses war, und drehte sich stirnrunzelnd in unsere Richtung. „Husch, husch", wies sie uns mit einem Achselzucken an.

Asher und ich tauschten Blicke in stiller Anerkennung der Tatsache, dass Miss Harp ein sich ständig weiterentwickelndes Rätsel war. Eine Wandlerin, die nicht wandeln konnte, hatte sich jetzt in einen Menschen mit körperlichen Merkmalen einer Katze verwandelt. So wie ich das sah, schien sie das nicht zu behindern.

„Hat sie seit den Veränderungen irgendwelche Zauberei angewandt?", fragte ich und überlegte, ob sie Ähnlichkeiten mit Dr. Sumner hatte.

„Nein!", rief sie aus dem Wohnzimmer. Sie hatte schon ein ausgezeichnetes Gehör, obwohl sie vorgab, ein Hörgerät zu brauchen.

„Gibt es außer ihren Augen noch irgendwelche Veränderungen?"

„Sie benutzt ihren Stock nicht", bemerkte Marisol. Asher und ich lächelten.

„Sie hat ihn nie gebraucht", erklärte ich.

„Wie unhöflich. Ich habe ihn sparsam eingesetzt."

„Weil Sie ihn von Anfang an nicht gebraucht haben", platzte ich heraus.

Sie starrte mich an und tat mich und meine Antwort mit einer flapsigen Handbewegung ab.

„Ich habe Sie vermisst", sagte ich. „Ich denke, Sie sollten wieder in Ihre Wohnung zurück."

„Ich kann nicht. *Er* lässt mich nicht." Sie warf Asher einen Blick zu, bevor sie sich in ihren Sessel zurücklehnte und den Fernseher lauter stellte. Asher presste seine Lippen aufeinander, während er versuchte, sein Lachen zu unterdrücken.

„Wenn du zurückgehen willst, ist das in Ordnung", sagte Asher.

Sie beugte sich vor und warf uns allen einen stechenden Blick zu. Das Zuhause, das das Rudel bereitgestellt hatte, war schöner als ihre Wohnung, und alle kümmerten sich um sie. Das Rudel verehrte sie, und Asher amüsierte sich über die meisten ihrer Mätzchen. Sie würde nirgendwohin gehen.

„Nein", schnaubte sie. „Du weißt, dass ich nicht gerne lästig bin. Und ein Umzug wäre zu viel Aufwand für euch alle, und das möchte ich nicht."

Sie sagte das tatsächlich mit ernster Miene.

„Ist das so?", antwortete er grinsend.

„Natürlich ist es das. Ich weiß, wie beschäftigt du bist, und es wäre so rücksichtslos, das zu deiner langen Liste von Aufgaben hinzuzufügen."

„Wenn schon sonst nichts, kann ich darauf zählen, dass du rücksichtsvoll bist und die einfachste meiner Verantwortungen darstellst", antwortete er, und das Lachen, das er unterdrückt hatte, erreichte seine Augen.

„Gern geschehen", sagte sie, bevor sie einen großen Schluck aus ihrer Tasse trank.

Nachdem ich meine Aufmerksamkeit von der dramatischen alten Dame abgewandt hatte, betrachtete ich Asher lange. Er beobachtete sie immer noch.

Er kam zu mir herüber und sagte: „Ich glaube, es geht ihr gut, aber wird sie so bleiben?"

Mephisto brach sein Schweigen. „Ich denke ja." Er sah mich an, zögerte, es auszusprechen, musste es aber. „Magie ist keine exakte Wissenschaft, und du kannst nicht bestätigen, dass sie nur Elfenmagie besaß, als sie als Gefäß benutzt wurde. Es ist offensichtlich, dass die Magie eine Wirkung auf sie hatte. Ich vermute, es geschah, als der Zauber rückgängig gemacht wurde, was die Schwierigkeiten dabei erklären könnte."

Die Erinnerung entfachte erneut die Frustration und

Qual, die man auch Marisol und Asher während des Zauberns ansehen konnte. Ihre Augen blitzten auf, und Unbehagen erstickte im Raum.

Ich war Mephistos Meinung und überzeugt davon, dass es Miss Harp gut gehen würde.

Erleichterung flutete Ashers Augen für ein paar Sekunden, bevor er nach einigen Momenten des Nachdenkens die Stirn runzelte. „Wandler wie sie sind jetzt eine Möglichkeit?", grübelte er.

„Nein. Solange unsere Kinder keine Kinder mit einem Wandler oder einer Erzgottheit haben oder einen Wandler, der nicht wandeln kann, bitten, ein Gefäß für Magie zu sein, sollte alles im grünen Bereich sein", antwortete Mephisto.

Mir stockte der Atem, und meine Beine wollten mich nicht tragen. *Solange unsere Kinder keine Kinder mit einem Wandler haben?* Ich hatte nicht weiter gedacht, als uns auf ein Datum für unseren Jahrestag zu einigen, die Grenzen unserer Arbeitsbeziehung festzulegen und wie viel Kleidung wir im Haus des anderen lassen sollten.

Ich hatte nicht über etwas so Definitives wie Kinder oder Heirat nachgedacht. Den Blicken nach zu urteilen, mit denen mich alle ansahen, gelang es mir nicht, meinen inneren Konflikt zu verbergen.

Ich fand ein paar Fäden meiner Fassung wieder und stammelte meine unterstützenden Gedanken zu Mephistos Antwort heraus. Durch den existenziellen Nebel schaffte ich es, mein Gespräch mit Asher und Marisol zu beenden, Asher für das Geschenk des magischen Steins zu danken und mich bei Miss Harp zu verabschieden. Sie wiederum musterte mich besorgt. Bevor ich gehen konnte, zog sie an meinem Arm und winkte mich näher heran.

„Ich glaube, es war eine Hypothese, keine Erwartung. Ganz ruhig, okay?"

Ich nickte – die einzige Reaktion, die ich zustande

brachte. Mephisto hatte mich unbestreitbar aus dem Gleichgewicht gebracht.

„Meine Bemerkung über unsere Kinder hat dich
verunsichert?", fragte Mephisto, als wir meine Wohnung
betreten hatten. Wir hatten das Gespräch im Auto ignoriert.
Natürlich hatte ich gewusst, dass es ein Thema war, das
unweigerlich wieder zur Sprache kommen würde. Ich hatte
nur gehofft, dass es zu einem späteren Zeitpunkt sein würde.

Ich legte den Stein und das Pergament auf den Sofatisch
und ließ mich unter seiner unausweichlichen Aufmerksamkeit auf das Sofa fallen. Er blieb auf Distanz, lehnte sich
entspannt an die Wand und wartete auf eine Antwort. Als
sein Gesichtsausdruck eine Traurigkeit annahm, die ich noch
nie bei ihm gesehen hatte, ging ich zu ihm, umarmte ihn und
schmiegte mein Gesicht an den weichen Stoff seines
Hemdes.

„Nein, hat es nicht", sagte ich und zog mich zurück, um
ihn anzusehen. Mein Finger fuhr die scharfen Linien seiner
Wange entlang. „Es hat mich nicht beunruhigt. Ich hatte nur
nicht so weit in die Zukunft gedacht und war überrascht,
dass du es getan hast."

Er dachte über meine Antwort nach, nahm dann meinen
wandernden Finger und drückte ihn auf seine Lippen. „Ich
denke viel an dich und uns. Ich kann nicht anders, als an die
zahlreichen Debatten zu denken, die ich mit Kai, Clayton
und Simeon über dich geführt habe. Die Gelegenheiten, als
sie mir vorgeworfen haben, deinetwegen kurzsichtig und
dumm zu sein, und mir wurde klar, dass es niemanden gibt,
für den ich lieber so wäre. Ich habe lange gelebt, und nicht
eine einzige andere Frau hat so intensive und komplizierte
Gefühle in mir geweckt. Ja, ich habe über eine Zukunft nachgedacht, die mehr beinhaltet als das, was wir jetzt haben. Ob

es eine Ehe mit Kindern sein wird oder nur wir für immer zusammen."

„Eine Ehe und Kinder mit dir sind mir nie in den Sinn gekommen, nicht, weil ich es mir nicht mit dir vorstellen konnte", gab ich leise zu. „Ich kann mir das mit niemandem vorstellen. Einen Großteil meines Lebens habe ich damit verbracht, mich im Kreis zu drehen und zu glauben, ich sei ein Todesmagier. Ich dachte, etwas stimmte nicht mit mir, weil ich mein magisches Verlangen nicht kontrollieren konnte. Dann habe ich erfahren, woher ich komme, und wurde zu einem Ziel mit noch mehr Ballast und Problemen. Mein Leben wurde noch komplizierter."

Seine Arme schlossen sich fester um mich und trösteten mich auf eine Weise, von der ich nicht gedacht hatte, dass ich sie brauchte. „Viele der Komplikationen waren eine Folge deiner Existenz hier, und ich würde das um nichts in der Welt ändern. Ich möchte, dass du hier bist. Und mit dir zusammen sein. Eine Ehe und Kinder sind etwas, worüber ich nachgedacht habe, weil ich mir oft nicht sicher war, ob es für mich möglich wäre."

Ich küsste ihn lange und leidenschaftlich. „Ich wusste nicht, dass wir möglich sein könnten", gab ich zu.

„Solch pessimistische Gedanken, meine Halbgöttin", flüsterte er an meine Lippen, sein Griff ließ keine Distanz zwischen uns zu.

„Oder praktische Gedanken", erwiderte ich. Unsere Blicke richteten sich auf den Stein. „Ich muss die Bedrohung loswerden, dass du im Schleier eingeschlossen und mir genommen wirst, und Zeit mit dir verbringen können, ohne mir Sorgen machen zu müssen, dass jemand plant, dich zu vertreiben. Ich liebe die Zeit, die ich mit dir hatte, und ich will mehr davon." Ich löste seine Arme von mir und verschränkte meine Finger fest mit seinen. „Ich bin es leid, dass Magie ein Albatros ist."

„Magie ist keine Last. Die Leute, denen du begegnet bist,

haben sie nur dazu gemacht." Sein Daumen streichelte sanft über die Haut meiner Hand. „Lass uns dafür sorgen, dass es keine ist. Kümmern wir uns zuerst um Damia, dann um die anderen, damit wir Zeit haben, wir selbst und einfach zusammen zu sein", sagte Mephisto.

„Ich will sie nicht töten, ich will sie nur aufhalten."

Er seufzte und nickte. „Sie aufzuhalten ist die erste Wahl."

„Unsere einzige. Wir müssen sie aufhalten."

Er lächelte mich an. „Wenn es jemand schaffen kann, dann du."

Ich wollte sein Vertrauen teilen. Obwohl ich etwas hatte, das es möglich machen könnte, wollte ich mehr Zuversicht. Ich brauchte mehr Zuversicht.

Mein Gesichtsausdruck musste meine Gedanken deutlich gezeigt haben, als er mich leicht auf die Lippen küsste und sagte: „Es wird passieren."

Der nächste Kuss fühlte sich an, als würde er ein Versprechen besiegeln, das ich unbedingt wollte und brauchte. Wir starrten einander an. Ich konnte den inneren Kampf in seiner Berührung und seinem intensiven Blick spüren, ob er in diesem Moment gehen sollte, um zu verhindern, dass die Vampire Damia verfolgten, oder ob er Zeit mit mir verbringen sollte. Die Unsicherheit verwandelte sich in Sehnsucht.

Er hob mich hoch und trug mich in mein Schlafzimmer. Als er mich auf das Bett legte, sein Körper über mir, fühlte ich mich gefangen von seinen dunklen Augen, die die Komplexität und die Einfachheit unserer Beziehung – unseres Lebens – widerspiegelten.

„Ich liebe dich, Erin", sagte er.

„Ich dich auch."

Sein Kuss war eine Erklärung, die weit über seine Worte hinausging. Der sanfte Druck auf meine Lippen wurde stärker, er erkundete meinen Mund, knabberte an meinen Lippen und neckte sie, entlockte mir ein leises Stöhnen, als seine Hände unter mein Top glitten und über meine Haut strichen. Er zog mein Hemd aus, lehnte sich zurück und betrachtete meine bloße Haut. Schnell zog er sein eigenes Hemd aus und warf es beiseite. Sein Körper drückte auf meinen und hüllte mich in schmelzende Wärme.

Zärtliche Berührungen ließen ein Kribbeln der Hitze durch mich strömen und entzündeten etwas Tiefes und Feuriges. Er saß rittlings über mir und hielt meinen Blick fest, während ich mit meinem Finger über die harten Linien seiner wohlgeformten Brust fuhr und die Konturen seiner Bauchmuskeln streichelte.

Er nahm meine Hand, streckte einen meiner Finger aus und ließ seine Zunge verführerisch über die Spitze gleiten. Das glitzernde Verlangen in seinen Augen ließ meinen Atem schneller gehen, ich wollte dieses Gefühl auch an anderen Stellen meines Körpers spüren.

Sein Verlangen überflügelte meines schnell. Mit einer knappen Bewegung öffnete er den Verschluss meines BHs und warf ihn weg. Er zerrte heftig an meinem Höschen, der Stoff zerriss. Der stürmische Hunger in seinem Blick wanderte über meinen Körper und mündete in einem harten, verschlingenden Kuss.

Ich stöhnte an seinen Lippen und wand mich unter seinen Berührungen. Verzweifelte Finger gruben sich in seine Schultern, ich bog mich ihm entgegen und verlangte nach mehr. Er gehorchte. Als ich mich aus dem Kuss löste, konnte ich das tiefe, heisere Flüstern auf meiner Haut nicht verstehen, als er mit seinen Zähnen auf einem köstlichen Weg über mich fuhr und zwischen Küssen und Liebkosungen mit seiner Zunge wechselte. Seine Berührungen wurden dringlicher und leidenschaftlicher. Sein Flüstern von „Halbgöttin" fühlte sich ehrfürchtig an, während er meinen Körper weiter erforschte, bis er sein Gesicht zwischen meine Beine schmiegte. Meine Finger vergruben sich in seinen Haaren, ich wand mich und stöhnte, als seine Zunge in mich eindrang und geschickte Finger über meine Klitoris strichen. Verlockende Streicheleinheiten passten in einem gleichmäßigen Rhythmus zu meinem verzweifelten Wimmern und entlockten mir noch mehr Vergnügen, bis der Raum eine Kakophonie aus Stöhnen und atemlosem Flehen war.

Er kroch an mir empor, und sein Körper schmiegte sich perfekt an meinen. Ich spreizte meine Beine für ihn, ergriff seine Härte, streichelte seine seidenweiche Haut und genoss seine schweren Atemzüge voller Verlangen nach mir. Die Hitze seines Verlangens brannte auf meiner Haut.

Ich zog ihn in einen Kuss. Ich führte ihn in mich hinein und stöhnte an seinen Lippen, als ich spürte, wie er in mich eindrang. Es gab keine Bewegung, was mir erlaubte, mich darin zu sonnen, von ihm ausgefüllt zu werden, das Vergnügen unserer ursprünglichen Verbindung.

Seine Hüften begannen, sich in einer langsamen, sanften, rhythmischen Bewegung zu wiegen, die in tiefe und dominante Stöße überging, während wir unser Vergnügen suchten. Seine Finger drückten sich fester in meine Schenkel, hoben meine Beine über sein Becken, wodurch seine Bewegungen intensiver wurden. Das Gefühl, wie er tiefer in mich eindrang, war köstliche Perfektion und führte mich zu neuen Höhen der Glückseligkeit. Wir stürzten in den Höhepunkt. Mein Körper bebte, als seiner beim Orgasmus zitterte.

Ich positionierte mich neu, schmiegte meinen Kopf an seine Brust und sonnte mich im Nachglühen. Ich fand Trost im gleichmäßigen Rhythmus seines Herzschlags. Die Zeit fühlte sich an, als stünde sie still, während seine Finger mit meinen verflochten waren. Die Komplexität und Einfachheit unserer Beziehung schien symbiotisch und harmonisch. Es herrschte Frieden.

Trotz des Chaos in meinem Leben wollte ich so an ihn geschmiegt bleiben, in unserer eigenen kleinen Welt.

„Ich wünschte, wir könnten so bleiben", sagte er mit mürrischem und entschuldigendem Ton.

„Wir haben ein paar Stunden Zeit. Dann müssen wir uns überlegen, wie wir unsere neue Errungenschaft einsetzen können.“

Er strich mir das Haar zurück und küsste mich auf die Stirn. „Ich überlasse diese Aufgabe dir und“ – er musterte mein Gesicht – „Nolan?“

Ich nickte. Ich hatte fest vor, Nolan um Hilfe bei der Übersetzung des Pergaments und möglicherweise bei unserem neuen Objekt zu bitten.

„Ich werde die Vampire im Auge behalten. Denn Landon wird dir auf keinen Fall die 48 Stunden gewähren, um die du ihn gebeten hast. Ich möchte deinen Wunsch respektieren, Damia am Leben zu lassen“, sagte er und rollte sich aus dem Bett. Es war offensichtlich, dass er sich meinem Wunsch beugte und nicht, dass er ihm zustimmte.

„Danke.“

Er schüttelte den Kopf. „Ich weiß nicht, warum du es so brauchst. Aber du brauchst es, und das ist alles, was zählt. Ich werde tun, was ich kann, um es möglich zu machen.“

Er küsste mich erneut, eine Berührung voller Widerwillen und Dringlichkeit. Wir teilten den Wunsch, zusammenzubleiben, verstanden aber, dass wir uns nicht einfach mehr Zweisamkeit gönnen konnten. Bevor er die kurze Strecke zum Badezimmer zurückgelegt hatte, hatte er sich mehrmals zu mir umgedreht, um mich anzusehen. Ich nickte ihm ermutigend zu, weiterzugehen.

Minuten später hatte er geduscht und mir einen langen Kuss gegeben, bevor er loszog, um Landon und die Vampire zu beschatten.

18

Mephisto hatte mich zuvor angerufen, um mir mitzuteilen, dass die Vampire Damia nicht gefunden hatten – die Jäger jedoch auch nicht. Ich vermutete, dass ihr Aufenthaltsort durch einen Zauber geschützt oder verborgen war.

Während Mephisto und die Jäger die Vampire im Auge behielten, widmete ich mich der Untersuchung meiner Neuerwerbung und wartete darauf, dass Nolan auf meine SMS mit der Bitte um Hilfe antwortete. Es waren bereits zwei Stunden vergangen, seit ich ihn angerufen hatte. Der Anruf ging auf die Mailbox, also hinterließ ich eine Nachricht und schickte zusätzlich eine SMS. Da ich davon ausging, dass er eigene Nachforschungen anstellte, die vermutlich hilfreich sein würden, zögerte ich, ihn nochmal anzurufen. Ich wollte nicht, dass er sich Sorgen machte.

Da ich mit dem Pergament nicht weiterkam, nahm ich mein Handy, um ihm ein Foto davon zu schicken. Dabei bemerkte ich eine Reihe verpasster Nachrichten von Dr. Sumner, die absolut keinen Sinn ergaben. Als ich sie noch einmal las, fragte ich mich, ob er sie versehentlich geschickt hatte – bis er anrief.

Bevor ich ihn begrüßen konnte, sagte er: „Damia, was für ein unerwarteter Besuch! Was führt dich in mein Büro?"

Verdammt! Ich schnappte mir mein Handy, eilte in mein Zimmer, griff nach einem zweischneidigen Karambit, schnallte ein Messer an mein Bein und packte ein Stück Kreide ein, während mir eine Flut von Ideen durch den Kopf schoss. Da ich Dr. Sumners Anruf nicht unterbrechen oder riskieren wollte, dass Damia bemerkte, dass ich mithörte, schaltete ich das Handy stumm und durchwühlte meine Schubladen, bis ich ein altes Wegwerfhandy fand. Ich rief Mephisto von diesem Handy aus an, doch auch bei ihm landete ich auf der Mailbox. Schnell hinterließ ich eine kurze Nachricht, um ihm die Situation zu beschreiben.

Dann rief ich Cory an. Kaum hatte er abgehoben, verlor ich keine Zeit: „Damia ist bei Dr. Sumner in seinem Büro. Wir treffen uns dort."

„Wir treffen uns dort? Bist du verrückt? Warte auf mich, und wir gehen zusammen."

„Ich habe keine Zeit, zu warten. Ich muss so schnell wie möglich dorthin."

„Warum? Damit sie es leichter hat, dich umzubringen? Das ist eine ganz dumme Idee", ermahnte er mich. „Sie überlegt, ob sie dich am Leben lassen soll, und scheint eine seltsame Faszination für Dr. Sumner zu haben. Wer von euch beiden wird deiner Meinung nach eine Begegnung mit ihr überleben? Wir haben keine Ahnung, wie umfangreich ihre Fähigkeiten oder die des Objekts sind. Bleib, wo du bist."

„Wir haben eine Chance. Wenn ich den *adligatura*-Zauber am Eingang sichern kann, kann ich sie dort festhalten. Ich rufe Asher an, um zu sehen, ob er dazukommen kann", erklärte ich. „Wir können sie gefangen nehmen und dann weitersehen."

„Ich werde dich umbringen, wenn du stirbst!", knurrte er.

„Das scheint eine absolut vernünftige Reaktion zu sein",

erwiderte ich, legte auf und konzentrierte mich wieder auf das Gespräch zwischen Dr. Sumner und Damia.

Es klang zunächst harmlos. Dr. Sumner bot ihr eine Liste von Dingen an, von Kaffee und Tee über Biscotti bis hin zu Keksen und Nüssen. Was, hatte er dort einen kleinen Laden? Er schlug ihr sogar halbherzig Wodka, Tequila oder Bourbon vor.

„Ich nehme den Bourbon", antwortete sie mit sanfter Stimme.

Das veranlasste ihn, scharf zu fragen: „Was?"

Ihr Lachen klang süß und melodisch, ein zartes Flattern. „Bourbon."

Nach einer kurzen Pause reichte er ihr scheinbar den Drink.

„Du möchtest keinen?"

„Ich trinke nicht", antwortete er.

„Ich glaube nicht, dass das die Wahrheit ist." Ihre sanfte Stimme bekam einen scharfen Unterton.

„Ich möchte nicht trinken, während ich mit dir rede", gab er zu. „Du hast mir geholfen, und ich möchte meine Dankbarkeit zeigen, indem ich dir meine ungeteilte Aufmerksamkeit schenke. Alkohol würde meine Fähigkeit, das zu tun, beeinträchtigen."

Brillant. Genau diese Taktik war der Grund, warum ich ihm anfangs nicht vertraut hatte. Allerdings schien Damia das anders zu sehen, wenn man ihre entspannte Reaktion bedachte.

Die lange Stille ließ mein Herz schneller schlagen. Da ich nur hörte, aber nichts sehen konnte, war ich im Nachteil und konnte die Situation nicht einschätzen. War das die Ruhe vor dem Sturm oder einfach nur Gewalt, die auf sich warten ließ?

„Damia, was führt dich hierher?"

„Ich weiß nicht", gab sie zu. Ich konnte die Unsicherheit in ihrer Stimme hören.

„Okay", sagte er leise. „Sag mir, was dich beschäftigt. Du wirkst abgelenkt."

Da ich Asher telefonisch nicht erreichen konnte, schickte ich auch ihm eine SMS, genauso wie Cory, mit der Bitte, Alex mitzubringen. Dann konzentrierte ich mich wieder auf das Gespräch, während ich durch die Straßen raste, um zu Dr. Sumners Praxis zu gelangen, und mein Auto so nah wie möglich am Eingang des Gebäudes parkte.

An seiner Tür kritzelte ich schnell die Sigillen für den *adligatura*-Zauber und wartete ein paar Meter entfernt, während ich Dr. Sumner zuhörte. Er bemühte sich, nützliche Informationen aus Damia herauszubekommen, ohne dabei aufdringlich zu wirken. Sie ignorierte seine Frage, wo sie wohne, und antwortete nur, dass es ein Ort sei, an dem sie sich sicher fühle. Sie gab zu, dass sie zweimal umgezogen sei, weil Fabian ihr Zuhause entdeckt hatte.

„Du hast dich bei Fabian nicht sicher gefühlt?", fragte Dr. Sumner.

Es dauerte lange, bis sie antwortete. „Seine Besuche waren nicht ehrlich gemeint. Er kam nicht, um sich nach meinem Wohlbefinden zu erkundigen. Er hatte immer Hintergedanken. Er nutzte die Besuche als Vorwand, um mein Zuhause zu durchsuchen. Es gab Dinge, die er mir wegnehmen wollte."

„Wie das Black Crest-Grimoire", stellte Dr. Sumner fest.

„Ja. Er wollte es zerstören, und ich war überzeugt, dass er dafür mein Leben opfern würde. Ich entschied, dass es besser war, wenn mein Heim nicht so leicht zu entdecken war."

„Clever. Jetzt, da ich mehr über eure Art weiß, kann ich nicht anders, als fasziniert davon zu sein." Die sanfte Neugier und das Mitgefühl in seiner Stimme waren entwaffnend. Es hatte mich während unserer ersten Sitzungen geärgert, weil ich es für Unaufrichtigkeit gehalten hatte. In meinem verdrehten Verstand war es umso unehrlicher, je aufrichtiger es klang.

„Wie verhinderst du in dieser Welt der Magie und Technologie, entdeckt zu werden? Ich gebe zu, ich beneide dich um diese Fähigkeit.“

„Du besitzt keine Elfenmagie, also kannst du das nicht.“ Ihre Antwort enthielt einen Hauch von Skepsis.

„Ich nehme an, es ist nichts, was du gegen Bezahlung tun würdest?“

„Nein.“

„Das ist verständlich.“ Seine Stimme blieb sanft und zustimmend. „Und der Stein in deiner Hand, wollte er den auch?“

Du bist der Beste! Mein Herz raste, während ich weiter zuhörte. Doch ich konnte den Anflug von Unbehagen über seine geschickte Manipulation nicht unterdrücken.

„Natürlich, denn ich habe ihn ihm weggenommen. Er wusste nicht, was es war, und hatte jahrelang versucht, seinen Nutzen herauszufinden. Ich habe nur einen Monat gebraucht, um es herauszufinden.“

„Was genau ist es?“

Nach einer weiteren langen Pause lehnte ich mich gespannt ans Telefon. Gerade als ich die Hoffnung aufgegeben hatte, sagte sie: „Der dunkle Stein.“

„Er ermöglicht dir, Vampire zu töten?“

„Er ermöglicht mir eine Menge, indem er meine Zauber verstärkt und mir die Fähigkeit gibt, dunkle Magie anzuwenden. Aber er muss sparsam eingesetzt werden. Ich habe viel Zeit damit verbracht zu lernen, wozu er in der Lage ist, weil er nötig ist, um alles in Ordnung zu bringen.“

„Was musst du in Ordnung bringen?“, fragte er.

„Uns. Nicht nur die Elfen, sondern das Gleichgewicht von allem muss wiederhergestellt werden. Der Schleier muss geschlossen werden. Elfen und Götter können nicht koexistieren. Dämonen haben ihr eigenes Reich; sie sollten dort bleiben. Ich werde dafür sorgen, dass das geschieht. Das Gleichgewicht wird wiederhergestellt.“

„Du hast Angst vor den Göttern?"

Es wurde still, aber ich hörte das Klirren von Glas auf einem Tisch und fragte mich, ob sie einen Schluck getrunken hatte, um die Frage zu ignorieren oder Zeit zu schinden, um ihre Antwort zu bedenken.

„Ja. Ich fürchte sie nicht, weil sie mächtiger sind als wir, sondern weil sie grausamer sind. Das Gleiche gilt für die Bewohner des Schleiers. Große Macht und Grausamkeit sind nie eine gute Kombination. Ich kann den Schleier und seine Bewohner nicht zerstören, aber ich kann dafür sorgen, dass wir nie miteinander in Kontakt treten. Sie bringen das Schlechteste in uns zum Vorschein.

Fabian war grausam ihretwegen. Seine Verachtung für die Götter und sein Wunsch, stärker als sie zu sein, haben ihn so gemacht. Er hat es gut verborgen", sagte sie leise. „Mir wurde klar, dass seine Absichten nie gut waren. Er hat so getan als ob, damit er nicht böse wirkte. Aber er war nicht anders als Malific. Er war nicht so gewalttätig, aber genauso destruktiv, indem er Magie und Täuschung als Werkzeuge der Zerstörung einsetzte. Genau wie Erin."

„Du glaubst, Erin ist böse?"

Ich begann, die Pausen zu verabscheuen.

„Ich glaube, sie ist Malifics Tochter mit Elfenblut."

„Erin ist meine Freundin, sie ist mir wichtig. Ich sehe sie nicht als Malifics Tochter, sondern als Opfer ihrer Umstände", sagte Dr. Sumner sanft. „Ich habe mit Mephisto und den anderen zu tun gehabt und sehe keine Grausamkeit."

„Das erwarte ich in deinem Fall auch nicht, denn du bist keine Bedrohung für sie. Müsste ein Löwe einem Kaninchen jemals beweisen, dass er es fangen kann? Das Kaninchen weiß, dass der Löwe es als Beute sieht, und verhält sich entsprechend. Bei Elfen und Göttern ist es nicht dasselbe, weshalb sie getrennt leben müssen. Ich werde Fabians Wünsche erfüllen. Das bin ich ihm schuldig, da er es mir ermöglicht hat. Aber die Elfen werden nicht so leben, wie

Fabian und Elizabeth es wollten – als herrschende Magie, die andere unterwirft. Ich werde den dunklen Stein zerstören, sobald ich damit fertig bin."

„Dir ist bewusst, dass Erin sowohl Elfe als auch Göttin ist. Was wird aus ihr?", fragte Dr. Sumner mit einem nervösen Stocken in seiner Stimme.

„Ich weiß nicht", gab Damia zu. „Meine Unentschlossenheit stört mich. Ich möchte nicht, dass sie für die Sünden ihrer Mutter oder die Dummheit ihres Vaters bezahlen muss. Sie war so lange ein Werkzeug, dass ich fürchte, sie könnte jetzt eine Waffe des Chaos sein. Sie muss als Elfe leben, wenn sie bleiben will."

„*Bleiben*" war doppeldeutig. Bedeutete es, in diesem Reich zu bleiben oder schlichtweg am Leben zu bleiben?

„Wenn Erin böse ist oder eine Waffe des Chaos, worin unterscheidest du dich dann von ihr?", forderte Dr. Sumner sie heraus. Mein Herz raste vor Angst, er könnte eine Grenze überschritten haben, die ihn in Gefahr bringen würde. Obwohl ich versuchte, mich davon zu überzeugen, dass er die Situation einschätzen konnte, hielt ich Damia immer noch für unberechenbar.

„Vielleicht sollten wir sie fragen. Habe ich dir genug Zeit gegeben, sie zu kontaktieren? Sie sollte zwischenzeitlich hier sein. Danke für deine Hilfe." Ihre Stimme wurde lauter, als sie meinen Namen rief.

Ich ignorierte sie.

„Ich hatte überlegt, sie zu Hause zu besuchen, aber du bist ein nützliches Pfand." Ihre Stimme behielt diesen wohlwollenden Unterton, der offenbar Dr. Sumner vorbehalten war.

Ich musste all meine Kraft aufbringen, um nicht in sein Büro zu stürmen und sie daran zu hindern, ihm etwas anzutun.

„Ich fühle mich nicht wie ein Pfand oder eine Geisel, während du mir gegenüber im Raum sitzt", sagte er ruhig, was mir signalisierte, dass er sich nicht in unmittelbarer Gefahr befand.

„Ich habe nicht den Wunsch, dir wehzutun. Ich benutze dich nur, um eine Audienz bei ihr zu bekommen. Bitte zwing mich nicht, mehr zu tun."

Ich hatte keine Ahnung, wie ich mit jemandem umgehen sollte, der sowohl unberechenbar als auch berechnend war.

„Du bist nicht grausam, Damia. Du und Erin habt viele Gemeinsamkeiten und Ziele. Ihr beide wünscht euch, dass Magie existiert und eingesetzt wird, ohne anderen zu schaden – keine Hierarchie, kein Missbrauch. In dieser Hinsicht bist du anders als Fabian. Und besser als Elizabeth, die Erin nie als Individuum betrachtet hat, sondern nur als Erweiterung von Malific. Elizabeth glaubte, Erin müsse für die ‚Sünden ihrer Mutter und die Dummheit ihres Vaters' bezahlen, und das Einzige, was sie davon abgehalten hat, Erin zu töten, war das Versprechen, das sie Nolan gegeben hatte. Sie war bei jeder Gelegenheit grausam zu ihr."

Das Schweigen lastete schwer und fühlte sich destruktiv an.

„Erin ist anders, aber genauso heikel. Sie hat sich auf die Seite der Götter geschlagen, und ich fürchte, ihre Loyalität liegt bei ihnen. Sie hat unsere Magie für sie genommen. Können die Elfen ihr vertrauen?"

Ich fühlte mich ertappt. Ich war der sprichwörtliche Esel, der einem anderen Langohr gegenüberstand.

„Wäre das deine Sorge, wenn sie deine Magie nicht gestört hätte?"

„Sie hat unsere Magie nicht gestört, sie hat sie genommen und uns wehrlos zurückgelassen. Es war ihr egal, dass Havenage der Welt schutzlos ausgeliefert war."

Gefühle sind ein unzuverlässiger Erzähler, und ich hatte meine zu oft entscheiden lassen, wie ich mit Fabian und Elizabeth umgehen sollte. Ich war der Bösewicht in ihrer Geschichte, genauso wie Fabian und Elizabeth die Bösewichte in meiner waren. Aber die Elfen waren bereit gewesen, mich in Fabians Namen den Wölfen zum Fraß vorzuwerfen.

Das war eine beschissene Situation.

„Erin, bitte gesell dich zu uns“, sagte Damia.

Ich hielt inne.

Sie stieß einen übertriebenen Seufzer aus. Ich hörte eine Bewegung, dann wurde die Tür aufgerissen. Sie suchte nach mir, während ich meinen Rücken außer Sichtweite gegen die Wand presste. Da sie mit der Suche nach mir beschäftigt war, bemerkte sie die Siegel des *adligatura*-Zaubers nicht.

Ich gab ihr einen magischen Schubs und schloss sie im Kreis ein. Damias Gesicht lief rot an, und sie warf mir einen wütenden Blick zu, als ich vor ihr stand.

„Das ist ein schwacher Kreis“, schalt sie mich.

Ich konnte mir ein Grinsen nicht verkneifen, während sie mich beleidigte und dabei vergeblich versuchte, dem Kreis zu entkommen, der sie festhielt und ihre Magie blockierte.

„Stark genug, um dich magielos zu machen“, schoss ich zurück. Sie presste die Lippen aufeinander, und sah hinab auf die Zeichen, die sie umgaben. Sie ließ sich auf den Boden sinken und umklammerte den dunklen Stein fester, doch die Male ihrer Verbindung waren verschwunden. Sie drückte dagegen und murmelte gereizt, als sie zurückgestoßen wurde.

„Weißt du nicht, wie *adligatura*-Kreise funktionieren?“, fragte ich.

Sie stand auf und starrte mich böse an. Ob sie es zugeben wollte oder nicht, sie wurde zu dem, was sie zu hassen glaubte. Ihre Kräfte waren nun verstärkt und mächtiger als die der meisten anderen, und sie schien vergessen zu haben, dass sie verwundbar sein konnte. Bevor ich ihr das klarmachen konnte, zuckte ein scharfer Schmerz über meine Schulter und streifte meine Haut. Ich stolperte mehrere Meter zurück, der Schmerz trübte meine Sicht. Nach mehrmaligem Blinzeln sah ich klar genug, dass ich einen Mann erkannte, der sich vom Osteingang des Gebäudes näherte und eine Waffe auf mich richtete. Der verräterische goldene Schimmer sagte mir, dass er zwischen Tier und Mensch existierte. Ein Wandler. Doch Ashers Wandler würden mich niemals angreifen.

Der Schmerz ließ nach und hinterließ lediglich einen Riss in meiner Kleidung, aber keine Wunden – zumindest keine Schusswunden.

Sich mit Wandlern auseinanderzusetzen, bedeutete, dass der Kampf mit Stahl und Einfallsreichtum und nicht mit Magie geführt werden musste.

„Beweg dich!", forderte mich der Wandler mit der Waffe auf, während sein Blick von mir zu Damia glitt, die offenbar sein eigentliches Ziel war. Der Schlag mit dem Griff der Waffe störte meine Konzentration, und die Magie um den Kreis fiel in sich zusammen. Damia trat schnell heraus.

„Komm mit!", forderte der Wandler sie auf. Ein Hauch von Arroganz breitete sich mit ihrem Grinsen aus, als die Male des dunklen Steins auf ihre Hand zurückkehrten. Sie machte mehrere Bewegungen mit der Hand und schleuderte eine feurige Kugel in seine Richtung. Die Kugel traf ihn, löste sich jedoch über seinem Körper auf, ohne, dass er sich auch nur langsamer bewegte. Schock breitete sich auf ihrem Gesicht aus. Sie hatte offenbar nicht gewusst, dass Wandler in menschlicher Gestalt immun gegen Magie waren.

Angst verdunkelte ihren hochmütigen Ausdruck. Sie sah sich um, und Panik entstellte ihre Züge. Langsam wich sie zurück und griff nach der Tür hinter mir. Zwei weitere Wandler erschienen und näherten sich mit tödlicher Anmut. Der erste Wandler mit der Waffe ging schnell auf sie zu und griff nach ihr. Damia schlug ihm mit der Hand, die den magischen Stein hielt, seitlich gegen den Kopf.

Ich riss ihm die Waffe aus der Hand, warf das Magazin aus und schleuderte beides in unterschiedliche Richtungen. Die schnelle Bewegung brachte Damia aus dem Gleichgewicht, und sie fiel zurück gegen die offene Tür. Meine Aufmerksamkeit blieb jedoch auf die Wandler gerichtet, die sich aus der entgegengesetzten Richtung näherten. Drei kamen vom Parkplatz, und zwei waren nur wenige Meter entfernt, teilweise durch das Gebäude verdeckt.

Dr. Sumner trat um Damia herum und sprühte mit einem Feuerlöscher im Halbkreis um sich. Dabei erwischte er den Wandler, der ihm am nächsten war, genauso wie einen weiteren, der nur wenige Zentimeter von mir entfernt stand. Die Sicht der Wandler war ausreichend eingeschränkt, sodass Dr. Sumner den Feuerlöscher auf den ersten Wandler schlagen konnte. Doch dieser riss ihm den Behälter aus der Hand und schlug ihn mit solcher Wucht gegen die Wand, dass ich einen Moment lang dachte, er sei außer Gefecht gesetzt. Doch Sumner erholte sich schneller, als ich erwartet hatte.

Er war es jedoch nicht gewohnt, dass seine Gegner sich mit tödlicher Präzision bewegten, und sein Tritt ging ins Leere. Ein weiterer Schlag des Wandlers zwang ihn auf die Knie, Blut tropfte über seine Lippe. Unbeirrt schlug er aus seiner knienden Position dem Wandler in den Bauch. Der Wandler stöhnte.

Ich wollte schreien: „Scheiß auf Anstand, schlag ihm in die Kronjuwelen!" Ich kämpfte, um zu siegen, und ignorierte dabei jegliche Regel des Anstands. Ein Schlag in die Eier oder auf die Titten war nicht nur schmerzhaft, sondern schockte den Gegner auch höllisch und verschaffte mir einen entscheidenden Zeitvorteil.

Der Wandler, der mir am nächsten war, wandte sich Damia zu und kam ihr nah genug, um sie zu packen. Doch er zögerte einen Sekundenbruchteil, als seine Aufmerksamkeit auf den dunklen Stein fiel. Es war offensichtlich, dass der Stein das eigentliche Ziel war. Landon musste ihnen die Information gegeben haben, dass er die Quelle ihrer Magie war.

Als Damia bemerkte, dass der Stein sein Ziel war, drückte sie ihn fest an ihre Brust und flüsterte vor sich hin. Die Zeichen verschwanden von ihrer Hand, und der Stein verschwand mit ihnen.

Die Wandler standen verärgert da, verwirrt über das Verschwinden des Steins. Das verschaffte mir die Gelegenheit, mein zweischneidiges Karambit zu zücken. Ich bewegte mich auf den Wandler zu, schwang das Karambit, zwang ihn so in die Defensive und schaffte Distanz zwischen ihm und Damia.

Diese Wandler gehörten definitiv nicht zum Nordwestrudel. Sie mussten seltene Einzelgänger sein. Da Einzelgänger nicht unter dem finanziellen Dach eines Rudels standen, arbeiteten sie oft freiberuflich. Die Wandler unserer Gegend hatten in der Regel eine stillschweigende Vereinbarung mit den Rudeln, die Rudelregeln nicht zu verletzen. Da ich als Freundin des Rudels galt, hätten sie mich eigentlich nicht angreifen dürfen. Doch der Akzent des ersten Wandlers und ihre unbekannten Gesichter ließen darauf schließen, dass sie Besucher in der Stadt oder von Xavier beauftragt waren. Wahrscheinlich hatte Landon den Angriff gebilligt.

Mephisto hatte recht – Landon würde mir keine 48 Stunden geben.

Verdammt. Ich hätte nie gedacht, dass die Rettung einer Person, die mich tot sehen wollte, auf meiner Bingokarte stehen würde. Aber da war es. Für einen flüchtigen Moment, und sehr zu meiner Schande, dachte ich darüber nach, wie viel einfacher das Leben ohne Damia wäre.

Doch ich würde sie beschützen, weil ich nicht zulassen

konnte, dass sie verletzt wurde oder Schlimmeres geschah. Xavier wollte Schlimmeres, davon war ich überzeugt.

Damit Damia und Dr. Sumner das Büro erreichen konnten, wo sie sicherer wären, musste ich ihnen Abstand zu den Wandlern verschaffen. Schnell änderte ich die Richtung, fiel auf die Knie und schlitzte dem Wandler den Oberschenkel auf. Er stolperte zurück, verlagerte sein Gewicht auf das unverletzte Bein und trat mich gegen die Schläfe. Ein stechender Schmerz schoss durch meinen Kopf, und für einen Moment blitzten Farben vor meinen Augen.

Er würde schnell heilen, das wusste ich, und die einzige Möglichkeit, das zu verhindern, war, Silber zu verwenden. Aber meine Klingen waren nur aus Karbonstahl. Als er erneut auf mich zukam, blieb mir nichts anderes übrig, als mich zu verteidigen. Doch er passte sich meinen Bewegungen an, die bei Weitem nicht so schnell waren wie seine.

Ich drehte mich um und rannte los. Der Wandler, der Damia verfolgt hatte, ließ von ihr ab und wandte sich mir zu. Als er nach mir griff, schnitt er sich an meiner Klinge die Handfläche auf. Fluchend stolperte er zurück. Ich konnte nicht sehen, ob Damia und Dr. Sumner den Moment der Ablenkung genutzt hatten, hoffte es aber. Ich hatte mich jedenfalls eindeutig zur Zielscheibe gemacht.

Als ich den schweren Schritten hinter mir lauschte, konnte ich nicht sicher sagen, wie viele der Wandler mich verfolgten – abgesehen von dem, den ich gerade verletzt hatte. Ich rannte zur anderen Seite des Gebäudes und lehnte mich dagegen. Schnell wirkte ich meinen Tarnzauber und hüllte mich in einen Schleier der Unsichtbarkeit.

Mein Herz pochte so heftig, dass ich es in meinen Ohren spüren konnte. Um mich nicht zu verraten, zwang ich mich, ruhig zu atmen. Der Lärm der Stadt bot mir einen Vorteil: Obwohl nicht viel Verkehr herrschte, gab es vermutlich genug Ablenkungen, um die Sinne der Wandler zu verwirren.

Ich lauschte aufmerksam auf geschmeidige Schritte, während ich meine Finger fester um das Karambit schloss. Ein Grinsen stahl sich auf meine Lippen, als ich einen der Wandler beobachtete, wie er sich krümmte und schließlich in die Gestalt eines Wolfes verwandelte. Er trabte los, um meine Spur zu suchen. Vermutlich dachte er, ich hätte Magie benutzt, um mehr Abstand zwischen uns zu schaffen. Sobald er meine Spur verloren hatte, würde er zurückkehren, aber bis dahin hatte ich nur noch drei Wandler in Menschengestalt, mit denen ich fertigwerden musste.

Ohne Silber blieb mir nur die Option, schnell und brutal zu agieren. Ich musste ihnen Verletzungen zufügen, die lange Heilung erforderten oder sie zwangen, sich in ihre Tiergestalt zu verwandeln, um den Heilungsprozess zu beschleunigen.

Ich stürzte mich auf einen ahnungslosen Wandler, der mich gerochen, aber nicht gesehen hatte. Gezielte Hiebe in seinen Rücken ließen ihn knurrend zusammenzucken, bevor er vor Schmerz zu Boden ging. Schnell durchtrennte ich seine Achillessehne und seinen Quadrizeps, verursachte jedoch nur so viel Schaden, dass er sich zwar heilen konnte, aber nur langsam. Sein Körper begann zu zittern, während er sich in einen Schakal verwandelte.

Der andere Wandler, der gesehen hatte, wie sein Partner zu Boden ging, ohne dass jemand in der Nähe war, hob die Nase, kniff die Augen zusammen und sah sich um. Er zupfte Blätter von einem Busch, an dem er vorbeikam, und stürmte auf mich zu, um sie in meine Richtung zu werfen. Vermutlich hoffte er, mich so sichtbar zu machen. Ich wich zur Seite aus, sodass die Blätter auf den Schakal am Boden fielen.

Sein Lachen wehte durch die Luft, gefolgt von einem grimmigen Grinsen. Der Wandler genoss die Herausforderung. Wenn er Teil eines Rudels gewesen wäre, wäre er wahrscheinlich ein Alpha gewesen. Sie liebten Herausforderungen und würdige Gegner. Cool, ich nahm Komplimente, wo ich sie bekommen konnte.

„Sie wollen dich auch, aber du hast keine Priorität. Ich schätze, wir werden ihre Erwartungen übertreffen“, sagte er, während sein hungriger, feindseliger Blick mich fixierte. Seine Worte ließen mich vermuten, dass es ihm nicht nur um die Herausforderung, sondern auch um eine Belohnung ging.

Hinter ihm sah ich Damia, die sich mit Zähnen und Fingernägeln gegen einen muskelbepackten Wandler wehrte, der versuchte, sie zu einem wartenden Auto zu tragen. Wo war Dr. Sumner? Ich verdrängte meine Sorge um ihn und konzentrierte mich darauf, einen Weg zu finden, zu Damia zu kommen und gleichzeitig dem Wandler auszuweichen, der hinter mir her war.

Damia würde sich nicht kampflos ergeben. Als sie sich dem Auto näherte, in dem schon ein Fahrer wartete, bewegten sich ihre Hände routiniert. Die Fensterscheiben des Autos explodierten, und Glassplitter flogen in alle Richtungen.

Der Wandler, der mich suchte, fluchte über die Explosion. Ich nutzte die Gelegenheit, um zuzuschlagen. Doch während er die Luft einatmete, wusste ich, dass er mich gewittert hatte. Er schätzte nicht länger – er wusste, wo ich war.

Er änderte die Richtung und stellte sich direkt vor mich. Ich ließ mich in die Knie sinken, um seiner ausgestreckten Hand auszuweichen, die nach mir tastete, und wirbelte schnell um ihn herum. Mit gezielten Schnitten fügte ich ihm ähnliche Verletzungen zu wie zuvor seinem Partner.

Doch er wollte nicht aufgeben. Ein heftiger Tritt warf ihn zu Boden. Er knurrte in meine Richtung, seine Augen fixierten mich, doch schließlich gab er auf und wandelte, um seine Wunden zu heilen.

Als ich mich von ihm abwandte, traf mich plötzlich eine Faust ins Gesicht – eine Frau, die ich vorher nicht gesehen hatte. Einen Moment später spürte ich einen heftigen Tritt gegen meine Rippen, diesmal aus der entgegengesetzten Richtung. Ich nahm an, dass das der Wandler war, den ich aus den Augen verloren hatte. Ich ging zu Boden und verlor meine Waffen. Die Augen der Frau leuchteten auf – sie konnte mich sehen.

Sie packte mein Bein und schleuderte mich ein paar Meter von meinen Waffen weg. Ich rappelte mich so schnell auf, wie es mein schmerzender Körper zuließ, und schätzte die Situation ein. Zwei Wandler waren bereit, mich anzugreifen.

Ich versuchte, meinen Tarnzauber zu wirken, doch es fühlte sich an, als würde ich versuchen, einen Amboss zu heben. Magisch war ich fast völlig erschöpft. Die Situation wurde noch schlimmer, als ich zum Auto blickte und nur noch einen leeren Parkplatz vorfand – Glasscherben am Boden waren die einzige Spur von Damia. Trotz ihrer Bemühungen hatten sie sie entführt.

Die Frau war näher an meinen Waffen. Ihre Geschwindigkeit und Beweglichkeit als Wandler würden dafür sorgen, dass sie sie zuerst erreichen würde.

Was waren ihre Befehle? Mich gefangen zu nehmen oder zu töten? So, wie der andere Wandler mit mir umgegangen war, vermutete ich, dass sie mich gefangen nehmen wollten. Aber ich war mir sicher, die Vampire würden es ihnen nicht übelnehmen, wenn sie die Frau ausschalteten, die in der Lage war, Vampirismus umzukehren.

Die Lippen der Frau verzogen sich zu einem herausfordernden Grinsen. Mit aller Energie und Wut, die ich aufbringen konnte, stürmte ich auf sie zu. Kurz bevor wir zusammenstießen, wich ich nach rechts aus, packte ihren Pferdeschwanz und nutzte ihn als Hebel, um sie über meine Hüfte zu werfen. Ihr kräftiger Körper machte es mir jedoch unmöglich, auf den Beinen zu bleiben.

Wir rangen am Boden miteinander und tauschten

schlecht gezielte Schläge aus. Ich rollte zur Seite, steckte die Schläge ein, die sich in meinen Körper bohrten, und wartete auf eine Gelegenheit. Als sie sich schließlich ergab, landete ich einen linken Haken und traf sie an der Kehle. Reflexartig griff sie sich an den Hals, und ich schaffte es auf die Knie und rammte ihr den Ellbogen in die Nase.

Ich schlug immer wieder zu, bis ihre Augen tränten und Blut über ihr Gesicht lief. Dann stand ich auf und trat ihr in den Schritt.

Ein Tritt in den Schritt – verdammt ja, der tut jedem weh.

Plötzlich packte mich jemand von hinten an meinem Shirt. Ich wollte mich gerade umdrehen, als ich ein Knacken und einen Schmerzensschrei hörte. Als ich mich umdrehte, sah ich Alex über dem Wandler stehen, der sich den Arm hielt, der offensichtlich gebrochen war.

„Du kommst nicht in unsere Stadt, ohne dich zu melden, und vergreifst dich verdammt nochmal nicht an einer von uns."

Genau genommen war ich keine von ihnen. Asher hatte gesagt, dass ich mein eigenes Rudel hatte, aber er hatte mir Höflichkeiten erwiesen, die mir wohl kaum jemand anderes gewährt hätte. Ich war ein Freund seines Rudels, was durch andere Verbindungen noch verstärkt wurde. Cory war mit Alex zusammen, und ich gehörte zu Cory. Es war persönlich – und der Hauptgrund, warum Asher sich häufiger einmischte, als mir lieb war. Meine Probleme wirkten sich auf Cory aus und somit letztlich auch auf Alex.

„Erin!", rief Cory, gerade rechtzeitig, damit ich nicht noch einen Knochenbruch mitansehen musste. Er starrte mich entsetzt an. „Oh, Scheiße."

Er eilte zu mir, und seine Sorge verwandelte sich schnell in Wut.

„Das Blut ist nicht meins", sagte ich mit mehr Überzeugung, als ich tatsächlich empfand. Ich war mir nicht sicher. Meine Lippen fühlten sich geschwollen an, und jede Bewegung meines Gesichts schmerzte. Mein ganzer Körper war von Schmerz erfüllt.

Alex hatte sich zu dem Wandler hinuntergebeugt, der sich windend auf dem Boden krümmte. Seine Stimme war leise, aber bedrohlich: „Wenn du heilst, bleib liegen. Das nächste Mal wirst du nicht so schnell heilen."

Er ging zu den Wandlern, die sich schon in ihre Tiergestalt verwandelt hatten, um zu heilen. Alex packte den Schakal am Nacken und fixierte ihn mit seinem Blick.

„Wandle jetzt!", verlangte er mit schneidender Autorität.

Dominante Wandler hatten eine Präsenz, die schwer zu ignorieren war. Es war, als ginge ein Befehl durch den Körper und zwang einen dazu zu gehorchen. Selbst Cory zuckte zusammen, als wollte er das Gefühl abschütteln.

Als Alex zu dem Wolf ging, der auf dem Bauch lag, wurde sein Blick intensiver. Seine Anwesenheit schien ihn mehr zu beleidigen als die Anwesenheit des Schakals. Alex drückte den Wolf mit der Hand in den Boden, beugte sich zu ihm hinunter und sagte etwas, das aus der Ferne nur wie eine Reihe bedrohlicher, geknurrter Worte klang. Der Wolf wand sich hilflos, bevor er sich schließlich entspannte und den Kopf einzog – ein offensichtliches Zeichen der Unterwerfung.

Dann fiel Alex' Aufmerksamkeit auf die Frau, mit der ich zuvor gerungen hatte. Sie stand trotzig auf, mit gerundeten Schultern und herausfordernd hochgezogener Stirn.

Er lachte kurz, ein Laut, der Gewalt versprach – nein, garantierte. Er lockte sie mit einer Fingerbewegung, doch sie rührte sich nicht. Sein Blick wanderte zu dem Wolf, dem er Arm und Bein gebrochen hatte.

„Du wirst erst heilen, wenn ich es erlaube", warnte er.

Die Farbe wich aus ihrem Gesicht, und der Trotz in ihrer Haltung bröckelte, bis er ganz verschwunden war. Sie trat näher an den anderen Wolf heran.

„Sollte ich jetzt angetörnt sein oder Angst vor Alex haben?", fragte Cory.

„Angst. Die richtige Antwort ist Angst." Denn der brutale, furchteinflößende Mann war Alex so unähnlich, dass ich mir nicht sicher war, ob er überhaupt noch derselbe war.

„Ich glaube nicht, dass das die richtige Antwort ist", erwiderte Cory.

Obwohl ich vollkommen erschöpft war, brachte ich noch genug Kraft auf, um ihm spielerisch in den Magen zu knuffen. „Doch, das ist es. Was ist los mit dir? Warum bist du so?"

„Ich sage nur, dass es irgendwie sexy ist."

Ich hatte keine Zeit, mich länger damit zu befassen. „Damia!", rief ich stattdessen und starrte in die Richtung, wo das Auto gewesen war.

„Mephisto hat sie." Cory warf einen Blick auf sein Handy, vermutlich, um das zu bestätigen.

„Ich muss nach Dr. Sumner sehen und mein Handy checken."

***

Alex drängte uns, ihn mit den Wandlern allein zu lassen. Als wir gingen, sah ich, wie er telefonierte, wahrscheinlich mit Asher. Ich hatte kein Problem damit, mich aus den Angelegenheiten der Wandler herauszuhalten.

Ich rannte zurück ins Büro und fand Dr. Sumner, der stirnrunzelnd eine Kompresse auf sein Gesicht drückte, wo sich schon blaue Flecken abzeichneten.

„Ich bin froh, dass du kommen konntest", sagte er schwach.

„Danke." Ich trat näher, um seine Verletzungen zu begutachten.

„Ich bin okay." Er schob meine Hand weg. „Wie geht's Damia?"

„Sie ist bei Mephisto."

Er entspannte sich sichtlich und versuchte zu lächeln, doch der Schmerz schien es nicht wert zu sein. „Gut." Einen Moment lang musterte er mich. „Sie ist nicht dein Feind." Sein leises Lächeln zeigte, dass er den Zweifel in meinem Gesichtsausdruck bemerkt hatte.

„Haben wir dasselbe Gespräch gehört?"

„Sie will, dass der Schleier geschlossen wird und dass deine Freunde weg sind", sagte er entschieden. Obwohl er sich meiner Gefühle für Mephisto bewusst war, glaubte ich, dass auch er den Schleier schließen wollte.

„Sie sagte, sie würde den dunklen Stein zerstören, sobald der Schleier geschlossen ist, und ich glaube ihr. Du magst ihre Bedenken nicht teilen oder die Mittel, mit denen sie ihre Ziele erreichen will, aber vielleicht ist an dem, was sie gesagt hat, etwas Wahres dran."

„Ich will Mephisto nicht verlieren."

„Ich weiß." Seine Antwort war entschlossen und emotionslos, doch sein Blick wurde sanfter, als er mich erneut ansah. „Man kann mit ihr reden. Vielleicht kannst du sie umstimmen."

Er klang zuversichtlich, und ich spürte einen Funken Hoffnung – doch auch meine Zweifel wuchsen.

„Ich sehe, dass die Wandler sich eingemischt haben", sagte er mit grimmiger Stimme.

„Nicht unsere. Sie kommen aus Liliths Territorium."

Er nickte. „Dachte ich mir. Trotzdem stecken sie mittendrin. Die Vampire haben allen Grund, verzweifelt zu sein, und obwohl du versuchen magst, diese Situation ohne Verluste zu lösen, habe ich das Gefühl, dass einige unvermeidlich sein werden."

Plötzlich trat er zu mir und schockte mich mit einer unerwarteten Umarmung. Sein Körper schmiegte sich an meinen, drückte meine Hand an sich und hüllte mich mit einer Wärme ein, die ich nicht erwartet hatte. Die Umarmung war so fest, dass mein Körper sich mit dem Seufzer bewegte, den er ausstieß. „Sei nicht einer der Verluste", flüsterte er eindringlich.

Er zog sich zurück und blickte zu Cory, der es geschafft hatte, mein Handy zu holen, das ich draußen neben dem Gebäude liegen gelassen hatte. Corys Unbehagen über Dr. Sumners Zuneigungsbekundung zeigte sich, als er mein Handy genauer untersuchte.

„Ich werde einen kleinen Urlaub machen. Ich nehme mein Handy mit. Ruf mich an, wenn du mich brauchst." Seine Augen bedeuteten uns, dass wir gehen sollten, doch seine Bitte, dass ich nicht „einer der Verluste" sein sollte, spiegelte sich weiter darin wider.

Ich verabschiedete mich schnell von ihm und warf ihm einen letzten Blick zu, bevor er die Tür hinter uns schloss. Ich versuchte, die Schuldgefühle zu verdrängen, die in mir aufsteigen wollten.

Das ist nicht meine Schuld. Ich wiederholte dieses wenig überzeugende Mantra immer wieder.

Natürlich war es das. Aber die Fehler der Vergangenheit nochmal durchzuspielen, würde nichts ändern. Ich würde es wiedergutmachen – und ich würde Mephisto hier bei mir haben.

19

Mephisto schickte uns eine SMS mit Claytons Adresse, wo sie Damia festhielten. Das Auto, mit dem Damia weggefahren war, stand am Straßenrand geparkt. Dahinter parkte einer der protzigen SUVs des Northwest-Rudels. Ich erkannte zwei Wandler, die Asher als Wachen geschickt hatte – er sah das scheinbar als eine der vielen Gelegenheiten, sich in mein Leben einzumischen.

„Wenn sonst nichts, effizient sind sie auf jeden Fall", bemerkte Cory.

„Und sehr territorial", fügte ich hinzu. Das wusste ich, aber ich hatte es noch nie in diesem Extrem erlebt. Es war eine gute Erinnerung daran, dass man es sich besser nicht mit ihnen verscherzen sollte, da sie fragwürdige Eigenschaften und beeindruckende Ressourcen hatten. Es machte mir wieder einmal bewusst, wie wertvoll es war, sie auf meiner Seite zu haben.

Das Grundstück um Claytons Haus erstreckte sich kilometerweit, bevor das nächste Nachbarhaus in Sicht kam. Seine Sicherheitsmaßnahmen waren nicht so umfassend wie die von Mephisto; es gab keine Tore oder Codes, die wir benutzen mussten.

Cory betrachtete mit offenem Mund die beeindruckende Architektur des Hauses. Das zinngraue Ziegelgebäude mit den eleganten, raumhohen Fenstern, eingefasst in schwarze Aluminiumrahmen, strahlte eine moderne, maskuline Eleganz aus. Sorgfältig arrangierte, glatte, hellgraue Steine bildeten einen Weg zur Haustür.

Von unbekannten Blumen wehten verführerische Düfte herüber, während große Bäume das Haus umgaben und für Privatsphäre sorgten.

Madison öffnete die Tür, noch in ihrer Arbeitskleidung. „Als Clay angerufen hat, habe ich mir den Rest des Tages freigenommen", erklärte sie. Ihrem niedergeschlagenen Blick nach zu urteilen, zweifelte sie wahrscheinlich an der Sicherheit ihres Jobs. Sie seufzte und fuhr sich frustriert mit den Händen übers Gesicht. „Damia weigert sich, mit irgendjemandem zu sprechen. Ich könnte mir aber vorstellen, dass sie vielleicht mit dir reden wird." Ihr Tonfall verriet jedoch wenig Zuversicht.

„Geh zurück zur Arbeit. Ich werde dich auf dem Laufenden halten, und wenn ich deine Hilfe brauche, lasse ich es dich wissen."

Sie schüttelte den Kopf. „Ich muss hierbleiben. Ich werde auf die Sichtbarkeit der Elfen drängen müssen, weil sie keine Schritte in diese Richtung unternehmen. Damia ist eine unberechenbare Größe. Deine und ihre Fähigkeiten sind kein Geheimnis mehr, und ihr seid beide in Gefahr."

„Das habe ich gemerkt, als die Wandler versucht haben, uns zu entführen."

Sie seufzte erneut. „Das ist auch ein Problem. Die Wandler hier haben ihre neu erworbene Immunität großartig verborgen. Tatsächlich hat, soweit ich gesehen habe, keiner von ihnen je demonstriert, was sie können. Aber trotz ihrer Diskretion ist es nicht unbemerkt geblieben, und es gibt viele Fragen." Ihre Finger gruben sich in ihre Locken, und Kummer legte sich wie ein Schleier über ihre Augen.

„Lass sie spekulieren. Die Einzigen, die die Wahrheit kennen, sind die Wandler aus dem Schleier, Sherrie, Asher und wir. Magie ist nebulös und entwickelt sich ständig weiter." Ich zuckte mit den Schultern. „Soweit andere wissen, könnte es nur eine weitere Entwicklung sein."

Die Supernatural Task Force hatte jegliches Wissen über Feen mit Animantiefähigkeiten ausgelöscht, was dazu geführt hatte, dass ich den Wandlern mit magischer Immunität helfen musste. Elizabeth war nicht da, um etwas zu verraten, und ich war sicher, dass die Elfen diese Informationen nicht preisgeben würden. Ich vermutete, die Zurückhaltung der Wandler, sich zu outen, lag daran, dass sie ihre neuen Fähigkeiten geheim halten wollten. Dass andere es nicht wussten, war ein taktischer Vorteil – etwas, das Damia heute am eigenen Leib erfahren hatte.

Madison zuckte nur unverbindlich mit den Schultern, während ihr Blick über mich wanderte. Ich hatte mein Bestes getan, um mich im Auto sauberzumachen, und Corys Magie hatte einen Teil der Schmerzen gelindert, aber ich hatte immer noch Verspannungen und Schmerzen, die er nicht beseitigen konnte. Wahrscheinlich war eine Rippe gebrochen. Ich war mir zu mehr als achtzig Prozent sicher, dass ich mir keine Bänder gerissen hatte.

„Lass mich raten: Du siehst schlimmer aus, als es tatsächlich ist?" In ihrer Stimme lag ein sarkastischer Unterton, und ihr finsterer Blick ließ keine Illusionen über ihre Meinung zu meinem Zustand.

„Genau." Ich grinste sie an, was sie mit einem Kopfschütteln und der Aufforderung quittierte, ihr zu folgen.

Plötzlich drehte sie sich um und bemerkte meine vorsichtigen Schritte. „Ich schätze, das Hinken ist nur ein neues Gangmuster?" In ihrer besorgten Bemerkung schwang ein Hauch von Verärgerung mit.

„Mir geht's gut." Ich ging etwas schneller, um ihren Arm

beruhigend zu drücken, während mein Blick durch die großen Fenster von Claytons Haus fiel. Die klare Linienführung und die rechten Winkel in Grau, Schwarz und Taupe boten einen faszinierenden Kontrast zur Ruhe, die die Gartenlandschaft ausstrahlte.

Wir kamen an Claytons großzügiger Küche vorbei, in der luxuriöse schwarze Edelstahlgeräte glänzten, die unbenutzt wirkten. Schlichte, matt anthrazitfarbene Schränke säumten die Wände und ergänzten die Insel aus poliertem schwarzen Granit. Kupfertöne in der Marmorrückwand setzten elegante Akzente.

„Ich glaube absolut nicht, dass er in dieser Küche kocht", sagte ich trocken.

Cory blieb stehen, um den Raum eingehender zu betrachten. „Diese Küche gehört auf Instagram oder Pinterest."

„Benutzt er die Küche überhaupt?", fragte ich neugierig.

„Er hat einmal für mich gekocht. Die Küche spiegelt seine Kochkünste gut wider", fügte Madison kryptisch hinzu. Ihre Lippen verzogen sich, als sie unsere amüsierten Blicke bemerkte. Nach einem Moment des Überlegens fügte sie hinzu: „Es war essbar."

Das Wohnzimmer grenzte an die Küche. Die in einem sanften Greigeton gestrichenen Wände bildeten eine ruhige Kulisse für ein bequem aussehendes, einladendes anthrazitfarbenes Sofa und dazugehörige Sessel, die genauso gemütlich aussahen. Der Parkettboden wurde durch einen Teppich akzentuiert, und in der Mitte des Raumes stand ein handgefertigter Holztisch – unverwechselbar Kais Werk.

„Verdammt, ich muss daran arbeiten, mich besser mit Clayton anzufreunden", sagte Cory und warf einen Blick ins Heimkino.

Die Wandtäfelung aus anthrazitfarbenem Holz mit eleganten Wandlampen, die einen sanften goldenen Schein verbreiteten, verlieh dem Raum eine warme Atmosphäre.

Madison schaltete das Licht ein und enthüllte versteckte LEDs in den aufwendig gestalteten Zierleisten. Bequeme große, höhenverstellbare Ledersessel standen auf breiten Stufen; jeder Sessel war ausgestattet mit einem eingebauten Getränkehalter und einem kleinen Klapptisch. Der Bildschirm – das Herzstück dieses verschwenderischen Rückzugsortes – erstreckte sich von Wand zu Wand und dominierte den Raum mit seiner Größe.

„Heuchlerin", murmelte ich, als Madison die Tür schloss und wir ihr weiter durch das großartige Haus folgten. Nach all den spöttischen Bemerkungen und Sticheleien, die sie Mephisto an den Kopf geworfen hatte, hätte ich nicht erwartet, dass Clayton in einem derart luxuriösen Haus lebte.

Der Rundgang durch das Haus war eine willkommene Ablenkung von meinem chaotischen Geist, der unermüdlich Pläne schmiedete, wie ich mit Damia umgehen könnte. Der Entführungsversuch und dass sie von der magischen Immunität der Wandler wusste, waren beunruhigende Gedanken. Wenn Damia das mit mir in Verbindung brachte, könnte sie mich für genauso gefährlich halten wie die anderen Götter.

Während wir uns durch das Haus bewegten, offenbarte sich uns ein tiefer Einblick in Claytons modernes Refugium – von den Skulpturen aus gebürstetem Metall, die strategisch in den Räumen verteilt waren, bis hin zur ausdrucksstarken Inneneinrichtung und den einzigartigen Kunstwerken an den Wänden. Einige dieser Stücke wichen deutlich vom Stil des Hauses ab, was ich Kais Handschrift zuschrieb. Sie waren zwar schön, aber sie passten nicht ganz zur Ästhetik des Hauses.

Am hinteren Ende des Hauses fanden wir die Jäger, die sich entlang einer Wand aufgereiht hatten. Zwischen ihnen und Damia, die sichtlich aufgebracht auf einem Sofa in einem abgesenkten zweiten Wohnzimmer saß – oder wie auch immer Clayton diesen Raum nennen würde, um nicht zuzugeben, dass er mehr als ein Wohnzimmer hatte –, war reichlich Abstand.

Als ich den Raum betrat, warf ich Clayton einen sehr verurteilenden Blick zu. Er presste seine Lippen zusammen, und ein verräterisches Rot kroch über seinen Nasenrücken, seine Stirn und entlang der asketischen Linien seiner Wangen. Seine Scham machte es ihm schwer, mir in die Augen zu sehen, und er senkte schnell den Blick.

Bevor ich weiter in den Raum gehen konnte, kam Mephisto zu mir. „Erin", hauchte er. Er nahm mein Gesicht in die Hände, während er es sorgfältig studierte, bevor er sich zurücklehnte und mich mit einem prüfenden Blick von Kopf bis Fuß musterte.

„Ich sehe schlimmer aus, als ich mich fühle." Ich wiederholte Madisons Worte von vorhin, was ihr ein Schmunzeln entlockte. Doch sie hielt sich mit einem Kommentar zurück – wenn auch nur mit Mühe, wie das Kauen auf ihrer Unterlippe verriet.

„Das bezweifle ich", erwiderte Mephisto trocken. Ich hatte zuvor einen Blick auf mein Spiegelbild im Haus erhascht und bemühte mich nun, Müdigkeit, Schmerz und Muskelkater zu ignorieren, die mich plagten.

Mephisto legte seine Hand erneut an mein Gesicht. Sein Daumen glitt sanft über meine Wange und strich vorsichtig über meine geschwollene Unterlippe. „Sind die Verletzungen in deinem Gesicht die schlimmsten?", fragte er leise.

Es waren die Schlimmsten, die er sehen konnte – zumindest, ohne unter meine Kleidung zu blicken. Sein Blick schien genau diese Erkenntnis widerzuspiegeln, denn er nickte langsam. Augenblicke später spürte ich das vertraute Mentholgefühl seiner Magie, das sanft über meine Verletzungen glitt und den pochenden Schmerz linderte. Als ich die Lippen zusammenpresste, fühlte ich die Schwellung nicht mehr, die zuvor dagewesen war.

Ich hatte die Kunst der Heilung nie gemeistert. Es war

eine komplexe Magie, die Hexen nicht beherrschten, Götter dagegen schon. Es war eine Fähigkeit, an der ich arbeiten musste. Doch ich fragte mich, ob es dasselbe wäre, wenn ich die Heilung selbst durchführte – oder ob sie ohne die Wärme von Mephistos Händen je so tröstend sein könnte.

Seine Magie hüllte mich in eine vertraute, beruhigende Umarmung, die perfekt zu den Gefühlen passte, die er in mir weckte. Ich liebte ihn. Wenn er vor mir stand, schien die Welt um mich herum zu verblassen, bis nur noch wir beide existierten. Es war ein Gefühl, das ich nie zuvor erlebt hatte – und nie zu erleben erwartet hätte.

„Ich glaube, meine Rippen sind gebrochen, und eine Kugel hat meine Schulter gestreift", gab ich schließlich zu und blickte auf die verletzte Stelle. Mephisto nickte, trat näher und schob beide Hände unter mein Shirt. Seine Finger spreizten sich sanft über meine Rippen, während er mich mit einer weiteren Runde seiner Magie verwöhnte. Anschlie-ßend behandelte er meine Schulter auf ähnliche Weise. Die plötzliche Schmerzfreiheit – beim Atmen und bei jeder kleinen Bewegung – war eine willkommene Erleichterung. Ich lehnte mich nach vorn und schmiegte meinen Kopf an seine Brust.

„Besser?", flüsterte er.

„Ja, besser." Ich hatte nicht einmal bemerkt, dass meine Hand sein Hemd umklammerte, während er mich fest in eine beruhigende Umarmung hüllte.

Corys demonstratives, lautes Husten riss uns aus der Inti-mität, und ich wurde mir plötzlich der gereizten Elfe bewusst, die mit verschränkten Armen auf dem Sofa saß.

„Geht's dir gut?", fragte ich Damia.

Sie zuckte nur mit den Schultern. „Es war zu erwarten, dass die Vampire Vergeltung üben würden, aber ich hätte nie gedacht, dass es durch Wandler geschehen würde. Eine Fehl-einschätzung meinerseits." Sie warf mir einen vorwurfs-vollen Blick zu. „Mir war nicht klar, dass sie gegen Magie in beiden Formen immun sind, aber deinem Gesichtsausdruck nach zu urteilen, wusstest du es." Ein Grinsen breitete sich auf ihrem Gesicht aus, während sie die Augenbrauen hob und auf eine Bestätigung wartete, die sie nicht wirklich brauchte.

„Ja", gab ich knapp zurück.

„Da ich weiß, wie nahe du und deine Freunde dem Rudel hier steht" – sie warf Cory einen missbilligenden Blick zu, bevor sie sich wieder mit voller Anschuldigung mir zuwandte – „liege ich falsch in der Annahme, dass du an ihrer Immunität beteiligt warst?"

Ich wartete aufmerksam, ob sie Beweise für ihre Behauptung vorbringen würde.

„Als die Elfen erfahren haben, dass deine Magie wiederhergestellt war, hat Fabian mich aufgesucht. Er wollte, dass ich mich mit ihm, Sanaa und Elizabeth zusammenschließe, um dich im Zaum zu halten. Elizabeth sagte, du würdest mit deiner Magie Chaos anrichten. Ich wusste nur nicht, dass es dieses Ausmaß annehmen würde."

Ich schnaubte. „Elizabeth hat ihnen ihre Immunität gegeben."

Damia musterte mich lange, ihr kritischer Blick suchte nach Anzeichen für eine Lüge.

„Wie kannst du Dinge glauben, die Elizabeth und Fabian über mich gesagt haben, während du ihnen und ihrem Machtstreben misstraust? Du weißt, dass sie dein Leben geopfert hätten, wenn du ihnen im Weg gestanden hättest. Du kannst nicht ‚die Gerechtigkeit und das Gleichgewicht sein, die eine Welt braucht, in der Magie existiert', wenn du tot bist", sagte ich scharf.

„Das kann ich auch nicht sein, wenn meine Magie eingeschränkt ist", konterte sie und hob ihr Handgelenk, an dem eine seltsam deformierte Fessel hing. So zart ihr Handgelenk auch war, es war offensichtlich ein Kampf gewesen, ihr diese Fessel anzulegen – am anderen Arm trug sie eine

Schiene, die normalerweise Vampire in den Schlaf versetzen soll.

„Das haben wir gemacht, als du mich nicht erreichen konntest. Benton und ich haben nach Material gesucht, das Elfenmagie einschränken kann. Rhodium war das Einzige, das wir gefunden haben", erklärte Mephisto leise. In seiner Stimme lag ein seltsamer Unterton, der Unsicherheit verriet.

„Während der Aufregung, mich zurückzubekommen, fand ich mich hier wieder, mit diesen Dingern an den Armen. Ich schätze, niemand will, dass ich meine Magie benutze", sagte Damia kalt.

„Nein, wir wollen nur, dass du nicht versuchst, Erin zu töten", knurrte Mephisto. „Du weißt genau, wie die Entscheidung aussehen würde, wenn wir uns zwischen euch beiden entscheiden müssten."

Damia hielt seinem Blick lange stand, bevor sie mich musterte. Verwirrung lag in ihrem Gesichtsausdruck. „Ich verstehe euch beide nicht. Überhaupt nicht."

„Das ist persönlich", schoss ich zurück. „Unsere Beziehung ist nichts, was du verstehen musst."

Ein amüsiertes Lächeln breitete sich auf Damias Gesicht aus. „Du hast recht. Ich bin nicht verpflichtet, das zu verstehen. Aber ich will dich auch nicht tot sehen. Im Gegenteil, ich glaube, du bist fehlgeleitet, und ich würde dir gern helfen. Das hast du dir von mir verdient. Lass uns zusammenarbeiten, um die Elfen zu heilen, sie ganz zu machen – nicht so, wie Fabian es sich vorgestellt hat, sondern etwas Neues und Schönes. Aber das ist nicht möglich, solange wir fürchten müssen, Raubtieren zum Opfer zu fallen."

Ein Hauch von Mitleid regte sich in mir, doch ich biss die Zähne zusammen. Es schien, als hätte sie keine Ahnung von den Fehlern in ihrem Plan, oder sie ignorierte sie absichtlich.

„Du willst, dass ich die Elfen ganz mache und mich mit dir verbünde, nachdem du deinen Plan umgesetzt hast, den Mann, den ich liebe, wegzusperren?"

Ihr Mund öffnete sich, Abscheu huschte über ihr Gesicht, gefolgt von Trauer, die eindeutig mir galt. Sie schüttelte den Kopf mit einer Ablehnung, die an die Reaktion eines trotzigen Kindes erinnerte, und lehnte sich dann zurück, als wäre das ein Besuch bei Freunden und nicht eine bizarre Verhandlung. „Meine Meinung über das Zusammenleben von Göttern und Elfen hat sich nicht geändert, und sie wird sich auch nicht wegen eurer *Liebe* ändern. Das darf nicht passieren.“

„Du erwartest von mir, dass ich Teile von mir selbst verleugne? Das kann ich nicht. Soll ich mit ihnen ausgestoßen werden?“

Sie zuckte die Achseln. „Das hoffe ich nicht. Aber du scheinst sehr an deiner Bestie zu hängen, also überlasse ich das dir und hoffe, dass du die richtige Entscheidung triffst. Wenn sie weg sind, wirst du nicht annähernd die Bedrohung sein, für die man dich hält. Er bringt das Schlechteste in dir zum Vorschein.“ Ihr tadelnder Blick wanderte zu der Gruppe der Männer im Raum. „Ich werde das Beste in dir zum Vorschein bringen. *Wir* werden das Beste in den Elfen hervorbringen. Es gibt so viel zu tun. Aber ich habe gelernt, viele Aspekte an dir zu respektieren. Und Dr. Sumner mag dich. Er scheint ein guter Mensch zu sein.“

Ein Moment des Schweigens folgte. Die Last von Damias Worten hing wie eine schwere Wolke im Raum. Die Spannung war fast greifbar.

„Was haben wir den Elfen angetan, dass wir verstoßen wurden?“, fragte Kai schließlich. Von allen Männern wirkte er am wenigsten bedrohlich, dank seiner sanften, fast engelsgleichen Gesichtszüge. Doch bei Magieanwendern war der Schein oft trügerisch.

„Sollte man euch wirklich die Gelegenheit geben, unsäglichen und möglicherweise irreparablen Schaden anzurichten, bevor etwas unternommen wird? Die Geschichte ist der beste Wahrsager“, erwiderte Damia kühl.

„Du stützt dich auf die Geschichte einer einzigen Person", stellte Clayton leise fest, doch unterdrückter Ärger machte seine Stimme hart.

Damia verzog die Lippen zu einem verächtlichen Lächeln. „Und diejenigen, die aus dem Schleier gekommen sind, haben Chaos angerichtet und sind zurückgekehrt. Ich glaube nicht, dass ihr anders seid. Ihr seid nur besser darin, es zu verbergen."

„Sollten wir uns über diese außergewöhnliche Anerkennung geschmeichelt fühlen?", fragte Simeon mit einem Hauch von Ironie. „Wir sind seit über fünfzig Jahren hier. Wenn wir so bedrohlich wären, wie du glaubst, müsste es zumindest eine abscheuliche Tat geben, die man zu uns zurückverfolgen könnte. Du würdest diese Informationen doch sicher mit uns teilen, oder?"

Damias Blick blieb trotzig und herausfordernd. Sie weigerte sich zu antworten und richtete ihre Aufmerksamkeit wieder auf mich.

„Bevor wir in dieses Reich gezwungen wurden, waren wir dafür verantwortlich, die Schlimmsten unserer Art festzunehmen. Wir wollen nicht, dass diejenigen, die großen Schaden anrichten können, frei herumlaufen und andere verletzen oder den Schleier verlassen", fügte Kai ruhig hinzu.

Damia zeigte sich unbeeindruckt.

Madison sagte schließlich: „Ich finde auch, dass der Schleier geschlossen werden sollte." Ihre Worte überraschten niemanden außer Damia, deren Augen sich weiteten. „Aber Erin bleibt hier, und sie auch. Ich weiß nicht, ob du Simeons Frage nicht beantworten kannst oder willst, aber ich kann dir versichern, dass sie keine Gefahr darstellen. Sie haben bewiesen, dass sie der Supernatural Task Force eine Hilfe sind. Ich möchte mit dir zusammenarbeiten, um den Durchgang durch den Schleier zu beschränken – mit Ausnahme von ihnen. Wäre es nicht von Vorteil, wenn gerade sie, die es sich zur Aufgabe gemacht haben, die Schlimmsten ihrer Art aufzuhalten, die Möglichkeit hätten, in dieses Reich zu kommen und bei Bedarf zu helfen? Oder ihr Wissen und ihre Ressourcen zu teilen? Sie haben sich oft genug als Bereicherung erwiesen, nicht als Bedrohung."

Ein langsames, abfälliges Lächeln verzog Damias Lippen, bevor es in ein spöttisches Lachen ausbrach. Dieses Verhalten räumte bei mir jeden Zweifel aus, dass sie auf einem sehr schmalen Grat zwischen Vernunft und Wahnsinn wandelte.

„Ich habe Simeons Frage nicht beantwortet, weil sie keine Antwort verdient hat. Ich weiß, was sie sind und wozu sie fähig sind. Ich werde weder für das Ungleichgewicht verantwortlich sein, das ihre Anwesenheit verursacht, noch für die Zerstörung, die sie aus einer Laune heraus anrichten könnten, nur weil du glaubst, dass sie eher Bereicherung als Gefahr sind. Ich bin überzeugt, dass die Elfen selbst Ressourcen sein können. Erin ist eine Konsequenz, mit der wir leben müssen. Ich gebe ihr eine Wahl. Das ist mehr als großzügig und ein angemessener Kompromiss. Der Schleier wird geschlossen, mit Mephisto und den anderen darin, ohne Möglichkeit zur Rückkehr."

Mephisto funkelte sie an, Frustration blitzte in seinen zusammengekniffenen Augen. „Du glaubst, du kannst uns einfach wegsperren, als wären wir unbefugte Eindringlinge?"

Damias herausfordernder Blick blieb unverändert. „Genau das seid ihr. Eindringlinge. Eure Magie gehört nicht hierher. Wir können nicht koexistieren, und ich werde es nicht zulassen."

„*Du* wirst es nicht zulassen?", spottete Clayton.

Damia wandte ihren Blick von Mephisto ab und zog sich in ihre Gedanken zurück. „Es sollte nicht erlaubt sein. Ihr könnt nicht leugnen, was geschieht, wenn wir zusammenleben."

Ich wusste, dass sie die Dinge meinte, die meine Mutter den Elfen angetan hatte.

„Das steht nicht zur Debatte“, blaffte Madison und trat näher an Damia heran. „Du scheinst dich genauso überlegen und berechtigt zu fühlen wie Fabian …“

„Glaubst du, dass ich sein Schicksal verdiene?“

„Nein. Ich glaube, dass du von deinem hohen Ross runterkommen und mit uns zusammenarbeiten musst. Unsere Ziele decken sich viel mehr, als du denkst.“

Damia neigte den Kopf, und ihre Gesichtszüge wurden etwas weicher, als sie Madisons Worte zur Kenntnis nahm. Ihr durchdringender Blick blieb jedoch so intensiv, dass Madison unruhig wurde. „Kann die Immunität der Wandler rückgängig gemacht werden?“, fragte sie und richtete ihre Aufmerksamkeit von Madison auf die leere Wand, um deutlich zu machen, dass die Diskussion über die Jäger beendet war. „Sie waren zuvor nicht so. Wir müssen zum Normalzustand zurückkehren.“

Ich verschwieg, dass ich den Zauber auch kannte, und antwortete: „Elizabeth hat den Zauber ausgeführt, der ihnen Immunität gegen Magie verliehen hat.“

Damia nickte, ihr Gesichtsausdruck war eine Mischung aus Frustration und Entschlossenheit. „Warum sollte sie das tun? Es hat keinen Vorteil gebracht. Tatsächlich sind wir ihnen gegenüber jetzt im Nachteil.“

Ihr Blick wanderte von Gesicht zu Gesicht, suchte nach Antworten, bevor sie sich auf mich konzentrierte. Für einen quälend langen Moment saßen wir in dem sanft beleuchteten Raum, die Anspannung in der Luft greifbar. Die Last der Unsicherheit ließ meine Frustration wachsen, und ich konnte die Abneigung der anderen für die wankelmütige Elfe spüren.

Ich überlegte, ob die Offenlegung der Ereignisse, die zu Elizabeths Entscheidung geführt hatten, die Situation verbessern oder verschlechtern würde, und kam zu dem Schluss, dass Damia diese Informationen nicht brauchte.

Bevor ich etwas sagen konnte, verschwanden alle Emotionen aus Damias Gesicht, als wäre sie zu dem Schluss gekommen, dass ich eine Rolle dabei gespielt hatte. Ob sie recht hatte oder nicht, die Entschlossenheit, die sich in ihrem Gesichtsausdruck abzeichnete, sagte alles – sie hatte vor, einen Weg zu finden, die Immunität der Wandler aufzuheben. Da ihr die Macht des *dunklen Steins* zur Verfügung stand, war ich mir nicht sicher, ob sie damit keinen Erfolg haben würde.

Damia nahm die mit den Sigillen bedeckte Schiene von ihrem Handgelenk und legte sie neben sich auf das Kissen. „Ich habe euch allen genug Zeit geschenkt, und unsere Standpunkte sind klar. Ich bin fertig", sagte sie leise, ihr Ton endgültig. Sie warf einen Blick auf die Uhr. „Ihr habt drei Tage Zeit, um freiwillig zu gehen. Danach wird sich der Schleier schließen. Ob ihr freiwillig geht oder gezwungen werdet, liegt bei euch."

Ich öffnete den Mund, um etwas zu sagen, aber sie hob abwehrend die Hand. „Wir sind fertig." Der *dunkle Stein* erschien wieder in ihrer Hand, die Sigillen leuchteten, um ihre Finger geschlungen. Ein spöttisches Grinsen ersetzte ihre strenge Miene. „Es muss reines Rhodium sein."

Niemand bewegte sich. Alle sahen zu, wie sie mit einem Finger die rhodinierte Metallfessel durchtrennte. Mit einem Ausdruck von Verachtung ließ sie die Fessel von ihrem Handgelenk fallen.

Ich überlegte, mich auf sie zu stürzen und ihr den Stein zu entreißen, doch die Erinnerung an Dr. Sumners Reaktion, als er es versucht hatte, warnte mich. Es würde nichts ändern, wenn ich dabei mein Leben riskierte.

„Erin, was ist deine Entscheidung? Entscheidest du dich zu gehen oder zu bleiben?" fragte Damia, ihre Stimme ruhig, aber unnachgiebig.

„Ich bleibe, und sie dürfen sich frei zwischen hier und dem Schleier bewegen", antwortete ich entschlossen. Ich teilte Madisons Meinung, dass sie Zugang zum Schleier behalten sollten, um notfalls eingreifen zu können.

Damia antwortete mit einem beschwichtigenden Schmunzeln. „Wenn wir ihnen erlauben, durch den Schleier zu reisen, wird es auch anderen möglich sein. Das werde ich nicht erlauben. Und da du die Entscheidung nicht treffen kannst, werde ich sie für dich treffen. Du wirst bleiben, aber sie werden gehen. Ich werde dafür sorgen."

Und mit diesen Worten war sie verschwunden.

20

Die Spannung im Raum war nach Damias abruptem Aufbruch greifbar, alle starrten auf das Sofa, auf dem sie eben noch gesessen hatte. Mit nur 72 Stunden, um sie aufzuhalten, blieb uns nicht viel Zeit, über ihre Worte nachzudenken.

Madison und ich tauschten einen Blick. Die Frage, die wir so lange aufgeschoben hatten, musste nun beantwortet werden.

„Wenn wir sie nicht davon abhalten können, den Schleier zu schließen, aber einen Weg finden, euch hierzubehalten, würdet ihr bleiben?", fragte Madison die Jäger.

Ihre Frage wurde von beunruhigendem Schweigen beantwortet.

„Gebt uns Zeit, darüber nachzudenken", sagte Clayton schließlich.

Es war keine einfache Ja-oder-Nein-Antwort, da nichts konkret war. Selbst wenn sie zugestimmt hätten zu bleiben, wäre es hinfällig, wenn wir keinen Weg fänden, das möglich zu machen. Damia aufzuhalten blieb unser vorrangiges Ziel.

Nachdem ich Madison die Informationen über den *dunklen Stein* gegeben hatte, machte sie sich wieder an die

Arbeit, um herauszufinden, ob es etwas gab, das ihm entgegenwirken konnte. Ihre Hoffnung schien gering. Die meisten magischen Objekte, die von der Supernatural Task Force konfisziert wurden, wurzelten in Hexen-, Magier- oder Feenmagie. Sie war überzeugt, dass der *dunkle Stein* ausschließlich auf Elfenmagie beruhte.

Cory wartete nicht auf eine zugewiesene Aufgabe und deutete an, dass er zusammen mit Alex versuchen wollte, Damia aufzuspüren. Die Wandler mussten einbezogen werden, da ihre magische Immunität gefährdet war. Clayton, Simeon und Kai kehrten zu Mephisto zurück, um Benton zu helfen, der bisher keinen Erfolg gehabt hatte und sich in seiner Frustration eingeredet hatte, dass Damia nicht nur Elfe war. Ich war anderer Meinung – sie war nur geschickter als alle anderen, denen er begegnet war, und der Stein gab ihr einen zusätzlichen Schub.

Mephisto sagte mir, dass er zu mir nach Hause zurückkehren wollte, um mehr über das magische Objekt zu erfahren, das ich von den Wandlern bekommen hatte. Doch ich vermutete, dass er auch Zeit mit den Jägern verbringen wollte – entweder, um Madisons Frage zu besprechen oder um ohne Publikum seiner Frustration Luft zu machen.

Ich hasste es, dass unser neu erworbener magischer Stein, über den wir kaum etwas wussten, unsere größte Hoffnung war.

Bevor Nolan ankam, duschte ich und stand mitten in meinem Schlafzimmer, ein Handtuch um mich gewickelt, feuchtes Haar fiel auf meine Schultern. Die Wärme eines Kusses, den Mephisto auf meine Schulter drückte, vertrieb etwas von der Kälte meiner nassen Haut. Ich war überrascht gewesen, als ich ihn nach dem Duschen wartend vorgefunden hatte.

Er drückte mir noch einen Kuss auf den Hals, schlang die Arme um meine Taille und zog mich an sich. Das beruhigende Gefühl seiner Magie verdrängte die Schmerzen, die ich bis dahin ignoriert hatte.

„Reines Rhodium", flüsterte er enttäuscht. „So kurzfristig konnten wir nicht genug davon beschaffen, um eine Fessel herzustellen. Es mit Palladium zu kombinieren, schien logisch, da ich nicht glaube, dass Palladium keine Wirkung auf Elfen hat, auch wenn sie gering ist."

Ich nickte verständnisvoll und ließ meine Finger über den ecrufarbenen Stein gleiten.

„Was, wenn dieser Stein nichts bewirkt? Was dann?" Angesichts des tickenden Countdowns wusste ich nicht, ob ich jede Sekunde mit Mephisto genießen oder wie verrückt kämpfen und jede Minute nutzen sollte, um ihn anzuhalten. Ein Teil von mir hasste es, dass ich mich bei dem Wunsch ertappte, ich hätte nicht eingegriffen, als die Wandler Damia angegriffen hatten.

Mephisto spürte meine Gedanken. „Du hast das Richtige getan, als du ihr geholfen hast. Sie hat sich als weitaus kompetenter und fähiger erwiesen, als wir erwartet hatten. Ich glaube, sie wäre so oder so entkommen, und ohne deine Hilfe hätte es die Situation nur verschlimmert."

Er setzte sich aufs Bett, zog mich an sich, drückte mich an seine Brust und küsste meine nackte Haut. Der Gedanke, ihn zu verlieren, tat mir im Herzen weh. Sein Blick wurde ernst, als er mich ansah.

„Was ist?", fragte er.

„Ihr habt Madisons Frage nicht beantwortet. Ich weiß, wir konzentrieren uns darauf, Damia aufzuhalten. Aber wenn wir einen Weg finden, euch zu ermöglichen, hierzubleiben, sind wir nicht mehr durch ihre Frist eingeschränkt. Lass sie den Schleier schließen, und wir arbeiten daran, das zu umgehen. Wenn das nicht das ist, was ihr alle wollt, konzentrieren wir uns ausschließlich darauf, Damia zu stoppen."

Er nickte und schenkte mir ein verständnisvolles Lächeln, das ich nicht erwartet hatte. „Wenn es darauf hinausläuft, den Schleier zu schließen und dass wir dauerhaft hierbleiben müssen, dann soll es so sein. Ich habe dir gesagt, dass es sich nicht mehr wie früher angefühlt hat, seit wir zurückgekommen sind. Vielleicht wäre es irgendwann wieder wie früher geworden, aber für uns hat es sich nicht mehr wie zu Hause angefühlt. Vielleicht liegt es daran, dass unsere Interaktion hier anders ist. Eher …"

„Domestiziert?", lachte ich. Im Schleier waren sie gezwungen, ihr animalisches Selbst zu sein. Hier mussten sie das nicht, und ich fragte mich, ob sie darin Trost fanden.

„Nein." Er knabberte spielerisch an meiner Schulter. „Ich will immer noch die Freiheit, mich in beiden Reichen zu bewegen, aber wir mussten zugeben, dass der Schleier vielleicht nicht der Ort ist, an den wir die meiste Zeit gehören."

Mein Mund öffnete sich, doch die Worte blieben mir zunächst im Hals stecken. Schließlich brachte ich ein krächzendes „Bist du sicher? Sind alle damit einverstanden? Sogar Kai?" hervor.

Kais Situation war immer ein zentrales Anliegen für sie gewesen. Sein beschränkter Zugang zu Orten, an denen er fliegen konnte, lastete schwer auf ihnen. Oft wirkte er, als würde er unter der Einschränkung leiden, und es war herzzerreißend für sie, das mitanzusehen.

Mephisto nickte langsam. „Wir hätten diese Entscheidung nicht getroffen, wenn Kai nicht selbst darauf gedrängt hätte. Er hat so sehr gelitten, dass wir nicht wollten, dass er das noch einmal durchmachen muss. Als du vorgeschlagen hast, einen Weg zu finden, uns hier bleiben zu lassen, nachdem der Schleier geschlossen wurde, hat er uns von einer kleinen Stadt erzählt, die er entdeckt hat. Dort kann er fliegen, um die Anspannung zu lindern, ohne entdeckt zu werden. Auch die Gegend in der Nähe des Kerkers der Vampire ist eine Möglichkeit. Beide Orte bieten ihm die Gelegenheit, seine Flügel auszubreiten und zu fliegen, ohne Aufmerksamkeit zu erregen. Es ist nicht ideal, aber für den Moment reicht es aus, während wir weiter nach etwas suchen, das besser für ihn passt."

Ich verstand, was unausgesprochen blieb: Wenn sie nichts Passendes finden konnten, waren sie bereit, alles zu riskieren – sogar ihre Existenz preiszugeben –, um ihm diese Freiheit zu ermöglichen. Ich schwor mir, alles zu tun, um sie zu schützen.

„Clayton ist eine Selbstverständlichkeit. Er scheint hin und weg von einer Frau zu sein, die ihm Handschellen angelegt und gedroht hat, ihn zu verhaften."

„Das musst du wirklich auf sich beruhen lassen", neckte ich ihn, da er sich immer noch darüber empörte. Ihre Geduld mit Asher und Mephisto war am Ende gewesen, besonders nach ihrem ständigen Weitpissen, als ich vermisst wurde.

Mephisto lachte. „Und solange Simeon Tiere hat, mit denen er sich unterhalten kann, ist er glücklich." Ich war immer noch überzeugt, dass Simeon sich nur mit Menschen auseinandersetzte, weil es sich nicht vermeiden ließ, nicht, weil er es wollte.

„Als wir in den Schleier zurückgekehrt sind, war Benton nicht mehr derselbe. Es war offensichtlich, dass er hier am glücklichsten war. Ich vermute, er wird irgendwann darum bitten, von unserer Magie entbunden zu werden, um den Rest seines Lebens hier zu verbringen."

Mephistos Eingeständnis – oder vielleicht war es ein Entgegenkommen – verschaffte mir eine unerwartete Erleichterung. Es löste die Anspannung, die ich seit der Begegnung mit Damia mit mir herumgeschleppt hatte.

Während ich mich an ihn lehnte, ging ich in Gedanken die Möglichkeiten durch, die uns blieben. Es war möglich, den Schleier wieder zu öffnen, aber das würde Zeit kosten.

Es war fraglich, ob sich die Götter vor Damia verstecken konnten, doch ich konnte mir kaum vorstellen, wie sie sie aus diesem Reich vertreiben wollte. Wo konnten sie sicher sein?

Ich richtete mich plötzlich auf und drehte mich zu ihm um.

Er betrachtete mein Gesicht und strich mit dem Daumen über meine Wange. „Was geht dir durch den Kopf?", fragte er mit einem Anflug von Belustigung.

Ich setzte mich rittlings auf seinen Schoß. „Es mag die schlechteste Idee aller Zeiten sein, aber es ist eine solide. Ich bin nicht sicher, welchen Zauber sie verwenden will, um euch von hier weg zu zwingen, aber er muss in der Lage sein, Schleiermagie zu erkennen. Wenn sie eure Magie nicht entdecken kann, könnt ihr nicht vertrieben werden."

Er sah weniger amüsiert und optimistisch aus als zuvor. „Der Blose Chasm. Wir könnten euch dort verstecken, während sie den Schleier schließt."

Seine Augen verdunkelten sich, und sein Daumen strich sanft meine Wange entlang. Die Zärtlichkeit seiner Berührung brachte mich dazu, mich an ihn zu lehnen. Dann hob er mein Kinn, bis sich unsere Blicke trafen, und küsste mich tief und innig. Mein Handtuch löste sich, als ich meine Arme um seinen Nacken schlang. Seine warmen Hände glitten auf meinen Rücken.

„Was sind die Voraussetzungen für den Blose Chasm?" Seine Frage wirkte wie ein ernüchternder Schwall kalten Wassers.

„Magie", flüsterte ich. „Er verlangt, dass Magie geopfert wird."

„Genau." Seine Stimme war sanft. „Wenn es für mich, Clayton, Kai, Simeon und Benton sein soll, würde das das magische Opfer von fünf Elfen erfordern und jemanden, der den Chasm schließt."

„Ihre Magie wird zurückgegeben, sobald ihr den Chasm verlasst, richtig?“

Sein kleines Lächeln erreichte seine Augen nicht. „Glaubst du wirklich, du könntest sechs Elfen davon überzeugen?“

„Fünf“, korrigierte ich. „Ich würde meine Magie für dich opfern.“

„Das will ich nicht“, sagte er entschieden.

„Ich könnte wahrscheinlich zwei finden. Es gibt so viele Dinge, die ich eintauschen könnte, um zwei Elfen zu überzeugen.“

„Also kann ich hier bleiben, während die anderen verbannt werden?“

Ich hasste es, die Verzweiflung in meiner Stimme zu hören, die einen hoffnungslosen Kummer in sein Gesicht gezeichnet hatte. Ich verabscheute es, dass eine weitere fehlgeleitete Elfe uns zwang, unmögliche Entscheidungen zu treffen. Kinder und Heirat – wie konnte ich überhaupt über solche Dinge nachdenken, wenn die Gefahr bestand, dass Mephisto verbannt und im Schleier eingesperrt werden könnte?

„Dann halten wir Damia auf. Das ist die einzige Möglichkeit.“ Sein durchdringender Blick war schwer zu ertragen, also stand ich auf. Ich konnte seine abschätzenden Augen auf mir spüren, während ich mich schnell anzog. Als ich einen kurzen Blick über meine Schulter warf, sah ich sein nachdenkliches Lächeln, in dem eine düstere Entschlossenheit lag, die nichts Gutes für Damia verhieß.

„Sie wird scheitern. Ihr werdet alle hier bleiben. Der Schleier wird geschlossen, und wir finden einen Weg, wie ihr fünf zwischen beiden Welten hin und her reisen könnt“, erklärte ich mit einer unbegründeten Zuversicht, die sich weder auf Fakten noch unsere aktuelle Situation stützen konnte.

Das zentrale Problem blieb: Damia war ein magisches

Kraftpaket mit Fähigkeiten, die wir nicht umfassend kannten. Das machte sie gefährlich. Sie hatte bereits entschieden, dass die Jäger verschwinden mussten, und ließ keinerlei Raum für Verhandlungen.

Ich warf einen weiteren hoffnungsvollen Blick auf den Stein und das Pergament daneben, als mein Handy klingelte. Ich verzog das Gesicht, als ich Landons Nummer auf dem Display sah, und ging ran.

„Erin", zischte er. „Hast du aus den letzten Tagen nichts gelernt? Halte dich aus Vampirangelegenheiten heraus! Das ist deine letzte Warnung."

„Danke für die Bestätigung", erwiderte ich. „Das ist das letzte Mal, dass ich dich bitte: Gib mir 48 Stunden. Wie wahrscheinlich ist es, dass du nach dem, was heute passiert ist, mehr Erfolg haben wirst als ich?"

„Das Rudel hat sich eingemischt", blaffte er.

„Und sie werden es wieder tun. Dir ist klar, dass sie nicht nur Damia wollten?"

Ein abruptes Schweigen folgte, das alles unterbrach, was er sagen wollte. „Was?"

„Hör auf, ihnen zu vertrauen. Xavier scheint nicht vertrauenswürdiger zu sein als Lilith, und wenn du nicht genauso enden willst wie sie, solltest du dir diese Zeit nehmen. Damia wird nicht zuerst zuschlagen, aber wenn du sie nochmal angreifst, werden weitere Vampire sterben."

„Ich kann dir diese Zeit nicht geben. Wir versuchen, eine Frau aufzuhalten, die uns mit einem bloßen Hauch eines Zaubers töten kann. Das kann ich nicht ignorieren."

„Wir kümmern uns darum. Aber ich will sie lebend, und du gibst mir den Eindruck, dass du das nicht willst. Vergiss diesen Plan."

„Ich habe mein Ego für das Allgemeinwohl zurückgestellt. Ich rate dir, dasselbe zu tun."

„Es ist nicht mein Ego, das diese Bitte stellt. Ich habe nicht gelogen, als ich gesagt habe, dass sie mich tot sehen will. Ich habe sie nicht gerettet, um mich einzuschmeicheln. Ich werde sie aufhalten, und sie wird den Vampiren nichts anhaben können. Aber –"

„Kein Aber, Erin. Ich überlasse das nicht dir. Ich kann das Kopfgeld auf dich aufheben, aber wenn du noch einmal eingreifst, werde ich dich nicht beschützen."

„Beschützen?"

Ein kurzes, scharfes Schweigen folgte, bevor er sagte: „Deine Fähigkeiten sind ein Problem. Deshalb wollten sie auch dich. Halt dich zurück. Was du heute getan hast, hat es mir schwer gemacht, auch nur um dein Leben zu bitten."

Mephisto nahm mir das Handy aus der Hand. „Du musst dir um Erins Leben keine Sorgen machen. Sie hat um 48 Stunden gebeten. Gib sie ihr und halte deine Vampire von ihr fern. „Wenn sie auch nur stolpert oder sich die Knie aufschürft, während sie mit deinen Vampiren zu tun hat, werde ich zu einem Problem, das du und Xavier nicht haben wollt."

„Ich lasse mich nicht von Drohungen beeindrucken", knurrte Landon.

„Was ist mit Versprechungen? Denn die mache ich. Komm Erin, ihrer Familie oder ihren Freunden zu nahe, und ich werde der Vollstrecker der Strafe sein, die du verdienst." Mephistos leise, bedrohliche Worte waren das Letzte, was er sagte, bevor er auflegte.

Als das Handy erneut klingelte, dachte ich, es sei Landon, und war bereit, ihm genau wie Mephisto zu antworten. Doch mein Ärger verschwand, als Nolan am anderen Ende der Leitung sagte, er sei in zehn Minuten da.

21

Nolan kam mit einer Tasche voller Bücher, Papiere, kleiner magischer Gegenstände und einer Entschlossenheit, die meiner entsprach. Als er das Pergament las, schien er kurz den Faden zu verlieren, warum er hier war.

„Das ist absolut faszinierend", murmelte er und ließ seinen Blick über die Worte gleiten. „Wir sind wirklich eine geistreiche Gruppe." Seine Stimme war leise, fast ehrfürchtig.

Man konnte Nolan nicht vorwerfen, die Elfen nicht zu lieben, und genau das bewunderte ich an ihm. Während ich ihm alles über Damia erzählte, gab ich zu, dass ich mich ein bisschen dumm fühlte, weil ich bei ihr nicht drastischere Maßnahmen ergriffen hatte. Doch ich war froh, dass Mephisto nach Hause zurückgekehrt war, um den anderen zu helfen, und mir so Zeit allein mit Nolan ließ.

„Sie ist fehlgeleitet", sagte er mit einer väterlichen Sorge in seiner Stimme. „Wenn du eines immer wieder demonstrierst, dann, dass du nicht wie Malific bist. Wenn du gewinnst und Damia am Leben bleibt, werden auch andere das erkennen." Seine Augen, voller Sanftheit, suchten meinen Blick. „Das ist es, was du willst, nicht wahr?"

Ich nickte stumm, während ich die Tränen wegblinzelte, die mir in die Augen gestiegen waren.

„Vermisst du es, mit ihnen interagieren zu können?", fragte ich schließlich.

„Natürlich. Aber sie haben ihre Wahl getroffen. Ich habe dich, und das ist besser als Havenage."

Eine schöne Lüge, die ich zu schätzen wusste.

Elbisch zu lernen, war eine Frage des Überlebens für mich, denn die Fähigkeit, es zu lesen, machte meine Magie stärker. Für Nolan dagegen war es ein Genuss, eine Tür zur schier endlosen Geschichte der Elfen, die ihm sonst verschlossen gewesen wäre.

„Warum sind wir so unglaublich geistreich?", fragte ich nachdenklich.

„Ich habe nicht ‚unglaublich' gesagt", neckte er mich und strich mir eine Haarsträhne aus dem Gesicht. Ich lächelte bei der Berührung und ergriff seine Hand.

„Unsere Magie scheint immer einen Notfallplan zu haben." Eine traumatische Reaktion auf die beinahe vollständige Ausrottung, dachte ich. Als ich neben Nolan saß, spürte ich die Verbindung zu ihm und verstand seine Sehnsucht, nach Havenage eingeladen zu werden. Es bot eine Gelegenheit, sich über ihre Geschichte und das Überleben auszutauschen.

Meine Absichten, warum ich mit Damia nicht den einfachen Weg gegangen war, wurden klarer: Sie war fehlgeleitet, definitiv labil, aber sie strebte keine Macht an. Sie wollte Sicherheit. In ihren Augen stellten die Bewohner des Schleiers eine Bedrohung dar.

Nolan tippte nachdenklich auf den Stein. „Das ist ein *Lexis-Stein*, ein Gegenstück zum *dunklen Stein*."

„Kann er ihre Bindung an den *dunklen Stein* lösen?"

Seine Miene wurde ernst, die Stirn tief in Falten. „Wir mögen geistreich sein, aber wir sind nicht sehr direkt", räumte er ein. „Hier steht, dass er das Licht gegen die Dunkelheit ist. Ein Schild gegen das Schwert."

„Ein Schild gegen das Schwert ergibt mehr Sinn. Wenn der *dunkle Stein* je eingesetzt wird, um Schaden zu wirken, gehe ich davon aus, dass der *Lexis-Stein* das verhindern kann", spekulierte ich.

Während ich die Worte in meinem Kopf wieder und wieder durchging, kam mir die Idee, mich wie Damia an den Stein zu binden und einen Umkehrzauber zu wirken, um beide Steine nutzlos zu machen. Dadurch könnte ich ihr die verstärkten magischen Fähigkeiten nehmen. Ich erklärte Nolan meine Hypothese, und er dachte so lange darüber nach, dass ich seinen Widerspruch erwartete.

„Ich denke, du hast weitgehend recht. Aber ich glaube nicht, dass eine Umkehrung der richtige Ansatz ist." Er schrieb einen Zauberspruch auf, und als ich ihn sah, wich ich sofort zurück.

„Das will ich nicht tun!" Erinnerungen an Elizabeths Manipulation, die mich an Malific gebunden hatte, drohten, mich zu überwältigen. Ich durfte nicht noch einmal an jemanden gebunden werden – schon gar nicht an Damia.

Er nahm meine Hände sanft in seine und sah mir tief in die Augen. „Ich würde dich nie in Gefahr bringen, Erin. Das musst du wissen." Seine warme Berührung ließ die Panik langsam abklingen. Ernsthaftigkeit und Sorge um mich spiegelten sich in seinem Gesicht wider.

„Erin", sagte er leise, „das weißt du doch, oder?"

„Ich weiß." Ich atmete zitternd ein und fragte beim Ausatmen: „Was machen wir?"

Nolan ging mit der gewohnten Sorgfalt ans Werk. Er schrieb die Zaubersprüche phonetisch aus dem Elbischen um, räumte Gegenstände aus dem Weg und schaffte Platz, als ob er mit einem magischen Ausbruch rechnete, der Chaos anrichten könnte. Nachdem er fertig war, stand er nachdenklich in der Mitte des Raumes.

„Bist du wirklich bereit, den Schleier zu schließen?", fragte er schließlich.

Ich nickte. „Nicht nur, um Damia zu besänftigen. Madisons Leben wäre einfacher, wenn es passiert. Aber ich mache mir Sorgen, dass es Mephisto und seine Brüder daran hindern könnte, in ihre Heimat zurückzukehren. Und es könnte Jahre dauern, bis sie einen Weg finden, die Magie zu überwinden. Mephisto sagt, sie wären damit einverstanden, aber ich hasse es, dass sie diese Entscheidung treffen müssen."

„Erin, du kannst nicht alle davor bewahren, mit unbequemen oder unglücklichen Konsequenzen zu leben. Gib dein Bestes, um das Richtige zu tun. Den Schleier zu schließen, ist das Richtige. Dass sie hier leben können, ist das Richtige. Damias Leben zu retten, ist das Richtige", sagte Nolan bestimmt.

Seine Worte brachten eine kleine Erleichterung. Er ging zu seiner Tasche, holte ein Notizbuch und einen kleinen Gegenstand heraus und blätterte die Seiten durch, bevor er sie mir zeigte. „Elizabeth hatte einen Weg gefunden, ihn zu schließen."

Es schien ihm wehzutun, ihren Namen auszusprechen. Er blickte zur Seite, als er weitersprach. „Ich glaube, sie hatte fest vor, ihn mit dir darin zu schließen." Sein Blick kehrte auf das Papier zurück, und er zeigte auf einen bestimmten Teil des Zaubers. Soweit ich ihn verstand, schien es sich um einen Beschwörungszauber zu handeln.

„Wie bist du zu dieser Schlussfolgerung gekommen?", fragte ich.

„So würdest du auf Elbisch genannt werden. Da du die Einzige deiner Art bist, ist dieser Zauber speziell für Magie wie deine formuliert." Er deutete auf ein bestimmtes Wort im Text und beobachtete mich aufmerksam, während ich die neuen Informationen verarbeitete. Als er sicher war, dass ich nicht überwältigt war, fügte er hinzu: „Dieser Teil schließt den Schleier.“

Er zog einen Bleistift hervor und markierte eine Passage. „Nur dieser Abschnitt. Nichts weiter.“

Ich nickte und bemühte mich, die Informationen zu verarbeiten, die er mir gab, und wie schwer es für ihn gewesen sein musste, diese Zauber zu entdecken. Wahrscheinlich hatte er sie gefunden, als er Elizabeths Haus nach ihrem Tod ausgeräumt hatte.

Während ich durch die Zauber blätterte, fragte ich mich, ob das Notizbuch etwas war, das zerstört werden musste. Damia hatte vor, den *dunklen Stein* zu zerstören, und ich hatte denselben Plan für den *Lexis-Stein* und Elizabeths Zauberbuch.

„Zerstöre den *Lexis-Stein*, aber nicht Elizabeths Zauberbuch. Lass es mich behalten. Bitte.“ Nolan verstand mich in so kurzer Zeit so gut – oder vielleicht hatten wir so viele Gemeinsamkeiten, dass er wusste, wie ich tickte, weil er ähnlich gehandelt hätte.

Ich vertraute darauf, dass er die Zauber nicht missbrauchen würde. Außerdem waren seine magischen Fähigkeiten begrenzt, sodass er viele von ihnen allein gar nicht ausführen konnte. Diese Artefakte waren alles, was ihm von seiner Schwester geblieben war, die sowohl ihre Genialität als auch ihre Fehler offenbarten.

„Natürlich.“

Er lächelte und führte mich in die freie Mitte des Raumes. „Sprich den Zauber, um dich an den *Lexis-Stein* zu binden“, wies er mich an. „Spüre, was er kann. Mach dich damit vertraut.“

Glücklicherweise war der Zauber kurz und erforderte kein Blut, was ihn potenziell gefährlich machte, da er schnell beschworen werden konnte. Ich fragte mich, wie klug es war, dass jeder diesen Zauber besitzen und ausführen konnte. Vielleicht war die Einfachheit ein Hinweis darauf, dass es wichtig war, schnell auf den *Lexis-Stein* zugreifen zu können.

Als ich den Zauber aufsagte, erwärmte sich der Stein in meiner Hand, und unsichtbare Kräfte hielten mich fest.

„Geht's dir gut?", fragte Nolan besorgt.

Ich nickte knapp, während eine neue, ergänzende Magie durch mich strömte. Eine ruhige, kraftvolle Woge der Macht durchflutete mich, während lehmbraune Zeichen über meine Finger krochen. Ich verstand plötzlich, warum Damia so selbstsicher war. Die Magie fühlte sich allmächtig an und übertraf alles, was ich bisher erlebt hatte. Ich war dankbar, dass Fabian nie gelernt hatte, wie man sie einsetzte.

Nolans Gesichtsausdruck spiegelte eine Mischung aus Sorge und Neugier wider.

„Mir geht's gut", bestätigte ich. „Aber versprich mir, dass du es tust, falls ich zögere, den *Lexis-Stein* zu zerstören."

„Natürlich."

Ich musste die Fähigkeiten des Steins ausloten. Nolan schrieb schnell einen *adligatura*-Zauber um mich, doch ein einfacher Umkehrzauber von mir löschte die Sigillen aus. Seine Augen weiteten sich überrascht, bevor ein triumphierendes Lächeln seine Lippen umspielte.

Eine Idee nahm in meinem Kopf Formen an. Ich beschwor einen Ortungszauber in der Hoffnung, dass der *Lexis-Stein* sofort nach seinem Gegenstück suchen würde. Ein leichter Ruck durchfuhr mich, während die dunkle, ätzende Magie des *dunklen Steins* sich an den *Lexis* zu binden schien. Sie waren leicht zu unterscheiden, aber gleichermaßen mächtig. Ich wusste sofort, dass ich das Gegenstück des *Lexis* gefunden hatte.

Ich sprach schnell einen Gegenzauber, in der Hoffnung, die magische Verbindung zwischen Damias und meinem Stein zu trennen. Ich vermutete, dass, solange wir den Gegenzauber aufrechterhielten, keine von uns Zugang zu der Magie hätte.

Die Zeichen auf meiner Hand wurden heller und flackerten. Als der Stein von goldenen Linien durchzogen wurde, durchfuhr mich ein heftiger Schock, gefolgt von einer Explosion aus Schmerz. Ein Ziehen, das sich zu einem grausamen Reißen entwickelte, als ob der Stein sich mit Gewalt von mir lösen wollte. Ich ignorierte das heftige Klopfen an meiner Tür, hielt die Qualen aus und setzte den Zyklus der Zaubersprüche fort.

Plötzlich flog die Tür auf, und Damia stürmte herein. Ihr Gesicht nahm einen Ausdruck von Bedauern und Missbilligung an. Die onyxfarbenen Zeichen auf ihrer Hand und ihren Fingern waren verblasst und nahmen nun einen weichen Grauton an, während sie sich von ihr lösten.

„Hör auf damit", verlangte sie mit zitternder Stimme. Es klang mehr nach einer verletzten Bitte als nach einer strengen Aufforderung, während die goldenen Zeichen auf meiner Hand langsam verblassten. Damia legte ihre leere Hand auf meine, die den Stein umklammerte, und lenkte meinen Blick auf den Mondring an ihrer anderen Hand. Mondringe wurden von Wandlern genutzt, um das Wandeln zu verhindern. Es war eindeutig, dass sie den Ring einsetzte, um die magische Immunität der Wandler mit dem *dunklen Stein* aufzuheben.

„Was machst du mit diesem Ring?"

„Gleichgewicht herstellen", keuchte sie, während sie ihren *dunklen Stein* fest umklammerte. Es war keine direkte Bestätigung, aber ich war sicher, dass ich sie bei einem Zauber unterbrochen hatte, der die Wandler zum Ziel hatte. Sie sah ihre Immunität als ein Ungleichgewicht, das es zu korrigieren galt.

Ich schüttelte den Kopf, sprach die Zaubersprüche weiter und beobachtete, wie sich die Zeichen von uns beiden lösten. Verzweiflung und Panik spiegelten sich in Damias Gesicht wider. Plötzlich schwebte eine große Kerze in meine Richtung. Ich ließ mich auf die Knie fallen, um auszuweichen, doch weitere Gegenstände flogen auf mich zu. Nolan, den Damia nicht bemerkt hatte, wehrte die Angriffe mit seiner Magie ab. Wut und eine nahezu grenzenlose Entschlossenheit trieben sie an.

Damia stürzte sich auf mich, sobald ich aufgestanden war, und überraschte mich mit einem heftigen Schlag auf die Wange. Die Anstrengung, unsere Bindung an die Steine aufrechtzuerhalten, ließ uns planlose Schläge und Hiebe austauschen. Während wir am Boden rangen, demonstrierte Damia unerwartete Wehrhaftigkeit, die mich in eine Kampf-oder-Flucht-Reaktion zwangen. Sie ließ meine Schläge über sich ergehen, die ich ihr in die Seite und auf den Körper versetzte, und zielte auf meine Hand, bis der Mondring zerbrach, als er gegen den Stein schlug. Ein Stück meines Steins splitterte ab, und ein triumphierendes Lächeln huschte über ihr Gesicht.

„Du kannst mich nicht besiegen", keuchte sie. „Das kann ich nicht zulassen."

Sie löste sich von mir, kroch ein Stück weg und blieb auf allen Vieren, bevor sie sich langsam aufrichtete. Schließlich warf sie mir ein zitterndes, siegreiches Lächeln zu. Langsam wich sie zur Tür zurück, ohne mich aus den Augen zu lassen. Sie nutzte alle Kraft, die sie aufbringen konnte, um aus der Tür zu entkommen. Mit derart erschöpfter Magie konnte sie nicht mehr wynden.

Fluchend betrachtete ich den Zustand des *Lexis-Steins*, wohl wissend, dass der Schaden ihn unbrauchbar machte, um unsere Bindung zu lösen. Mein erster Instinkt war, ihr zu folgen, doch blutrote Flecken auf dem Stein hielten mich zurück. Unser Kampf war auf seltsame Weise ein Sieg für uns beide: Ich konnte sie nun überall finden und hatte einen Weg gefunden, sie aufzuhalten.

Ich verstaute den *Lexis-Stein* und eilte dann zur Tür.

„Wohin gehst du?", fragte Nolan.

„Nach Havenage. Ich muss mit Sanaa sprechen."

22

Es überraschte mich nicht, dass Nolan sich ungefragt meinem Ausflug anschloss. Während er schweigend neben mir saß, spiegelten seine Seitenblicke eine Mischung aus Unglauben und Entsetzen wider. Meine Idee war weder so ambitioniert noch so unüberlegt, wie sie zunächst schien. Je näher wir Havenage kamen, desto zuversichtlicher wurde ich. Vielleicht lag es an Nolans gelegentlichem Nicken, das ich als ermutigendes „Du schaffst das. Es wird klappen.“ interpretierte.

Wir parkten an unserem üblichen Platz und bereiteten uns mental auf den Schmerz und die erdrückende Macht der Schutzzauber vor. Während ich die Distanz zwischen uns und dem bevorstehenden Hindernis überblickte, kam mir ein Gedanke.

„Ich frage mich, ob ich den Schutzzauber zerstören kann.“

„Das ist keine gute Strategie, um dich einzuschmeicheln. Und glaub mir, das wirst du tun müssen“, warnte Nolan. Er nahm meine Hand und drückte sie. Wir seufzten fast synchron, bevor wir uns zum Eingang aufmachten.

Noch bevor wir ein paar Schritte gegangen waren, kam Sanaa uns entgegen. Sie sah uns missbilligend an, ihr durchdringender Blick wanderte von mir zu Nolan und wieder zurück.

„Hast du deine Meinung geändert?“, fragte sie scharf.

„Nein, ich bin hier, um deine zu ändern“, antwortete ich.

Ein zynisches Schmunzeln huschte über ihre stählerne Miene und ließ meinen eben noch gehegten Optimismus verblassen.

„Damia ist eine begabte und engagierte Magieanwenderin. Wenn dein Ziel Stärke und Schutz ist, willst du sie an deiner Seite. Und möchtest du wirklich, als vorläufige Anführerin der Elfen, dass dein Wunsch, jemanden von deiner eigenen Spezies zu töten, bekannt wird? Sie ist ein fehlgeleitetes Problem, ja, aber eines, das von dem tiefen Wunsch getrieben wird, die Elfen zu beschützen und das Gleichgewicht wiederherzustellen, das ihrer Meinung nach gestört wurde. Ist das wirklich so anders als das, was du willst? Nimm sie wieder in die Gemeinschaft auf und zeig ihr, dass es dir um den Schutz der Elfen geht und nicht um Macht, und du wirst ihre Loyalität gewinnen“, schlug ich vor.

Sanaas Gesicht blieb unbewegt, aber ein Hauch von Nachdenklichkeit schlich sich in ihre Augen.

„Du wirst sie haben“, fuhr ich fort, „das Black Crest-Grimoire und die anderen Elfengegenstände, die sie Fabian gestohlen hat.“ Ich zögerte, die anderen Artefakte zu erwähnen, die das Rudel hatte – ich war mir nicht sicher, ob ich sie überhaupt bekommen könnte.

Ihr kalter Gesichtsausdruck wurde wärmer, als sie über meinen Vorschlag nachdachte. „Und was muss ich dafür tun?“

„Schränke meine Magie ein und schließe den Schleier.“

Damit hatte ich ihre ungeteilte Aufmerksamkeit.

Ich hatte so viele Deals geschlossen, Versprechen gegeben und Zugeständnisse gemacht, dass ich, falls ich scheitern sollte, nicht behaupten konnte, es nicht versucht zu haben. Der Schleier würde geschlossen werden, wie Madison, Damia und Sanaa es wollten. Wenn die Elfen vor das Komitee traten, um sich offiziell registrieren zu lassen, würde das ihre Rolle bei der Schließung des Schleiers als positiver Beitrag angesehen und jegliche Vorbehalte ihnen gegenüber entkräften. Doch trotz aller Anstrengungen lag die größte Herausforderung noch vor mir: die Jäger und meine Freunde zu überzeugen.

Mit Nolan, Mephisto, den Jägern, Madison und Cory fühlte sich der Raum nicht überfüllt an, doch die Anspannung machte ihn erdrückend. Nachdem ich alles berichtet hatte, herrschte eine eisige Stille, während böse Blicke in meine Richtung schossen und unausgesprochene Einwände den Raum zu fluten schienen.

Clayton hielt Madison fest in den Armen, sein Kinn ruhte auf ihrem Kopf. Es war eine liebevolle, beschützende Geste, doch ihre zusammengekniffenen Augen und der feindselige Ausdruck verrieten ihren Ärger.

„Hast du durch Schlafentzug deinen Verstand verloren?“, fragte Madison schließlich mit einem spröden Flüstern, das vor Wut zitterte. „Wie konntest du solche Vereinbarungen treffen, ohne uns Bescheid zu sagen? Warum solltest du Sanaa überhaupt ohne uns besuchen? Weißt du, wie gefährlich das war?“

„Ich bin froh, dass jemand das gesagt hat“, mischte sich Cory ein, während er auf dem Sofa saß und nervös mit seinen Händen spielte, als ob es zu schwer für ihn war, mich anzusehen.

„Damia wird alle, die nicht hierher gehören, zurück in den Schleier schicken und ihn schließen. Ihr haben zugestimmt zu bleiben, wenn der Schleier geschlossen wird. Ich musste einen Weg finden, das möglich zu machen.“

Madison wirkte weniger überrascht über die Bereitschaft der Jäger zu bleiben als verärgert darüber, dass ich mich allein in eine potenziell gefährliche Lage begeben hatte.

Während ich das kleine Ortungsgerät betrachtete, war ich überzeugt, dass mein Plan funktionieren würde. Damias Entschlossenheit, den *Lexis* mit allen Mitteln zu zerstören, hatte mir eine Möglichkeit gegeben, sie überall aufzuspüren.

„Ich sag's ganz ehrlich: Drogen. Und zwar das harte Zeug. Wie sonst könnte man sich so einen Grad an Wahnvorstellungen erklären?", fügte Cory sarkastisch hinzu.

Die Spannung in Mephistos Gesicht war herzzerreißend. Für ihn war die einfachste Lösung, den Schutz, den ich Damia gewährte, aufzuheben und sie ihrem Schicksal zu überlassen. Die Vampire hatten klargemacht, dass sie sie töten wollten. Ein Hinweis über das, was sie mit den Wandlern vorhatte, würde vermutlich reichen, um sie noch entschlossener zu machen. Ich könnte verraten, wo sie war, und die Sache wäre erledigt.

Aber ich wollte nicht an ihrem Tod beteiligt sein. Es gab nur einen Weg, die Situation zu reparieren, und dafür musste ich alles auf eine Karte setzen.

„Es ist keine Wahnvorstellung", entgegnete ich ruhig. „Ich werde nicht hilflos sein. Ich werde nur für kurze Zeit wieder die, die ich einmal war. Nur so kann ich ihre Magie nehmen und ihre Bindung an den *dunklen Stein* brechen. Ohne ihn kann sie den Schleier nicht schließen."

Alle Augen wanderten zu Nolan, in der Hoffnung, dass er mich zur Vernunft bringen könnte.

„Ich bin nicht begeistert davon", begann er zögerlich, „aber wir haben keine bessere Lösung. Sie wird nicht so sein wie früher, weil die magische Einschränkung nur vorübergehend ist. Und natürlich werde ich bei diesem Zauber helfen."

Sein Angebot brachte nicht die Erleichterung, die er vielleicht erwartet hatte. Trotz seiner Fähigkeiten fehlte ihm im Vergleich zu Vollelfen magische Kraft.

„Also sollen Sanaa und ihre Bande den Blose Chasm öffnen, um die Jäger und Benton dort einzusperren, während jemand den Schleier schließt?“, warf Cory skeptisch ein.

„Dann willst du Damia und Sanaa erlauben, den Schleier zu schließen?“, fragte Kai vorsichtig.

Ich nickte. „Ich will Damia ihre Magie nicht nehmen, aber wenn sie sich weigert, euch nicht im Schleier einzusperren, werde ich es tun. Sanaa wird nur helfen, wenn sie den Schleier schließen darf, und dafür muss sie Elizabeths Zauber nutzen. Es spielt keine Rolle, ob Damia oder Sanaa den Zauber ausführt – jeder, der in den Schleier gehört, wird aus diesem Reich gezogen und dort eingesperrt.“

„Außer uns“, fügte Clayton mit einem breiten Lächeln hinzu. Sein Selbstbewusstsein schien ein Gegengewicht zu der Unsicherheit zu sein, die Madison ausstrahlte.

„Und Sanaa konnte die Elfen davon überzeugen, uns in den Blose Chasm zu bringen, ihre Magie zu opfern und uns dann wieder gehen zu lassen?“, fragte Mephisto zum dritten Mal, ohne dass sich die Antwort geändert hatte.

Ich nickte erneut. Fabian hatte mich gewarnt, dass die Magie nach dem Öffnen des Blose Chasm geschwächt würde, doch ich war der lebende Beweis dafür, dass das nicht der Wahrheit entsprach. Wahrscheinlich war es, wie so oft bei Fabian, ein Manipulationsversuch gewesen.

„Aber nur, wenn ihr alle einen Eid leistet, der euch daran hindert, irgendjemanden mit Elfenblut zu verletzen.“

Mephisto winkte ab, und ich war mir nicht sicher, ob es an seiner Zuversicht lag, den Eid umgehen zu können, oder daran, dass er tatsächlich bereit war, ihn zu leisten. Er hatte lediglich gezögert, als Sanaa verlangt hatte, dass der Eid unmittelbar vor der Öffnung des Blose Chasm abgelegt werden sollte.

„Aber warum lässt du sie den Schleier schließen? Warum machst du es nicht?“, fragte Cory, wobei seine Frage mehr von Gehässigkeit als echtem Interesse getrieben war. Seine zusammengepressten Lippen verzogen sich missbilligend. „Du machst Sanaa zu viele Zugeständnisse, und sie wird dich für schwach halten."

„Ein Löwe muss niemanden davon überzeugen, dass er ein Raubtier ist", sagte Clay ruhig. Seine Worte erinnerten mich an die subtilen – na ja, vielleicht nicht ganz so subtilen – Hinweise, dass er ein Gott war, die er mir gegeben hatte, als ich versucht hatte, vor ihm damit zu prahlen, dass ich eine Halbgöttin war. Ich lächelte ihn dankbar an. Von allen hätte ich nie erwartet, dass Clay sich als mein größter Unterstützer erweisen würde. Vielleicht war er nicht mit all meinen Entscheidungen einverstanden, aber Madisons Einfluss hatte ihn dazu gebracht, auf meiner Seite zu stehen.

Madison dagegen sah aus, als würde sie mich am liebsten in einen abgelegenen Raum zerren, um mich dazu zu zwingen, den größten Teil meines Plans aufzugeben.

„Es ist ein Zeichen des guten Willens. Wenn wir ihnen erlauben, den Schleier zu schließen, gibt es ihnen das Gefühl, aktiv dazu beizutragen, nachdem sie so viel durch die Bewohner des Schleiers gelitten haben", erklärte ich.

„Du vertraust Sanaa?", fragte Simeon skeptisch.

Ich verzog das Gesicht und wedelte meine Hand in einer unentschlossenen Geste hin und her. „Welchen Vorteil hätte es für sie, mich ohne meine Magie zu lassen?"

„Sie könnte das allein schon aus dem Grund wollen, dass sie dich nicht mag", erwiderte Cory.

„Das stimmt nicht …"

„Es reicht. Wir sollten jetzt mit der Intervention beginnen", unterbrach mich Cory, stand auf und fügte mit übertriebener Ernsthaftigkeit hinzu: „Ich google den Prozess. Wenn jemand sie bitte festhalten würde, damit sie nicht wegrennt?"

Ich lachte, weil ich keine andere Wahl hatte.

Nolan sagte ruhig: „Du kannst ihr vertrauen. Sie ist nicht Fabian oder Elizabeth. Im Gegensatz zu dem, was du erlebt hast, bevorzugen Elfen es, unter sich zu bleiben. Frieden ist uns wichtiger als Krieg. Erin bietet Frieden an. Der *dunkle Stein* wird zerstört, und Damia wird für uns alle weniger problematisch sein. Wenn alles gut läuft, wird sie sich der Gemeinschaft wieder anschließen und die Wahrscheinlichkeit, dass sie in Zukunft eine Bedrohung darstellt, wird geringer.“

„Was, wenn sie bereit sind, die Magie der fünf Elfen zu opfern und euch im Blose Chasm zu halten? Wir haben keine Möglichkeit, etwas dagegen zu unternehmen“, wandte Madison ein.

„Dann sieht es so aus, als müsstet ihr uns vertrauen“, kam Sanaas Stimme von der anderen Seite der Tür. Als sie eintrat, folgten ihr zehn weitere Elfen in den Raum.

„Ich bin nicht sehr vertrauensselig“, gestand Madison.

„Bist du pragmatisch?“, fragte Sanaa. „Wenn wir zusammenarbeiten, gewinnen wir alle. Damias Beharrlichkeit und Wissen werden uns zugutekommen.“ Es war klar, dass Sanaa insgeheim darauf hoffte, dass Damias Anwesenheit ihr Zugang zum Black Crest-Grimoire verschaffen würde. „Ich möchte keinen Konflikt mit Erin, und die Elfen werden sich nicht von ihr unterwerfen lassen. Ein Verrat von einer von uns würde Konsequenzen nach sich ziehen, die uns weder gefallen noch nützen würden.“

Ich verdrehte die Augen und fragte mich, ob Misstrauen, kaum verhohlene Feindseligkeit und unterschwellige Drohungen auf ewig Teil meiner Beziehung zu den Elfen sein würden.

Sanaa bemerkte meine Reaktion und fügte hinzu: „Du hast unser Wort. Wenn du uns vertraust, werden wir dir vertrauen. Ich will keinen Zermürbungskrieg oder einen Pyrrhussieg. Darum geben wir Damia die Chance, sich uns anzuschließen. Das Ergebnis bleibt dasselbe: Der Schleier wird geschlossen, der *dunkle Stein* zerstört.“

23

Ohne Zeit zu verlieren und scheinbar mit allen an Bord, wurde das Blut, das Damia auf dem beschädigten *Lexis* hinterlassen hatte, für den Ortungszauber verwendet. Nachdem wir ihren Aufenthaltsort gefunden hatten, verließen wir alle meine Wohnung. Bevor ich gehen konnte, ergriff Mephisto meinen Arm.

„Ich liebe dich", flüsterte er. Ich blieb wie angewurzelt stehen und sah ihn an. Die Qual in seiner Stimme ließ mich mich umdrehen und in seinem Gesicht nach Antworten suchen. Hatte ich einen Fehler oder ein Problem in meinem Plan übersehen?

Ich nahm sein Gesicht in die Hände und sagte: „Ich liebe dich auch."

Unsere Blicke trafen sich.

„Was ist los?", fragte ich.

„Ich weiß, dass es hart für dich sein wird, ohne deine Magie zu sein, und ich weiß alles zu schätzen, was du für uns getan hast. Für meine Brüder."

„Ihr habt auch Opfer gebracht. Eure Bereitschaft, hierzubleiben, trotz geringer Aussichten, in den Schleier zurückzukehren."

Sein leises Lächeln verriet seine Gefühle darüber, dass sich der Schleier für ihn und die anderen nicht mehr wie ein Zuhause anfühlte. Er hatte den Verlust des Schleiers vielleicht nicht als Opfer gesehen, aber er war sein Fundament und barg Erinnerungen, und es würde schwer werden, ihn nicht besuchen zu können, selbst wenn es nur aus Nostalgie wäre.

„Hast du Angst?", fragte er.

„Ja", gab ich zu. „Ich möchte, dass es vorbei ist, und ich möchte die Last loswerden, Malifics Tochter zu sein. Und dabei einige schreckliche Fehler wiedergutmachen. Ich hasse es, dass sich der Schleier schließt, aber es wird so vielen Seelenfrieden bringen. Es wird die Angst beseitigen, dass jemals wieder jemand wie Malific hindurchkommen könnte."

„Malific war einzigartig", sagte er.

Leider hatte er recht. Selbst die Jäger besaßen nicht die scharf fokussierte, bösartige Gewalt, das Chaos, die Machtgier und den Durst nach Rache, die sie besessen hatte. Sie hatte Taten begangen, die so schrecklich waren, dass nichts die schreckliche Meinung der Elfen über Götter und sogar Halbgötter zu ändern schien.

„Glaubst du, dass Damia in Zukunft kein Problem sein wird? Lässt du dich von deinem Herzen oder deinem Verstand leiten?"

„Beides. Denn ohne beides existiert nichts. Selbst in schierer Gewalt existieren Emotionen. Dem kann man nicht ausweichen. Ich bin pragmatisch, und ich glaube, Damia ist es auch. Wenn sie sich nicht zur Vernunft bringen lässt, werde ich gezwungen sein, grausam pragmatisch zu sein. Wenn das nicht funktioniert, werde ich ihr in den Schritt treten."

Sein tiefes, melodisches Lachen brach die Anspannung. „Weil meine Erin einen guten, schmutzigen Kampf liebt."

Ich nickte. „Und es ist so unerwartet, wenn man es mit

einer Frau zu tun hat. Das fassungslose Gesicht allein ist es wert. Es macht mich glücklich", witzelte ich.

Seine Miene wurde ernst. „Das ist es, was ich für dich will, Erin. Dass du glücklich bist. Dass *wir* glücklich sind."

„Das werden wir sein", sagte ich und führte ihn zur Tür hinaus. Glück, weniger Drama, Frieden und meine Fähigkeit, unsere Beziehung über ein Date hinaus zu sehen, das nicht im Chaos endet oder durch Probleme getrübt wird, die wie ein Damoklesschwert über uns hängen. Sobald wir das hatten, würde ich es nie als selbstverständlich ansehen.

Damia in einem winzigen, verfallenen Haus am Arsch der Welt, umgeben von Ödland zu finden, war unerwartet. Das Gras in der Nähe des Hauses war versengt, und ich hatte keine Ahnung, warum. Fehlgeschlagene Zaubersprüche? Oder war es vom Vorbesitzer? Das kleine, weiße Haus mit den ungepflegten Stufen, den wackelig wirkenden Rundumgeländern und dem verwilderten Garten zeigte Damia als das, was sie war: eine Frau auf der Flucht. Möglicherweise eine unberechenbare Frau auf der Flucht. Hoffentlich war sie es leid. Jeweils ein Stück weit entfernt auf beiden Seiten standen ein paar Häuser in ähnlichem Zustand. Die Entfernung bot Privatsphäre, aber so, wie sie aussahen, war ich mir nicht sicher, ob sie überhaupt bewohnt waren.

Wir hatten ein paar Meter entfernt geparkt und den Rest des Weges zu Fuß zurückgelegt. Mein Spaziergang war langsamer als der der anderen, denn obwohl ich zugestimmt hatte, dass meine Magie wieder eingeschränkt wurde, freute ich mich nicht darauf. Bei den Erinnerungen an die Leere und die Sehnsucht verkrampfte sich mir der Magen. Nolan wurde langsamer, bis er neben mir war.

„Es wird nicht lange dauern. Sobald wir können, wirst du

deine Magie zurückbekommen." Seine väterlich warme Stimme klang eher wie eine Entschuldigung als eine Feststellung. Darin lagen Schuldgefühle, von denen ich bezweifelte, dass er sie jemals loslassen würde.

Ich richtete meine Aufmerksamkeit auf die beiden Elfen, die mit erstaunlicher Effizienz daran arbeiteten, den *adligatura*-Zauber um Damias Haus herum zu errichten. Sie waren so geübt, dass ich mir vornahm, in ihrer Nähe vorsichtig zu sein.

Mephisto, Benton, Kai, Simeon und Clayton standen ein paar Meter entfernt, mit ähnlich undurchschaubaren Mienen, die sie mit Sicherheit nur mit viel Mühe aufrechterhalten konnten. Sie wollten nicht ohne ihre Magie sein, aber sobald sie den Blose Chasm betraten, war das unvermeidlich. Genauso bemühten sich die fünf Elfen, die ihre Magie opferten, um sie dorthin zu bringen, nicht zu viele Emotionen zu zeigen. Magieanwender hassten es, wenn ihre Magie unterdrückt wurde. Ich wusste, dass ihre völlige Abwesenheit eine Herausforderung für sie alle sein würde, und ich spürte dieses Unbehagen und die Ströme von Zweifeln und Sorgen, die in der Luft hingen und die Atmosphäre dicht erscheinen ließen. Wir alle wünschten, es gäbe einen besseren Weg.

Nolan wandte Sanaa den Rücken zu, während er die Zutaten für den Magiebeschränkungszauber mischte. Mephisto, Clayton und Cory kamen herüber und bildeten eine Barriere zwischen ihm und Sanaa. Nolan hatte sich schon geweigert, ihr die Beschwörungen für den Zauber zu geben, bis er ausgeführt werden musste. Wenn sie den Zauber nicht kannte, würde sie ihn und die notwendigen Zutaten nicht von ihm erfahren.

Ich löste mich von der Situation und wartete, bis mir in den Finger gestochen wurde und Sanaa und Nolan mich hielten. Ein Energiefunke schoss über mich, gefolgt von einem Hauch von Wärme, der über meinen Arm strich. Wirbel aus Schwarz und Gold vermischten sich und schwebten über meine Haut und hinterließen das Mal des Raben auf meinem Handgelenk.

„Hallo, alter Freund", sagte ich bitter. Nolan nahm Sanaa schnell den Zauber aus der Hand, während sie wiederholte, dass ich, sobald ich das Haus betrat, nur zehn Minuten Zeit hätte, bevor der *adligatura* deaktiviert würde und Damia Zugang zu ihrer Magie hätte. Hoffentlich würde sie sich in dieser Zeit entscheiden, mit uns zu arbeiten.

Die Tür schwang auf, bevor ich anklopfen konnte. Damia starrte mich wütend an, ihre Hand um den *dunklen Stein* geschlungen, doch auf ihrer Haut waren keine Zeichen zu sehen. Ich startete den Timer auf meinem Handy.

„Ich habe dich nicht erwartet", sagte sie, als ich mich an ihr vorbeidrängte. Sie war eine großartige Magieanwenderin, aber eine schreckliche Lügnerin. Ihr Ton ließ darauf schließen, dass sie schon eine Weile auf mich gewartet hatte, wahrscheinlich von dem Moment an, als sie ihre Magie und die Verbindung mit dem *dunklen Stein* verloren hatte, als der *adligatura*-Zauber errichtet worden war.

Sie ließ nicht viel Abstand zwischen uns, folgte mir und behielt mich scharf im Auge. „Ich hätte deinen Stein nicht beschädigen sollen", flüsterte sie.

Ich nickte.

Sie schloss die Augen und holte tief Luft; ihre Müdigkeit war in ihrer Haltung deutlich zu erkennen.

„Du bist engstirnig und wirst deshalb weiter Fehler machen", sagte ich ihr. Ihre Augen folgten mir, als ich langsam auf- und abging, um meine Gedanken zu sortieren und den Raum und alle in der Nähe befindlichen Waffen oder alles, was als solche verwendet werden könnte, zu inventarisieren. Es gab keine. Aber sie hatte den *dunklen Stein* schon einmal als Waffe benutzt, also hielt ich vorsichtig Abstand zu ihr.

Ich zeigte ihr mein Handgelenk und fragte: „Weißt du, was das bedeutet?"

Sie warf einen Blick auf den Raben und nickte. „Nolan hat dich benutzt, um Malifics Magie einzuschränken. Das ist das Zeichen der Einschränkung."

„Ich kann mir Magie von anderen leihen. Die meisten Magiebegabten sind mit ihrer Magie verbunden, und wenn sie zu lange ohne sind, sterben sie. Bei Elfen ist dem nicht so." Ich trat näher und warf einen Blick auf meinen Timer. „In weniger als fünf Minuten werde ich dir deine Magie nehmen können. Das will ich dir nicht antun. In meinem eigenen Leben wurde mir zu oft die Wahl und meine Autonomie genommen."

Ich wertete ihr aufmerksames Zuhören als gutes Zeichen. „Wir werden den Schleier schließen, aber meine Freunde bleiben hier. Und ja, sie sind meine Freunde und der Mann, den ich liebe. Du wirst sie nicht wegschicken, weil du ihnen die Untaten von Malific vorwirfst. Dann werden wir den *dunklen Stein* zerstören. Du hast ja schon gesagt, dass du das vorhast, sobald der Schleier geschlossen ist."

„Das wird das Gleichgewicht nicht wiederherstellen."

„Du suchst nach Perfektion in einer unvollkommenen Welt, und dazu wird es nicht kommen. Du hast mir einen Vertrauensvorschuss gegeben, und ich möchte dir dasselbe anbieten. Aber du weißt, wozu ich fähig bin. Zwing mich nicht dazu. Beende das jetzt, und du wirst den Schutz der Elfen haben, denn sie wollen dich. Sanaa möchte, dass du den Elfen hilfst, eine starke Gemeinschaft aufzubauen und ihre Fähigkeiten zu verbessern, sich selbst zu schützen, wenn es nötig ist. Vor allem aber will sie Frieden. Ich glaube, das willst du auch. Glaub mir, du willst ein Bündnis mit ihnen, weil es Schutz für dich bedeutet. Du hast den Vampiren mächtig ans Bein gepisst. Ob du sie nicht mehr mit einem Zauber töten kannst, spielt für sie keine Rolle. Die Jäger werden sie auch daran hindern, Rache zu nehmen. Zu deiner Sicherheit empfehle ich dir, so viele Bündnisse wie möglich zu schließen."

In ihrem Gesichtsausdruck blühte ein Anflug von Trotz auf. Die Zeit verging. Ich näherte mich ihr so weit, wie ich konnte, ohne dass es ihr auffiel.

„Ich mache diese Zugeständnisse, weil ich nicht glaube, dass du böse bist. Fehlgeleitet? Ja. Aber das ist, weil du einfach nur sicher sein willst. Fabian und Elizabeth waren grausam und fehlgeleitet und haben es sich zum Ziel gemacht, mir wehzutun. Ich habe das, was ich getan habe, nicht gern gemacht, aber es wurde offensichtlich, dass ich keine andere Wahl hatte. Sie hätte mich nie in Ruhe gelassen."

Überraschenderweise fand ich Verständnis in ihrem Blick. Sie war eine Frau mit einer Mission, und ich brachte sie langsam davon ab.

„Es scheint eher eine Drohung als ein Zugeständnis zu sein, wenn ich nur die Wahl habe, nachzugeben und es auf deine Art zu tun, weil du mir sonst meine Magie nimmst", beschwerte sie sich.

„Wollen wir über Semantik diskutieren? Der Schleier wird geschlossen. Ein tragbares Gleichgewicht wird wiederhergestellt, und du wirst den Schutz der Jäger haben. Sie haben einem Eid zugestimmt, der alle mit Elfenblut beschützt."

„Was ist mit den Wandlern?"

Mädchen, du gehst mir auf den nicht vorhandenen Sack. Ich seufzte. „Wenn der Schleier einmal geschlossen und der *dunkle Stein* vernichtet ist, kannst du gern versuchen, sie in ihren vorherigen Zustand zurückzuversetzen. Aber Wandler kümmern sich normalerweise um ihre eigenen Angelegenheiten, solange du sie nicht angreifst. Dann haben sie große Freude daran, dich zum Spaß zu vernichten. Willst du dieses Chaos in dein Leben einladen? Sie sind immer noch anfällig für Silber, also gibt es Einschränkungen."

Ein kleines, herausforderndes Lächeln zupfte an ihren Mundwinkeln, und ich konnte erkennen, dass sie darüber nachdachte, wie sie einen Zauber wirken könnte, der Silber nachahmte. Damia war eine talentierte Bedrohung, eine, die die Elfen zügeln mussten, um zukünftige Konflikte zu vermeiden.

Sie war in Gedanken versunken und schien vergessen zu haben, dass ich vor ihr stand. Sie hatte mir keine Antwort gegeben, und ich brauchte eine.

Die Zeit verstrich.

„Was ist dein Ziel, Damia?", drängte ich.

Ihr Gesichtsausdruck schwankte zwischen Trotz und der Akzeptanz der Niederlage. „Dass wir nicht mit der Angst vor dem Tod leben müssen." Wenn ihre Worte und ihr Verhalten an meine Gefühle appellieren sollten, hatte sie es geschafft.

„Dann gewinnst du, weil es nicht passieren wird. Nicht durch die Hand der Götter. Und niemand sonst ist so mächtig wie du. Jetzt ist die Zeit, eine starke Gemeinschaft mit so wenig wie möglich Opfern aufzubauen. Wenn du dazu gezwungen werden musst, wird dir niemand vertrauen, und du wirst trotzdem verlieren."

Die Benachrichtigung, dass die letzte Minute angebrochen war, vibrierte in meiner Tasche. Ich befürchtete, dass ich, sobald sie Magie hatte, schnell handeln und ihr die Wahl und jegliche Autonomie nehmen müsste.

Sie öffnete den Mund, aber die Worte wollten nicht herauskommen.

„Akzeptierst du?", drängte ich.

Zu viele Dinge passierten auf einmal: Der Timer lief ab, die Zeichen glitten ihren Arm hinauf, und ich riss sie an mich, bereit, ihr den Kuss zu geben, als sie sagte: „Okay."

Dann begannen sich ihre Lippen zu bewegen, und ich wollte sie packen, aber sie hielt eine Hand hoch, um mich davon abzuhalten. Als der Zauber beendet war, lösten sich die Zeichen von ihrer Hand und ihren Fingern, und sie reichte mir den *dunklen Stein*.

Ich starrte auf ihr unerwartetes Angebot und brauchte einen Moment, um zu reagieren.

„Ich werde ihn brauchen, um den Schleier zu schließen.“

Blinzelnd hatte ich angenommen, dass Sanaa und Damia es tun würden, aber ich war zuversichtlich, dass Sanaa diese Aufgabe ohne Einwände an Damia übergeben würde.

„Dann komm“, sagte ich.

24

Alle Augen waren auf mich gerichtet, bevor sie zur kooperationsbereiten Damia wanderten. Sanaa hatte kein Problem damit, dass Damia den Schleier schloss, obwohl ihr das den Zugang zu Elizabeths Zauber verwehrte, der sich in Nolans Besitz befand. Nolan hatte zugestimmt, ihn bereitzustellen, bevor der Schleier geschlossen wurde.

Ich reichte Cory den *dunklen Stein*, und sein Gesicht entspannte sich. Es schien, als wolle er erleichtert auf die Knie sinken. Madison dagegen wirkte immer noch angespannt. Sie teilte ihre Aufmerksamkeit zwischen den Elfen, die ein paar Meter entfernt standen, den Jägern und Sanaa und Damia auf.

„Gebt sie zurück!", forderte ich Nolan und Sanaa in einem Ton auf, der schärfer war als beabsichtigt. Ich war es so gewohnt, Magie zu haben, dass ich mich ohne sie wie eine leere Hülle fühlte, und hasste es, wie befriedigend die Aussicht war, Damia ihre Magie zu nehmen. Das war der einzige Weg, der garantierte, dass ich ihre Magie nehmen und sie vom *dunklen Stein* trennen konnte.

Ich wollte nicht wieder mein früheres Ich werden und

wusste, dass ich werden würde wie Damia, wenn mir meine Magie für längere Zeit vorenthalten würde.

Sie schienen meine Aufforderung nicht als zu hart zu empfinden, doch ich musste aggressiv genug gewirkt haben, denn Nolan war vor mir und Mephisto hinter mir und ließ die Gruppe von Elfen zurück, die die Aufgabe hatten, den Blose Chasm zu öffnen. Die Wärme von Mephistos Brust strahlte über meinen Rücken. Es war schön, aber es war nicht meine Magie. Wieder einmal beschützte Nolan die Zutaten und den Zauber, als er und Sanaa mir meine Magie zurückgaben. Erleichterung überwältigte mich fast, zusammen mit einer Reihe anderer Gefühle. Ich konnte Sanaa vertrauen und musste nicht auf meinen schlecht durchdachten Plan B zurückgreifen, der viel Gewalt beinhaltete.

Als Nächstes musste der Schleier geschlossen werden. Sanaa reichte Cory das Papier mit dem Eid, den sie geschrieben hatte. Nachdem er ihn durchgesehen hatte, lasen Mephisto, Simeon, Kai und Clay ihn.

„Warum ist Erin ausgeschlossen?", fragte Mephisto.

„Du bist mit ihr zusammen", sagte Sanaa kryptisch.

Bei ihrer Antwort runzelte er die Stirn.

„Dieser Eid wird euch davon abhalten, uns in irgendeiner Weise zu verletzen – Schaden ist nicht immer körperlicher Natur." Sie winkte ab. „Ich dachte, ich wäre nett, wenn ich euch nicht dazu zwinge, euch auf eine Weise zu verhalten, die nicht mit eurem Verhalten in Beziehungen vereinbar ist."

Ich schnaubte angesichts der kaum verhüllten Beleidigung und Vorhersage, dass mir unsere Beziehung wehtun würde.

„Das ist ein Absichtseid. Ihr Name kann ohne Probleme hinzugefügt werden", sagte Mephisto.

Sanaa zog einen Stift heraus und wollte meinen Namen einfügen, was ich jedoch unterbrach. „Ich vertraue ihren Absichten mir gegenüber. Dafür brauche ich keinen Eid."

Sie lächelten. Zynismus schlich sich in Sanaas Grinsen, als sie Cory das Papier zurückgab.

„Ihr denkt alle so schlecht von uns und schützt euch dennoch nicht ausreichend vor uns. Eine Hexe kann uns nicht an diesen Eid binden, weil ihre Magie keine Wirkung auf uns hat. Nur Elfen- oder Göttermagie kann uns an den Eid binden", erklärte Mephisto Sanaa.

Damia und Sanaa holten beide scharf Luft, als ihnen klar wurde, dass sie das durchgezogen hätten, ohne sich erfolgreich vor den Göttern geschützt zu haben.

Mephistos Worte wurden vielleicht positiv gesehen und brachten ihm etwas Vertrauen ein, aber es änderte nichts an ihrer Forderung nach dem Eid. Sie hatten Bentons Namen aus dem Eid herausgelassen und ihn von den Vereinbarungen ausgeschlossen, zu denen die Jäger verpflichtet waren. Ich dachte, sie hätten beim Aufsetzen einen Fehler gemacht, aber sie bestätigten, dass es kein Fehler war, bevor sie den Zauber ausführten, um die Jäger an den Eid zu binden. Sie hatten es abgelehnt, ihn mit aufzunehmen; keine der Elfen schien ihn als Bedrohung anzusehen. Sie irrten sich, aber ich behielt meine Meinung für mich und führte den Eidbindungszauber aus.

Cory beobachtete Damia mit finsterer Miene, eine Hand nach dem *dunklen Stein* ausgestreckt. Immer noch besorgt wartete er. Mit einem Nicken von Sanaa öffneten die Elfen den *Blose Chasm*. Keiner der Jäger legte Sorge oder Angst an den Tag, das Reich zu betreten, das sie ihrer Magie berauben würde. Madison und ich sorgten uns genug für alle. Ich ballte meine Hände zu Fäusten, und Madison kaute auf einem Daumennagel.

Ich teilte meine Aufmerksamkeit zwischen dem versiegelten Reich und Damia auf und beobachtete, wie sie sich wieder an den *dunklen Stein* band. Ihre Lippen bewegten sich inbrünstig und riefen den Zauber herbei, um den Schleier zu schließen. Ein Zauber, der deutlich kürzer und wirksamer war als der von Elizabeth. Schillerndes Licht hüllte ihren Körper ein, ihre Pupillen wurden zu Onyxpfützen, und die ziehende Energie, die alles um uns überflutete, ließ mich meine Beine anspannen, um an Ort und Stelle zu bleiben. Und als die Welt für wenige Augenblicke dunkel wurde, sah ich in Madisons ratloses Gesicht, das sagte: *Wie erklären wir das?*

Ich zuckte die Achseln. *Wir erklären es nicht.*

Keuchend sank Damia auf die Knie, obwohl die Müdigkeit ihr zufriedenes Lächeln nicht trübte. „Er ist geschlossen", flüsterte sie. Als ich über das öde Land blickte, sah ich die Öffnungen nicht mehr. Es war ein Teil von mir geworden, die Eingänge zum Schleier zu sehen. Und jetzt waren sie verschwunden.

Ohne Damia Zeit zu geben, sich wieder allzu sehr mit dem *dunklen Stein* anzufreunden, oder ihr Versprechen zu überdenken, ihn zu zerstören, sobald der Schleier geschlossen wäre, verlangte ich ihn. Eine Welle der Verlegenheit stieg in mir auf, als sie ihn mir schnell und widerstandslos übergab. Fehlgeleitete Frau.

Ich zog die Klinge aus der Scheide an meinem Bein und nutzte den Griff, um den Stein in Stücke zu schlagen. Immer wieder warf ich Blicke zu Damia, in der Erwartung, dass sie mich aufhalten oder zumindest irgendeine Regung zeigen würde. Doch da war nichts. Sanaa wich meinem verurteilenden Blick aus, der ihr unausgesprochen vorwarf: *Und du wolltest, dass ich sie töte?*

„Öffne den Chasm", sagte ich schließlich, da Sanaa mich immer noch nicht ansah und zu zögern schien, den Befehl zu erteilen. Mein Herz pochte mir bis zum Hals, als sie weiter zögerte, während sie das Messer fester umklammerte. Nolan trat näher an sie heran, und Cory warf ihr einen prüfenden Blick zu.

Schließlich schnaubte sie. „Ich habe keine Lust, mit dir im Krieg zu sein, Erin. Wenn wir sie nicht freilassen, werden wir niemals Frieden finden." Sie nickte in Richtung der Elfen, die noch ihre Magie besaßen. Diese öffneten den *Blose Chasm*, damit die Männer ihn verlassen konnten. Sobald Kais Füße unsere Seite des Portals berührten, schwang er sich in die Lüfte. Kai würde ein Problem darstellen, wenn die Jäger weiter ihr geheimes Leben wahren wollten. Dass die Welt für knapp unter fünf Minuten dunkel geworden und kurz darauf ein geflügelter Mann aufgetaucht war, würde für einige Tage für Unruhe sorgen.

„Denkst du, wir müssen uns Sorgen machen, dass sie einen Herzinfarkt bekommen könnte? Sollen wir jemanden anrufen? Diese Farbe ist alles andere als gesund", flüsterte Cory und deutete mit dem Kinn auf Madison.

Madison fasste sich und trat zu Sanaa, einen weißen Umschlag mit dem offiziellen Siegel der *Supernatural Task Force* in der Hand.

„Als amtierende Anführerin der Elfen wirst du hiermit offiziell aufgefordert, dem Komitee eure Existenz zu offenbaren und euch registrieren zu lassen."

Sanaa starrte den Brief finster an, bevor sie ihn annahm. Sie öffnete ihn und las langsam die Vorladung. „Ich werde da sein", sagte sie schließlich.

Madison ergriff Claytons Hände, was ihr abschätzige Blicke von Sanaa und Damia einbrachte. Es mochte einen vorläufigen Waffenstillstand zwischen ihnen und den Göttern geben, doch sie würden nie eine Beziehung mit einem von ihnen akzeptieren. Madison ging zu ihrem Auto, warf Kai, der einige Meter entfernt gelandet war, einen warnenden Blick zu und stieg mit Clay ein. Simeon, Kai und Benton folgten ihnen. Cory, Mephisto, Nolan und ich blieben zurück, obwohl klar war, dass Sanaa und Damia allein sein wollten.

„Nolan, bleibst du?", fragte Sanaa. Er sah mich an und unterdrückte ein Lächeln. Ich nickte ihm kurz zu und ging.

Ein paar Meter vom Auto entfernt ließ Mephisto meine

Hand los. Mein Blick schweifte umher, bis ich ihn ein paar Meter von Damia entfernt stehen sah, einen Pfeil in der Hand. Damia kauerte am Boden, ihre Brust hob und senkte sich unregelmäßig beim Atmen.

Ich rannte zu ihr, während Clayton und Madison ebenfalls eilig auf sie zukamen. Die Frau, die sich näherte, zog einen weiteren Pfeil aus einem Köcher und zielte auf die am Boden liegende Damia. Meine Magie traf die Angreiferin in der Brust. Sie heulte auf und taumelte einige Meter zurück, bevor sie schwerfällig zu Boden fiel. Ich machte mich bereit, den Mann mit der Armbrust, der entschlossen auf mich zukam, auf dieselbe Weise aufzuhalten.

„Vorsicht, Erin", flüsterte Mephisto. „Das sind Menschen."

Damia stand auf, ihr Gesicht vor Wut gerötet. „Menschen?" Ihre Stimme klang gequält.

„Menschen wollen mich tot sehen?", flüsterte sie.

Ich riskierte einen Blick zurück zu ihr und bemerkte den desillusionierten Ausdruck in ihrem Gesicht. Sie und ich hatten nicht dieselbe Einstellung zu Menschen. Für mich waren sie bestenfalls unberechenbar, inkonsistent in ihren Ansichten über die übernatürliche Welt. Sie schienen uns zu fürchten, während sie gleichzeitig eine ungesunde Faszination dafür hegten – eine Mischung aus Begierde und Abscheu. Doch Angriffe wie dieser waren selten.

„Sie handeln nicht aus eigenem Antrieb", sagte Damia schließlich und versetzte der Frau, die ich außer Gefecht gesetzt hatte, einen weiteren Stoß, als sie versuchte, sich mit derselben Entschlossenheit wie zuvor aufzurappeln. Da ihre Waffen darauf hindeuteten, dass sie Jäger waren, vermuteten wir, dass sie angeheuert worden waren.

Vier weitere Personen tauchten aus dem verlassen aussehenden Haus zu unserer Linken auf und bewegten sich rasch auf uns zu, bewaffnet mit Compound-Bögen.

Die Elfen, die auf die Rückkehr ihrer Magie nach der Schließung des Blose Chasm warteten, suchten Schutz hinter denen, die noch ihre Magie hatten. Sanaa befahl den Elfen, die Menschen mit Magie festzuhalten, was uns die Möglichkeit gab, sie körperlich außer Gefecht zu setzen. Die starke Magie in den Griff zu bekommen, erwies sich jedoch als schwieriger.

Damias Gesichtsausdruck war eine Mischung aus Trauer und Wut, als ihr bewusst wurde, dass die vorrückenden Menschen von einem Vampir kontrolliert wurden. Ich war bereit zu wetten, dass ihre Erkenntnis durch das Wissen bitter wurde, dass es nie wahres „Gleichgewicht" und Sicherheit gab, besonders in einer Konfliktsituation, in der sie das Leben ihres Angreifers retten wollte, weil dieser nicht aus eigenem Antrieb handelte.

Simeon eilte auf die Gruppe zu. Da er die unmittelbare Bedrohung darstellte, nahm ich an, dass die Waffen auf ihn gerichtet werden würden, aber sie waren auf ein Ziel festgelegt; niemand sonst schien zu existieren. Das war das Problem mit dem Zwang eines Vampirs: Es gab keine Nuancen. Wenn ein Ziel festgelegt war, war es die einzige Person, die für sie existierte. Wenigstens hatte Landon ihnen nicht befohlen, jemanden auf dem Weg zu verletzen oder zu töten. Aber seine Motive hatten sich definitiv geändert, und er wollte nicht länger, dass Damia gefasst wurde. Er wollte ihren Tod.

Kai und Benton folgten Simeons Beispiel und lieferten sich einen erbitterten Kampf mit den Menschen mit den Compound-Bögen. Kai bewegte sich schnell, seine Bewegungen waren fließend und anmutig, als er den hochfliegenden Pfeil packte, bevor er auch nur in die Nähe von Damia gelangen konnte. Ein schneller Schlag gegen das Bein des Menschen ließ ihn zu Boden sacken. Benton nutzte die Ablenkung eines anderen, um sich auf ihn zu stürzen, ihn zu packen und ihm den Bogen abzunehmen. Er bewegte sich mit der Effizienz eines ausgebildeten Kämpfers, als er den Menschen in einem Würgegriff festhielt. Dem Mann gelang es nicht, sich zu befreien, und er verlor schließlich das Bewusstsein.

Als um uns herum Chaos ausbrach, blitzten Corys Augen auf, während er auf uns zukam, seine Lippen bewegten sich zu einem lautlosen Zauberspruch. Bevor er seine Magie entfesseln konnte, schrie ich in der Hoffnung, dass er mich durch das Chaos hindurch hören konnte.

„Halt!“, schrie ich. „Sie handeln nicht aus eigenem Willen.“

Er blieb nicht stehen.

„Sie werden von Vampiren kontrolliert“, schrie Madison.

Er war zu sehr auf sein Ziel konzentriert, hörte es nicht, und ich war gezwungen, ihm einen magischen Schubs zu versetzen. Ich wollte nur seine Aufmerksamkeit erregen, stieß ihn aber stärker als erwartet und warf ihn mit dem Gesicht voran zu Boden. Er erholte sich schnell und sah mich an. Ich eilte zu ihm und erklärte ihm die Situation.

„Landon ist so ein Arschloch“, knurrte er voller Frustration. „Er konnte dir keine 48 Stunden geben.“

Ich warf einen Blick auf Corys Uhr und seufzte. „Genau genommen hat er das“, sagte ich schulterzuckend, obwohl er meiner Bitte nicht wirklich nachgekommen war, weil er die ganze Zeit nach Damia gesucht hatte.

Clayton tanzte geradezu durch die Pfeile, fing einige auf und ließ die fliegen, die Damia eindeutig verfehlen würden. Sie rannte zu ihrem Haus. Als ich sah, dass die Männer keine Hilfe brauchten, folgte ich ihr hinein. Die Elfen, die schon drinnen waren, hatten einige Gegenstände zusammengetragen.

„Habt ihr Zutaten für einen Schlafzauber?“, fragte ich Cory, der nach mir hereingekommen war.

Er schüttelte den Kopf. Ich betrachtete verschiedene Gegenstände, die sie gesammelt hatten und die als Fesseln geeignet waren.

Als wir zurückkamen, fanden wir zwei der Menschen schlafend, die anderen wurden von Kai, Clayton, Simeon und Mephisto festgehalten, während Benton die schlafenden Menschen sorgfältig im Auge behielt. Sanaas Miene war finster, sie betrachtete die Szene und warf einen Blick auf die Vorladung. Ich hatte den Eindruck, dass Madison sie dorthin eskortieren musste.

Madison schien zu derselben Schlussfolgerung gekommen zu sein. „Wenn ihr Frieden und ein freies Leben wollt, erscheinst du. Zwing mich nicht, dich dorthin zu schleppen.“

Die unterschwellige Herausforderung in Sanaas zusammengekniffenen Augen ließ nach, bevor sie wieder auf die Szene vor sich und die gefesselten Menschen blickte. Nach einigen Augenblicken stimmte sie mit einem Nicken zu.

25

Mit Clayton an ihrer Seite winkte Madison unsere Einladung ab, uns mit den Menschen zu Landon zu begleiten.

„Ich muss in der Lage sein, jede Beteiligung glaubhaft abzustreiten", sagte sie und murmelte weiter vor sich hin. Wir waren wahrscheinlich alle in ihre Missfallensbekundungen, die Flüche und die verärgerten Beschwerden eingeschlossen. Es ging um mehr als nur die Probleme mit Landon; sie wollte wahrscheinlich ins Büro, um festzustellen, ob die heutigen Ereignisse genug Aufsehen erregt hatten, dass sie mit der Vorbereitung der notwendigen PR-Kampagne beginnen musste.

Nachdem wir erkannt hatten, dass die Bemühungen der Menschen, sich zu befreien und Damia erneut anzugreifen, nur dazu führen würden, dass sie sich selbst verletzten, beschlossen wir, sie mit einem Schlafzauber zu belegen. Die gefesselten Menschen wurden auf die beiden SUVs aufgeteilt, ihre Waffen im Kofferraum verstaut. Wir hielten bei Cory an, um die Zutaten für den Schlafzauber zu besorgen, den er sofort ausführte.

Mephisto und ich näherten uns gemeinsam Landons

Haus. Falls wir Hilfe brauchten, konnte Mephisto die anderen rufen, ohne dass Landon es bemerkte. Elon stieß einen überraschten Seufzer aus und fletschte die Zähne, als Mephisto ihn bewegungsunfähig gegen die Wand drückte, einen Pfahl nur Zentimeter von seinem Herzen entfernt, und nur darauf wartete, dass Elon ihm einen Grund gab, ihn zu benutzen. Elons Augen sprühten vor Wut Funken, doch seine Lippen entspannten sich und verbargen seine Reißzähne.

Der dumpfe Schlag trieb Landon aus einem seiner Zimmer. Er wurde von mir begrüßt, indem ich ihm eine magische Kugel in die Brust schleuderte. Der nächste Schlag ließ ihn mit so viel Wucht gegen die Wand krachen, dass Risse entstanden. Er schüttelte die Orientierungslosigkeit nach dem Angriff ab und spürte die Klinge meines Karambits an seinem Hals.

„Du hast Menschen benutzt, um die Drecksarbeit für dich zu erledigen. Du Arschloch!“, knurrte ich durch zusammengebissene Zähne. Die Klinge, die sich in seine Haut bohrte, ließ ein Rinnsal Blut seinen Hals hinunterlaufen.

Er blinzelte. „Was?“

Seine offensichtliche Verwirrung brachte mich aus der Fassung. Seine Arroganz würde es ihm nie erlauben, seine Beteiligung zu leugnen, wenn er dahintersteckte.

„Damia wurde gerade angegriffen, und zwar durch Menschen. Und wir mussten eingreifen, um das Leben der Angreifer zu schützen.“

Seine Miene wurde ausdruckslos, bevor Wogen von Ärger über sein Gesicht zogen. Sein Körper strahlte vor Wut. Ich trat zurück, um ihm Raum zu geben, damit er vor Wut kochen und aufstehen konnte.

„Das würde ich nie tun. Mein Plan, sie loszuwerden, falls du scheiterst, war viel eleganter, als Menschen zu schicken“, spottete er.

Mephisto, der Elon immer noch festhielt, trat neben

mich. Er stieß Elon in Landons Richtung. Elon war bereit, Mephisto anzugreifen, als Landon ihm befahl, nichts zu tun.

„Ich nehme an, da du von dem Angriff weißt, ist das Damia-Problem gelöst?", spekulierte er mit angespannter Stimme, sein Zorn lag schwer darin.

Ich nickte und zog ein kleines Stück des *dunklen Stein*s heraus, das ich für mich behalten hatte. Er wischte sich das Blut vom Hals und betrachtete den Splitter des Steins, der so viel Ärger verursacht hatte.

„Die Menschen?"

„Im SUV unter einem Schlafzauber", sagte Mephisto.

„Xavier!", rief Landon mit erhobener Stimme. Ich hätte ihn wahrscheinlich nicht in einem anderen Raum gehört, aber Xavier tat es. Er schlenderte mit einem Glas blutroter Flüssigkeit herein, seine anmutigen Bewegungen waren selbstsicher und träge, was Landons Wut nur weiter schürte. Er riss mir das Karambit aus der Hand und schleuderte es auf ihn. Xavier wurde nur um Haaresbreite nicht aufgespießt. Die verschüttete Flüssigkeit aus seinem Glas färbte die Wände dunkelrot. Mephisto begleitete mich zu ihm, und wir waren beide froh, dass Landon nichts damit zu tun hatte.

Xavier erholte sich vom ersten Angriff, nur um von Landon am Hals gegen die Wand geschleudert zu werden. „Du hast sie gefunden und es mir nicht gesagt?!"

Xavier musste nicht atmen, aber Landons Griff hinderte ihn daran zu sprechen. Er brachte ein paar Worte heiser hervor, und Landon lockerte seinen Griff genug, damit er sprechen konnte. „Du bist zu vertraut mit dieser Elfenfrau. Ich habe getan, wovon ich mir sicher war, dass du es nicht tun würdest." Er starrte ihn herablassend an. Ziemlich mutig von ihm, wenn man bedachte, dass Landon aussah, als wolle er ihn köpfen.

„Achtundvierzig Stunden. Wie kann sie es wagen, Forderungen zu stellen", polterte Xavier. „Und du hast sie ihr gewährt!"

*Ich will nicht pedantisch sein, aber das hat er nicht. Er hat auch
nach ihr gesucht. Ich hatte sie nur vor ihm gefunden.*

Landon warf Xavier zu Boden und beugte sich über ihn.
„*Ich* lebe hier. *Ich* unterhalte meine Gäste hier. *Ich* trinke hier.
Und du wagst es, alles zu stören, indem du Menschen
zwingst, dir zu Diensten zu sein?"

Xavier war von der Ohrfeige genauso schockiert wie ich.
Ein Schlag mit der Faust ist hitzig und löst eine heftige Reaktion aus. Eine Ohrfeige ist beleidigend. Ich war noch nie
zuvor geohrfeigt worden und war mir sehr sicher, dass mich
das mehr beleidigen würde als ein Faustschlag.

„Raus aus meinem Haus!", verlangte Landon.

Erst, als Xavier sich nicht bewegte, wurde mir klar, dass
er mit uns sprach. Mephisto und mir gefiel sein Ton nicht.
Wir bewegten uns nicht. Er sah uns an, und es war offensichtlich, dass er seine Wut nicht genug zurückhalten konnte,
um es freundlicher auszudrücken.

„Lasst die Menschen hier, und ich werde dafür sorgen,
dass der Zwang aufgehoben wird und sie sicher zurückgebracht werden."

„Niemand trinkt von ihnen", sagte ich.

„Sie werden gut versorgt werden", versicherte er. Xavier
würde er nicht dieselbe Höflichkeit entgegenbringen.

Elon, Dallas und der unbekannte Vampir folgten uns zum
Auto und holten die Menschen heraus, die vom Zauber
benommen waren. Der Schlafzauber wurde aufgehoben, und
als sie wieder zu Sinnen kamen, waren sie schwer zu halten,
was dazu führte, dass die Vampire sie schnell zwangen, sich
zu beruhigen. Ihre Effizienz untermauerte meine Skepsis,
dass sie sich an die Regeln hielten, die jeden Zwang verboten.

26

Zwei Tage waren vergangen, seit sich der Schleier geschlossen hatte, und ich genoss immer noch die Banalität unserer Tage. Den ersten Tag hatten wir bei Mephisto zu Hause im Bett verbracht, die Bauarbeiter ignoriert, die an seinem Haus arbeiteten, und waren nur zum Essen herausgekommen. Am zweiten Tag genossen wir einen Film, einen anschließenden Ausflug zum Bäcker und einen Spaziergang im Park. Es waren auch zwei Tage vergangen, seit wir die Menschen bei Landon gelassen hatten, und unser ruhiger Spaziergang wurde von meiner Sorge um ihr Wohlergehen gestört.

„Ruf ihn an", drängte Mephisto, als ich ihm von meiner Sorge erzählte.

„Was, Erin?", antwortete Landons knappe Stimme.

„Sind alle sicher nach Hause gekommen?", fragte ich.

„Wenn du dir Sorgen um sie machst, schicke ich dir ihre Adressen und du kannst gern nachsehen", antwortete er. Ich akzeptierte, dass Landons und meine Beziehung immer turbulent und voller Spannungen sein würde. Was ich nicht erwartet hatte, war dieses Maß an Feindseligkeit.

„Ist das alles?", fragte er.

Ich konnte seine Ungeduld durch das Telefon spüren, während ich überlegte, ob ich meine nächste Frage stellen sollte.

„Xavier?", flüsterte ich schließlich.

„Geht dich nichts an. Er wurde auf eine Weise behandelt, die ich für gerecht halte. Vielleicht solltest du dich weniger um ihn und mehr darum kümmern, Damia in Schach zu halten, denn für mich seid ihr beide für immer miteinander verbunden. Ihre Missetaten sind deine Missetaten. Ihre Angriffe sind deine. Und ich werde entsprechend damit umgehen."

Mephistos tiefes, sattes, bedrohliches Lachen füllte die Stille. Das Handy blieb an meinem Ohr, aber Mephistos Stimme wurde so laut, dass Landon sie hören konnte. „Dasselbe gilt für dich und alle Vampire in Bezug auf Erin. Mein Versprechen steht."

Anspannung lag in der Luft, und Landons Schweigen war schwer. Ich hatte nicht vor, diesen Testosteron- und Gewaltandrohungswettstreit weitergehen zu lassen.

„Ich schätze, damit ist alles zwischen uns erledigt." Ohne ihm eine Chance zu geben, zu antworten, legte ich auf.

Wir setzten den Tag fort, indem wir alle Leute besuchten, nachdem Landon uns ihre Adressen geschickt hatte. Wir ernteten leere Blicke von ihnen. Sie hatten keine Ahnung, wer ich war oder warum ich unangekündigt vor ihrer Tür aufgetaucht war. Ich log einfach, dass ich an der falschen Tür geklingelt hatte. Mir war klar, dass Landon sie gezwungen hatte, den Vorfall und uns zu vergessen, was ihm und den Vampiren zum Schutz diente, nicht mir oder den Elfen.

Das hatte seine Vorteile. Ich war vielleicht ein Neuzugang auf Landons persönlicher Persona non grata-Liste, aber dieser Status bot Schutz. Landon und die Vampire wollten genauso wenig mit mir zu tun haben wie ich mit ihnen. Am klügsten war es, Situationen zu meiden, die für beide Seiten eine sichere Vernichtung bedeuten würden. Und Mephisto hatte klargemacht, dass das das Ergebnis sein würde, wenn sich unsere Wege kreuzten.

Mephisto und ich vergaßen den Streit mit Landon und setzten uns an einen wunderschön gedeckten Tisch in dem gemütlichen Restaurant. Der dramatische Kronleuchter warf ein warmes, stimmungsvolles Licht. Mir gefiel, dass er ein kleines Restaurant gewählt hatte; es fühlte sich intim an.

Die sanfte Musik schuf ein Sinneserlebnis, das einladend und kultiviert genug war, um die Unterhaltungen der wenigen anderen Gäste um uns herum zu übertönen. Auf jeden Fall ließ die intensive Art, wie Mephisto mich ansah, mich leicht vergessen, dass noch jemand da war.

Ich schätzte es sehr, dass er auf die legere Kleidung der letzten Zeit verzichtet und zu seinem üblichen Stil zurückgekehrt war. Jetzt trug er einen nachtschwarzen Maßanzug, ein schiefergraues Hemd und eine dazu passende gemusterte Krawatte. Eine kleine Kerze in der Mitte des Tisches beleuchtete seine hohen, kantigen Wangen, seine verführerischen Gesichtszüge und verzauberte seine dunklen Augen, die über mein Gesicht zu meinen nackten Schultern wanderten, die durch die Spaghettiträger meines figurbetonten, salbeigrünen Seiden-Midikleids sichtbar wurden. Sein Blick fiel auf meine Beine, die durch den Schlitz des Kleides zu sehen waren. Als wir uns bei ihm zu Hause angezogen hatten, hatte ich ihn an unsere Reservierung erinnern müssen.

„Vermisst du ihn?", fragte ich und lenkte seine Aufmerksamkeit wieder auf mich.

„Den Schleier?"

Ich nickte.

„Das dachte ich, besonders, nachdem es durchaus möglich ist, dass wir nicht wieder dorthin zurückkehren werden. Aber ich vermisse ihn nicht. Diese Welt scheint so weit weg. Ich werde nicht aufhören, nach einem Weg zu suchen, zurückzukehren, aber nicht, weil ich im Schleier leben will – ich mag die Einschränkung einfach nicht."

„Es ist seltsam, den Schleier nicht zu sehen", gab ich zu.

Er nickte und trank nachdenklich einen Schluck von seinem Wein. „Das macht es einfach, nicht daran zu denken."

Er hatte so viele Jahre damit verbracht, nach einem Weg zurück zu suchen, dass ich mich fragte, womit er seine Zeit jetzt verbringen würde. „Was jetzt, Satan?", neckte ich ihn.

„Ich bin sicher, ich werde einen Weg finden, meine Zeit zu nutzen", sagte er mit einem eindringlichen Blick. „Außerdem hat sich an meiner Liebe zu obskuren und gefährlichen magischen Objekten nichts geändert. Ich will sie immer noch." Ein hungriger Ausdruck huschte über sein Gesicht.

„Mach dir das Rudel nicht zum Feind", warnte ich. Seine Miene spiegelte den neidischen Ausdruck wider, den ich in ihrem Tresor bemerkt hatte.

„Oder du kannst deine Liebe zum Finden obskurer und gefährlicher magischer Objekte umlenken und in gute Taten verwandeln, indem du sie der Supernatural Task Force übergibst", schlug ich vor.

Er lachte, und der tiefe Klang seines Lachens hallte durch mich. Er trank einen langen Schluck aus seinem Glas und verwarf die Idee mit einem schiefen Grinsen.

„Also nehme ich an, dass du vorhast, den Archivjob anzunehmen, den Madison angeboten hat, da du dich für deren Interessen einsetzt?"

„Nein." Sie hatte mir den Job vor Monaten angeboten, und ich hatte ihn auch damals schon abgelehnt. „Es gibt einen Grund, warum der Job noch zu haben ist. Er klingt stinklangweilig." Ich hatte jetzt Magie und brauchte Adrenalin nicht als Ablenkung für den Mangel an Magie. Aber ich war immer noch Erin, unverkennbar Erin, und ich würde nie glücklich sein, wenn ich in einem Büro arbeiten müsste. „Ich werde wahrscheinlich zu meinem Job zurückkehren, mit ein paar Änderungen. Ich kann nicht mehr für dich arbeiten. Also könnte ich deine Konkurrenz werden."

Ich war mehr daran interessiert, magische Elfengegenstände zu finden. Ich hatte mich noch nicht entschieden, ob ich sie den Elfen übergeben oder behalten würde. Die Übergabe mächtiger Gegenstände an die Elfen könnte Damia dazu verleiten, mehr als nur Gleichgewicht zu wollen, und damit den Grundstein für die Schaffung eines weiteren Fabian legen.

Amüsiert von der Aussicht stützte er sich auf den Tisch. „Ah, werde ich die Erin bekommen, die schmutzig kämpft?", fragte er mit dunkler Begeisterung in der Stimme.

„Ich kämpfe, um zu gewinnen. Keine Taktik ist tabu." Wir lehnten uns jetzt beide vor. Seine Hand fand meine und streichelte sie zärtlich.

„Ich sehe dich gern so", sagte er leise.

„Herausfordernd?"

„Nein, lächelnd."

„Lächelnd?", flüsterte ich. „Ich lächle oft."

Er lehnte sich in seinem Stuhl zurück und musterte mich mit einem sanften Lächeln auf den Lippen. Er schüttelte den Kopf. „Nicht so. Dieses Lächeln ist anders. Unbeschwert. Und wann immer ich mehr davon sehen möchte, kann ich zu dir nach Hause fahren." Mephisto seufzte. „Ich vermisse den Schleier nicht." Sein Eingeständnis erschien wie eine neue Erkenntnis. Unsere Blicke hielten einander fest und blieben ineinander verstrickt, was Emotionen in mir weckte, die mich mit einem tiefen Gefühl der Zufriedenheit erfüllten.

Die Welt um uns herum verschwamm, nur unterbrochen vom Kellner, der unsere Bestellung aufnahm. Während des Abendessens diskutierten wir über das geschlossene Meeting, das die Anonymität der Elfen beenden würde. Gelegentlich suchte ich in Mephistos Gesicht nach Anzeichen von Sorge, dass sie die Nächsten sein könnten, die eine ähnliche Vorladung erhalten könnten. Doch ich fand keine. Ich hoffte, dass Kai an den neuen Orten, die er entdeckt hatte, seinen Wunsch zu fliegen stillen konnte. Sein spontaner Flug bei Damia hatte Berichte über Sichtungen nach sich gezogen, die ihn veranlasst hatten, andere Möglichkeiten zu finden, seine Flügel auszubreiten und in den Himmel zu steigen.

Zu Madisons Überraschung gab es keine Diskussion über den Moment der Dunkelheit, abgesehen von Beschwerden der Hexen. Diese fühlten sich fälschlicherweise angeklagt, da die Dunkelheit ihnen und Wetterzaubern zugeschrieben wurde. Sie schätzten es nicht, standen jedoch vor der Frage, wer einen solchen Zauber wirken konnte. Ich vermutete, dass ihre Suche nach dem Schuldigen viel ihrer Zeit in Anspruch nehmen würde.

Während des Desserts ließ ich meinen Blick durch das Restaurant schweifen und bewunderte die exquisite Kunst an den Wänden, die weiß eingedeckten Tische und die Stühle aus Leder und Holz. Die einsame Calla in der Mitte unseres Tisches weckte in mir den Wunsch nach mehr Abenden dieser Art mit Mephisto.

„Was ist?", fragte er.

„Das hier gefällt mir", gestand ich, und er schien es ohne weitere Erläuterung zu verstehen. Es war ein Gefühl, das wir teilten.

Nachdem die Rechnung beglichen war, streckte Mephisto mir die Hand entgegen, und wir verließen das Restaurant. Keiner von uns hatte es eilig, ins Auto zu steigen. Hand in Hand spazierten wir durch einen kleinen Park, wo auch andere den Abend genossen. Als es voller wurde, zogen wir uns in sein Haus zurück. Dort führte er mich in den Raum, den ich den *War Room* getauft hatte. Trotz des Namens fühlte sich der Raum, der der kleinste im Haus war, seltsamerweise am wärmsten an.

Ich erinnerte mich daran, dass er einst gesagt hatte: „Das Klügste, was man tun kann, ist, seine Schwächen zu kennen. Am dümmsten ist es zu glauben, dass man keine hat. Ich glaube, wenn es um dich geht, ist mein Urteilsvermögen getrübt. Die anderen haben es bemerkt.“

In mancher Hinsicht waren wir die Schwäche des jeweils anderen, doch genau das hatte unsere Stärken wachsen lassen.

Er setzte sich auf das Sofa, und als ich mich neben ihn setzte, zog er mich auf seinen Schoß, rittlings, eine Position, die er offenbar mochte. Während seine eine Hand meinen Rücken streichelte, griff die andere zu einem Tisch neben dem Sofa und hob eine Ringschatulle auf.

„Was ist das?“, flüsterte ich.

„Mach sie auf.“

Als ich zögerte, fügte er hinzu: „Es ist kein Verlobungsring.“

„Darüber habe ich mir keine Sorgen gemacht“, erwiderte ich schnell. Als ich die Schachtel öffnete, sah ich einen Siegelring aus Platin mit einem Raben.

„Er ist wunderschön.“ Ich betrachtete das kunstvoll gestaltete Geschöpf, das zugleich ätherisch, mächtig und kampferprobt wirkte. „Danke.“

„Gern geschehen. Aber ich *habe* eine Frage“, sagte er, nahm mir den Ring ab und steckte ihn mir an den Finger.

Ich nickte und wartete.

„Ein Jahrestag scheint dir wirklich wichtig zu sein. Kann es also heute sein?“

„Das wäre wunderbar.“

Er küsste mich und flüsterte: „Auf viele weitere gemeinsame Jahre, meine Halbgöttin. Und darauf, dass du weiter liebst, was wir miteinander haben.“

27

Neun Tage später konnte ich nicht fassen, dass ich über meine letzte Begegnung mit Landon nachdachte, als ich Dr. Sumners Bürotür erreichte. Ich hatte nicht erwartet, ihn so lässig gekleidet zu sehen, in bequemen Jeans, einem verwaschenen schwarzen T-Shirt mit dem Evanescence-Logo und einer Vintage-Brille mit eckigem Rahmen. Und ich hatte definitiv nicht damit gerechnet, Damia zu sehen, die entspannt auf dem Sofa saß, eine Tasse Kaffee vor sich auf dem Tisch. Eine weitere stand auf einem Tisch neben dem, wo Dr. Sumner normalerweise saß.

Mein Blick wanderte zwischen ihnen hin und her. Dann sah ich ihn an, um ihn zu fragen, ob er Hilfe brauchte oder das Gefühl hatte, in Gefahr zu sein. Da sie gerade einen Biscotto aß, schien es keine feindselige Situation zu sein. Nur eine seltsame. Noch bizarrer waren die Umzugskartons, die überall im Büro verstreut standen.

„Du ziehst um?"

„Ich nehme mir eine Auszeit", sagte er und lächelte Damia höflich zu, die sich sehr wohlzufühlen schien und seinen Wink, dass es Zeit war zu gehen, scheinbar nicht verstand. Sie trank und aß einfach weiter. Den zerknüllten Verpackungen auf dem Tisch nach zu urteilen hatte sie drei Biscotti gegessen. Wie lange war sie schon hier?

„Damia." Dr. Sumners entspannter, vertrauter Ton war unerwartet. Ihre Anwesenheit schien kein berufsbedingter Besuch zu sein. Selbst als er beim letzten Besuch Informationen von ihr gesammelt hatte, hatte er eine direktere Interaktion gehabt. Er trat näher an sie heran. „Es war nett, dass du mich besucht hast. Es war jedoch unerwartet, und ich muss mit Erin sprechen."

Sie warf mir einen langen, abschätzenden Blick zu, der bei meinen Füßen begann und zu meinem Gesicht wanderte, wo er verweilte. Ihr Gesichtsausdruck verriet nichts.

„Ich denke nicht, dass du so sehr hättest gefürchtet werden sollen", sagte sie. Ohne jegliche Betonung hatte ich absolut keine Ahnung, was sie meinte.

„Okay", sagte ich gedehnt.

Sie schob den Rest ihres Biscotto in den Mund, trank dann den Kaffee aus und ließ mich warten, bis sie näher darauf einging. „Malifics Tochter ist Nolans Tochter."

Ich runzelte die Stirn, bevor ich aufgab. Sie sagte nichts mehr zu mir, bot jedoch Dr. Sumner an, beim Packen zu helfen, falls er Hilfe brauchte.

„Ich rufe dich an, falls ich Hilfe brauche", sagte er zu ihr.

Damit ging sie.

„Sie ist so eigenartig", bemerkte ich, als sie außer Hörweite war.

Unerwartet dachte er einen Moment lang über meinen Kommentar nach. „Vielleicht. Sie könnte dasselbe von dir denken", neckte er, trank einen Schluck aus der Tasse neben seinem Stuhl und hob sie dann, um mich zu fragen, ob ich auch einen möchte.

„Hast du Tequila?"

„Es ist elf Uhr vormittags. Siehst du? Du bist auch eigenartig."

„Oder ich muss nicht arbeiten und mag Tequila", widersprach ich.

Er lachte und setzte sich.

Ich sah mich im Zimmer um und betrachtete die leeren Stellen an der Wand, wo er die Gemälde abgenommen hatte. Bücher waren aus den Regalen entfernt worden und Verpackungsmaterial lag überall im Zimmer.

„Nicht", sagte er.

„Was meinte er?" Ich scheuchte den Ausdruck aus meinem Gesicht, der auf die Schuldgefühle hindeutete, die ich empfand. Wie anders wäre sein Leben verlaufen, wenn ich nicht hineingestolpert wäre?

„Dieser schuldbewusste Blick. Durch dich habe ich umfangreiche Einblicke in die magische Welt bekommen, bin mit einer Frau befreundet, die zu extremen Maßnahmen bereit ist, um meine Sicherheit zu gewährleisten, und habe die Demütigung erfahren, die ich brauchte."

Ich schreckte vor dem letzten Teil zurück und wartete darauf, dass er fortfuhr.

„Magie ist faszinierend, aber sie ist nichts für mich. Kein Teil davon. Mein Vorwissen war ziemlich rudimentär, das weiß ich jetzt. Die meisten Menschen wissen nichts darüber, weshalb ich so hochgeschätzt wurde. Ich wusste einfach mehr als sie. Ich brauche eine Auszeit von alldem – der Magie, nicht von dir. Ruf mich an, wann immer du reden willst."

„Und du gibst den Beruf auf?"

„Nein. Ich gönne mir nur eine Pause. Nur ein paar Monate. Wenn ich zurückkomme, werde ich wahrscheinlich eine Weile unterrichten. Hoffentlich Psychologie für Menschen."

„Und du könntest die Leute dazu bringen, es tatsächlich zu machen, um eine Note zu bekommen, anstatt die Vorlesung nur als Gasthörer zu besuchen", neckte ich ihn und nahm Bezug auf das, was ich gesagt hatte, als ich erfahren hatte, dass er zwei Kurse pro Woche am örtlichen College unterrichtete. Die Kurse waren voll, und ich vermutete, dass es am Dozenten und nicht am Thema lag.

Er lachte und nahm seinen Kaffee mit, um weiter zu packen.

„Brauchst du Hilfe?“

Er schüttelte den Kopf. „Ich werde Damias Angebot annehmen, falls ich sie brauche.“ Er lachte, als er die missbilligende Grimasse sah, die ich nicht unterdrücken konnte. „Du bist immer noch meine Lieblingselfe“, neckte er mich.

„Das ist es nicht. Vertraust du ihr wirklich?“

„Ich denke, genauso weit, wie du ihr vertraust. Du hast viel darauf gesetzt, dass man vernünftig mit ihr reden kann, und es hat funktioniert. Sie vertraut dir auch.“ Er zuckte die Achseln. „Und Nolan, aber nichts von dem, was sie vorhin gesagt hat, ergab einen Sinn. Sie ist eine komplexe Frau.“

„So eine schöne Art zu sagen, dass sie verdammt seltsam und potentiell labil ist.“

„Menschen gehen anders mit Angst um“, bemerkte er.

Ich ging zu den Büchern und sah sie mir an; dabei wandte ich ihm den Rücken zu. „Ich glaube, sie mag dich“, sagte ich ihm.

„Das tut sie.“

Ich blickte über meine Schulter und erwartete ein selbstgefälliges Grinsen, aber sein Gesichtsausdruck war sachlich. Er verbrachte so viel Zeit damit, sein Aussehen herunterzuspielen, dass ich nie gedacht hätte, er könnte eitel sein.

„Nicht auf romantische Art und Weise. Ich vergleiche es mit jemandem, der einen verletzten Welpen findet und ihn wieder gesund pflegt.“ Er lachte. „Das ist der Grund, warum sie nie eine Gefahr für Menschen sein wird. Das sage ich mit fester Überzeugung.“

Das erklärte ihren Blick, als sie gedacht hatte, sie würde von Menschen angegriffen. Mein Besuch dauerte länger als geplant und bevor ich ging, hatte er etwas Hilfe beim Packen angenommen. Während ich seine Sachen packte, nagte Unbehagen an mir, dass das keine Auszeit, sondern eher ein Abschied war. Unser Gespräch hatte alle verbleibenden Schuldgefühle beseitigt und ich wollte ihn nicht für immer aus meinem Leben verlieren.

Er schnappte überrascht nach Luft, als ich ihn beim Abschied unerwartet umarmte.

„Pass auf dich auf", sagte ich.

Er erwiderte die Umarmung. „Du hörst dich an, als erwartest du nicht, mich wiederzusehen. Gehst du irgendwohin?" Seine Arme schlossen sich fester um mich.

Angesichts seines unbeschwerten Tons ließ ich ihn los und trat zurück, um sein Gesicht zu studieren.

„Nein, aber es kommt mir so vor, als würdest du gehen."

„Überhaupt nicht. Versprochen. Es gefällt mir nicht, dass ich das alle ertragen habe, aber es hat mich nicht ängstlich gemacht, nur weiser." Er nahm meine Hand und drückte sie beruhigend. „Versprichst du mir, dass du mich anrufst, wenn du reden musst? Über alles, Erin. Ich werde für dich da sein."

Ich versprach es und akzeptierte voll und ganz eine weitere komplexe Beziehung, die ich glücklicherweise aufgebaut hatte.

Als ich die Informationen über Übernatürliche auf der Website der Supernatural Task Force durchsah, die der offiziellen Website des Staates über die Aufnahme von Elfen entsprach, sah ich, dass es darüber kein großes Trara, keine Eilmeldungen oder auch nur Social-Media-Informationen gab. Sie hatten die Informationen einfach eingeschoben, als wäre es ein einfaches Update und nicht die Anerkennung einer Gruppe, die einst als ausgestorben gegolten hatte.

Madison sah niedergeschlagen aus, weil in den Informationen über Elfen stand, dass unsere magische Einschränkung pures Rhodium war.

„Ich habe diese Information nicht weitergegeben, das war Sanaa“, sagte sie. Mephisto hatte eine Fessel aus reinem Rhodium, die bei mir nicht funktionierte, bei Nolan schon. Das war eine gute Information. „Du wurdest nicht erwähnt“, fuhr sie fort, „also wirst du immer noch als Magier ohne Magie betrachtet.“

Mir war es lieber so. Vielleicht würde ich eines Tages gezwungen sein, mich zu outen, oder Landon würde verraten, was ich war, oder Mephisto und die anderen würden entdeckt werden. Bis dahin würde ich es genießen, einfach Erin zu sein.

Madison musterte mich lange, dann rückte sie auf dem Sofa näher an mich heran und stieß mit ihrer Schulter an meine.

„Ich werde dir das Angebot nochmal machen“, sagte Madison, stand auf und sammelte ihre Sachen zusammen.

„Der Archivjob?“

„Natürlich.“

„Würdet ihr mir dann immer noch die Belohnungen zahlen, wenn ich euch magische Gegenstände bringe?“

„Nun, das kann ich nicht, wenn du für uns arbeitest. Das wäre nicht Teil deiner Stellenbeschreibung.“

„Dann hast du deine Frage beantwortet.“

„Denk darüber nach.“

„Über einen Job nachdenken, der so langweilig ist, dass du deine Schwester anflehst, ihn anzunehmen? Nein, danke, ich verzichte.“

„Anflehen scheint mir ein bisschen extrem“, lachte sie.

„Niemand will deinen langweiligen Job!“, keifte ich mit gespielter Empörung.

„Also gut“, schnaubte sie. „Ich bin dann mal weg“, sagte sie und ging zur Tür. „Kai geht nicht ohne mich in die Nähe unseres Hauses. Der Mann kann fliegen und hat die Macht eines Gottes, aber zwei Frauen mittleren Alters machen ihm Angst.“

„Warum wollen unsere Mütter ihn sehen wollen?“

„Deine Mutter“, korrigierte sie. Was genauso gut war wie „unsere“, da sie als Einheit zu agieren schienen.

„Sie hat mein Bücherregal gesehen und kann nicht aufhören, darüber zu reden, und ,da er nichts Besseres zu tun hat‘, hat sie gefragt, ob er ihr eins machen könnte.“

Mein Vater war außergewöhnlich gut mit Zahlen und außergewöhnlich gefährlich mit Werkzeugen. Dass sie handgefertigte Möbel liebte und er Schwierigkeiten hatte, Möbel auch nur zusammenzubauen, geschweige denn sie anzufertigen, war einer der wenigen Lebensbereiche, in denen sie nicht zusammenpassten. Der einzige Versuch meiner Mutter machte sie extrem dankbar für ihre Gliedmaßen, weil sie beinahe eine verloren hätte. Sie bewunderte Handwerkskunst aus der Ferne und kaufte gelegentlich Sonderanfertigungen. Nichts war jedoch so schön wie das Bücherregal, das Kai für Madison gemacht hatte.

„Kommt Clayton mit dir?“

Sie nickte. Ich musste nicht fragen. Clayton schien sich am besten an die Veränderungen anzupassen. Es war nicht lange her, aber ich hatte erwartet, einige Anzeichen von Sehnsucht oder mehr Anstrengungen zu sehen, um einen Weg zurück zu finden. Es war Mephisto, der ihre Furcht zugab, der Schleier könne sich bei ihren Versuchen, hineinzukommen, wieder ganz öffnen. Clayton war mehr besorgt, dass das Probleme für Madison verursachen könnte, als dass Damia ihnen Ärger machen würde.

Madison ging zur Tür und öffnete sie, bevor Cory anklopfen konnte. Sie umarmte ihn kurz, was nicht allzu überraschend war, die Begeisterung dahinter jedoch schon. Er bemerkte es auch. Madison war anders, entspannter und lebhafter.

„Du siehst aus wie eine Frau, die großartigen Sex mit

einem heißen Mann hat." Er grinste und hob sie in die Umarmung.

„Warum bist du so?", schnaubte sie, als er sie wieder auf den Boden setzte.

„Was meinst du? Dass ich sehe, wie dein Gesicht strahlt, du entspannt wirkst und ein bisschen extra Schwung in deinem Gang hast?"

„Oder ich habe Spaß bei der Arbeit und muss mir keine Sorgen mehr machen, dass Leute durch den Schleier schlüpfen und meine Pflichten noch chaotischer machen. Und da jetzt bekannt ist, dass die Elfen nicht ausgestorben sind, habe ich nicht mehr die zusätzliche Verantwortung, diese Information zu schützen."

„Nein. Ich denke immer noch, dass es regelmäßiger Sex mit dem heißen Gott ist."

Sie verdrehte die Augen, und er warf den Kopf in einem lauten Lachen zurück, das mich erschreckte. Sie kannte ihn zu lange, um nicht zu wissen, dass er das gegen sie verwenden würde, weil es ihr peinlich war, und er es mochte, wenn ihre Nase und ihre Wangen glühten.

„Apropos Elfen, was ist das für ein Blödsinn, den sie da abziehen? Ein Website-Update über Magieanwender? Kein ‚Hallo Welt – Trommelwirbel –, ich präsentiere … Elfen!'"

„Ich bezweifle, dass die Elfen so viel Tamtam zu schätzen wissen würden, und es ist unwahrscheinlich, dass sie oft genug in der Stadt unterwegs sind, um bemerkt zu werden. Es wird Zeit und Vertrauen brauchen, bis sie sich integrieren. Sie sind immer noch hinter den Schutzzaubern in Havenage. Die Leute werden nicht wissentlich mit ihnen interagieren. Das ist besser so. Sanaa hat niemandem Anlass zur Sorge gegeben, dass Elfen eine Bedrohung darstellen könnten."

Madison umarmte mich und Cory nochmal. „Ich muss los", sagte sie dann.

„Ja, das musst du."

Kopfschüttelnd eilte Madison zur Tür hinaus, bevor Cory sie noch mehr in Verlegenheit bringen konnte.

„Lass sie in Ruhe!"

„Ich mache nur Spaß", sagte er und ließ sich neben mir nieder. Seine Lippen verzogen sich zur Seite, und seine Finger trommelten ungeduldig auf seinem Oberschenkel. Er war nervös. „Ich komme immer noch nicht über Miss Harps neues Aussehen hinweg", fügte er hinzu.

„Sie ist die Einzige, die es nicht beunruhigend findet."

Ich hatte sie bei den seltenen Gelegenheiten besucht, wenn sie zu Hause war. Asher hatte sich beschwert, dass sie jetzt aktiver war. Er hatte nicht mehr das Gefühl, dass sie in Gefahr war, aber er wollte immer noch, dass jemand sie begleitete. „Sie macht den Leuten viel zu gern mit ihren Augen Angst. Ich habe Kontaktlinsen vorgeschlagen, aber sie denkt nicht daran", hatte Asher frustriert geklagt. Dass sie die zickige Primadonna spielte und ihr Ungehorsam schienen sie für ihn nur noch liebenswerter zu machen. Ich nahm an, dass sie eine lustige, nicht bedrohliche Herausforderung darstellte, die ihm Spaß machte.

Es war offensichtlich, dass Miss Harp nicht der Grund für Corys Zappelei war. Er stand auf, lief in meinem Zimmer herum, ordnete Kissen neu, rückte Gegenstände auf dem Tisch zurecht und faltete die Decke auf dem Sessel neu zusammen.

Ich wartete geduldig, obwohl die gestelzte Stille mich immer nervöser machte. Allmählich begann ich zu glauben, dass er mir mitteilen wollte, er müsse seinem Zirkel den Grund der Energieverschiebung und der vorübergehenden Sonnenfinsternis offenbaren. Obwohl ich überzeugt war, dass diese Information innerhalb des Zirkels bleiben würde, wäre ich dennoch alles andere als begeistert, wenn sie es tatsächlich wüssten. Je weniger Leute davon wussten, desto schwieriger würde es für einen möglichen Verräter werden, die Information weiterzugeben.

Gerade als ich ihn drängen wollte zu sprechen, lächelte Cory plötzlich und platzte heraus: „Alex hat mich gebeten, bei ihm einzuziehen."

Ich quietschte vor Freude, sprang von meinem Stuhl und umarmte ihn, bevor mir klar wurde, dass er noch gar nicht gesagt hatte, ob er zugestimmt hatte.

„Was hast du geantwortet?"

„Ja, natürlich."

Ein weiterer Freudenschrei, und ich fiel ihm erneut um den Hals. Er trat einen Schritt zurück, musterte mich aufmerksam von Kopf bis Fuß und zog eine Augenbraue hoch.

„Warum wirkst du nicht überrascht?"

„Ich bin überrascht." Ich lächelte breit und klopfte ihm auf die Schulter. „Hurra! Du ziehst mit deinem Beau zusammen!"

„Beau? Was zum Teufel ist los mit dir?" Er kniff seine Augen zusammen, während er mich genauer musterte. „Du bist glücklich, aber nicht überrascht."

„Überrascht und glücklich", erwiderte ich, das Lächeln unerschütterlich.

Er trat näher und beugte sich so weit zu mir herunter, dass wir uns direkt in die Augen sahen. „Du wusstest es!", warf er mir vor.

Ich fühlte, wie mir die Hitze ins Gesicht stieg.

Seine Augen weiteten sich. „Das hast du wirklich gewusst! Warum hast du mir nichts gesagt? Ich war so überrumpelt, dass ich fast meine Antwort vermasselt hätte!"

Ich erklärte ihm, dass Alex mich um Rat gefragt hatte, ob Cory sich durch die Bitte unter Druck gesetzt fühlen könnte und ob er überhaupt mit ihm zusammenleben wollte.

„*Der Pate* ist ein Klassiker, zeig ihm ein bisschen Respekt."

Ich blinzelte. „Das hast du aus dem Gespräch mitgenommen? Nicht, wie süß es war, dass er schüchtern war? Oder dass du ihm so wichtig bist, dass er dich nicht unter Druck setzen wollte?"

Sein Schmunzeln wurde breiter, und ich freute mich riesig für ihn. „Natürlich, aber du hast mir wichtige Informationen vorenthalten. Ich habe das Recht, ein bisschen sauer auf dich zu sein."

Ich zuckte mit den Schultern. Das Lächeln in seiner Stimme und die Begeisterung in seinem Gesicht waren es wert. „Das ist verständlich."

„Wie auch immer", sagte er gedehnt, „ich bin sicher, dass du mich davon überzeugen kannst, weniger sauer zu sein." Er zählte eine Reihe von Film- und Serien-Klassikern auf, die ich seiner Meinung nach endlich ansehen sollte.

Mit ernster Miene fragte ich: „Wie lange wirst du sauer auf mich bleiben, wenn ich ablehne?"

„Welche davon?"

„Alle. Ich habe schon mit Schlimmerem als einem nachtragenden Hexenmeister zu tun gehabt."

Er hob die Hände und ließ sich von seinem Lächeln überwältigen, bevor er mich in eine weitere Umarmung zog. „Ja, das hast du."

Ich seufzte in seine Umarmung hinein. Ich hatte so viel durchgemacht und überlebt. Mit dem Daumen strich über den Ring, den Mephisto mir geschenkt hatte.

Ich hatte alles überstanden und es hinter mir gelassen – mit meiner Familie, meinen Freunden, neuen und gestärkten Allianzen, meiner Magie und Liebe.

Nach der Schließung des Schleiers waren die folgenden dreizehn Monate geprägt von erfolglosen Versuchen, einen Weg zu finden, den Zauber zu umgehen. In den ersten sechs Monaten hatte das unsere Zeit dominiert, doch danach war es zu einer weniger dringlichen Angelegenheit geworden. In den letzten zwei Monaten hatte niemand es mehr erwähnt.

Mephisto parkte das Auto vor dem Haus meiner Eltern. Bevor ich ausstieg, warf ich einen Blick auf die Benachrichtigung über den Erhalt der Kopfgeldes, das die Supernatural Task Force für die Festnahme eines abtrünnigen Wandlers ausgesetzt hatte. Es war ein Wettlauf gewesen – ihn davon abzuhalten, weitere Gewalt auszuüben, und zu ihm zu kommen, bevor es Asher und seinem Rudel gelang.

Wir hatten ihn gleichzeitig in einem Tunnel entdeckt. Er war mehr als bereit gewesen, mit mir zu gehen, und hinter mich gehuscht, um Schutz vor Asher und einigen Rudelmitgliedern zu suchen. Dass er eine Gefährtin hatte, die mit seinem ersten Kind schwanger war, hatte Asher gefährlicher gemacht. Meine Rolle als Verbündete des Rudels war das Einzige, was den Wandler schützte – und er wusste es.

Ich war vorsichtiger, wenn ich mit Vampiren zu tun hatte.

Ich war für sie Persona non grata, und Landon machte das
bei jeder Gelegenheit klar. Eine stillschweigende Vereinbarung, einander nicht umzubringen, war das Beste, was ich
erwarten konnte. Die Spannung blieb, obwohl ich ihnen ein
Friedensangebot gemacht und ihnen mitgeteilt hatte, dass
ich nicht vorhatte, jemals wieder Vampirismus rückgängig
zu machen. Mit den Informationen, die ich aus Damias und
Bentons Forschung erhalten hatte, wusste ich, dass ich den
Vampirismus bei Neugeschaffenen rückgängig machen
konnte. Ohne einen willigen Teilnehmer und Landons Hilfe
konnten wir nicht herausfinden, ob es bei älteren Vampiren
funktionieren würde. Ich war einverstanden, ohne Landons
Zustimmung keine Versuche zu machen, was wahrscheinlich
der Grund war, warum ich nur Persona non grata und nicht
Landons Feind war. Nach allem, was zwischen uns vorgefallen war, war das wahrscheinlich das Beste, worauf ich
hoffen konnte.

Mephisto und ich kamen an der Tür meiner Eltern an,
nur wenige Augenblicke vor Madison und Clay. Als sie Kais
Auto in der Einfahrt sah, begrüßte Madison ihre Mutter
Sophie mit einer brüsken Umarmung und hielt sofort nach
Kai Ausschau. Claytons Begrüßung dauerte etwas länger.
Mephisto winkte und nickte ihr zu.

Sie umarmte mich fest und ließ mich mit einem schweren, anerkennenden Seufzer los. Ich hatte in den letzten
Monaten viele Umarmungen bekommen. Madison hatte mir
gesagt, dass sie erleichtert war und sie nicht mehr das
Bedürfnis hatten, sich um mich zu sorgen.

Ich folgte dem köstlichen Duft von Essen und ging in die
Küche, wo ich Madison fand, die vorwurfsvoll mit dem
Finger in Kais Richtung zeigte.

„Rate mal, womit ich mich gestern herumschlagen
musste!"

„Locken-Apokalypse", neckte er, zog an einer ihrer
Locken, die sie sich wachsen ließ, und wiederholte damit

eine ihrer Ausreden, die sie als Entschuldigung für ihr Zuspätkommen zu den monatlichen Familienessen vorgebracht hatte.

„Nein, ich musste persönlich einem Anruf einer wohlmeinenden Frau nachgehen, die uns mitgeteilt hat, dass sie um zwei Uhr morgens einen teilweise verwandelten Vogelwandler gesehen habe. Und dass unsere Informationen über Wandler veraltet und ein potenzielles Sicherheitsrisiko seien und einer Überprüfung bedürfen", sagte sie.

Er zuckte die Achseln und schmunzelte. „Zwei Uhr morgens? Sie ist wahrscheinlich schlafgewandelt und hatte keine Ahnung, was sie gesehen hat. Oder vielleicht hat sie es geträumt. Klingt wie ein Traum. Du weißt schon, die Art, die so intensiv ist, dass sie real wirkt."

Sie kniff die Augen zusammen. Anfangs hatten wir uns Sorgen um Kai gemacht, aber er schien es sich zur Aufgabe gemacht zu haben, neue Orte zu finden, an denen er ohne Zwischenfälle seine Flügel ausbreiten konnte. Sophie und meine Mutter, die sich genauso sorgten, hatten schnell festgestellt, dass sie ihn mit Holzarbeiten beschäftigen konnten, um das Bedürfnis zu fliegen zu vertreiben. Meine Mutter half da gern. Im Moment zeigte sie Clayton und Mephisto eines seiner fertigen Projekte: eine Bank für den Eingangsbereich. Sie erklärte, warum sie das Holz gewählt hatte, die Maserung und wie bequem sie war.

Kai ignorierte Madison, die ihn immer noch genervt anstarrte, und lächelte über die Informationen meiner Mutter, die, da war ich mir sicher, eine Wiederholung dessen war, was Kai ihr erklärt hatte.

„Im Ernst?", gab Madison zurück und lenkte Kais Aufmerksamkeit wieder auf sie.

Kai hatte trotzdem gelegentlich den Impuls, in die Lüfte zu steigen, was Madison in eine schwierige Lage brachte. Es war nur zweimal passiert – na ja, dreimal im letzten Jahr.

„So willst du es erklären? Schlafwandeln? Ein Traum?"

Er schaffte es nicht, das schiefe Lächeln zu unterdrücken, das an seinen Lippen zupfte. „Wie hast du es erklärt?“

Ein rötliches Glühen breitete sich über ihren Nasenrücken und ihre Wangen aus. „Ich habe ihr versichert, dass sie sich irrt und es wahrscheinlich ein Illusionszauber war, an dem sich Hexen versucht haben.“

Er schnaubte. „Wenn Lügen keine Option mehr ist, kannst du ihnen sagen, dass es ein Gott war, der seine Flügel strecken musste“, neckte er und ging aus der Küche ins Wohnzimmer, wo Nolan und Madisons Vater am Schachbrett saßen. Keegan runzelte konzentriert die Stirn, während Nolan wie die Grinsekatze aussah. Ich konnte nicht sagen, ob sein Lächeln daher kam, dass wir alle unter einem Dach waren, oder daher, dass er dabei war, Keegan wieder einmal bei ihrem Lieblingsspiel zu schlagen.

Kais Bemerkung erregte Mephistos und Clays Aufmerksamkeit. Sie musterten ihn, aber was auch immer sie in ihrem privaten Gruppenchat sagten, war zufriedenstellend genug, um ihre Aufmerksamkeit wieder meiner Mutter zuzuwenden.

Madison schnappte sich ein Handtuch von der Theke und schleuderte es auf Kais Rücken. Er drehte sich rechtzeitig um, um es zu fangen, bevor es ihn am Hinterkopf treffen konnte. Er verzog das Gesicht und machte *Tss*. Ich war es immer noch nicht gewohnt, wie nahe sie sich gekommen waren.

Cory war durch den Garten ins Haus gekommen und hatte den Austausch zwischen Kai und Madison verpasst, aber ihren Angriffsversuch mit einem Handtuch gesehen. Ich wollte es erklären, aber er schüttelte den Kopf.

„Ich habe kein Problem damit, es nicht zu wissen“, sagte er und umarmte mich. Alex, der hinter ihm mit einem leeren Teller hereingekommen war, ging direkt auf den Tisch mit den Vorspeisen zu. Cory löste sich von mir und schüttelte den Kopf über seinen Partner.

„Hier ist eine vorurteilsfreie Zone", sagte ich zu ihm. „Wir kommen alle hierher und schlagen uns die Bäuche voll, als hätten wir wochenlang nichts gegessen."

„Nein, ich urteile", schniefte Cory, bevor er den Mund öffnete, um das Gurkenstück anzunehmen, das Alex ihm anbot und von dem ich tausendprozentig sicher war, dass es nie auf seinem Teller landen würde.

Sie passten in vielerlei Hinsicht perfekt zueinander, aber als Wandler aß Alex viel und besaß nicht Corys Disziplin, sich gesund zu ernähren. Ich mochte es, wenn sie mit uns zu Abend aßen, aber Alex war immer eine Erinnerung daran, dass ich die Hilfe des Rudels nicht mehr brauchte. Das letzte Mal, dass ich mit dem Rudel zu tun gehabt hatte, war, als ich ihnen erfolgreich geholfen hatte, eine davongelaufene Seniorin mit Katzenaugen aufzuspüren. Miss Harp zerrte weiter kräftig an Ashers Nerven, und er liebte sie genauso sehr, wie er sich über sie aufregte. Als ich Miss Harp gefunden hatte, hatte ich Zugang zum Tresor des Rudels bekommen. Einen Zugang, der Mephisto trotz der zahlreichen Gebote, die er dafür abgegeben hatte, verwehrt worden war. Mein Ziel war es, Elfengegenstände zu erwerben. Asher erlaubte mir, die beiden zu nehmen, die ich fand. Nolan und ich versuchten immer noch, herauszufinden, was ihr Nutzen war.

Cory sah sich zusammen mit Kai Nolans und Keegans Spiel an, sein Partnerring glitzerte im Licht. Alex und Cory hatten nicht geheiratet. Ich war mir nicht sicher, warum, aber sie schienen mit den Ringen als Symbol ihrer Verbundenheit glücklich zu sein. Ich vermutete, dass das der Schritt war, bevor er sein Gefährte wurde. Die Paarung von Wandler und Hexenmeister würde ihre Herausforderungen mit sich bringen, aber sie waren das perfekte Paar, um damit klarzukommen.

„Oh, Jaz ist zurück!", sagte meine Mutter und winkte Simeon zu, als sie an der Schiebetür zum Garten vorbeiging.

Sophie spähte um sie herum und betrachtete den Fuchs.

Großartig, jetzt gaben sie der Menagerie Namen, die in unseren Garten kam, um mit ihm zu spielen.

Simeon war so oft Gast im Haus meiner Eltern, dass seine Interaktionen mit der Tierwelt meinen Eltern nicht merkwürdig vorkam. Ich nahm an, dass es sich um dieselben Hirsche, Kaninchen und jetzt Füchse handelte, aber da ich sie nicht unterscheiden konnte, konnte es sein, dass Simeon neue Freundschaften schloss, um nicht mit zweibeinigen Tieren interagieren zu müssen.

Keegan und Nolan unterbrachen ihr Spiel und stellten es beiseite, um es später fortzusetzen, nachdem sich Sophie und meine Mutter auf dem Sofa niedergelassen hatten.

Nolan setzte sich neben mich und reichte mir ein Notizbuch mit Zaubersprüchen, die ich ins Elbische übersetzt hatte, wodurch sie tendenziell besser funktionierten. Seine Augen funkelten vor Stolz, als er lächelte. „Keine Korrekturen nötig.“

Mein Lächeln war genauso breit wie seines, denn ich war stolz, mehr über die Sprache und die Elfen zu lernen. Nolan war eine Fundgrube an Informationen und teilte sie gern mit mir.

Sanaa hatte Nolan nicht erlaubt, nach Havenage zurückzukehren, und eine Einladung, dort zu leben, war auch in Zukunft nicht in Sicht. Die Elfen schienen ihm gegenüber jedoch nicht die gleiche Feindseligkeit zu hegen, und er wurde zu Sanaas Amtseinführungsfeier eingeladen, als ihr offiziell die Position der Anführerin der Elfen übertragen wurde.

Nolan hatte Sanaa bei zahlreichen Gelegenheiten außerhalb von Havenage getroffen, bei denen sie versucht hatte, ihn zu überreden, ihnen Elizabeths Zauber zu geben. Seine Ablehnung führte zu weniger Bitten ihrerseits, sich mit ihm zu treffen, und einem unerwarteten Besuch von Damia, die noch weniger überzeugend war. Er lehnte ihre Bitte mit der

Erklärung ab, dass es sich um etwas von seiner Schwester handelte, den er nicht teilen wollte. Seine Antwort war nicht unwahr, aber der Hauptgrund, die Zauber zu hüten, war, dass er die Elfen nicht in Versuchung führen wollte, machthungrig zu werden.

Nach dem Abendessen, als alle im Wohnzimmer versammelt waren, blieb das Lächeln auf meinem Gesicht, während ich Clayton beobachtete, der alle ansah, wie er es so oft bei Familientreffen getan hatte. Er schien verwirrt zu sein, als dachte er: *Wie bin ich hierhergekommen?*

Ihm schien es am schwersten zu fallen, sich an unsere einzigartige Familiendynamik zu gewöhnen. Doch alle Zweifel und Verwirrung verschwanden, und ein Lächeln verwandelte sein Gesicht, wann immer sein Blick auf Madison fiel. Er sah aus, als wäre er von ihr verzaubert, wurde aber mit einem Ruck aus ihrem Bann gerissen. Ich wusste, dass es daran lag, dass einer von ihnen einen privaten Chat begonnen hatte.

Meine Aufmerksamkeit wanderte zu Mephisto, von dem ich dachte, dass er den Film ansah, doch er ignorierte den Fernseher und die vielen Gespräche im Raum und beobachtete mich aufmerksam.

Er hielt meinen Blick fest und formte mit den Lippen „Ich liebe dich."

Ich lächelte. „Ich liebe dich auch."

Und das tat ich. Ich liebte ihn, und ich genoss das Leben, das ich mir nie erträumt hatte. Die Treffen mit Dr. Sumner alle zwei Wochen hatten sich zu einem Treffen unter Freunden entwickelt und dienten dazu, uns auf den neuesten Stand zu bringen, und nicht dazu, die Last der Welt abzuladen oder die Schwierigkeiten zu beschreiben, die ich hatte, mit neuen und seltsamen Entdeckungen über mich selbst umzugehen. Es war offensichtlich, dass Dr. Sumner nicht die Absicht hatte, nochmal die Grenze zu unserer Welt der Magie zu überschreiten. Er hatte genug davon und hatte sich gut in seine Rolle als Professor eingelebt.

***

Die Fahrt zu Mephistos Haus verlief größtenteils schweigend. Sobald wir aus dem Auto ausgestiegen waren, nahm er meine Hand in seine und führte mich ins Haus. Benton war nicht oft da. Gelegentlich kam er vorbei, um mir die Informationen zu geben, die er über das Navigieren durch den Schleier hatte, und kehrte dann in sein Leben zurück, das anscheinend aus Reisen und der Suche nach anderen Druiden in unserer Welt bestand. Mephisto schien erleichtert, dass er nie erwähnt hatte, die Bindung zu ihnen lösen zu wollen. Ich vermutete, dass er Benton in seinem Leben genauso sehr brauchte wie die anderen. Sobald die Bindung gelöst würde, würde Benton wie ein Mensch altern und irgendwann nicht mehr sein.

„Ich werde nie müde, dich so zu sehen", flüsterte er, sobald wir in seinem Haus waren.

„Wie?", fragte ich.

„Glücklich."

„Du hast mich schon glücklich gesehen."

In den vergangenen Monaten hatten wir zwei wunderschöne Urlaube gemacht, unzählige Dates gehabt und viele unvergessliche Momente miteinander verbracht. Mephisto schien entschlossen, meine Vergangenheit mit angenehmen Erinnerungen auszulöschen.

„Nein. Du warst zufrieden. Oft war dein Blick so besorgt, als würdest du auf die nächste Katastrophe warten. Aber die letzten drei Monate waren anders, und ich möchte, dass es so weitergeht."

Ein anerkennendes Lächeln breitete sich auf seinem Gesicht aus. Er atmete tief aus. Er hielt meine Hand fester, als er in Richtung Garten ging. Die sanfte Stille des Hauses, der Meeresduft mit einem Hauch von nachtblühendem Jasmin und die warmen bernsteinfarbenen Lichter erinnerten mich an die mondhellen Nächte unseres Urlaubs in Gray Bay Beach. Das war Absicht. Ich bewunderte die vielen Arten, wie Mephisto kleine Dinge verwendete, um mich an die besonderen Momente zu erinnern, die wir miteinander verbrachten.

Die Lichter warfen einen ätherischen Schein auf die Blumen und Bäume. Das Okapi, das einst hier zu Hause gewesen war, war von Simeon zurück-adoptiert worden, wodurch mehr Platz für Blumen, Springbrunnen und Sitzbereiche entstanden war. Aber Mephisto führte mich zu einem leeren Platz, wo nur wenige Zentimeter von uns entfernt ein Dolch im Gras lag.

Er drehte mich zu sich um, ein Finger glitt träge über meine Wange, während seine Daumen auf unseren verbundenen Händen langsame, rhythmische Kreise über meine Haut zeichneten. „Weißt du noch, als du gesagt hast, dass du in deinem Leben nicht an Heirat, Kinder oder eine echte Zukunft denken konntest?"

Ich nickte.

Sein Blick wanderte zu dem Dolch.

„Und jetzt?", fragte er.

„Ich denke oft an Heirat, Kinder und eine Zukunft mit dir", gab ich leise und lächelnd zu.

Ein dunkler Schimmer flackerte über seine Augen, und er ließ meine Hand los. Er nahm die Klinge, ließ sie über seinen Finger gleiten und strich sein Blut darüber, bevor er sie in den Boden rammte. Der Schleier wurde plötzlich neben uns sichtbar. Durch die Dunkelheit des Hintergrunds konnte ich die Landschaft und die Umrisse von Flügeln erkennen, die am Himmel schwebten, und verschiedene Häuser im Hintergrund.

„Du hast einen Weg gefunden, den Schleier zu öffnen!"

Er schüttelte den Kopf. „Nein, wir können ihn sehen, aber wir können nicht hinein."

Das Bild schimmerte und schien Blasen zu schlagen, während es scheinbar darum kämpfte, sichtbar zu bleiben.

„Und es ist mir egal, dass wir nicht dorthin zurückkehren können. Er dient als Erinnerung an das, was ich zurückgelassen habe und was ich jetzt habe. Was ich – nein, was wir hier haben, ist kein Vergleich. Ich habe dir eine andere Welt gezeigt, und du hast mir eine bessere gegeben."

Er griff in seine Tasche und holte einen Diamantring hervor. „Wirst du deine Gedanken Wirklichkeit werden lassen? Meine Halbgöttin, willst du meine Frau sein?"

Als er mir den Ring an den Finger steckte, starrte ich ihn lange an, bevor ich meinen Kopf hob, um den Schleier anzusehen, der ein letztes Mal zuckte, bevor er verschwand.

„Ja." Ich betrachtete den Ring, ein kleines Lächeln umspielte meine Mundwinkel.

„Was?", fragte er.

Ich tippte auf die Seite des Rings. „Meinst du, wir können ihn anpassen lassen, damit ich einen winzigen Dolch auslösen kann? Ich habe nicht vor, ihn jemals abzunehmen, also kann er auch einen doppelten Zweck erfüllen."

Sein tiefes, volles Lachen hallte durch den Garten. Ein dröhnendes Lachen, das ich genauso liebte wie ihn. „Zweifellos, Erin", sagte er, seine Lippen pressten sich auf meine.

„Immer", flüsterte ich.

NACHRICHT AN MEINE LESER UND LESERINNEN

Vielen Dank, dass Sie sich unter den vielen Titeln, die Ihnen zur Auswahl stehen, für *Spellcast* entschieden haben. Mein Ziel ist es, eine fesselnde Welt, faszinierende Charaktere und ein interessantes Erlebnis für Sie zu erschaffen. Ich hoffe, dass mir das gelungen ist. Rezensionen sind für Autoren sehr wichtig und helfen anderen Lesern, unsere Bücher zu finden. Bitte nehmen Sie sich einen Moment Zeit, um eine Bewertung zu schreiben. Ich würde gern erfahren, was Sie über dieses Buch denken.

Unabhängig davon, ob Sie ein paar Sätze oder mehrere Absätze schreiben, schätze ich Ihre Rezension aufrichtig.

Um Benachrichtigungen über neue Cover, Werbeaktionen, Updates und Neuerscheinungen zu erhalten, melden Sie sich bitte für meine mckenziehunter.com/Mailingliste.de.